କଥା କଦମ୍ବ

ଦୟାନିଧି ମିଶ୍ର

ସଂକଳକ :

ବିଶ୍ୱନାଥ ସାହୁ

BLACK EAGLE BOOKS
2021

BLACK EAGLE BOOKS

USA address:
7464 Wisdom Lane
Dublin, OH 43016

India address:
E/312, Trident Galaxy, Kalinga Nagar,
Bhubaneswar-751003, Odisha, India

E-mail: info@blackeaglebooks.org
Website: www.blackeaglebooks.org

First International Edition Published by
BLACK EAGLE BOOKS, 2021

KATHA KADAMBA
by **Dayanidhi Mishra**

Cover & Interior Design: Ezy's Publication

ISBN- 978-1-64560-219-4(Paperback)

Printed in the United States of America

ଓଡ଼ିଆ ସାହିତ୍ୟର ତୃତୀୟ ଗଳ୍ପ ସଂକଳନ 'କଥା କଦମ୍ବ' (୧୯୨୪) ଦୟାନିଧି ମିଶ୍ରଙ୍କ କଥା ପ୍ରତିଭାର ଦୀପ୍ତି ପ୍ରକାଶ କରେ। ତାଙ୍କ ଗଳ୍ପ ଅପେକ୍ଷାକୃତ ଦୀର୍ଘ। କଳା ପାଇଁ କଳା ସୃଷ୍ଟି- ତାଙ୍କ ଗଳ୍ପର ଆଦର୍ଶ ନୁହେଁ; ଆଦର୍ଶ ଜାତୀୟତା ଓ ସ୍ୱାଭିମାନ, ପ୍ରେମ ଓ ମାନବିକତା, ତ୍ୟାଗ ଓ ଉତ୍ସର୍ଗୀକୃତ ଜୀବନ। ଏହି ଦୃଷ୍ଟିରୁ ତାଙ୍କର ଏଗାରଟି ଯାକ ଗଳ୍ପ ସ୍ୱତନ୍ତ୍ର ଦୃଷ୍ଟି ଓ ଦର୍ଶନର ଦ୍ୟୋତକ।

- ଡ. ବୈଷ୍ଣବ ଚରଣ ସାମଲ

ବିଶେଷତଃ କଥା ବୟାନରେ ଏଭଳି ସଂଯତ, ମାର୍ଜିତ ଓ ଗୁଣାନ୍ୱିତ ଆଙ୍ଗିକର ବ୍ୟବହାର ସେ କାଳର ଔପନ୍ୟାସିକ ଓ କଥାକାର ମାନଙ୍କଠାରେ କ୍ୱଚିତ ପରିଲକ୍ଷିତ ହେଲାବେଳେ କି ଐତିହାସିକ, କି ସାମାଜିକ, କି ପୌରାଣିକ- ଯେକୌଣସି ବିଷୟକ କଥାକୃତିରେ ଯଥାଯଥ ଆବେଗ, ରସସ୍ନିଗ୍ଧତା ଓ ବିଷୟ ପ୍ରବେଶ ପଟୁତାର ସୁସମବାୟ ଘଟାଇ ପୌନଃପୁନିକତାକୁ ପରିହାର କରି ଏମନ୍ତ ପରିଚ୍ଛନ୍ନ ରୀତିରେ ଭାବପ୍ରକାଶ କରିବା କ୍ଷେତ୍ରରେ ଦୟାନିଧି ମିଶ୍ରଙ୍କର ଅନନ୍ୟତା ହିଁ ତାଙ୍କର ପ୍ରତିଭାର ପରିଚୟ ବହନ କରେ।

- ଡ. ରବୀନ୍ଦ୍ର କୁମାର ପ୍ରହରାଜ

xxx ଦୟାନିଧି ହିଁ ପ୍ରଥମ ସାର୍ଥକ ଐତିହାସିକ ଗଳ୍ପ ରଚନା କରିଛନ୍ତି। ଏହି ବିରଳ କୃତିତ୍ୱ ସତ୍ତ୍ୱେ ଦୟାନିଧିଙ୍କ ଗଳ୍ପ ପ୍ରତିଭା ତଥାପି ଉପଯୁକ୍ତ ମୂଲ୍ୟାୟନ ପାଇନାହିଁ।

- ଡ. ପ୍ରକାଶ କୁମାର ପରିଡ଼ା

ଐତିହାସିକ ଘଟଣାର ଭିତ୍ତି ଉପରେ ଗଢ଼ା ଯାଇଥିବା ଦୟାନିଧି ମିଶ୍ରଙ୍କ ଗଳ୍ପରେ ଓଡ଼ିଆ ଜାତିର ବୀରତ୍ୱ ତଥା ଚରିତ୍ରବତ୍ତା ପ୍ରତିଷ୍ଠା କରାଯାଇ ଥିଲେ ହେଁ ଗଳ୍ପର କଥାଭାଗକୁ ରୁଚିକର ଓ ପ୍ରୀତିପ୍ରଦ କରିବା ପାଇଁ ରୋମାନ୍ସ ସୁଲଭ ପ୍ରଣୟ- ଆଖ୍ୟାନ ମଧ୍ୟ ଏଥିରେ ପରିକଳ୍ପିତ। ଏଇ ବୀରତ୍ୱ ଓ ପ୍ରଣୟର ଉପସ୍ଥାପନା-କୌଶଳ, ବିଷୟ ବସ୍ତୁର ବିଭାଗୀକରଣ, ଆରମ୍ଭର ବୈଚିତ୍ର୍ୟ, ବିଷୟ ଗ୍ରନ୍ଥିର କ୍ରମଉନ୍ମୋଚନ, ବିଭିନ୍ନ ପରିସ୍ଥିତିରେ ଆବେଗ ଓ ଉତ୍ତେଜନାର ସମାବେଶ- ଏ ସବୁ ଏ ଗଳ୍ପମାନଙ୍କର ଶିଳ୍ପ ଗୌରବ। ଏ ଗୌରବ ସମସାମୟିକ ଅଧିକାଂଶ ଗଳ୍ପରେ ଏକାନ୍ତ ବିରଳ କହିଲେ ଚଳେ।

- ଡ. ନଟବର ସାମନ୍ତରାୟ

ଇତିହାସ, ଜାତୀୟତା ଓ ପ୍ରେମର ତ୍ରିଧାରାରେ ଅଭିସିଂଚିତ ତାଙ୍କର ଗଳ୍ପଧାରା। ସୃଷ୍ଟି ସୀମିତ ମାତ୍ର ପ୍ରତ୍ୟେକଙ୍କର ସ୍ୱାଦ ଭିନ୍ନ ଓ ରୁଚି ଭିନ୍ନ। xxx ଗଳ୍ପଗୁଡ଼ିକ ଘଟଣା ସର୍ବସ୍ୱ ଏବଂ ବର୍ଣ୍ଣନାଧର୍ମୀ। ଗଳ୍ପର ବ୍ୟଂଜନାରେ ଓ ପରିବେଷଣରେ ସେପରି ଆକର୍ଷଣୀୟ ଶୈଳୀ ବା ନୂତନତା ଦେଖିବାକୁ ମିଳେ ନାହିଁ। କିନ୍ତୁ ଓଡ଼ିଶା ଇତିହାସର ଅଜ୍ଞାତ ଅଧ୍ୟାୟ ଓ ଚରିତ୍ରମାନଙ୍କୁ ଉନ୍ମୋଚିତ କରିବାରେ ଦୟାନିଧିଙ୍କ ପ୍ରୟାସ ଅଭିନନ୍ଦନୀୟ।

- ଅଧ୍ୟାପକ ବିଶ୍ୱରଂଜନ

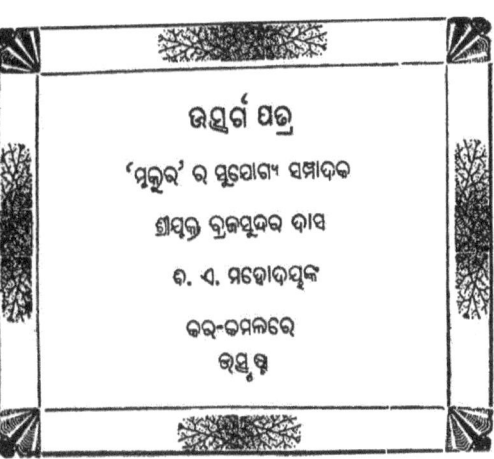

ଉତ୍ସର୍ଗ ପତ୍ର

'ମୁକୁର' ର ସୁଯୋଗ୍ୟ ସମ୍ପାଦକ

ଶ୍ରୀଯୁକ୍ତ ବ୍ରଜସୁନ୍ଦର ଦାସ

ବି. ଏ. ମହୋଦୟଙ୍କ

କର-କମଳରେ

ଉତ୍ସୃଷ୍ଟ

ଭୂମିକା

ଏହି ପୁସ୍ତିକାରେ ସନ୍ନିବେଶିତ ଗଳ୍ପଗୁଡ଼ିକ 'ମୁକୁର' ଓ 'ଉତ୍କଳ-ସାହିତ୍ୟ'ରେ ପ୍ରଥମେ ପ୍ରକାଶିତ ହୋଇଥିଲା । ମୋର କେତେକ ସହୃଦୟ ବନ୍ଧୁ ସେଗୁଡ଼ିକୁ ପୁସ୍ତକାକାରରେ ଦେଖିବାକୁ ଇଚ୍ଛା ପ୍ରକାଶ କରିବାରୁ ଏହି ପୁସ୍ତକଟି ପ୍ରକାଶ କରିବାକୁ ସାହସୀ ହେଲି । 'ମୁକୁର'ର ସୁଯୋଗ୍ୟ ସମ୍ପାଦକ ଶ୍ରୀଯୁକ୍ତ ବ୍ରଜସୁନ୍ଦର ଦାସ ବି. ଏ. ମହାଶୟ ମୋର ଗଳ୍ପଗୁଡ଼ିକ ସମ୍ବନ୍ଧରେ ଅନୁକୂଳ ମତ ବ୍ୟକ୍ତ କରି ମତେ ବିଶେଷ ଭାବରେ ଉତ୍ସାହିତ କରିଅଛନ୍ତି । ସେଥିନିମନ୍ତେ ମୁଁ ତାଙ୍କଠାରେ ଚିରଋଣୀ ରହିଲି । ଇତି ।

ଶ୍ରୀ ଦୟାନିଧି ମିଶ୍ର

ପ୍ରସ୍ତାବନା

'କଥା କଦମ୍ବ' କଥାକାର ଦୟାନିଧି ମିଶ୍ରଙ୍କ ଏକମାତ୍ର ଗଳ୍ପଗ୍ରନ୍ଥ। ପୂର୍ବରୁ 'ମୁକୁର' ଓ 'ଉତ୍କଳ ସାହିତ୍ୟ' ପତ୍ରିକାରେ ପ୍ରକାଶ ପାଇସାରିଥିବା ପାଞ୍ଚଗୋଟି ଗଳ୍ପ (ଆକର୍ଷଣ, ଶାନ୍ତି, ଅରୁଣା, ରୂପର ମୂଲ୍ୟ, ପ୍ରଦୀପ ନିର୍ବାଣ)କୁ ନେଇ ୧୯୨୪ ମସିହାରେ ସାକ୍ଷୀଗୋପାଳର ସତ୍ୟବାଦୀ ପ୍ରେସ୍‌ଦ୍ୱାରା ଏହା ପ୍ରକାଶିତ। ଚନ୍ଦ୍ରଶେଖର ନନ୍ଦଙ୍କ 'ଚିତ୍ର' (୧୯୦୭) ଓ ଫକୀରମୋହନ ସେନାପତିଙ୍କ 'ଗଳ୍ପସ୍ୱଳ୍ପ' (୧୯୧୭) ପରେ ସମ୍ଭବତଃ ଏହା ହେଉଛି ଓଡ଼ିଆ ସାହିତ୍ୟର ତୃତୀୟ ଗଳ୍ପ ସଂଚୟନ। ପରେ ପରେ ଏହାର ଦ୍ୱିତୀୟ ସଂସ୍କରଣ ପ୍ରକାଶ ପାଏ ୧୯୩୧ ମସିହାରେ।[୧] ଏହି କ୍ରମରେ ତିନୋଟି ନୂତନ ଗଳ୍ପ (ମିଳନ, କଳିକାଳ ଟୋକାଙ୍କୁ ବଳ ନାହିଁ, ଭୁଲ୍) ସଂଯୋଜିତ ହୋଇ ୧୯୭୨ରେ ଏହାର ତୃତୀୟ ସଂସ୍କରଣ, ୧୯୭୫ରେ ଚତୁର୍ଥ ଏବଂ ଆଉ ଗୋଟିଏ ନୂତନ ଗଳ୍ପ (ଅମରବୀଣା)ର ସଂଯୋଗ ପୂର୍ବକ ୧୯୯୧ରେ ଏହାର ପଞ୍ଚମ ପରିବର୍ଦ୍ଧିତ ସଂସ୍କରଣ ଏଯାବତ୍ ପ୍ରକାଶିତ। ପାଞ୍ଚଟି ସଂସ୍କରଣ ହୋଇସାରିଥିବା ସତ୍ତ୍ୱେ 'କଥା କଦମ୍ବ' ବର୍ତ୍ତମାନ ଦୁଷ୍ପ୍ରାପ୍ୟ। ଏହି ଅଭାବବୋଧରୁ ଆଜି ଆହୁରି ଦୁଇଟି ନୂତନ ଗଳ୍ପ (ଦୋଷ କାହାର?, ସୁନା) ଯୁକ୍ତ ହୋଇ ସର୍ବମୋଟ ଏଗାରଗୋଟି ଗଳ୍ପକୁ ନେଇ ପ୍ରକାଶ ପାଇବାକୁ ଯାଉଛି 'କଥା କଦମ୍ବ'ର ନୂତନ ପରିବର୍ଦ୍ଧିତ ସଂସ୍କରଣ।

'ଦୋଷ କାହାର?' ଗଳ୍ପ 'ମୁକୁର' ପତ୍ରିକା (୨୨ଶ ଭାଗ, ୭ମ ସଂଖ୍ୟା, କାର୍ତ୍ତିକ ୧୩୩୫)ରେ ୧୯୨୭/୨୮ ମସିହାରେ

୧- ଅନେକ ପୁସ୍ତକରେ 'କଥା କଦମ୍ବ'ର ଦ୍ୱିତୀୟ ସଂସ୍କରଣ ୧୯୩୨ ମସିହା ବୋଲି ଉଲ୍ଲେଖ ଅଛି; କିନ୍ତୁ ତାହା ଭ୍ରମଯୁକ୍ତ।

ପ୍ରକାଶିତ। ବିଧବା ନାରୀର ଯାବତୀୟ ସମସ୍ୟା ଓ ସମାଜିକ ବିଧି ବ୍ୟବସ୍ଥା ପ୍ରତି ପ୍ରଶ୍ନବାଚୀ ସୃଷ୍ଟିକରି ଶେଷରେ ଏକ ଆଶାବାଦୀ ସ୍ୱର ଶୁଣାଉଥିବା ଏ ଗଳ୍ପ ତତ୍କାଳୀନ ସମୟ ଦୃଷ୍ଟିରୁ ଏକ ଦୁଃସାହସିକ ରଚନା। ଲୋଭନୀୟ ପ୍ରକୃତି ବର୍ଣ୍ଣନା ଗଳ୍ପର ଅନ୍ୟ ଏକ ବିଶେଷତ୍ୱ। ୧୯୧୪ ମସିହାରେ 'ଶାନ୍ତି', 'ଅରୁଣା', ଓ 'ରୂପର ମୂଲ୍ୟ' ନାମରେ ଗାଳ୍ପିକଙ୍କ ତିନିଗୋଟି ଗଳ୍ପ ମୁକୁରରେ ପ୍ରକାଶ ପାଇସାରିଥିଲା। ୧୯୨୧ରୁ ୧୯୨୫ ଦୀର୍ଘ ଚାରି ବର୍ଷ 'ମୁକୁର'ର ସହଯୋଗୀ ସଂପାଦନା ଦାୟିତ୍ୱ ତୁଲାଇବା ଭିତରେ ତାଙ୍କର କେବଳ ଗୋଟିଏ ଗଳ୍ପ (ଦୋଷ କାହାର) ପ୍ରକାଶ ପାଇବା ସତରେ ଆଶ୍ଚର୍ଯ୍ୟଜନକ। ପୁନଶ୍ଚ ୧୯୨୮ରୁ ୧୯୩୦ ଦୁଇବର୍ଷ ସେ 'ନବଯୁଗ' ସାହିତ୍ୟ ପତ୍ରିକାର ସଂପାଦନା ମଧ୍ୟ କରୁଥିଲେ। ସୁତରାଂ ତାଙ୍କର ଅନେକ ଲେଖା ବର୍ତ୍ତମାନ ମଧ୍ୟ ଅନାବିଷ୍କୃତ। ଉପଯୁକ୍ତ ଗବେଷଣା ଓ ତଥ୍ୟାନୁସନ୍ଧାନ ମାଧ୍ୟମରେ ଏହାକୁ ଲୋକଲୋଚନକୁ ଅଣାଯାଇପାରେ।

ଠିକ୍ ସେହିପରି ୧୯୨୩ ମସିହାରେ ରସୁଲକୁଣ୍ଡା (ଗଂଜାମ)ରୁ ପ୍ରକାଶ ପାଉଥିବା 'ରତ୍ନରେଣୁ' ପତ୍ରିକାର ପ୍ରଥମ ଭାଗ, ଚତୁର୍ଥ ସଂଖ୍ୟା (ଡିସେମ୍ବର ମାସ)ରେ ଦୟାନିଧିଙ୍କ 'ସୁନା' ଗଳ୍ପ ପ୍ରକାଶ ପାଇଥିଲା, ଯାହାକି ପରବର୍ତ୍ତୀ ସମୟରେ ତାଙ୍କ ପୌରାଣିକ ଶିଶୁ ଉପନ୍ୟାସ 'ଧ୍ରୁବ'ରେ ମଧ୍ୟ ସଂକଳିତ। ଏହା ଏକ 'ଶିଶୁ ଉଦ୍ୟାନ ଗଳ୍ପ' ବୋଲି ଗାଳ୍ପିକ ନିଜେ ଉଲ୍ଲେଖ କରିଛନ୍ତି। ପିତାମାତାଙ୍କ ଅଳିଅଳି ଝିଅ ସୁନାର ଆଗ୍ରହ, ଜିଜ୍ଞାସା ଓ ବୁଦ୍ଧିକୁ ଗଳ୍ପରେ ଅତି ସରଳ ଓ ସହଜବୋଧ୍ୟ ଭାଷାରେ ଉପସ୍ଥାପନ କରାଯାଇଅଛି। ଏହା ବ୍ୟତୀତ ଶ୍ରୀଯୁକ୍ତ ଅମୂଲ୍ୟକୃଷ୍ଣ ମିଶ୍ର ପିତାଙ୍କ ଦ୍ୱାରା ଲିଖିତ 'ଚିଡ଼ିଆଖାନା' ଓ 'ଏକଘରିଆ' ନାମରେ ଦୁଇଟି ଗଳ୍ପ ଦେଖିଥିବାର ଉଲ୍ଲେଖ କରନ୍ତି। ଏ ଗଳ୍ପ ଦୁଇଟି ବର୍ତ୍ତମାନ ଦୁର୍ଲଭ୍ୟ।

ଦୟାନିଧି ମିଶ୍ର ୧୯୧୪ ମସିହାରେ ଲେଖନ୍ତି ତାଙ୍କର ପ୍ରଥମ ଗଳ୍ପ 'ମିଳନ'। ଏହା 'ଶ୍ରୀ' ଛଦ୍ମନାମରେ 'ଉତ୍କଳ ସାହିତ୍ୟ' ପତ୍ରିକାରେ ପ୍ରକାଶ ପାଏ। ଏହା ପୂର୍ବରୁ ଓଡ଼ିଆ ସାହିତ୍ୟରେ ଖୁବ୍ କମ୍ ଐତିହାସିକ ଗଳ୍ପ, ଯଥା- ଫକୀରମୋହନ ସେନାପତିଙ୍କ 'କମଳା ପ୍ରସାଦ ଗୋରାପ' (୧୯୧୩), 'କାଳିକା ପ୍ରସାଦ ଖେରାପ' (୧୯୧୩) ଏବଂ ଚନ୍ଦ୍ରଶେଖର ନନ୍ଦଙ୍କ 'ପ୍ରତିଶୋଧ' (୧୯୦୭), 'ଭୀଲ ବାଳକ' (୧୯୦୭) ଲେଖାହୋଇଥିଲା। କିନ୍ତୁ ଏ ଗପ ସବୁରେ ଐତିହାସିକ ପ୍ରାମାଣିକତା ଖୋଜିଲେ ପାଠକ ନିରାଶ ହୁଏ। ସେ ଦୃଷ୍ଟିରୁ 'ମିଳନ' ହିଁ ଓଡ଼ିଆ ସାହିତ୍ୟର ପ୍ରଥମ ଐତିହାସିକ କ୍ଷୁଦ୍ରଗଳ୍ପ ବୋଲି ପ୍ରଫେସର ବୈଷ୍ଣବ ଚରଣ ସାମଲ ମତବ୍ୟକ୍ତ କରନ୍ତି (ଓଡ଼ିଆ କ୍ଷୁଦ୍ରଗଳ୍ପର ଇତିବୃତ୍ତ, ପୃ-୩୮୬)। 'ଶ୍ରୀ' ଛଦ୍ମ ନାମରେ ସେହି ବର୍ଷ ତାଙ୍କର ଆଉ ଏକ

ଐତିହାସିକ ଗଳ୍ପ 'ଶାନ୍ତି' ମୁକୁର (୪ର୍ଥ ଓ ୫ମ ସଂଖ୍ୟା, ୯ମ ଭାଗ, ଶ୍ରାବଣ- ଭାଦ୍ର ୧୩୨୧)ରେ ପ୍ରକାଶିତ। ଏହି ଛଦ୍ମନାମ ବ୍ୟବହାର କରି ଦୟାନିଧି କେତୋଟି କବିତା ମଧ୍ୟ ଲେଖିଥିବାର ଜଣାଯାଏ। ସେ ସମୟରେ ଅନେକ ଲେଖକ 'ଶ୍ରୀ' ଛଦ୍ମନାମ ବ୍ୟବହାର କରୁଥିଲେ। ଏହି ଛଦ୍ମତାର ଅନ୍ଧାର ଭିତରେ ହୁଏତ ଦୟାନିଧିଙ୍କ ଆହୁରି ଅନେକ ଲେଖା ଲୁଚି ରହିଥିବାର ଅନୁମାନକୁ ଏଡ଼ାଇ ଦିଆଯାଇନପାରେ। କାହିଁକିନା ୧୯୧୪ ମସିହାରେ ତାଙ୍କର ସାତଗୋଟି ଗଳ୍ପ ପ୍ରକାଶ ପାଇଥିବାବେଳେ ୧୯୧୪ ପରବର୍ତ୍ତୀ କାଳରେ ସେ ମାତ୍ର ଚାରିଗୋଟି ଗଳ୍ପ 'ପ୍ରଦୀପ ନିର୍ବାଣ' (୧୯୨୦), 'ସୁନା' (୧୯୨୩), 'ଦୋଷ କାହାର' (୧୯୨୭/୨୮) ଓ 'ଅମରବୀଣା' (୧୯୪୮) ଲେଖିଥିବା କଥାଟା କାହିଁକି କେଜାଣି ବିଶ୍ୱାସ କରିହୁଏନି। 'ମିଳନ' ଓ 'ଶାନ୍ତି' ବ୍ୟତୀତ ଦୟାନିଧି ମିଶ୍ର 'ଅରୁଣା', 'ରୂପର ମୂଲ୍ୟ' ଓ 'ପ୍ରଦୀପ ନିର୍ବାଣ' ନାମରେ ଆହୁରି ତିନିଗୋଟି ଐତିହାସିକ ଗଳ୍ପ ଲେଖିଛନ୍ତି। 'ଭୁଲ', 'ଆକର୍ଷଣ', 'କଳିକାଳ ଟୋକାଙ୍କୁ ବଳନାହିଁ', 'ଅମରବୀଣା', 'ସୁନା' ଓ 'ଦୋଷ କାହାର' ଆଦି ଛଅଗୋଟି ଗଳ୍ପ ତାଙ୍କର ସାମାଜିକ ଗଳ୍ପ ପର୍ଯ୍ୟାୟର।

ଦୟାନିଧି ମିଶ୍ର ଓଡ଼ିଆ କଥା ସାହିତ୍ୟର ଜଣେ ବିରଳ ପ୍ରତିଭା। 'ବ୍ଲାକ୍ ଈଗଲ୍ ବୁକ୍ସ' ଦ୍ୱାରା 'କଥା କଦମ୍ବ'ର ପରିବର୍ଦ୍ଧିତ ସଂସ୍କରଣ ପ୍ରକାଶ ପାଇବାକୁ ଯାଉଛି, ଏହା ଆନନ୍ଦର ବିଷୟ। ବିସ୍ମୃତ ପ୍ରାୟ ଦୟାନିଧି ମିଶ୍ର ଓ ତାଙ୍କ ସାହିତ୍ୟକୁ ପୁଣିଥରେ ଲୋକଲୋଚନକୁ ଆଣିବାର ଏ ପ୍ରଚେଷ୍ଟା ବାସ୍ତବରେ ପ୍ରଶଂସନୀୟ। ଏଥିପାଇଁ 'ବ୍ଲାକ୍ ଈଗଲ୍ ବୁକ୍ସ' ସତରେ ଧନ୍ୟବାଦାର୍ହ। ବହିଟି ପାଠକାଦୃତ ହେଲେ ଆମେ ଭାବିବୁ ଶ୍ରମ ସାର୍ଥକ ହେଲା।

- ବିଶ୍ୱନାଥ ସାହୁ

ସୂଚୀପତ୍ର

ମିଳନ

ପ୍ରଥମ ପରିଚ୍ଛେଦ
ଏତେ ବିଳମ୍ବ

ଆଜି ଆଶ୍ୱିନ ଶୁକ୍ଳ ନବମୀ। ଶାରଦୀୟ ଚନ୍ଦ୍ରମା ରଜନୀର ପ୍ରଥମ ପ୍ରହରରେ ଆକାଶର ମଧ୍ୟ ଭାଗରେ ଥାଇ ଜଗତକୁ ଶାନ୍ତି ସୁଧାରେ ସିକ୍ତ କରୁଛନ୍ତି। ସେ ସୁଧାପାନରେ ମତ୍ତ ହୋଇ ବୃକ୍ଷ-ଲତାମାନେ ହସୁଛନ୍ତି, ସତୀ କୁମୁଦିନୀ ପ୍ରାଣ କାନ୍ତର ଆଲିଙ୍ଗନରେ ଆତ୍ମବିସ୍ମୃତ ହୋଇ ପ୍ରେମାଶ୍ରୁ ଢାଳୁଛି, ସେ ପ୍ରେମାଶ୍ରୁର ପବିତ୍ର ସ୍ପର୍ଶରେ ସରୋବର ନିଜକୁ କୃତାର୍ଥ ମଣୁଛି ପରା ! ନିକଟରେ ଦୁଃଖିନୀ ପଦ୍ମିନୀ ତଳକୁ ମୁହଁକରି ଛିଡ଼ା ହୋଇଛି। ଯେଉଁ ଶିଶିର କୁମୁଦିନୀରେ ଅଙ୍ଗରେ ସୁଧା ବର୍ଷଣ କରୁଛି, ସେହି ଶିଶିରରୁ ବିଷଧାରା ନିର୍ଗତ ହୋଇ ପଦ୍ମିନୀର କୋମଳ ଅଙ୍ଗକୁ ଅବଶ କରୁଛି। ସଂସାରର ଏପରି ନିୟମ ! ଜଣକର ସୁଖ ହେଲେ ଆଉ ଜଣେ ଦୁଃଖରେ କାନ୍ଦୁଥାଏ। କିନ୍ତୁ ମନୁଷ୍ୟ କାନ୍ଦୁ ବା ହସୁ ମଙ୍ଗଳମୟ ବିଧାତାଙ୍କ ମଙ୍ଗଳମୟ ଇଚ୍ଛା ସଫଳ ହୁଏ।

ଏ ଜ୍ୟୋତ୍ସ୍ନାମୟୀ ରଜନୀରେ ସମ୍ବଲପୁରର ବାଲିବନ୍ଧା ନିକଟବର୍ତ୍ତୀ ଦୁର୍ଗଦ୍ୱାର ନିକଟରେ ଜଣେ ଯୁବକ ଯାଇ କିଛି କ୍ଷଣ ଛିଡ଼ାହେଲେ। ଦେଖିଲେ, ଦୁର୍ଗର ଦ୍ୱାର ବନ୍ଦ; ଭିତରେ ପ୍ରହରୀମାନଙ୍କର କୋଳାହଳ ଶୁଣାଯାଉଛି। ଦୁର୍ଗପ୍ରାଚୀର ଭେଦକରି ସେ କୋଳାହଳ ଆକାଶରେ ପ୍ରତିଧ୍ୱନିତ ହେଉଛି। ଯୁବକ ସେ ପ୍ରତିଧ୍ୱନି ଶୁଣି କିଛିକାଳ ସ୍ତମ୍ଭିତ ହୋଇ ଛିଡ଼ାହେଲେ। ପରେ ପ୍ରାଚୀରରେ ତାଙ୍କର ଦୃଷ୍ଟି ପଡ଼ିଲା; ଦେଖିଲେ, ଚନ୍ଦ୍ରର ସୁଧା-ଧବଳ କିରଣ ପ୍ରାଚୀରର ଧବଳ କଳେବରକୁ ଧବଳତର କରୁଅଛି। ପୁଣ୍ୟତୋୟା ମହାନଦୀ କଳ କଳ ନାଦରେ ଗୀତ ଗାଇ ଦୁର୍ଗର

ଚରଣଧୌତ କରୁଅଛି। ତଟିନୀର ସୁବିମଳ ଜଳରାଶି ଜ୍ୟୋତ୍ସ୍ନା ଉଦ୍ଭାସିତ ହୋଇ ଅପୂର୍ବ ଶୋଭା ଧାରଣ କରିଛି; କିନ୍ତୁ କେଜାଣି କାହିଁକି, ଯୁବକଙ୍କ ମନ ଏ ଶୋଭା ଗ୍ରହଣ କରିପାରିଲା ନାହିଁ। ସେ ବ୍ୟଥିତ ହୋଇ ନିକଟବର୍ତ୍ତୀ ଶିଳା ଉପରେ ଯାଇ ଉପବେଶନ କଲେ।

ଯୁବକ ଶିଳା ଉପରେ ଉପବେଶନ କରି ଆକାଶର ଚନ୍ଦ୍ର ଆଡ଼କୁ ଅନାଇଲେ। ଚନ୍ଦ୍ରର ମନରେ ଭାରି ଆନନ୍ଦ। ସେ ଆକାଶରେ ହସି ହସି ପ୍ରେମିକ ପ୍ରେମିକାଙ୍କ ମନରେ ପ୍ରେମ ବାରି ସିଞ୍ଚୁଛି; କିନ୍ତୁ ଚନ୍ଦ୍ରର ଏ ହାସ୍ୟ ଦେଖି ଯୁବକ ବିରକ୍ତ ହେଲେ। ଚନ୍ଦ୍ରକୁ ଦେଖିବାକୁ ଆଉ ତାଙ୍କର ଇଚ୍ଛା ହେଲା ନାହିଁ। ସେ ମହାନଦୀ ଆଡ଼କୁ ଅନାଇଲେ। ଦେଖିଲେ, ମହାନଦୀ ପୌଢ଼ା-ରମଣୀ ସଦୃଶ କରାଳ ଯୌବନା ହୋଇ ଧୀରେ ଧୀରେ ଅଗ୍ରସର ହେଉଛି। ତା'ର ସେ ଯୌବନ ସୁଲଭ ଉଦ୍ଦାମ ଭାବ ନାହିଁ। ମୁଖରେ ଶାନ୍ତିର ବିମଳ ରେଖା। ହୃଦୟ ପବିତ୍ର, ନିର୍ମଳ। ଯୌବନର ଛଟାରେ ଆଉ ତା'ର ହୃଦୟ କଳୁଷିତ ହେବାର ଅବସର ପାଉନାହିଁ। ସେ ସୁମଧୁର କଳକଳ ରବରେ ବକ୍ଷସ୍ଥିତ ଶିଳାମାନଙ୍କୁ ସାନ୍ତ୍ୱନା ଦେଇ କର୍ତ୍ତବ୍ୟ ପଥରେ ଅଗ୍ରସର ହେଉଛି। ଶିଳାମାନଙ୍କ ସଙ୍ଗେ ଯୁଦ୍ଧ କରିବାକୁ ଆଉ ତା'ର ଶକ୍ତି ନାହିଁ। ଯଦି ତା'ର ସେହି ଶକ୍ତି ଥାନ୍ତା, ତାହାହେଲେ ସେ ତାଣ୍ଡବ ନୃତ୍ୟରେ ନାଚି ନାଚି ରଣୋନ୍ମାଦିନୀ ମୂର୍ତ୍ତି ଦେଖାଇ ଦିଅନ୍ତା। ଏବେ ତା'ର ବୟସ ବେଶି ହେଲାଣି। ବୟୋବୃଦ୍ଧି ସଙ୍ଗେ ସଙ୍ଗେ ତା'ର ଜ୍ଞାନ ବି ବଢ଼ିଛି। ସେ ବିଜୟୀ ହେବାକୁ ଶିଖିଛି; ଶତ୍ରୁ ସଙ୍ଗରେ ମଧ୍ୟ ଶିଷ୍ଟାଚରଣ କରିବାକୁ ଶିଖିଛି।

ଏପରି କିଛି ସମୟ ଅତୀତ ହେଲା। ଦେଖୁଁ ଦେଖୁଁ ଚନ୍ଦ୍ର ପଶ୍ଚିମ ଗଗନ ନିକଟବର୍ତ୍ତୀ ହେବାକୁ ଲାଗିଲେ। ଯୁବକ ଆଉ ସେଠାରେ ରହିପାରିଲେ ନାହିଁ । ଶିଳା ପରିତ୍ୟାଗ କରି ପୁଣି ଦୁର୍ଗଦ୍ୱାର ଆଡ଼କୁ ଅଗ୍ରସର ହେଲେ, ଦେଖିଲେ ଦ୍ୱାର ପୂର୍ବପରି ବନ୍ଦ; କିନ୍ତୁ ପ୍ରହରୀମାନଙ୍କ ସେ କୋଳାହଳ ଆଉ ନାହିଁ। କେବଳ ଦୁଇ ଚାରି ଜଣ ବସି ଗଳ୍ପ କରୁଛନ୍ତି। ଭାବିଲେ, ଦୁର୍ଗ-ପ୍ରାଚୀର ଡେଇଁ ପ୍ରହରୀମାନଙ୍କୁ ସମୁଚିତ ଶାସ୍ତି ଦିଅନ୍ତେ। ପୁଣି ପରମୁହୂର୍ତ୍ତରେ ମନର ଭାବକୁ ଗୋପନ କରି ପୂର୍ବ ପରଚିତ ଶିଳାରେ ଯାଇ ଉପବେଶନ କଲେ।

ଯୁବକ ଶିଳ ଉପରେ ଉପବେଶନ କଲେ ସତ୍ୟ; କିନ୍ତୁ ତାଙ୍କର ମନ ସ୍ଥିର ହୋଇ ରହିପାରିଲା ନାହିଁ। ତାହା ନାନା ରାଜ୍ୟରେ ବିଚରଣ କରିବାକୁ ଲାଗିଲା। ମନର ଗତିକୁ କିଏ ରୋଧ କରିପାରେ ? ତୁମ୍ଭେ ମନୁଷ୍ୟକୁ କାରାଗାରରେ ଆବଦ୍ଧ କର, ତାକୁ ଶତ ଯନ୍ତ୍ରଣା ଦିଅ, କିନ୍ତୁ ତା'ର ମନର ଗତିରୋଧ କରିବାର ଶକ୍ତି ତୁମର ନାହିଁ। ଏଇଟା ତ ପ୍ରକୃତିର ନିୟମ। ଯୁବକ ମନକୁ ସ୍ଥିର କରିବାକୁ ଚେଷ୍ଟା କଲେ;

କିନ୍ତୁ ମନ ମାନିଲା ନାହିଁ। କାହିଁ ନୃସିଂହ ନାଥ(୧), କାହିଁ ବାର ପାହାଡ଼(୨), କାହିଁ ବୁଢ଼ାରଜା(୩), କାହିଁ ସମଲେଶ୍ୱରୀ ମନ୍ଦିର ଚାରିଆଡ଼େ ବୁଲି ଆସିଲା। ଯୁବକ ମନର ଅବାଧ୍ୟତା ଦେଖି ମନ ଉପରେ ମଧ୍ୟ ବିରକ୍ତ ହେଲେ। ତାଙ୍କୁ ଚତୁର୍ଦ୍ଦିଗ ଅନ୍ଧାର ଦିଶିଲା। ଆଉ ଅଳ୍ପକ୍ଷଣ ପରେ ସେ ସ୍ଥାନ ପରିତ୍ୟାଗ କରିବାକୁ ହେବ ଭାବି ସେ ବିକଳ ହୋଇ ପଡ଼ିଲେ।

ହଠାତ୍ ଦୁର୍ଗର ଦ୍ୱାର ଉନ୍ମୁକ୍ତ ହେଲା। ଦ୍ୱାରର ଉନ୍ମୋଚନ ଶବ୍ଦ ଯାଇ ଯୁବକଙ୍କ କର୍ଣ୍ଣରେ ପ୍ରବେଶ କଲା। ଯୁବକ ଲୋତକ ସମ୍ବରଣ କରି ଦ୍ରୁତ ପଦରେ ଦ୍ୱାର ଆଡ଼େ ଅଗ୍ରସର ହେଲେ। ଦେଖିଲେ, କଳସୀ କକ୍ଷରେ ଗୋଟିଏ ଯୁବତୀ ଦୁର୍ଗଦ୍ୱାରରୁ ବହିର୍ଗତ ହେଲା। ଚନ୍ଦ୍ରକିରଣରେ ରମଣୀର ପୂର୍ଣ୍ଣଚନ୍ଦ୍ରନିଭାନନ, ଆଲୁଲାୟତ କେଶପାଶ, ସୁଗୋଲ ବାହୁ ଯୁଗଳ ଦେଖି ତାକୁ ଚିହ୍ନିବାକୁ ଯୁବକଙ୍କର ବେଶୀ ବିଳମ୍ବ ହେଲା ନାହିଁ। ସେ ତାହା ନିକଟକୁ ଯାଇ କହିଲେ – "ଛି ସର, ଏତେ ବିଳମ୍ବ କାହିଁକି କଲ ?"

ଦ୍ୱିତୀୟ ପରିଚ୍ଛେଦ
ବିଦାୟ

ସରୋଜିନୀ ନୀରବରେ ଯୁବକଙ୍କ ନିକଟବର୍ତ୍ତୀ ହେଲା। ଯୁବକ ପୁଣି ତାକୁ ପଚାରିଲେ, "ସର, ଆଜି ଏତେ ବିଳମ୍ବ କାହିଁକି କଲ ?"

ସରୋଜିନୀ ପ୍ରଥମେ ଯୁବକଙ୍କ ପ୍ରଶ୍ନର ଉତ୍ତର ଦେଇପାରିଲା ନାହିଁ। ପରେ ବହୁ କଷ୍ଟରେ କହିଲା, "ଆଜି ମା ସମଲେଶ୍ୱରୀଙ୍କ ନବମୀ ଉତ୍ସବ। ପୂଜା କରୁ କରୁ ଡେରି ହୋଇଗଲା।"

ଯୁବକ ସରୋରଜିନୀର ହାତ ଧରି ଶିଳା ନିକଟକୁ ଗଲେ ଏବଂ ଉଭୟେ ଶିଳା ଉପରେ ଉପବେଶନ କଲେ। ଉଭୟଙ୍କ ଚକ୍ଷୁରେ ଲୋତକ, ଉଭୟେ ସମଭାବାପନ୍ନ। ଯୁବକ ବହୁ କଷ୍ଟରେ ଆତ୍ମସଂଯମ କରି କହିଲେ, "ସର, ମୁଁ ଏଠାକୁ

(୧) ସମ୍ବଲପୁର ଜିଲ୍ଲା ବୁଢ଼ାସମ୍ବର ଜମିଦାରୀର ପର୍ବତ ବିଶେଷ। ଏହା ଗୋଟିଏ ତୀର୍ଥସ୍ଥାନ।

(୨) ସମ୍ବଲପୁର ଜିଲ୍ଲାର ଗୋଟିଏ ବିଖ୍ୟାତ ପର୍ବତ।

(୩) ସମ୍ବଲପୁର ସହରର ଅଦୂରବର୍ତ୍ତୀ ପାହାଡ଼।

କେତେବେଳ ହେଲା ଆସି ତୁମ୍ଭର ଅପେକ୍ଷାରେ ବସିଛି। ମୋର ଆଖିର ପାଣି ଆଖିରେ ମରିଗଲା; କିନ୍ତୁ ତୁମ୍ଭର ଦେଖା ନାହିଁ। ସର, ମୋର ଦୁଃଖ କାହାକୁ କହିବି ? ତୁମ୍ଭେ ଶୁଣବୋଲି କହେ। ଆଉ ଟିକିଏ ବିଳମ୍ବ କରିଥିଲେ ମତେ ଆଉ ତୁମ୍ଭେ ଦେଖି ପାରି ନଥାନ୍ତ।"

ଯୁବକଙ୍କ କଥା ଶୁଣି ସରୋଜିନୀ ତାଙ୍କ ମୁଖକୁ ଅନାଇଲା; କିନ୍ତୁ ବିକଳ ହୋଇ କେବଳ କାନ୍ଦିବାକୁ ଲାଗିଲା। ତା'ର ମୁଖରୁ ବାକ୍‌ସ୍ଫୁର୍ତ୍ତି ହୋଇପାରିଲା ନାହିଁ। ସେ ଯୁବକଙ୍କ ମୁଖକୁ ପୁଣି ଦେଖିଲା। ତାଙ୍କର ସେ ବେଶ ଦେଖି ସେ କିଛି ବୁଝି ପାରିଲା ନାହିଁ। ତାଙ୍କ ମସ୍ତକରେ ଉଷ୍ଣୀଷ, ଶରୀର ବର୍ମାଚ୍ଛାଦିତ। ତାଙ୍କ ବେଶର ମର୍ମ ବୁଝି ନ ପାରି ସେ କହିଲା – "ଆଜି କେଉଁଠିକି ଯିବ କି ?"

ଯୁବକ କହିଲେ – "ମୁଁ କେଉଁଠିକି ଯିବି ବୋଲି ତୁମ୍ଭେ ପଚାରୁଛ ? ଲୋକେ ଏପରି ବେଶରେ କେଉଁଠିକି ଯାଆନ୍ତି ?"

ସରୋଜିନୀ – ତୁମ୍ଭେ ଯୁଦ୍ଧ କରିବାକୁ ଯିବ ? କାହିଁ ଆମ ଦେଶରେ ତ ଆଉ ଯୁଦ୍ଧ ହେଉନାହିଁ। ଇଂରେଜମାନେ ଆମ୍ଭର ରାଜା ହୋଇଛନ୍ତି। ରାଣୀମା ମଧ୍ୟ ସେମାନଙ୍କ ହସ୍ତରେ ଆମ୍ଭ ରାଜ୍ୟକୁ ଦେଇ ନିଶ୍ଚିନ୍ତରେ ଅଛନ୍ତି। ମରହଟ୍ଟାମାନେ ତ ଆସୁନାହାନ୍ତି ?

ଯୁବକ - ନା ସର, ମରହଟ୍ଟାମାନେ ଆଉ କିପରି ଆସିବେ ? ଭାରତ ବର୍ଷଯାକ ଇଂରେଜମାନଙ୍କ ଅଧୀନ ହେଲାଣି; କିନ୍ତୁ ପୁଣି ଆଜି ଯୁଦ୍ଧ କ୍ଷେତ୍ରକୁ ଯିବାକୁ ହେବ। ଆମ୍ଭର ରାଜା ଆସିଛନ୍ତି।

ସର - ଆମ୍ଭର ରାଜା ! କିଏ, ସୁରେନ୍ଦ୍ର ସାଏ ? ସେ ପରା ରାଞ୍ଚିରେ ଜେଲ ଖାନାରେ ଥିଲେ ?

ଯୁବକ – ଜେଲ୍‌ରୁ ପୁଣି ମୁକୁଳିଛନ୍ତି। ଏହି ଯେ ସିପାହୀ ବିଦ୍ରୋହ ହୋଇଥିଲା, ତୁମ୍ଭେ ସେ ବିଦ୍ରୋହ କଥା ଶୁଣିଛ ତ ? ବିଦ୍ରୋହୀ ସିପାହୀମାନେ ତାଙ୍କୁ ଜେଲ୍‌ରୁ ମୁକୁଳାଇ ଦେଇଛନ୍ତି।

ସର – ତାହାହେଲେ ତ ଇଂରେଜମାନେ ତାଙ୍କୁ ରାଜା କରିବେ। ନାରାୟଣ ସିଂହ ମହାରାଜାଙ୍କ ପ୍ରକୃତ ଉତ୍ତରାଧିକାରୀ ସୁରେନ୍ଦ୍ର ସାଏ।

ଯୁବକ – କିନ୍ତୁ ଇଂରେଜମାନେ ସେ କଥା ବୁଝି ନାହାନ୍ତି। ସେଥିରେ ବା ସେମାନଙ୍କର ଦୋଷ କ'ଣ, ଆମ ଦେଶର ଧୂର୍ତ୍ତ ଲୋକଙ୍କ କଥାରେ ସେମାନେ ସୁରେନ୍ଦ୍ର ସାଏଙ୍କୁ ଚୋର, ଦସ୍ୟୁ ବୋଲି ଭାବିଛନ୍ତି। ସେଥିପାଇଁ ତାଙ୍କୁ ରାଜ୍ୟ ଦେଉ ନାହାନ୍ତି।

ସର – ତାହା ହେଲେ ତୁମ୍ଭେ ଇଂରେଜମାନଙ୍କ ସଙ୍ଗେ ଯୁଦ୍ଧ କରିବ ? ନା, ମୁଁ ତୁମକୁ ଯିବାକୁ ଦେବି ନାହିଁ।

ଏହାକହି ସରୋଜିନୀ ଯୁବକଙ୍କ କ୍ରୋଡ଼ରେ ମସ୍ତକ ରଖି କାନ୍ଦିବାକୁ ଲାଗିଲା। ସରୋଜିନୀର ଏ ଭାବ ଦେଖି ଯୁବକ ମଧ୍ୟ ଶୋକରେ ଅଧୀର ହୋଇଗଲେ। ତାଙ୍କ ମନରେ ନାନାଭାବ ଉଦିତ ହେବାକୁ ଲାଗିଲା। ପ୍ରାଣପ୍ରତିମା ସରୋଜିନୀକୁ ଛାଡ଼ି ସେ ଯୁଦ୍ଧ କ୍ଷେତ୍ରକୁ ଯିବେ, ଏକଥା ଭାବି ସେ ବ୍ୟାକୁଳ ହୋଇପଡ଼ିଲେ। ସାଶ୍ରୁ ନୟନରେ ଚନ୍ଦ୍ର ଆଡ଼କୁ ଅନାଇବାକୁ ଲାଗିଲେ। ଦେଖିଲେ, ଚନ୍ଦ୍ର ଏତେବେଳଯାଏ ଅସ୍ତ ହୋଇନାହିଁ। ତା'ର ସ୍ନିଗ୍ଧ ଜ୍ୟୋତ୍ସ୍ନା ଶୀକରସ୍ନାତ ସମୀରଣ ଭେଦକରି ପ୍ରେମିକ ପ୍ରେମିକାଙ୍କ ଉପରେ ପତିତ ହେଲା। ଯୁବକ ଜ୍ୟୋତ୍ସ୍ନା-ମଣ୍ଡିତ ସରୋଜିନୀର ସୌନ୍ଦର୍ଯ୍ୟ ସୁଧାପାନ କରିବାକୁ ଲାଗିଲେ। ସେ ବାରମ୍ବାର ପ୍ରେୟସୀର ମୁଖ ଚୁମ୍ବନ କରି କହିଲେ – "ସର, ଛି ! ତୁମ୍ଭେ କ୍ଷତ୍ରିୟ କନ୍ୟା ହୋଇ ଏପରି କଥା କହୁଛ ?"

ଯୁବକଙ୍କ କଥା ଶୁଣି ସରୋଜିନୀ ମସ୍ତକ ଉତ୍ତୋଳନ କଲା। ଛଳ ଛଳ ଲୋଚନରେ ତାଙ୍କ ମୁଖକୁ ଅନାଇ କହିଲା – "ତୁମ୍ଭେ ଯୁଦ୍ଧ କ୍ଷେତ୍ରକୁ ଯିବ ? ଯାଅ, ମୁଁ ବାଧା ଦେବିନାହିଁ। ତୁମ୍ଭେ ଯୁଦ୍ଧରେ ଜୟଲାଭ କର କିମ୍ବା ତୁମ୍ଭର ରକ୍ତରେ ଶତ୍ରୁର ତରବାରୀକୁ ରଞ୍ଜିତ କର। କ୍ଷତ୍ରିୟ କନ୍ୟାର ଏହାହିଁ କାମନା। ସେ ମରଣକୁ ଭୟ କରେ ନାହିଁ; କିନ୍ତୁ ଜାଣିଶୁଣି ଅସମ୍ଭବ କାର୍ଯ୍ୟରେ ହସ୍ତକ୍ଷେପ କରିବା ବାତୁଳତା।"

ଯୁବକ ଗର୍ବିତ ସ୍ୱରରେ କହିଲେ – "ନା, ସର ! ଅସମ୍ଭବ ନୁହେଁ। ଥରେ ଏହି ବାରପାହାଡ଼କୁ ଅନାଇ ଦେଖ। ଯେଉଁ ବାରପାହାଡ଼ରେ ବଳରାମ ଦେବଙ୍କ ବିଜୟ ପତାକା ଉଡୁଥିଲା, ଏଇଟା ସେଇ ବାରପାହାଡ଼। ଏଇ ବାରପାହାଡ଼ ଶୃଙ୍ଗରେ ଥାଇ ଅଭୟ ସିଂହ ମରହଟ୍ଟାମାନଙ୍କ ଦର୍ପ ଚୂର୍ଣ୍ଣ କରିଥିଲେ। ମରହଟ୍ଟାମାନଙ୍କ ଶୋଣିତରେ ଏ ପବିତ୍ର ପର୍ବତ ଆଜିଯାଏ ରକ୍ତ ବର୍ଣ୍ଣ ଧାରଣ କରିଛି। ମା, ସମଲେଶ୍ୱରୀଙ୍କ ବିଜୟ ପତାକା ଉଡ଼ିଛି। ସର, ଏହି ବାରପାହାଡ଼କୁ ଥରେ ନମସ୍କାର କର।"

ଯୁବକଙ୍କ କଥା ଶୁଣି ସରୋଜିନୀ ବାରପାହାଡ଼କୁ ନମସ୍କାର କଲା। ତା'ର ଅପୂର୍ବ ସୁନ୍ଦର ମୁଖ ଉଜ୍ଜ୍ୱଳ ହୋଇଗଲା। ସେ ଯୁବକଙ୍କୁ ଆଲିଙ୍ଗନ କରି କହିଲା – "ବୀର ଶ୍ରେଷ୍ଠ ! ପ୍ରାଣେଶ୍ୱର ଯାଅ, ଯୁଦ୍ଧ କ୍ଷେତ୍ରକୁ ଯାଅ। ମୁଁ ହସି ହସି ତୁମ୍ଭକୁ ବିଦାୟ ଦେଉଛି। ତୁମେ ଯୁଦ୍ଧ କର। ସମ୍ବଲପୁରର ରାଜାଙ୍କୁ ରାଜ୍ୟ ଦିଅ। ଏ ପବିତ୍ର କାର୍ଯ୍ୟରେ ପ୍ରାଣବଳୀ ସୁଦ୍ଧା ଦେବାକୁ କୁଣ୍ଠିତ ହେବନାହିଁ।"

ଏହା କହି ସରୋଜିନୀ ଯୁବକଙ୍କ ପଦଧୂଳି ମସ୍ତକରେ ନେଇ ବିଦାୟ ନେଲା। ଯୁବକ ସାଶ୍ରୁ ନୟନରେ ତାକୁ ଅନେଇବାକୁ ଲାଗିଲେ। ତାଙ୍କର ନୟନପିତୁଳି ବହୁ ପ୍ରସ୍ତର ମଧ୍ୟ ଦେଇ ତାଙ୍କର ଚକ୍ଷୁକୁ ଅନ୍ଧାର କରି କଳସୀ-କକ୍ଷରେ ଚାଲିଗଲା। ଦୁର୍ଗର ଦ୍ୱାର ସଜୋରରେ ବନ୍ଦ ହେଲା। ଯୁବକ କ୍ଷଣଯାଏ ସେଆଡ଼େ ଅନେଇଲେ। ଆଉ

ବେଶୀକ୍ଷଣ ଅନେଇ ପାରିଲେ ନାହିଁ। ପଶ୍ଚିମ ଗଗନକୁ ଅନାଇ ଦେଖିଲେ, ଚନ୍ଦ୍ରାସ୍ତ ହୋଇସାରିଛି। ବରଗଛ ଉପରୁ ଶିଶିର ବିନ୍ଦୁ ଥପ୍ ଥପ୍ ହୋଇ ପଡୁଛି। ଏଣୁ ସେଠାରେ ଆଉ ବିଳମ୍ୱ କରିବା ଅନୁଚିତ ମନେକରି ସେ ଶିଳା ପରିତ୍ୟାଗ ପୂର୍ବକ ପୂର୍ବାଭିମୁଖେ ଅଗ୍ରସର ହେଲେ।

ତୃତୀୟ ପରିଚ୍ଛେଦ
ହୃଦୟରେ ଆଘାତ

ଯୁବକ କିଛି ଦୂର ଗଲାପରେ ପଛରୁ କିଏ ଆସି କହିଲା – "ବସନ୍ତ ଦାଦା, ବସନ୍ତ ଦାଦା, ସବୁ ଶୁଣିଛି। ଗୁରୁଦେବଙ୍କୁ ଯାଇ କହିଦେବ।"

ବସନ୍ତ କୁମାର ପଛକୁ ଅନାଇଲେ। ଯାହା ଦେଖିଲେ, ତାଙ୍କର ହୃଦୟ ସ୍ତବ୍ଧ ହୋଇଗଲା। ପଛରେ ସନ୍ନ୍ୟାସିନୀ ମୂର୍ତ୍ତି ତାଙ୍କୁ ଗୋଡ଼ାଇଛି। ବହୁ କଷ୍ଟରେ ସେ ପ୍ରକୃତିସ୍ଥ ହୋଇ କହିଲେ – "ବାସନ୍ତୀ ଯେ! ଏତେ ରାତିରେ ଏଠାକୁ କିପରି ଆସିଲ ?"

ବାସନ୍ତୀ ହସି ହସି କହିଲା, ମୋର ବସନ୍ତ ଦାଦା ଯେପରି ଆସିଲା। ଦାଦା, ମୁଁ ସବୁ ଶୁଣିଛି – ସବୁ ଶୁଣିଛି।"

ବାସନ୍ତୀର କଥା ଶୁଣି ବସନ୍ତ କୁମାର ବୁଝିଲେ ଯେ, ସର୍ବନାଶ ଉପସ୍ଥିତ। ତେବେ କ'ଣ ବାସନ୍ତୀ ସରୋଜିନୀର ସବୁକଥା ଶୁଣିଛି ? ଗୁରୁଦେବ ଶୁଣିଲେ କ'ଣ କହିବେ ? ଯୁଦ୍ଧ ଶେଷ ହେଲା ଯାଏ ସରୋଜିନୀ ସଙ୍ଗେ ଦେଖା କରିବାକୁ ସେ ମତେ ମନା କରିଥିଲେ। ଯଦି ଏ ସମ୍ୱାଦ ପାଆନ୍ତି, ତାହାହେଲେ ମୋର ଅପମାନର ସୀମା ରହିବ ନାହିଁ; କିନ୍ତୁ ବସନ୍ତ କୁମାର କ୍ଷତ୍ରିୟ ଯୁବକ। ସେ ଶୀଘ୍ର ମନର ଭାବ ମନରେ ରଖି କହିଲେ, "ଯା, ପାଗଳି ! ତୋର ପାଗଳାମୀ କେବେ ଛାଡ଼ିଲୁ ନାହିଁ।"

ବାସନ୍ତୀ ପୁନର୍ବାର ହସି ହସି କହିଲା, "ପାଗଳର ଭଉଣୀ ପାଗଳୀ ନୁହେଁ ତ ଆଉ କ'ଣ ? ମୋର ବସନ୍ତ ଦାଦା ଯେ ପାଗଳ ! ବାସନ୍ତୀ ଭଉଣୀ ପାଗଳୀ ହେଲା ବୋଲି ଏବେ ରାଗ କାହିଁକି ? ମୁଁ ଯାଉଛି ସରବହୂକୁ କହିବି। ଏଁ – ଏଁ।"

ବାସନ୍ତୀର କଥା ଶୁଣି ବସନ୍ତ କୁମାର ନ ହସି ରହି ପାରିଲେ ନାହିଁ। ହାସ୍ୟ ସମ୍ୱରଣ କରି କହିଲେ – "ତୋର ସରବହୂ କିଏ ଲୋ ?" ବାସନ୍ତୀ ପୁଣି ହସି ହସି କହିଲା, "ମୋର ସରବହୂ ? ସୁନ୍ଦର ବହୂଟିଏ ! ନା, ଦାଦା ମୋର ସରବହୂ ସୁନ୍ଦର, ନା ? ମୋର ସର ବହୂକୁ କହିଲୁ – ବାରପାହାଡ଼କୁ ନମସ୍କାର କର। ଦାଦା, ମତେ ତ କହିଲୁ ନାହିଁ ? ମୁଁ ବି ନମସ୍କାର କରିବି।"

ବସନ୍ତ ଗମ୍ଭୀର ଭାବରେ କହିଲେ – "ନମସ୍କାର କରିବୁ ? କର । ବାସନ୍ତୀ, ଗୀତଟିଏ ଗା'ତ ।" ବାସନ୍ତୀ କହିଲା, "ନା, ଦାଦା, ମୋର ଗଳା ବସି ଯାଇଛି, ମୁଁ ଏବେ ଗାଇ ପାରିବି ନାହିଁ । ଦାଦା, ମୁଁ ଯୁଦ୍ଧ କ୍ଷେତ୍ରକୁ ଯିବି, ଯୁଦ୍ଧ କରିବି ।"

ବାସନ୍ତୀ କଥା ଶୁଣି ବସନ୍ତ କୁମାର ଆଶ୍ଚର୍ଯ୍ୟାନ୍ୱିତ ହେଲେ । ତା'ର ପ୍ରତ୍ୟେକ କଥାରେ ସରଳତା ଓ ମଧୁରତା । ସେ ନିଜେ ହସି ଅପରକୁ ହସାଇ ପାରେ । ପୁଣି ପରମୁହୂର୍ତ୍ତରେ ଗମ୍ଭୀର ହୋଇ କଥାବାର୍ତ୍ତା କରେ । ତା'ର ସେ ମାୟାବିନୀ ମୂର୍ତ୍ତି ଦେଖି ବସନ୍ତ କୁମାର ଚକିତ ହୋଇ କହିଲେ, "ବାସନ୍ତୀ, ତୁ ଯୁଦ୍ଧ କ୍ଷେତ୍ରକୁ କିପରି ଯିବୁ ? ସେଠାରେ ଯେ ଶତ୍ରୁମାନେ ଅଛନ୍ତି । ତୁ ପିଲାଲୋକ, ସେମାନଙ୍କୁ ଦେଖିଲେ ଡରିବୁ ।"

ବସନ୍ତ କୁମାରଙ୍କ କଥା ବାସନ୍ତୀର ମନକୁ ଆସିଲା ନାହିଁ । ସେ ବିସ୍ମିତ ନେତ୍ରରେ ତାଙ୍କ ମୁଖକୁ ଅନାଇଲା । ପରେ ମନ ମଧ୍ୟରେ କ'ଣ ଭାବି କହିଲା, "ଦାଦା, ତୁ ମତେ ସଙ୍ଗରେ ନ ନେଲେ ବହୂର କଥା ଗୁରୁଦେବଙ୍କୁ କହିଦେବି ।"

ବସନ୍ତ କୁମାର ବାସନ୍ତୀର ସେପରି ଭାବ ଦେଖି କିଛି ଠିକ୍ କରି ପାରିଲେ ନାହିଁ । ପରେ କହିଲେ, "କେଉଁ ବହୂର କଥା ?" ବାସନ୍ତୀ ହସି ହସି କହିଲା, "ସର ବହୂ ! ସର, ବହୂ ! ଦାଦା, ମୁଁ ବରଗଛ ଉପରେ ବସି ସବୁ ଶୁଣୁଥିଲି ।"

ବସନ୍ତ କୁମାର କହିଲେ, "ଆଛା, ଶୁଣିଲୁ ତ ବେଶ୍ କଲୁ । ଯା, ତୋ ବହୂ ପାଖରେ ଅଳି କରିବୁ । ମୁଁ ତତେ ପାରିବି ନାହିଁ ।"

ବାସନ୍ତୀ କହିଲା, "ନା, ଦାଦା, ମୁଁ ତୋ ପାଖରେ ଅଳି କରିବି । ତୋ ସାଙ୍ଗରେ ଯୁଦ୍ଧକୁ ଯିବି । ତୁ ଯୁଦ୍ଧକୁ ଯିବୁ, ଆଉ ମୁଁ କ'ଣ ତୁନି ହୋଇ ବସିଥିବି ? ଦାଦା, ମୁଁ ମଧ୍ୟ ଦେଶ ପାଇଁ ପ୍ରାଣ ଦେଇପାରେ ।"

ବାସନ୍ତୀର ଏ କଥା ଶୁଣି ବସନ୍ତ କୁମାର ମନେ ମନେ ତାକୁ ପ୍ରଶଂସା କରିବାକୁ ଲାଗିଲେ । ସେ ଆଉ କିଛି କହି ପାରିଲେ ନାହିଁ । ବାସନ୍ତୀର ଶିକ୍ଷା ଦୀକ୍ଷା ବିଷୟ ଅନ୍ୟମନସ୍କ ହୋଇ ଭାବିବାକୁ ଲାଗିଲେ । ତାଙ୍କୁ ନିରୁତ୍ତର ଦେଖି ବାସନ୍ତୀ ଟିକିଏ ଉତ୍ତେଜିତ ହୋଇ କହିଲା, "ଦାଦା, ଦେଖିବୁ, ମୁଁ ଯୁଦ୍ଧ କରିପାରିବି କି ନା ?"

ଏହା କହୁ କହୁ ବାସନ୍ତୀର ରୂପ ହଠାତ୍ ପରିବର୍ତ୍ତିତ ହୋଇଗଲା । ତା'ର ନେତ୍ରଯୁଗଳ ଦିବ୍ୟ ପ୍ରଭାମୟ ହେଲା, ବଦନ ମଣ୍ଡଳ ଅନିର୍ବଚନୀୟ ପ୍ରତିଭାରେ ପୂର୍ଣ୍ଣ ହେଲା, ଶରୀରରୁ ମନୁଷ୍ୟ କଳ୍ପନାତୀତ ବୈଦ୍ୟୁତିକ ଶକ୍ତି ବହିର୍ଗତ ହେବାକୁ ଲାଗିଲା । ସରଳ ବାଳିକା ମୃଣାଳ କୋମଳ ହସ୍ତଦ୍ୱୟ ବକ୍ଷୋପରି ସ୍ଥାପିତ କରି ବୀଣା-ବିନିନ୍ଦିତ ସ୍ୱରରେ ଡ଼ାକିଲା –

"ମା – ମା – ମା !"

ବସନ୍ତ କୁମାରଙ୍କ ଦେହ ରୋମାଞ୍ଚିତ ହୋଇଗଲା । ସେ ଅବାକ୍ ହୋଇ ବାସନ୍ତୀର କାର୍ଯ୍ୟକଳାପ ଦେଖିବାକୁ ଲାଗିଲେ । ବାସନ୍ତୀ ତଗ୍‌ଗତଚିତ୍ତ ହୋଇ ପୁନରାୟ ଡାକିବାକୁ ଲାଗିଲା, "ମା – ମା, ତୋର ରଣରଙ୍ଗିନୀ ମୂର୍ତ୍ତି ଦେଖା ମା । ଆମେ ଦୁଇ ଭାଇ ଭଉଣୀ ତତେ ସ୍ମରଣ କରି ଯୁଦ୍ଧ କ୍ଷେତ୍ରକୁ ଯିବୁ ।"

ବସନ୍ତ କୁମାର ବାସନ୍ତୀର ଏ ମୂର୍ତ୍ତି ଅନେକ ଥର ଦେଖିଲେ; କିନ୍ତୁ ଏଥର ତାଙ୍କ ମନରେ ବିସ୍ମୟର ମାତ୍ରା ବଢ଼ିଥିଲା । ସେ ଚକିତ ନେତ୍ରରେ ସେ ମୂର୍ତ୍ତିକୁ ଅନାଇବାକୁ ଲାଗିଲେ । ଦେଖୁ ଦେଖୁ ବାସନ୍ତୀ 'ମା' 'ମା' ରବକରି ଅନ୍ଧକାରରେ ବିଲୀନ ହୋଇଗଲା । ବସନ୍ତ କୁମାର ମଧ୍ୟ 'ମା' 'ମା' ରବକରି ତା' ପଛେ ପଛେ ଗୋଡ଼ାଇଲେ; କିନ୍ତୁ ତାକୁ ଆଉ ଧରି ପାରିଲେ ନାହିଁ । ସେ ଦ୍ରୁତ ପଦରେ କେଉଁଠି ଯାଇ ଲୁଚିଲା, ବସନ୍ତ କୁମାର ଠିକ୍ କରି ପାରିଲେ ନାହିଁ । ପରିଶେଷରେ ହତୋଦ୍ୟମ ହୋଇ ବୀଣାନଦୀ ତୀରବର୍ତ୍ତୀ 'ମାତୃ-ଆଶ୍ରମ' ରେ ଯାଇ ପ୍ରବେଶ କଲେ ।

ଚତୁର୍ଥ ପରିଚ୍ଛେଦ
ସରୋଜିନୀ

ସରୋଜିନୀ ଜନାର୍ଦ୍ଦନ ରାଏଙ୍କ ଏକମାତ୍ର କନ୍ୟା । ଜନାର୍ଦ୍ଦନ ମା' ସମଲେଶ୍ୱରୀଙ୍କ ପୂଜାରେ ସମଗ୍ର ଜୀବନ ଅତିବାହିତ କରିଥିଲେ । ସେ ସରୋଜିନୀକୁ ଅତ୍ୟନ୍ତ ସ୍ନେହ କରୁଥିଲେ । ତାକୁ କ୍ଷଣେ ନ ଦେଖିଲେ ତାଙ୍କ ଚକ୍ଷୁ ଅନ୍ଧକାର ଦେଖୁଥିଲା । ସ୍ନାନ, ଉପାସନା, ଭୋଜନ, ଶୟନ ସବୁ ସମୟରେ ତାକୁ ସଙ୍ଗେ ସଙ୍ଗେ ରଖୁଥିଲେ ଏବଂ ତାକୁ ଦେଖି ତାଙ୍କର ମୃତ ପତ୍ନୀଙ୍କୁ କିଞ୍ଚିତ ପରିମାଣରେ ଭୁଲୁଥିଲେ । ପିତାଙ୍କ ସଙ୍ଗରେ ଥାଇ ସରୋଜିନୀ ଅନେକ କଥା ଶିଖିଥିଲା । ସନ୍ଧ୍ୟା, ତର୍ପଣ, ଦେବୀପୂଜା, ମନ୍ତ୍ର, ଶ୍ଳୋକ ଅନେକ କଥା ଶିଖିଥିଲା । ସରୋଜିନୀ ଅତି ଶୈଶବରୁ ସ୍ନେହମୟୀ ଜନନୀଙ୍କୁ ହରାଇ ଥିଲା । ସରୋଜିନୀର ସରଳ ମଧୁର କଣ୍ଠରୁ ସୁମଧୁର ଶ୍ଳୋକ ଧ୍ୱନି ବାହାରି ବୃଦ୍ଧ ଜନାର୍ଦ୍ଦନଙ୍କ ନୀରସ ଜୀବନକୁ ସରସ କରୁଥିଲା ।

ଜନନୀଙ୍କ ସ୍ନେହରୁ ବଞ୍ଚିତା ହୋଇ ସୁଦ୍ଧା ସେ ନିରାଶ୍ରୟ ନଥିଲା । ବୃଦ୍ଧ ଜନାର୍ଦ୍ଦନ ତାର ପିତା ଏବଂ ମାତା ଦୁହିଁଙ୍କ ସ୍ଥାନ ଅଧିକାର କରିଥିଲେ । ସରୋଜିନୀ ତାଙ୍କୁ ଜୀବନର ଏକମାତ୍ର ଉପାସ୍ୟ ଦେବତା ବୋଲି ଭାବିଥିଲା । ପିତୃସେବାରେ ଟିକିଏ ତ୍ରୁଟି ହେଲେ ସେ ମର୍ମାନ୍ତକ ଯାତନା ଅନୁଭବ କରୁଥିଲା । ତା'ର ସେବା ତତ୍ପରତାରେ ଜନାର୍ଦ୍ଦନ ସୁଖରେ ଜୀବନର ଶେଷଭାଗ ଯାପନ କରୁଥିଲେ ।

ଜନାର୍ଦ୍ଦନ ନିଷ୍ପାପର ଉପାସକ। ଦିବସର ଅଧିକାଂଶ ସମୟ ସେ ମା' ସମଲେଶ୍ୱରୀଙ୍କ ପୂଜାରେ ଅତିବାହିତ କରୁଥିଲେ। ପୂଜା ସମୟରେ ସେ କେତେବେଳେ ହସୁଥିଲେ, କେତେବେଳେ ବା ମାତୃ ପ୍ରେମରେ ବିହ୍ୱଳ ହୋଇ କାନ୍ଦୁଥିଲେ। ଦେବୀ ପ୍ରତିମାଙ୍କୁ ସେ ସାମାନ୍ୟ ପାଷାଣମୟୀ ମୂର୍ତ୍ତି ବୋଲି ଭାବୁ ନଥିଲେ। ସେ ତାଙ୍କୁ ଆଦିମାତା ଜ୍ଞାନରେ ପୂଜା କରୁଥିଲେ। ଦେବୀଙ୍କୁ ସେ କେତେବେଳ 'ଝିଅ' ବୋଲି ସମ୍ବୋଧନ କରୁଥିଲେ, କେତେବେଳେ ବା 'ମା' 'ମା' ରବରେ ତାଙ୍କର ଚରଣ ତଳେ ଲୋଟୁଥିଲେ। ସରୋଜିନୀ ପ୍ରତିଦିନ ପିତାଙ୍କର ଏ ଅପୂର୍ବ ସାଧନା ଦେଖି ନିଜେ ନ କାନ୍ଦି ରହିପାରୁ ନଥିଲା।

ବୃଦ୍ଧ ଜନାର୍ଦ୍ଦନଙ୍କର ପୁତ୍ର ନାହିଁ; କେବଳ ଏକମାତ୍ର କନ୍ୟା ସରୋଜିନୀ। ସେ ସରୋଜିନୀଙ୍କୁ ମଧ୍ୟ ମାତୃ ଚକ୍ଷୁରେ ଦେଖୁଥିଲେ ଏବଂ ସବୁବେଳେ ତାକୁ 'ମା' ବୋଲି ଡାକୁଥିଲେ।

ସରୋଜିନୀ ତାଙ୍କର ବାର୍ଦ୍ଧକ୍ୟର ଆଶ୍ରୟ। ନିରାଶ ହୃଦୟର ଧ୍ରୁବତାରା। ସରୋଜିନୀ ନ ଗାଧୋଇଲେ ସେ ଗାଧୋଉ ନ ଥିଲେ। ସରୋଜିନୀ ନ ଖାଇଲେ ସେ ଖାଉ ନଥିଲେ। କିନ୍ତୁ ପିତାଙ୍କର ଅପୂର୍ବ ସ୍ନେହରେ ଲାଳିତା ହୋଇ ସୁଦ୍ଧା ସରୋଜିନୀ ପିତାଙ୍କର ଅବାଧ ହୋଇ ନ ଥିଲା। ତା'ର ସରଳ, ମଧୁମୟ ସୁଖ ପିତାଙ୍କର ଜୀବନ ସଙ୍ଗାଳି ହୋଇଥିଲା। ସରୋଜିନୀର ସରଳତା, ଶିଷ୍ଟତା ପ୍ରକୃତି ରାଜ୍ୟରେ ବିରଳ।

ଜନାର୍ଦ୍ଦନ କାହାରି ସଙ୍ଗେ ମିଶୁ ନ ଥିଲେ। ଦେବୀ ପୂଜା ପରେ ଯେଉଁ ସମୟ ବଳୁଥିଲା, ସେ ସମୟରେ ସେ ଗୃହର କାର୍ଯ୍ୟ କରୁଥିଲେ। ଯେଉଁମାନେ ଦେବୀ ଦର୍ଶନ ସକାଶେ ମନ୍ଦିରକୁ ଆସୁଥିଲେ, ଜନାର୍ଦ୍ଦନ ଓ ସରୋଜିନୀ ସେମାନଙ୍କର ଉଚିତ ସତ୍କାର କରୁଥିଲେ। ହୀରାଖଣ୍ଡ' ଛନ୍ଦ୍ରପତି ମହାରାଜ[୧] ତାଙ୍କୁ ଆନ୍ତରିକ ଭକ୍ତି କରୁଥିଲେ ଏବଂ ଯୁଦ୍ଧ କାଳରେ ତାଙ୍କର ପରାମର୍ଶ ବିନା କାର୍ଯ୍ୟରେ ଅଗ୍ରସର ହେଉ ନଥିଲେ।

ସମ୍ବଲପୁରର ପୂର୍ବ ଦିଗରେ ବୀଣାନଦୀ। ପୂର୍ବେ ଏହି ନଦୀତୀର ଅରଣ୍ୟମୟ ଥିଲା। କିନ୍ତୁ କାଳର ପରିବର୍ତ୍ତନ ସଙ୍ଗେ ଏହାର ମଧ୍ୟ ପରିବର୍ତ୍ତନ ହୋଇଅଛି। ଆଜି ଆଉ ସେ ଅରଣ୍ୟ ନାହିଁ କିମ୍ବା ପ୍ରକୃତିର ସେ ଶୋଭା ନାହିଁ; କିନ୍ତୁ ଆମ୍ଭେମାନେ ଯେଉଁ ସମୟର କଥା କହୁଅଛୁ, ସେ ସମୟରେ କଳନାଦିନୀ ବୀଣା କାନନ ଲକ୍ଷ୍ମୀର ପାଦ ଧୌତ କରି ପ୍ରିୟ ସଖୀ ମହାନଦୀ ସଙ୍ଗେ ମିଳିତ ହେଉଥିଲା।

ଏହି ନଦୀ ତୀରରେ ଜଣେ ସନ୍ନ୍ୟାସୀଙ୍କ ଆଶ୍ରମ ଥିଲା। ଉକ୍ତ ଆଶ୍ରମ "ମାତୃ ଆଶ୍ରମ" ନାମରେ ପରିଚିତ। ଆଶ୍ରମରେ ଅନେକ ଶିଷ୍ୟଥିଲେ। ସେଥି ମଧ୍ୟରୁ ଦୁଇ

୧. ସମ୍ବଲପୁରାଧିପତି ଏହି ନାମରେ ଇତିହାସରେ ପରିଚିତ।

ଜଣଙ୍କୁ ପାଠକମାନେ ପୂର୍ବ ପରିଚ୍ଛେଦରେ ଦେଖିଛନ୍ତି। ଏ ଶାନ୍ତିମୟ ସନ୍ନ୍ୟାସୀମାନଙ୍କ ପବିତ୍ର ସ୍ପର୍ଶରେ ପୂତ ସଲିଳା ବୀଣାନଦୀର ଅଙ୍ଗ ପବିତ୍ର ହେଉଥିଲା। ଶିଷ୍ୟମାନଙ୍କୁ ସଙ୍ଗରେ ନେଇ ସନ୍ନ୍ୟାସୀ ପ୍ରତିଦିନ ସମଲେଶ୍ୱରୀଙ୍କ ମନ୍ଦିରକୁ ଯାଉଥିଲେ ଏବଂ ଦେବୀ ଦର୍ଶନ କରି ଆଶ୍ରମକୁ ଫେରୁଥିଲେ। ସେ ମନ୍ଦିରକୁ ବାରମ୍ବାର ଯାତାୟତ କରି ଜନାର୍ଦ୍ଦନ ଏବଂ ସରୋଜିନୀ ସଙ୍ଗେ ଘନିଷ୍ଠତା ଜନ୍ମାଇଲେ।

ବସନ୍ତ କୁମାର ଓ ବାସନ୍ତୀ ପ୍ରତିଦିନ ସନ୍ନ୍ୟାସୀଙ୍କ ସଙ୍ଗେ ମନ୍ଦିରକୁ ଯାଉଥିଲେ ଏବଂ ଦିନେ ଦିନେ ସେଠାରେ ଅନେକ ବେଳଯାଏ ରହୁଥିଲେ। ଜନାର୍ଦ୍ଦନ ଏମାନଙ୍କୁ ଅପତ୍ୟ ନିର୍ବିଶେଷରେ ସ୍ନେହ କରୁଥିଲେ ଏବଂ ସରୋଜିନୀକୁ ଏମାନଙ୍କ ସଙ୍ଗରେ ଖେଳିବାର ଦେଖିଲେ ଅତିଶୟ ସୁଖ ହେଉଥିଲେ। ରହସ୍ୟମୟୀ ବାସନ୍ତୀ କେତେବେଳେ ସରୋଜିନୀକୁ କନ୍ଦାଏ କେତେବେଳେ ବା ହସାଏ। ସେମାନଙ୍କ ହସିବାବେଳେ ବସନ୍ତ କୁମାର ଯୋଗ ଦେଉଥିଲେ ଏବଂ କାନ୍ଦିବାବେଳେ ମଧ୍ୟସ୍ଥ ହୋଇ ବିବାଦର ନିଷ୍ପତ୍ତି କରୁଥିଲେ।

କ୍ରମେ ସେମାନଙ୍କ ମଧ୍ୟରେ ଘନିଷ୍ଠତା ବଢ଼ିବାକୁ ଲାଗିଲା। ସରୋଜିନୀ ବାସନ୍ତୀକୁ ନାନୀ ବୋଲି ଡାକେ; କିନ୍ତୁ କେଜାଣି କାହିଁକି ବସନ୍ତ କୁମାରଙ୍କୁ ଦାଦା ବୋଲି ଡାକିବାକୁ ସଙ୍କୋଚ ବୋଧ କରେ। ସେ ବାସନ୍ତୀ ଅପେକ୍ଷା ବସନ୍ତ କୁମାରଙ୍କୁ ବେଶି ଭଲ ପାଉଥିଲା। ତାଙ୍କୁ ଦିନରେ ଥରେ ନ ଦେଖିଲେ ନିଜେ ଆହାର କରୁ ନଥିଲା। ସେ ବସନ୍ତ କୁମାରଙ୍କୁ କାହିଁକି ଏପରି ପ୍ରେମ କରେ, ସେ ନିଜେ ଜାଣେ ନାହିଁ।

ଦେଖୁ ଦେଖୁ ବାଳିକା ସରୋଜିନୀ ଯୌବନରେ ପଦ ନିକ୍ଷେପ କଲା। ତା'ର ସରଳମୁଖ ଯୌବନରାଗରେ ରଞ୍ଜିତ ହେଲା। ଜନାର୍ଦ୍ଦନ କନ୍ୟାର ଯୌବନାଗମ ଦେଖି ତାକୁ ସୁ-ପାତ୍ରରେ ଦେବାକୁ ମନସ୍ଥ କଲେ; କିନ୍ତୁ ଏହି ସମୟରେ ଶାନ୍ତିମୟ ସମ୍ବଲପୁର ରାଜ୍ୟରେ ଗୋଟିଏ ବିପଦ ଆସି ଉପସ୍ଥିତ ହେଲା। ସମ୍ବଲପୁରର ଶେଷ ନୃପତି ନାରାୟଣ ସିଂହ ଅପୁତ୍ରିକ ହୋଇ ମରିବାରୁ ଭାରତର ରାଜ ପ୍ରତିନିଧି ଲର୍ଡ଼ ଡେଲହାଉସିଙ୍କ "ବାଜେୟାପତ୍" ପ୍ରଥା ଅନୁସାରେ ସମ୍ବଲପୁର ରାଜ୍ୟ ବ୍ରିଟିଶ୍ ସାମ୍ରାଜ୍ୟଭୁକ୍ତ ହେଲା; କିନ୍ତୁ ଏଥିରେ ରାଜବଂଶୀୟମାନେ ଅସନ୍ତୁଷ୍ଟ ହୋଇଥିଲେ। ସେମାନେ ସରକାରଙ୍କଠାରେ ପ୍ରାର୍ଥୀ ହେଲେ; କିନ୍ତୁ ସେମାନଙ୍କର ପ୍ରାର୍ଥନ ବିଫଳ ହେଲା। ପରେ ସିପାହୀ ବିଦ୍ରୋହୀ ଉତ୍ତାରେ ଖ୍ରୀଷ୍ଟାବ୍ଦ ୧୮୫୮ ସାଲରେ ସମ୍ବଲପୁରର ବିଖ୍ୟାତ ବୀର ସୁରେନ୍ଦ୍ରସାଏ କାରାଗାରରୁ ମୁକ୍ତି ଲାଭ କରି ସ୍ୱଦେଶରେ ଦଳ ବଳ ଆୟୋଜନ କରିବାକୁ ଲାଗିଲେ। ଏହି ଅଶାନ୍ତି ସମୟରେ ପ୍ରବୀଣ ଜନାର୍ଦ୍ଦନ ସରୋଜିନୀର ବିବାହ କରିବା ଅନୁଚିତ

ମନେକରି ଶାନ୍ତି ରାଜ୍ୟର ଅପେକ୍ଷା କରିବାକୁ ଲାଗିଲେ; କିନ୍ତୁ ତାଙ୍କର ଅଜ୍ଞାତରେ ସରୋଜିନୀ ବାଲ୍ୟ ସହଚର ବସନ୍ତଠାରେ ନିଜ ହୃଦୟ ବିକ୍ରୟ କରିଥିଲା।

ବସନ୍ତ କୁମାରଙ୍କୁ ବିଦାୟ ଦେଇ ପ୍ରଥମ କେତେଦିନ ସରୋଜିନୀ ଅତି କଷ୍ଟରେ କାଳାତିପାତ କଲା। ତା'ର ସେହି ସରଳ ପ୍ରଫୁଲ୍ଲ ପଙ୍କଜବତ୍ ମୁଖ କ୍ରମେ ଈଷତ୍ ଗମ୍ଭୀର ଭାବ ଧାରଣ କଲା। ସେହି ଉଜ୍ଜ୍ୱଳ ଆୟତ ଲୋଚନ ଦ୍ୱୟ ଈଷତ୍ କାଳିମା ବେଷ୍ଟିତ ହେଲା। ଶୈଶବର ସରଳ ପ୍ରାଣର ସରଳ ଉପକଥା, ଅଭୟ ସିଂହଙ୍କ ବୀରତ୍ୱ କାହାଣୀ, ଦେବୀ ଉପାସନା ତାକୁ କିଛି ଭଲ ଲାଗିଲା ନାହିଁ। ଏବେ ସେ ସର୍ବଦା ନିର୍ଜନରେ ରହିବାକୁ ଭଲପାଏ। ସେଥିପାଇଁ ଅନେକ ସମୟରେ ଏକାକିନୀ ମନ୍ଦିର ନିକଟବର୍ତ୍ତୀ ବୃକ୍ଷ ତଳରେ ବସିଥାଏ। ଆପଣା ମନକୁ ବଗିଚାରେ ଫୁଲ ଜମାକରେ। ମାଳା ଗୁନ୍ଥେ, ପୁଣି ସେହି ଗ୍ରଥିତ ମାଳାକୁ ଛିନ୍ନ ବିଛିନ୍ନ କରି ଦୂରକୁ ନିକ୍ଷେପ କରେ। ସରୋଜିନୀର ଏପରି ଭାବ ଦେଖି ବୃଦ୍ଧ ଜନାର୍ଦ୍ଦନ ଅତ୍ୟନ୍ତ ବ୍ୟଥିତ ହେଲେ। ସେ ତାକୁ ପାଖକୁ ଡାକି କହିଲେ, "ମା, ତୁ ସବୁବେଳେ କାହିଁକି ଏପରି ଚିନ୍ତା କରୁଛୁ? ପୂର୍ବେ ତ କେବେ ଏପରି କରୁ ନଥିଲୁ। ମା' ତୋର ଦୁଃଖ ହେଲେ ମୁଁ କିପରି ସହି ପାରିବି?" ସରୋଜିନୀ ପିତାଙ୍କ ପ୍ରଶ୍ନର ଉତ୍ତର ଦେଇ ପାରିଲା ନାହିଁ, ନୀରବରେ ରୋଦନ କରିବାକୁ ଲାଗିଲା। ପରେ ପିତାଙ୍କ ମନରେ କଷ୍ଟ ହେବ ବୋଲି ଭାବି ଲୋତକ ସମ୍ବରଣ କରି ନାନା ପ୍ରବୋଧ ବାକ୍ୟ ଦ୍ୱାରା ପିତାଙ୍କୁ ସାନ୍ତ୍ୱନା ଦେବାକୁ ଲାଗିଲା; କିନ୍ତୁ ଜନାର୍ଦ୍ଦନ ତା'ର ସାନ୍ତ୍ୱନାରେ ବରଂ ଆହୁରି ଦୁଃଖିତ ହେଲେ। କ୍ରମେ ଚିନ୍ତାରେ ଜନାର୍ଦ୍ଦନଙ୍କର ଶରୀର ଅବଶ ହେବାକୁ ଲାଗିଲା। ତାଙ୍କର ଜରାଜୀର୍ଣ୍ଣ ଦେହ ଜୀର୍ଣ୍ଣତର ହେବାକୁ ଲାଗିଲା। ରହସ୍ୟମୟୀ ବାସନ୍ତୀ କିଛି ନ ଜାଣିଲା ପରି ମଧ୍ୟେ ମଧ୍ୟେ ଆସି ସେମାନଙ୍କୁ ଅନେକ ସାନ୍ତ୍ୱନା ଦିଏ ଓ ଆଶ୍ରମକୁ ଚାଲିଯାଏ। ପିତାଙ୍କର ଅବସ୍ଥା ଦେଖି ସରୋଜିନୀ ଆହୁରି ବିକଳ ହେବାକୁ ଲାଗିଲା। ସେ ନିଜ ଦୁଃଖକୁ ତୁଚ୍ଛମଣି ପିତୃ ସେବାରେ ମନପ୍ରାଣ ସମର୍ପଣ କଲା।

ପଞ୍ଚମ ପରିଚ୍ଛେଦ

କୁଦୋପାଲି ଯୁଦ୍ଧ

ସୁରେନ୍ଦ୍ର ସାଏଙ୍କ ଯୁଦ୍ଧ ଆୟୋଜନ ବାର୍ତ୍ତା ଶୁଣି ସମ୍ବଲପୁର ଦୁର୍ଗର ଇଂରେଜ ରିଜେଣ୍ଟ କ୍ରୋଧରେ ଅଧୀର ହୋଇଗଲେ। ସେ ସୁରେନ୍ଦ୍ର ସାଏଙ୍କୁ ଦସ୍ୟୁ ବୋଲି ଭାବିଥିଲେ। ରାଜ୍ୟର ଧୂର୍ତ୍ତ ଲୋକଙ୍କ ପ୍ରତାରଣାରେ ପଡ଼ି ସେ ତାଙ୍କର ଦାବି ଗ୍ରହଣ ନ କରି ତାଙ୍କ

ବିରୁଦ୍ଧରେ ସମର ଘୋଷଣା କଲେ। ଭାରତର ବିଖ୍ୟାତ ସ୍ଥାନମାନଙ୍କରୁ ଗୋରା ପଲଟନ ଓ କଳା ସିପାହୀମାନେ ଆସି ସମ୍ବଲପୁରରେ ସମବେତ ହେବାକୁ ଲାଗିଲେ। ସେମାନଙ୍କର ଆଗମନ ଦ୍ୱାରା ମା' ସମଲେଶ୍ୱରୀଙ୍କ ରଣରଙ୍ଗିନୀ ମୂର୍ତ୍ତି ଆହୁରି ଭୟଙ୍କର ହେଲା। ଏଆଡ଼େ ସୁରେନ୍ଦ୍ର ସାଏ ନିଶ୍ଚିତ ନ ଥିଲେ। ସେ "ମାତୃଆଶ୍ରମ"ର ସନ୍ନ୍ୟାସୀଙ୍କ ପରାମର୍ଶ ଅନୁସାରେ ନିଜେ ବାରପାହାଡ଼ ଶିଖରସ୍ଥିତ 'ଡେବିରି ଗଡ଼'ରେ ଅଳ୍ପ ସଂଖ୍ୟକ ସୈନ୍ୟ ରଖି ଅବଶିଷ୍ଟ ସୈନ୍ୟ ବସନ୍ତ କୁମାରଙ୍କ ସେନାପତିତ୍ୱରେ ଇଂରେଜମାନଙ୍କ ବିରୁଦ୍ଧରେ ପ୍ରେରଣ କଲେ। ଓଡ଼ିଆମାନେ ନିଜ ପ୍ରାଣର ମାୟା ଭୁଲି ସମ୍ବଲପୁର ରାଜ୍ୟର ପ୍ରକୃତ ଉତ୍ତରାଧିକାରୀଙ୍କୁ ସିଂହାସନରେ ବସାଇବା ପାଇଁ ଦୃଢ଼ପ୍ରତିଜ୍ଞ ହେଲେ। ବସନ୍ତ କୁମାର ମାର୍ଗରେ କନ୍ଧ, କୋହ୍ଲ ପ୍ରଭୃତି ବୀରପୁରୁଷମାନଙ୍କୁ ସ୍ୱକୀୟ ସେନାଦଳଭୁକ୍ତ କରି ସେନାସଂଖ୍ୟା ବଢ଼ାଇବାକୁ ଲାଗିଲେ। ପ୍ରତିହିଂସା ପରାୟଣ ଓଡ଼ିଆ ବୀରମାନେ "ଜୟ ସମଲେଇ ଜୟ" ରବରେ ଆକାଶ ବିକମ୍ପିତ କରି ସମ୍ବଲପୁର ଆଡ଼କୁ ଅଗ୍ରସର ହେଲେ।

ଗିରି-ନିର୍ଝରଣୀ-ପରିଶୋଭିତ ସମ୍ବଲପୁର ଦୁର୍ଗର ଅଦୂରବର୍ତ୍ତୀ କୁଦୋପାଲି ଗ୍ରାମରେ ଭୀଷଣ ସଂଗ୍ରାମ ଆରମ୍ଭ ହେଲା। ଉଭୟ ପକ୍ଷ ଅପୂର୍ବ ଉତ୍ସାହରେ ମାତି ସ୍ୱୀୟ ସମରସଧ ମେଣ୍ଟାଇବାକୁ ଲାଗିଲେ। ଉଭୟ ପକ୍ଷରୁ ବହୁ ସଂଖ୍ୟକ ସୈନ୍ୟ ହତାହତ ହୋଇ ଧରାଶାୟୀ ହେଲେ। ସେମାନଙ୍କ ଶୋଣିତରେ ଯୁଦ୍ଧ କ୍ଷେତ୍ରରେ ରକ୍ତନଦୀ ବହିବାକୁ ଲାଗିଲା। ଉଭୟ ପକ୍ଷର ଉତ୍ସାହ ଦେଖି କେଉଁ ପକ୍ଷ ଜୟୀ ହେବ, କେହି ସ୍ଥିର କରି ପାରିଲେ ନାହିଁ।

ସମରର ଏ ଭୀଷଣ ଅବସ୍ଥା ଦେଖି ବସନ୍ତ କୁମାର କ୍ଷଣକାଳଯାଏ ଭାବିଲେ। ପରେ ମନରେ ଗୋଟିଏ ଉପାୟ ସ୍ଥିର କଲେ। ସେ ସ୍ୱୀୟ ସୈନିକମାନଙ୍କୁ ସମ୍ବୋଧନ କରି ନାନା ଉତ୍ସାହପୂର୍ଣ୍ଣ ବାକ୍ୟରେ ସେମାନଙ୍କୁ ଉତ୍ସାହିତ କଲେ। ଜୟ ସମଲାଇର ଜୟ ରବରେ ଆକାଶ ବିକମ୍ପିତ ହେଲା। ଦର୍ଶକବୃନ୍ଦ ସେହି ଜୟରବରେ ଯୋଗଦାନ କରି ସୈନିକମାନଙ୍କୁ ଉତ୍ସାହିତ କରିବାକୁ ଲାଗିଲେ। ସମର ଭୀଷଣରୁ ଭୀଷଣତର ହେବାକୁ ଲାଗିଲା। ଦର୍ଶକମାନେ ଅନିର୍ମେଷ ଲୋଚନରେ ଯୁଦ୍ଧ ଦେଖୁଁ ଦେଖୁଁ ହଠାତ୍ ଦେଖିଲେ ଗୋଟିଏ ସନ୍ନ୍ୟାସିନୀ ମୂର୍ତ୍ତି ସେମାନଙ୍କ ସମକ୍ଷରେ ଦଣ୍ଡାୟମାନ। ସନ୍ନ୍ୟାସିନୀର ଆଲୁଲାୟିତ କେଶପାଶ, ସ୍ୱେଦାକ୍ତ ଲଲାଟ, ଲୋହିତ ବର୍ଣ୍ଣ ନେତ୍ର ଯୁଗଳ ଦେଖି ସେମାନେ ତାକୁ ମା ସମଲାଇ ଭାବି ସନ୍ନ୍ୟାସିନୀ ଆଡ଼କୁ ଅଗ୍ରସର ହେଲେ। ସନ୍ନ୍ୟାସିନୀ ତ୍ରିଶୂଳ ହସ୍ତରେ ଯୁଦ୍ଧକ୍ଷେତ୍ର ଆଡ଼କୁ ଅଗ୍ରସର ହେଲା। ତା'ର ସେ ଭୈରବୀ ମୂର୍ତ୍ତି ଦେଖି ଦର୍ଶକମାନେ ଆଉ ସ୍ଥିର ହୋଇ ରହିପାରିଲେ ନାହିଁ। ନିଜ ନିଜ ବାଡ଼ି ହାତରେ ଧରି

'ଜୟ ସମଲାଇ ଜୟ' ରବରେ ଆକାଶ ବିଦୀର୍ଣ୍ଣ କରି ସନ୍ନ୍ୟାସିନୀର ଅନୁସରଣ କଲେ ଏବଂ ଇଂରେଜ ସେନାର ପୃଷ୍ଠଦେଶ ଆକ୍ରମଣ କଲେ।

ଇଂରେଜମାନେ ଏପରି ସମ୍ମୁଖରେ ଏବଂ ପୃଷ୍ଠଦେଶରେ ଶତ୍ରୁଦ୍ୱାରା ଆକ୍ରାନ୍ତ ହୋଇ ପ୍ରମାଦ ଗଣିଲେ; କିନ୍ତୁ ଇଂରେଜୀ ବୀରଜାତି। ସେମାନେ ଏ ବିପଦରେ କାତର ନ ହୋଇ ବରଂ ଆହୁରି ଉତ୍ସାହରେ ଲଢ଼ିଲେ। ତଥାପି ସେମାନଙ୍କ ଉତ୍ସାହ ଶୀଘ୍ର ବିଲୟପ୍ରାପ୍ତ ହେଲା। ଇଂରେଜ ବାହିନୀ ପୃଷ୍ଠଭଙ୍ଗ ଦେଇ ପଳାୟନ କଲା।

ସଂଗ୍ରାମରେ ଜୟଲାଭ କରି ବସନ୍ତ କୁମାର ସ୍ୱୀୟ ସୈନିକମାନଙ୍କୁ ଶତ୍ରୁର ପଶ୍ଚାଦ୍ଧାବନ କାର୍ଯ୍ୟରୁ ନିବୃତ୍ତ କରି ଶିବିରକୁ ଲେଉଟି ଆସିଲେ। ଶିବିରକୁ ଆସି ଦେଖିଲେ ବାସନ୍ତୀ ଦ୍ୱାର ଦେଶରେ ଛିଡ଼ା ହୋଇଛି। ବସନ୍ତ କୁମାର ବାସନ୍ତୀକୁ ଯୁଦ୍ଧ କ୍ଷେତ୍ରରେ ଲକ୍ଷ୍ୟ କରିଥିଲେ। ସୈନିକମାନେ ତାକୁ ଦେଖି ପୁଣି 'ଜୟ ସମଲାଇ ଜୟ' ରବ କଲେ। ସେମାନଙ୍କ ସଙ୍ଗେ ବସନ୍ତ କୁମାର ଯୋଗଦାନ କରି ଯାଇ ବାସନ୍ତୀଙ୍କୁ ଆଲିଙ୍ଗନ କଲେ। ଆଜି ବାସନ୍ତୀର ଚକ୍ଷୁ ପ୍ରେମାଶ୍ରୁ ପୂର୍ଣ୍ଣ। ସେ ବସନ୍ତ କୁମାରଙ୍କ ଚରଣ ତଳେ ପଡ଼ି କହିଲା, 'ବସନ୍ତ ଦାଦା, ଆଜି ଯୁଦ୍ଧରେ ଜୟଲାଭ କରିଛୁ। ତୋର ପାଗଳୀ ଭଉଣୀକୁ କ'ଣ ଦେବୁ କହ।"

ବସନ୍ତ କୁମାର ବାସନ୍ତୀର କଥାରେ ଆହୁରି ସନ୍ତୁଷ୍ଟ ହୋଇ ତା'ର ଶିର ଆଘ୍ରାଣ କରି କହିଲେ, "ଭଉଣୀ ମୋର, ତୋର ଏ ଜୟ, ମୁଁ ଜିଣିନାହିଁ, ତୁ ଜିଣିଛୁ।" ବାସନ୍ତୀ ହସି ହସି କହିଲା, "ମତେ ପରା ଯୁଦ୍ଧକୁ ଆଣୁ ନ ଥିଲୁ ?"

ଷଷ୍ଠ ପରିଚ୍ଛେଦ
ପ୍ରଦୀପ ନିର୍ବାଣ

କୁଦୋପାଲି ଯୁଦ୍ଧରେ ଓଡ଼ିଆମାନଙ୍କ ଜୟ ବୃତ୍ତାନ୍ତ ଚାରିଆଡ଼େ ବିଘୋଷିତ ହେଲା। ରାଜ୍ୟର ଏକ ପ୍ରାନ୍ତରୁ ଅପର ପ୍ରାନ୍ତଯାଏ ଆଜି ସମସ୍ତେ ଅପୂର୍ବ ଆନନ୍ଦରେ ଉନ୍ମତ୍ତ। ସମସ୍ତଙ୍କ ମୁଖରେ ଉତ୍ସାହର ବିମଳ ରେଖା। କିଏ ଆନନ୍ଦରେ ନାଚୁଛି, କିଏ ହସୁଛି, କିଏ ଗଳ୍ପ କରୁଛି। ଆଜି ସମ୍ବଲପୁରର ଗୃହେ ଗୃହେ ଜୟୋତ୍ସବ। ସଭିଙ୍କ ମୁଖରେ ବସନ୍ତର ଜୟ।

ବସନ୍ତର ଜୟବାର୍ତ୍ତା ସରୋଜିନୀ ଶୁଣିଲା। ହୃଦୟେଶ୍ୱରଙ୍କ ଜୟରେ ଆହ୍ଲାଦିତ ହୋଇ ନିଜକୁ କୃତାର୍ଥ ମଣିଲା। ତା'ର ବିଷାଦ ମଳିନ ମୁଖରେ ସୁଦ୍ଧା ଆନନ୍ଦର ଜ୍ୟୋତି ପ୍ରତିଭାତ ହେଲା; କିନ୍ତୁ ଜନାର୍ଦ୍ଦନ ଦିନକୁ ଦିନ ଦୁର୍ବଳତର ହେବାକୁ ଲାଗିଲେ। ଦୁର୍ବଳତାରୁ ତାଙ୍କର ଜ୍ୱର ଭୟଙ୍କର ଆକାର ଧାରଣ କଲା।

ବାସନ୍ତୀ ପ୍ରତିଦିନ ଆସି ସରୋଜିନୀ ସଙ୍ଗେ ଜନାର୍ଦ୍ଦନଙ୍କ ଶୁଶ୍ରୁଷା କରେ। ସେମାନଙ୍କ ଶୁଶ୍ରୁଷାରେ ବୃଦ୍ଧଙ୍କ ଅବଶିଷ୍ଟ ଦୁଇ ଚାରିଦିନ ସୁଖରେ ଅତିବାହିତ ହେଲା; କିନ୍ତୁ ମନୁଷ୍ୟ ଯେତେ ଚେଷ୍ଟା କଲେ ସୁଦ୍ଧା କାଳର ଗତି ପରିବର୍ତ୍ତିତ କରି ନ ପାରେ।

ବୃଦ୍ଧ ଜନାର୍ଦ୍ଦନ କାଳମୁଖରେ ପତିତ ହେଲା। ସେ ମରିବା ପୂର୍ବରୁ ସରୋଜିନୀର ହାତକୁ ବାସନ୍ତୀର ହାତରେ ଦେଇ କହିଲେ "ମା - ଯାଉଛି ବ-ସ-ନ୍ତ।" ବୃଦ୍ଧ ଆଉ କହି ପାରିଲେ ନାହିଁ, ତାଙ୍କର ଶ୍ୱାସରୁଦ୍ଧ ହୋଇଗଲା। ଦେହପିଞ୍ଜରାରୁ ପ୍ରାଣପକ୍ଷୀ ଉଡ଼ିଗଲା। ଦୁଃଖିନୀ ସରୋଜିନୀ ଓ ବାସନ୍ତୀ ଧରାରେ ଲୋଟିବାକୁ ଲାଗିଲେ।

ବିଧିପୂର୍ବକ ପିତୃଦେବଙ୍କ ପ୍ରେତକ୍ରିୟା ସମାପନ କରି ସରୋଜିନୀ ବାସନ୍ତୀ ସଙ୍ଗରେ ଯାଇ ମାତୃ-ଆଶ୍ରମରେ ଆଶ୍ରୟ ଗ୍ରହଣ କଲା। ସରୋଜିନୀ ପିଲାଦିନରୁ ମାତୃହୀନା। ପୁଣି ଯୌବନର ପ୍ରାରମ୍ଭରେ ସେ ଯାହାଙ୍କଠାରେ ହୃଦୟ ବିକ୍ରୟ କରିଥିଲା, ସେ ବହୁଦୂରରେ ଅଛନ୍ତି। ପ୍ରାଣେଶ୍ୱର-ବିରହ-ବିଧୁରା ଦୁଃଖିନୀ ବୃଦ୍ଧ ପିତାଙ୍କୁ ଦେଖି ଟିକିଏ ଆଶ୍ୱସ୍ତ ହେଉଥିଲା। ଆଜି ପୁଣି ସେ ଶୋକ ସାଗରରେ ଭସାଇ ଚାଲିଗଲେ। ସରୋଜିନୀର ପନ୍ଥା ସରିଗଲା। ତାକୁ ଚତୁର୍ଦ୍ଦିଗ ଅନ୍ଧାର ଦିଶିଲା।

ତା'ର ଏ ଦୁଃଖର ଦିନରେ ତା'ର ସୁଖ ଦୁଃଖର ଏକମାତ୍ର ସଙ୍ଗିନୀ ବାସନ୍ତୀ। ସର କାନ୍ଦିଲେ ବାସନ୍ତୀ ତାକୁ ସାନ୍ତ୍ୱନା ଦିଏ, ପୁଣି ନିଜ ରହସ୍ୟ ଭଣ୍ଡାର ଖୋଲି ତାକୁ ହସାଇବାକୁ ଚେଷ୍ଟାକରେ। ଦୁହେଁଯାକ ଏକା ସଙ୍ଗେ ଗାଧୁଥାନ୍ତି, ଖାଆନ୍ତି, ଖେଳନ୍ତି, ଶୁଅନ୍ତି; କିନ୍ତୁ ଏଥିରେ ମଧ୍ୟ ସରୋଜିନୀର ମନ ମାନିଲା ନାହିଁ। ଦୁଃଖ ଉପରେ ଦୁଃଖ ଆସି ତା'ର ଦୁର୍ବଳ ହୃଦୟକୁ ଅବଶ କରିବାକୁ ଲାଗିଲା। ତା'ର ପ୍ରାଣନାଥ ଯୁଦ୍ଧରେ ଜୟଲାଭ କଲେ; କିନ୍ତୁ ସେ ଆଜିଯାଏ କାହିଁକି ଫେରିଲେ ନାହିଁ ? ତାଙ୍କର ବାଟ ଚାହିଁ ଚାହିଁ ସରୋଜିନୀର ଆଖିର ପାଣି ଆଖିରେ ମରିବାକୁ ଲାଗିଲା। ସେ ନିର୍ଜନରେ ବସି ନୀରବରେ କାନ୍ଦିବାକୁ ଲାଗିଲା।

କୁଦୋପାଲି ଯୁଦ୍ଧପରେ ଇଂରେଜମାନେ ବିପୁଳ ଆୟୋଜନ କରିବାକୁ ଲାଗିଲେ। ସମ୍ବଲପୁରର ଅଶାନ୍ତି ଦୂରକରି ଅଶାନ୍ତି ପରିବର୍ତ୍ତେ ଶାନ୍ତିର ରାଜ୍ୟ ସ୍ଥାପନ କରିବାକୁ ସଚେଷ୍ଟ ହେଲେ। ସେମାନଙ୍କ ଏ ସଦିଚ୍ଛାରେ ଆପ୍ୟାୟିତ ହୋଇ ସମ୍ବଲପୁର ବହୁକାଳ ମରହଟ୍ଟାମାନଙ୍କ ଅତ୍ୟାଚାରରେ ପ୍ରପୀଡ଼ିତ ହୋଇଥିଲା। ଆଜି ଇଂରେଜମାନଙ୍କୁ ଶାନ୍ତିରାଜ୍ୟ ସଂସ୍ଥାପନରେ ପ୍ରବୃତ୍ତ ହେବାର ଦେଖି ଓଡ଼ିଆମାନେ ସେମାନଙ୍କୁ ସ୍ୱର୍ଗଦୂତ ମନେ କରି ପୂଜା କରିବାକୁ ଲାଗିଲେ।

ସୁରେନ୍ଦ୍ର ସାଏଙ୍କ ଆଶାତରୁ ମୂଳରେ କୁଠାରଘାତ ହେଲା। ତାଙ୍କର ସିଂହାସନ ଲାଭର ଆଶା ବିଲୁପ୍ତ ହେଲା। ସେ ଇଂରେଜମାନଙ୍କ କର୍ତ୍ତୃକ ବନ୍ଦୀ ହେଲେ ଏବଂ

ଦୁର୍ଗରେ କିଛିକାଳ ଅବସ୍ଥାନ କରି ପ୍ରାଣଦଣ୍ଡରେ ଦଣ୍ଡିତ ହେଲେ। ଏଥିର ବିସ୍ତୃତ ବିବରଣୀ ପାଠକମାନେ ଇତିହାସରୁ ଜାଣିପାରିବେ। ଲେଖକ ପ୍ରବଳ ପ୍ରତାପୀ ବ୍ରିଟିଶ କେଶରୀଙ୍କ ଜୟ ଘୋଷଣା କରି ଇତିବୃତ୍ତ ନିକଟରୁ ବିଦାୟ ଗ୍ରହଣ କଲା।

କିନ୍ତୁ ବସନ୍ତ କୁମାରର କ'ଣ ହେଲା ? ପାଠକମାନେ ତାଙ୍କର ଖବର ନେବେ କାହିଁକି ?

ବସନ୍ତ କୁମାରଙ୍କ ଇଚ୍ଛା – ସେ ସମ୍ବଲପୁରରେ ହିନ୍ଦୁ ରାଜ୍ୟ ସଂସ୍ଥାପନ କରିଥାନ୍ତେ ଏବଂ ସୁଶିକ୍ଷିତ ଇଂରେଜମାନଙ୍କଠାରୁ ଉପଦେଶ ଗ୍ରହଣ କରି ରାଜ୍ୟ ପରିଚାଳନା କରିଥାନ୍ତେ; କିନ୍ତୁ ବିଧାତା ସମ୍ବଲପୁରର ଭାଗ୍ୟ ଚକ୍ରକୁ ଭିନ୍ନ ଦିଗରେ ବିଘୂର୍ଣ୍ଣିତ କଲେ। ସମ୍ବଲପୁରରେ ଇଂରେଜମାନଙ୍କ ଶାନ୍ତିମୟ ଶାସନ ସଂସ୍ଥାପିତ ହେଲା।

ସୁରେନ୍ଦ୍ର ସାଏ ବନ୍ଦୀ ହେବାର ସମ୍ବାଦ ଶୁଣି ବସନ୍ତ ଅବିଳମ୍ବେ ସଦଳବଳ ତାଙ୍କର ସାହାଯ୍ୟାର୍ଥେ ସମ୍ବଲପୁର ଆଡ଼କୁ ଆସିଲେ। ମାର୍ଗରେ ଭୟାନକ ଯୁଦ୍ଧ ହେଲା। ଓଡ଼ିଆମାନେ ଅଳ୍ପ ସଂଖ୍ୟକ ହେଲେ ସୁଦ୍ଧା ଅପୂର୍ବ ଉତ୍ସାହରେ ଯୁଦ୍ଧ କରିବାକୁ ଲାଗିଲେ।

ଏଆଡ଼େ ବସନ୍ତ କୁମାରଙ୍କ ଶରୀର ଦୁର୍ବଳ ହେବାକୁ ଲାଗିଲା। ସେ ଚତୁର୍ଦ୍ଦିଗରେ ଶତ୍ରୁଦ୍ୱାରା ଆକ୍ରାନ୍ତ ହୋଇ କ୍ଳାନ୍ତ ହୋଇ ପଡ଼ିଲେ, ତଥାପି ସେ ଦୁର୍ବଳ ଶରୀରରେ ବହୁ ସଂଖ୍ୟକ ଶତ୍ରୁର ପ୍ରାଣ ବିନାଶ କରିବାକୁ ଲାଗିଲେ। ପରିଶେଷରେ ଇଂରେଜ ସେନାଧ୍ୟକ୍ଷ କର୍ଣ୍ଣେଲ ଜେମ୍ସଙ୍କ ସଙ୍ଗେ ତାଙ୍କର ଦ୍ୱନ୍ଦ୍ୱଯୁଦ୍ଧ ହେଲା। ଯୁଦ୍ଧରେ ସେ ଅନେକଥର ଶତ୍ରୁର ଜୀବନରେ ସଂଶୟ ଉପସ୍ଥାପିତ କଲେ; କିନ୍ତୁ ବସନ୍ତ କୁମାର ଏକାକୀ, ନିଃସହାୟ। କର୍ଣ୍ଣେଲ ଜେମ୍ସ କୌଶଳରେ ତାଙ୍କୁ ହସ୍ତଗତ କରି ତାଙ୍କର ଶିରଚ୍ଛେଦ କରିବାକୁ ଉଦ୍ୟତ ହେଲେ। ଶିରଚ୍ଛେଦ କରିବାକୁ ଯାଇ ସେ ଦେଖିଲେ ଯେ, ଜଣେ ସନ୍ନ୍ୟାସିନୀର ମସ୍ତକ ଭୂମିରେ ଲୋଟୁଅଛି। ବସନ୍ତ କୁମାର ଏହା ଦେଖି ସ୍ତମ୍ଭିତ ହୋଇଗଲେ। ପରେ ନାରୀମୂର୍ତ୍ତିକୁ ଚିହ୍ନି ତା'ର ମସ୍ତକକୁ ହୃଦୟରେ ଲଗାଇ ବିଳାପ କରିବାକୁ ଲାଗିଲେ। ଜୀବନର ଆଶା ବିଲୁପ୍ତ ହେଲା। ସନ୍ନ୍ୟାସିନୀ ଆମ୍ଭମାନଙ୍କ ପୂର୍ବ ପରିଚିତା ସରୋଜିନୀ।

ସରୋଜିନୀର ଏ ଅବସ୍ଥାରେ ବସନ୍ତ କୁମାର ବିକଳ ହୋଇଗଲେ। ପରେ ଖଡ଼୍ଗ ହସ୍ତରେ ଧରି ଶତ୍ରୁଆଡ଼କୁ ଧାବିତ ହେଲେ; କିନ୍ତୁ ତାଙ୍କୁ ହତ୍ୟା କରିବାକୁ ଗୁଣଗ୍ରାହୀ ଜେମ୍ସଙ୍କ ଇଚ୍ଛା ହେଲାନାହିଁ। ସେ ବିସ୍ମିତ ନେତ୍ରରେ ତାଙ୍କର କାର୍ଯ୍ୟ କଳାପ ଦେଖିବାକୁ ଲାଗିଲେ। ପରିଶେଷରେ ଜଣେ ଓଡ଼ିଆ ସିପାହୀ ଆସି ବସନ୍ତ କୁମାରଙ୍କ ମସ୍ତକକୁ ଶରୀରରୁ ବିଚ୍ଛିନ୍ନ କଲା। ପ୍ରେମିକ ପ୍ରେମିକାଙ୍କ ମସ୍ତକ ଶ୍ମଶାନରେ ଲୋଟିଲା। ଶ୍ମଶାନରେ ହିଁ ସେମାନଙ୍କ ଅନ୍ତିମ ମିଳନ ହେଲା। ଶାଶ୍ୱତ-ଶାନ୍ତି-ଦାୟିନୀ

ଶ୍ମଶାନ ଭୂମିର କ୍ରୋଡ଼ରେ ବସି ବାସନ୍ତୀ ଏ ଭୀଷଣ ଅଭିନୟ ଦେଖିଲା। ତା'ର ଚକ୍ଷୁ ଲୋତକରେ ପୂର୍ଣ୍ଣ ହୋଇଗଲା। ସଂସାର ତାକୁ ଆଉ ଭଲ ଲାଗିଲା ନାହିଁ। ଅନେକ ବେଳଯାଏ ସେ ସେଠାରେ ଅନ୍ୟମନସ୍କ ହୋଇ ବସି ରହିଲା। ପରେ ପ୍ରେମିକ ଓ ପ୍ରେମିକାଙ୍କ ଲୋହିତାକ୍ତ ମସ୍ତକ ଦ୍ୱୟ ହସ୍ତରେ ଧରି ସେ ବାରମ୍ବାର ଚୁମ୍ବନ କଲା ଓ ବିଷର୍ଣ୍ଣ ମନରେ କେଉଁଆଡ଼େ ଚାଲିଗଲା।

■

ଉତ୍କଳ ସାହିତ୍ୟ, ୧୭/୧୧ ଫାଲ୍‌ଗୁନ ୧୩୨୧(ଫେବୃୟାରୀ ୧୯୧୪)

ଶାନ୍ତି

ପ୍ରଥମ ପରିଚ୍ଛେଦ
କ୍ଷୀଣ ଆଲୋକ

"ଆଲୋ ଶାନ୍ତି"

'ମା'

"ପୋଡ଼ାମୁହିଁ, ଦୁଃଖ ନାହିଁ, ସୁଖ ନାହିଁ, ସବୁବେଳେ ଖାଲି ଖେଳୁଛି। ମୁଁ ତତେ କେତେ କହିବି !"

ଶାନ୍ତି ଦାଣ୍ଡ ଦୁଆରେ ସାଙ୍ଗ ପିଲାଙ୍କ ସଙ୍ଗେ ଖେଳୁଥିଲା। ମା'ଙ୍କ ଡାକ ଶୁଣି ଖେଳ ଛାଡି ଦଉଡ଼ି ଦଉଡ଼ି ମା'ଙ୍କ ନିକଟକୁ ଆସିଲା। ଶାନ୍ତିକୁ ଦେଖି ମା' କହିଲେ, "ହଇଲୋ, ତତେ ବେଳ ଦିଶୁନାହିଁ। ସବୁବେଳେ ଖେଳୁଥିବୁ! ଆଜି ରାଇଜର ଦଶା କ'ଣ! ଚୋର ବୋଲୁଛି ମୁଁ, ଖଣ୍ଟ ବୋଲୁଛି ମୁଁ! ତୁନି ହୋଇ ଘରେ ବସିଥିଲେ କିମିତି ହୁଅନ୍ତା ?"

ଜନନୀଙ୍କ ମୃଦୁ ଭର୍ତ୍ସନା ଶୁଣି ଶାନ୍ତି ଅପ୍ରତିଭ ହେଲା। ତଳକୁ ମୁହଁ କରି ନଖରେ ଗାର କାଟିବାକୁ ଲାଗିଲା। କିଛିକ୍ଷଣ ପରେ କହିଲା, "ମା, କମଳା ଆଉ ବିମଳା ଆସିଥିଲେ। ସେମାନଙ୍କ ସଙ୍ଗେ ଖେଳୁଥିଲି।"

"ଦିନବେଳେ ଖେଳିଲେ ହୁଅନ୍ତା ନାହିଁ? ଅନ୍ଧାର ହୋଇ ଗଲାଣି ତଥାପି ତୋର ଖେଳ ସରୁନାହିଁ।"

"ନା, ମା, ଆଉ ଅନ୍ଧାରରେ କେବେ ବାହାରେ ରହିବି ନାହିଁ, କାଲିଠଉଁ ଦିନ ଥାଉଁ ଥାଉଁ ଘରକୁ ଆସିବି।"

ଶାନ୍ତିର କଥା ଶୁଣି ମା' ଆନନ୍ଦିତ ହେଲେ। ତାକୁ ପାଖକୁ ଡ଼ାକି କହିଲେ, "ମା' ମୋର! ତୁ ମୋର ଦୁଃଖିର ସଙ୍ଗାଳି। ଗାଉଁଲି ଗାଁରେ ଆମ ଦୁଃଖ ସୁଖ କିଏ

ବୁଝିବ ? ତତେ ଘଡ଼ିଏ ନ ଦେଖିଲେ ମୋ ଆଖିରୁ ତାରା ଖସିପଡ଼େ। ଆଜି ଦେଖୁଛି, ଚାରିଆଡ଼େ ଚୋର ଗୋଳ। ଆଜି କେଉଁ ଗାଁ ପୋଡ଼େଇ ଦେଉଛନ୍ତି ତ କାଲି କାହା ଘରେ ଡକାଏତି କରୁଛନ୍ତି। ଏ ଖଣ୍ଟଗୁଡ଼ାଙ୍କର ଦୟା ମାୟା କିଛି ନାହିଁ। ମା' ମୋ ମୁଣ୍ଡ ଖାଇବୁ, ଆଉ ଅନ୍ଧାରେ କେବେ ବାହାରେ ରହିବୁ ନାହିଁ।"

ମା'ଙ୍କ କଥା ଶୁଣି ଶାନ୍ତି ମନରେ ଭୟ ହେଲା। ସେ କହିଲା, "ମା, ଏ ଚୋରଗୁଡ଼ାକ କେଉଁଠୁ ଆସିଛନ୍ତି ?"

"ଏମାନଙ୍କ ଘର କାହିଁ ଯାଇ ଲଙ୍କାରେ। ଏମାନଙ୍କୁ ଲୋକେ ମରହଟ୍ଟା ବୋଲି କହନ୍ତି। ଖାଲି ହାଣ କାଟ କରି ଏମାନେ ଦୁଃଖୀଲୋକଙ୍କ ସର୍ବନାଶ କରୁଛନ୍ତି।"

"ମା, ଏମନେ ପରା ହିନ୍ଦୁ? ଆମ ଜଗନ୍ନାଥ ମହାପ୍ରଭୁଙ୍କୁ, ସମଲାଇଙ୍କୁ ପୂଜା କରନ୍ତି। ଏମାନେ ହିନ୍ଦୁ ହୋଇ କାହିଁକି ଆମମାନଙ୍କୁ ଏପରି ଦୁଃଖ ଦେଉଛନ୍ତି ?"

"କ'ଣ କହିବି ଲୋ ଝିଅ? ଏଗୁଡ଼ାକ କ'ଣ ମଣିଷ; ପଶୁଠାରୁ ବି ହୀନ। ଖାଲି ମାରିପିଟି ଟଙ୍କା ପଇସା ନେଉଛନ୍ତି।"

ଶାନ୍ତି ପିଲାଲୋକ। ବୟସ ପ୍ରାୟ ଚଉଦ ବର୍ଷ। ତା'ପରେ ମଫସଲରେ ରହି ବାହାର କଥା କିଛି ଜାଣି ନଥିଲା। ଚୋରମାନଙ୍କ କଥା ଶୁଣି ତା'ମନରେ ଭୟ ହେଲା – ଭୟରେ ସର୍ବାଙ୍ଗ ଥରିଗଲା। ସେ ଯାକି ହୋଇ ମା'ଙ୍କ ପାଖରେ ଛିଡ଼ା ହୋଇ କହିଲା, "ମା, ଆଜି ମତେ ଭାରି ଡର ମାଡୁଛି। ଆମ ଗାଁକୁ ଚୋରମାନେ ଆସିଲେ କିମିତି କ'ଣ କରିବା? ଆମ ଗାଁ ଯାକ ନିଆଁ ଲଗାଇ ଦେବେ। ଆମ ଘରେ ଡକାଏତି କରିବେ। ମା', କିଏ ଆମକୁ ରକ୍ଷା –"

ଶାନ୍ତି ଆହୁରି କହିବାକୁ ଯାଉଥିଲା; କିନ୍ତୁ କହି ପାରିଲା ନାହିଁ। ପଛରୁ କିଏ ଆସି କହିଲା, "ଭୟ ନାହିଁ – ଭୟ ନାହିଁ।"

ଏ ଅଭୟ ବାଣୀ ଶୁଣି ମା ଝିଅ ଆଶ୍ଚର୍ଯ୍ୟାନ୍ୱିତ ହୋଇଗଲେ। ପଛକୁ ଅନାଇ ଦେଖିଲେ, ଜଣେ ଯୁବକ ଛିଡ଼ା ହୋଇଛନ୍ତି। ଯୁବକ ଦେଖିବାକୁ ସୁଶ୍ରୀ; ଶରୀର ହୃଷ୍ଟପୁଷ୍ଟ ଓ ବଳିଷ୍ଠ। ବୟସ ପ୍ରାୟ ୨୫ ବର୍ଷ ହେବ। ସେ କ୍ଳାନ୍ତ ହେଲାପରି ଦିଶୁଥିଲେ। ତାଙ୍କ ସର୍ବାଙ୍ଗରୁ ଝାଳ ଥିପି ପଡୁଥିଲା। ତାଙ୍କୁ ସେଠାରେ ଉପସ୍ଥିତ ହେବାର ଦେଖି ମା ଝିଅ ଟିକିଏ ଘୁଞ୍ଚିଗଲେ। ଯୁବକ ସେମାନଙ୍କୁ ଅଭୟ ଦେଇ କହିଲେ, "ମା, ଡର ନାହିଁ। ମୁଁ ତୁମ୍ଭର ପୁଅ। ମୁଁ ଥାଉଁ ଥାଉଁ କେହି ତୁମ୍ଭର ଅନିଷ୍ଟ କରି ପାରିବେ ନାହିଁ।"

ଯୁବକଙ୍କ ଆଶ୍ୱାସନା ବାକ୍ୟ ଶୁଣି ମା ଝିଅଙ୍କ ମନରେ ଟିକିଏ ସାହସ ହେଲା। ଶାନ୍ତି ପ୍ରଦୀପାଲୋକରେ ଝଲସିତ ଯୁବକଙ୍କ ଅପୂର୍ବ ରୂପଶ୍ରୀ ଦେଖିଲା; କିନ୍ତୁ କ୍ରୀଡ଼ାବଶତଃ ଭଲ କରି ଦେଖି ପାରିଲା ନାହିଁ। ତାର ମୁଖ ତଳକୁ ହୋଇଗଲା। ସେ ଯେତେ ଚେଷ୍ଟା

କଲେ ସୁଦ୍ଧା ଯୁବକଙ୍କୁ ଏକ ଦୃଷ୍ଟିରେ ଅନାଇଁ ପାରିଲା ନାହିଁ। ତାର ପୂର୍ଣ୍ଣଚନ୍ଦ୍ର ବିଭାନନ ଈଷତ୍ ଲୋହିତ ବର୍ଣ୍ଣ ଧାରଣ କଲା। ଯୁବକ ମଧ୍ୟ ଶାନ୍ତିର ସୁନ୍ଦର ମୁଖ ଦେଖି ମୁଗ୍ଧ ହୋଇଗଲେ। ସେ ରୂପ ମାଧୁରୀ ଯେତେ ପାନ କଲେ ସୁଦ୍ଧା ତାହାଙ୍କର ଅତୃପ୍ତ ଦର୍ଶନେଚ୍ଛା ପୂର୍ଣ୍ଣ ହୋଇନାହିଁ। ଶାନ୍ତିର ମାତା ଯୁବକଙ୍କ କଥାରେ ସାହସ ପାଇ କହିଲେ, "ବାପା ମୋର, ବୁଢ଼ା ହୋଇଥା'। ଈଶ୍ୱର ତୋତେ ବୁଦ୍ଧି ବଳ ଦିଅନ୍ତୁ। ତୁ ଆମ ପରି ଦୁଃଖୀ ଅରକ୍ଷିତଙ୍କ ଦୁଃଖ ଦୂର କରିବୁ।"

ଶାନ୍ତିର ମାତାଙ୍କ କଥା ଶୁଣି, ଯୁବକଙ୍କ ଚକ୍ଷୁ ଅନନ୍ଦାଶ୍ରୁପୂର୍ଣ୍ଣ ହୋଇ ଗଲା। ସେ ଗଦ୍ ଗଦ୍ ସ୍ୱରରେ କହିଲେ, "ମା, ଭୟ କରନାହିଁ। ରାଜ୍ୟରେ ରାଜା ଅଛନ୍ତି। ସେ ଏ ଅଶାନ୍ତି ଶୀଘ୍ର ଦୂର କରିବେ। ଆମ ମହାରାଜା ଅଭୟ ସିଂହ ଯେ ସେ ମଣିଷ ନୁହଁନ୍ତି। ସେ ପ୍ରଜାମାନଙ୍କୁ ପୁତ୍ର ପରି ଦେଖନ୍ତି। ଆମର କଷ୍ଟ ହେଲେ ତାଙ୍କ ମନରେ ମଧ୍ୟ କଷ୍ଟ ହୁଏ।"

ଶାନ୍ତିର ମାତା କହିଲେ, "ବାପା, ତୁମେ ଆମର କଷ୍ଟ କିପରି ଜାଣି ଏଠାକୁ ଆସିଲ ?"

"ମା, ଏହା ମୋର କାର୍ଯ୍ୟ। ରାଜା ମୋତେ ଯାହା କରିବାକୁ କହିଛନ୍ତି, ମୁଁ ତାହା କରୁଛି।"

"ବାପା ଆମେ ଦୁଃଖୀ ଲୋକ। ମଫସଲରେ ପଡ଼ିଛୁଁ। ଆମ ପରି କେତେ ଲୋକ ଏପରି ଭୟରେ ଦିନ କଟାଉଛନ୍ତି।"

"ମା, ତୁମର ଏ ଦୁଃଖ ଆଉ ବେଶି ଦିନ ରହିବ ନାହିଁ। ଯେ ଆମ ରାଜ୍ୟର ଶତ୍ରୁ, ତାର ବିନାଶ କରିବାକୁ ଆମ୍ଭେମାନେ ଭୟ କରୁନାହିଁ। ଶତ୍ରୁର ମରଣ ନିମନ୍ତେ ଯୁଦ୍ଧରେ ନିପାତ ହିଁ ଆମ୍ଭମାନଙ୍କର ଏକମାତ୍ର କାମନା।"

"ତୁମେ କିଏ ?"

"ମୋର ପରିଚୟ ପାଇଲେ ତୁମ୍ଭର କିଛି ଲାଭ ହେବ ନାହିଁ। ମୁଁ ଜଣେ ସାମାନ୍ୟ କ୍ଷତ୍ରିୟ; ରାଜାଙ୍କ ସେନା-ବିଭାଗରେ କାର୍ଯ୍ୟ କରେଁ। ଆଜି ଏଆଡ଼େ ବୁଲୁ ବୁଲୁ ତୁମ କଥା ଶୁଣି ଏଠାକୁ ଆସିଲି।"

"ବାପା, ତୁମ ନାମ କ'ଣ।"

"ଅଜିତ ସିଂହ।"

ଅଜିତ୍‌ସିଂହଙ୍କ ନାମ ଶୁଣି ମା-ଝିଅ ଆଶ୍ଚର୍ଯ୍ୟାନ୍ୱିତ ହୋଇଗଲେ। ସେ "ହୀରାଖଣ୍ଡ ଛତ୍ରପତି ମହାରାଜା" ଅଭୟ ସିଂହଙ୍କ ପୁତ୍ର। ତାଙ୍କ ଗୌରବ-କାହାଣୀ ସମ୍ବଲପୁର ରାଜ୍ୟର ଘରେ ଘରେ ପ୍ରଚାରିତ ହୋଇଥିଲା। ତାଙ୍କୁ ସେପରି ବେଶରେ ସେଠାରେ

ଉପସ୍ଥିତ ହେବାର ଦେଖି ମା ଝିଅଙ୍କର ଆଶ୍ଚର୍ଯ୍ୟର ସୀମା ରହିଲା ନାହିଁ। ସେମାନେ ଯାହାଙ୍କ କଥା ପୂର୍ବେ ଶୁଣିଥିଲେ, ଆଜି ତାଙ୍କୁ ସ୍ୱଚକ୍ଷୁରେ ଦେଖିଲେ। ଶାନ୍ତିର ଚକ୍ଷୁରୁ ଆନନ୍ଦାଶ୍ରୁ ବହିବାକୁ ଲାଗିଲା। ସେ ଅଜିତସିଂହଙ୍କୁ ଆଖି ପୂରାଇ ଦେଖିବାକୁ ଚେଷ୍ଟା କଲା; କିନ୍ତୁ ତା'ର ସକଳ ଚେଷ୍ଟା ବିଫଳ ହେଲା। ତାର ମା' କହିଲେ, "ଆଜି କି ଶୁଭ ଲଗ୍ନରେ ଆମ୍ଭର ରାତି ପାହିଥିଲା। ନୋହିଲେ କି ଏ ଦରିଦ୍ର କୁଟୀରରେ ଛାମୁଙ୍କ ପାଦ-ରଜ ପଡ଼ିଥାନ୍ତି ?"

ଯୁବକ କହିଲେ, "ମା, ଏପରି କଥା କହି ମୋ ମନରେ କଷ୍ଟ ଦିଅ ନାହିଁ। ମୁଁ ରାଜପୁତ୍ର ହେଲେ ସୁଦ୍ଧା ଜଣେ ସାମାନ୍ୟ ପ୍ରଜା। ତୁମ୍ଭ ଏବଂ ମୋ ମଧ୍ୟରେ କିଛି ପ୍ରଭେଦ ନାହିଁ। ପୁଣି ଆଜି ରାଜ୍ୟରେ ଘୋର ଅଶାନ୍ତି। ଏ ଅଶାନ୍ତି ଦୂର କରିବା ସକାଶେ ଆଜି ପ୍ରତ୍ୟେକ ଓଡ଼ିଆର ଜୀବନର ମମତା ଭୁଲି ଶତ୍ରୁର ବିନାଶ କରିବା କର୍ତ୍ତବ୍ୟ।"

ଅଜିତ ସିଂହଙ୍କ ଓଜସ୍ୱିନୀ କଥା ଶୁଣି ଶାନ୍ତି ଏବଂ ତା'ର ଜନନୀଙ୍କ ମୁଖରେ ଉତ୍ସାହର ବିମଳ ରେଖା ଝଲସି ଉଠିଲା। ଶାନ୍ତିର ମାତା କହିଲେ, "ବାପା, ଆଜି ଜାଣିଲି, ଓଡ଼ିଆ ଜାତିର ସ୍ୱାଧୀନତା ଯାଇନାହିଁ। ଯେତେଦିନ ଯାଏଁ ଓଡ଼ିଶାର ଦକ୍ଷିଣ ହସ୍ତ ସବଳ ଥିବ, ପୁରୀର ସିଂହାସନ ଟଳାଇବାକୁ କେହି ସମର୍ଥ ହେବେ ନାହିଁ। ବାପା, ପୂର୍ବପୁରୁଷଗଣଙ୍କ ଗୌରବ ସ୍ମରଣ କରି କାର୍ଯ୍ୟ କର। ଯୁଦ୍ଧକ୍ଷେତ୍ରରେ ଶତ୍ରୁକୁ ଦେଖାଅ ଯେ, ଓଡ଼ିଆ ବୀର ଜାତି।"

ଏହା କହୁଁ କହୁଁ ଶାନ୍ତିର ମାତାଙ୍କ ମୁଖର ରଙ୍ଗ ପରିବର୍ତ୍ତିତ ହୋଇଗଲା। ତାଙ୍କ ବଳି-ପଳିତ-ପୂର୍ଣ୍ଣ ମୁଖରେ ଅପୂର୍ବ ଉତ୍ସାହର ଜ୍ୟୋତି ଦେଖା ଦେଲା। ଅଜିତସିଂହ କହିଲେ "ମା, ତୁମ୍ଭର ଏ ଉପଦେଶ ଶୁଣି କୃତାର୍ଥ ହେଲି। କ୍ଷତ୍ରିୟ ରମଣୀର ଉତ୍ସାହ ବାଣୀ କଦାପି ବିଫଳ ହେବ ନାହିଁ। ମା, ଆଜି ମୁଁ ତୁମ ଘରେ ଆତିଥ୍ୟ ଗ୍ରହଣ କରିବି।"

ଅଜିତସିଂହଙ୍କୁ ଅତିଥିରୂପେ ପାଇ, ମା ଝିଅ ଅତିଶୟ ଆହ୍ଲାଦିତ ହେଲେ। ଶାନ୍ତିର ଜନନୀ କହିଲେ, "ଶାନ୍ତି, ଆଜି ବିଦୁର ଘରେ ଶ୍ରୀକୃଷ୍ଣ ଅତିଥି। ଯା, ଖୁଦ ମଲୁଖ ଯାହା ଅଛି, ଅତିଥି ସେବାର ଯୋଗାଡ଼ କରିବୁ।"

ମାତୃ ଆଜ୍ଞା ଶିରୋଧାର୍ଯ୍ୟ କରି ଶାନ୍ତି ବିଦାୟ ନେଲା; କିନ୍ତୁ ଯିବା ପୂର୍ବରୁ ଥରେ ଅଜିତସିଂହଙ୍କ ମୁଖକୁ ଅନାଇଲା। ତାଙ୍କୁ ଛାଡ଼ିକରି ଯିବାକୁ ଆଦୌ ମନ ବଳିଲା ନାହିଁ। କିନ୍ତୁ ବାଳିକା ପରାଧୀନା। ମାତାଙ୍କ ଆଜ୍ଞା ପାଇ ନିଜ ଇଚ୍ଛା ବିରୁଦ୍ଧରେ ରିକ୍ତ ସ୍ଥାନ ପରିତ୍ୟାଗ କଲା।

ଦ୍ୱିତୀୟ ପରିଚ୍ଛେଦ

ତୈଳ-ସଂଯୋଗ

ଅଜିତ୍ ସିଂହଙ୍କ ଦର୍ଶନ ସୁଖରୁ ବଞ୍ଚିତା ହେଲେ ସୁଦ୍ଧା ଆଜି ଶାନ୍ତିର ମନରେ ଭାରି ଆନନ୍ଦ। ଆଜି ସେ ନିଜେ ରୋଷେଇ କରି ଅତିଥି ସେବା କରିବ; ପରିବେଷଣ କଲାବେଳେ ଆଖି ପୂରେଇ ଅଜିତ୍‌ସିଂହଙ୍କୁ ଦେଖିବ। କିନ୍ତୁ ଅଜିତ୍‌ସିଂହଙ୍କୁ ଦେଖିବା ପାଇଁ ତା'ର ମନ ଏତେ ବ୍ୟାକୁଳ କାହିଁକି, ସେ ଜାଣେ ନାହିଁ। ଶାନ୍ତି ସେ ଯୁଗର ମଫସଲି ବାଳିକା। ସେ କେବଳ ଏତିକି ଜାଣେ ଯେ, ଅଜିତ ସିଂହଙ୍କୁ ଦେଖିବାକୁ ତାକୁ ଭଲ ଲାଗେ। କିନ୍ତୁ ଏ ବ୍ୟାକୁଳତା, ଏ ଆଗ୍ରହ ମଧ୍ୟରେ ତାହା ଶରୀରର ପ୍ରତ୍ୟେକ ଶିରାରେ ଯେଉଁ ତଡ଼ିତ୍‌ପ୍ରବାହ ପ୍ରବାହିତ ହେଉଥିଲା, ସରଳା ବାଳିକା ତହିଁର କାରଣ କିଛି ବୁଝିପାରିଲା ନାହିଁ, କିମ୍ବା ବୁଝିବାର ଚେଷ୍ଟା ସୁଦ୍ଧା କଲା ନାହିଁ। ଏ ତଡ଼ିତ୍‌ପ୍ରବାହ ସେ ଜୀବନରେ କେବେ ଅନୁଭବ କରି ନଥିଲା; ଏଥର ହିଁ ତା'ର ପ୍ରଥମ ଅନୁଭବ।

ଅଜିତ୍ ସିଂହ ମଧ୍ୟ ଆଜି ନୂତନ ବେଶରେ ଛିଡ଼ା ହେଲେ। ସେ ଆଜି ଶାନ୍ତିକୁ ଯେପରି ଚକ୍ଷୁରେ ଦେଖନ୍ତି, ପୂର୍ବେ କେବେ କାହାରିକି ସେପରି ଚକ୍ଷୁରେ ଦେଖି ନ ଥିଲେ। ଶାନ୍ତିର ମାତାଙ୍କ ସଙ୍ଗେ କଥାବାର୍ତ୍ତା କରିବା ସମୟରେ ପ୍ରଦୀପାଲୋକରେ ଶାନ୍ତିର ସୁବିମଳ ମୁଖ ଦେଖି ଶାନ୍ତିପ୍ରତି ତାହାଙ୍କ ମନ ଆକୃଷ୍ଟ ହୋଇଥିଲା। ଶାନ୍ତିର ସେ ସରଳ ମଧୁବୋଳା ମୁଖ ଖଣ୍ଡିକ, ତା'ର ସେ ସଲଜ୍ଜ ଦୃଷ୍ଟି ତାଙ୍କ ହୃଦୟରେ ଗୋଟିଏ ନବୀନ ଅନୁଭବର ସୃଷ୍ଟି କଲା। ତାଙ୍କ ଚକ୍ଷୁରେ ଶାନ୍ତିର ସୁନ୍ଦର ମୁଖ ଆହୁରି ସୁନ୍ଦର ଦିଶିଲା। ତାଙ୍କ ଚକ୍ଷୁ ସମକ୍ଷରୁ ଶାନ୍ତି ତିରୋହିତ ହୁଅନ୍ତେ, ତାଙ୍କ ହୃଦୟ ବ୍ୟାକୁଳ ହୋଇଗଲା। ଶାନ୍ତିର ଜନନୀଙ୍କ ସଙ୍ଗେ ପୂର୍ବପରି କଥାବାର୍ତ୍ତା କରିବାକୁ ତାଙ୍କୁ ଆଉ ଭଲ ଲାଗିଲା ନାହିଁ। ତାଙ୍କ ଅଜ୍ଞାତରେ ଶାନ୍ତି ତାଙ୍କ ହୃଦୟକୁ ନେଇ ଚାଲିଗଲା। ଜଡ଼ ଶରୀରଟି ଶାନ୍ତିର ଜନନୀଙ୍କ ସଙ୍ଗେ ରହିଲା।

ଶାନ୍ତିର ଭାଇନା ହରିହର ସାଏ ଗ୍ରାମର ଭାଗବତ ଟୁଙ୍ଗୀରେ ଯାଇ ବସିଥିଲେ। ଅଜିତ ସିଂହଙ୍କ ଆଗମନ ବାର୍ତ୍ତା ଶୁଣି ଶୀଘ୍ର ଘରକୁ ଆସିଲେ ଏବଂ ତାଙ୍କ ସଙ୍ଗେ ରହି ତାଙ୍କ ପରିଚର୍ଯ୍ୟା କରିବାକୁ ଲାଗିଲେ। ଦୁହିଁଙ୍କ ମଧ୍ୟରେ ଅନେକ କଥାବାର୍ତ୍ତା ହେଲା। ପରେ ଭୋଜନର ସମୟ ଉପସ୍ଥିତ ହୁଅନ୍ତେ, ଶାନ୍ତି ପଦପ୍ରକ୍ଷାଳନ ନିମନ୍ତେ ଲୋଟାରେ ଜଳ ଆଣି ଅଜିତସିଂହଙ୍କ ଆଗରେ ଥୋଇଦେଲା। ହରିହର ସାଏ ଅତିଥିଙ୍କୁ ସଙ୍ଗେ ନେଇ ଭୋଜନଶାଳାକୁ ଗଲେ, ଏବଂ ନାନା ସୁମିଷ୍ଟ କଥାବାର୍ତ୍ତାରେ ପ୍ରବୃତ୍ତ ହୋଇ ଭୋଜନ କରିବାକୁ ଲାଗିଲେ।

ଆଜି ଶାନ୍ତି ନିଜେ ପରିବେଷିକା। ତାହା ମନରେ ଭାରି ଆନନ୍ଦ। ସେ ପାଞ୍ଚ ମିନିଟର କାର୍ଯ୍ୟ ମିନିଟିକେ ମଧ୍ୟରେ କରୁଛି। ବାରମ୍ବାର ଅତିଥିଙ୍କ ନିକଟକୁ ଖାଦ୍ୟଦ୍ରବ୍ୟ ନେଇ ଆସି ତାଙ୍କୁ ଦେଖିବାକୁ ତା'ର ଭାରି ଆଗ୍ରହ। ସେ ନାନା ସୁଖର ସ୍ୱପ୍ନ ମନ ମଧ୍ୟରେ ଗଢ଼ି ଅଜିତ୍‌ସିଂହଙ୍କ ନିକଟକୁ ଆସେ; କିନ୍ତୁ ତାଙ୍କୁ ଦେଖିଲାକ୍ଷଣି ତା'ମନର ଭାବ ପରିବର୍ତ୍ତିତ ହୋଇଯାଏ। ନାରୀ-ସୁଲଭା ଲଜ୍ଜା ଆସି ତାକୁ ଆମନ୍ତ୍ରଣ କରେ, ଏବଂ ସେ ହତାଶ ହୋଇ ତଳକୁ ମୁହଁ କରି ପରିବେଷଣ କରେ।

ଭୋଜନ ସମାପନାନ୍ତେ ଅଜିତସିଂହ ଏବଂ ହରିହର ସାଏ ଶୟନକକ୍ଷକୁ ଯାଇ ପଲଙ୍କ ଉପରେ ବସିଲେ ଏବଂ ଅନେକ ବିଷୟରେ କଥାବାର୍ତ୍ତା କରୁଁ କରୁଁ ଅଜିତ୍‌ସିଂହ କହିଲେ, "ଆଜି ଆମ୍ଭମାନଙ୍କର ଖର ସ୍ୱପ୍ନ ଭାଙ୍ଗି ଯାଇଅଛି। ଶାନ୍ତିମୟ ସମ୍ବଲପୁର ରାଜ୍ୟ ମରହଟ୍ଟା ଦସ୍ୟୁମାନଙ୍କଦ୍ୱାରା ଆକ୍ରାନ୍ତ ହୋଇଅଛି। ଏପରି ଅବସ୍ଥାରେ ଆମ୍ଭମାନଙ୍କର ନିଶ୍ଚିନ୍ତ ହୋଇ ବସି ରହିବା ଉଚିତ ନୁହେଁ। ଶତ୍ରୁର ଦର୍ପ ଚୂର୍ଣ୍ଣକରି ପୁନର୍ବାର ସମ୍ବଲପୁରରେ ଶାନ୍ତି ସ୍ଥାପନ କରିବା ସକାଶେ ପ୍ରାଣପଣେ ଚେଷ୍ଟା କରିବା ଉଚିତ୍।"

ଅଜିତ୍‌ସିଂହଙ୍କ କଥା ଶୁଣି ହରିହର ସାଏ କିଛିକ୍ଷଣ ନୀରବ ରହିଲେ। ପରେ ମନ ମଧ୍ୟରେ କଣ ଭାବି କହିଲେ, "ମରହଟ୍ଟାମାନଙ୍କ ଏପରି ଆଚରଣ ଦେଖି ମୁଁ ବଡ଼ ଆଶ୍ଚର୍ଯ୍ୟାନ୍ୱିତ ହେଉଛି। ଏମାନଙ୍କୁ ପୂର୍ବେ ମୁଁ ଭକ୍ତି କରୁଥିଲି। ମୁଁ ଭାବିଥିଲି ଯେ, ଏମାନେ ପତନୋନ୍ମୁଖ ମୋଗଲ ସାମ୍ରାଜ୍ୟର ଧ୍ୱଂସ ସାଧନ କରି ଏ ପୂଣ୍ୟଭୂମି ଭାରତବର୍ଷରେ ହିନ୍ଦୁ ସାମ୍ରାଜ୍ୟ ସଂସ୍ଥାପନ କରିବେ, କିନ୍ତୁ ଏମାନେ ରାଜ୍ୟ-ସଂସ୍ଥାପନର ମୂଳମନ୍ତ୍ର ଜାଣନ୍ତି ନାହିଁ। କେବଳ ତରବାରି ସାହାଯ୍ୟରେ ଏ ମହତ୍ କାର୍ଯ୍ୟ ସାଧିତ ହୋଇ ନ ପାରେ।"

ଅଜିତ୍ ସିଂହ କହିଲେ, "ଭାଇ, ସେ ଦିନ ଗଲାଣି। ଆଉ ସେ ଶିବାଜି ନାହାନ୍ତି। ଭାରତର ଭାଗ୍ୟ-ଚକ୍ର ପୁଣି ଭିନ୍ନ ଦିଗରେ ବିଘୂର୍ଣ୍ଣିତ ହେବାକୁ ବସିଛି। ବିନାଶ-କାଳେ ମନୁଷ୍ୟର ବିପରୀତ ବୁଦ୍ଧି ହୋଇଥାଏ। ଆଜି ମରହଟ୍ଟାମାନେ ଜୟ-ଗର୍ବରେ ମତ୍ତ। ସେମାନଙ୍କୁ ସ୍ୱର୍ଗ-ମର୍ତ୍ତ୍ୟ-ପାତାଳ ତିନିପୁର ଦିଶୁନାହିଁ। ସେଥିପାଇଁ ଆମ୍ଭମାନଙ୍କୁ ତୃଣବତ୍ ଜ୍ଞାନ କରି ଆମ୍ଭମାନଙ୍କ ମନରେ କଷ୍ଟ ଦେବାକୁ ବସିଛନ୍ତି। କିନ୍ତୁ ଓଡ଼ିଆ ମାନେ କାପୁରୁଷ ନୁହନ୍ତି। ସେମାନେ ସ୍ୱୀୟ ପ୍ରାଣର ବିନିମୟରେ ଶତ୍ରୁକୁ ସମୁଚିତ ଶାସ୍ତି ଦେଇ ପାରନ୍ତି।"

"ମରହଟ୍ଟାମାନେ ଆମ୍ଭମାନଙ୍କର ଶତ୍ରୁ ହେଲେ ସୁଦ୍ଧା ଭାରତବାସୀ। ଭାଇ ଭାଇ ମଧ୍ୟରେ ବିବାଦ ହୋଇ ସ୍ୱର୍ଣ୍ଣପ୍ରସୂ ଭାରତ-ଭୂମିର ସର୍ବନାଶ ହୋଇଅଛି।

ମରହଟ୍ଟାମାନେ ଅତ୍ୟାଚାରୀ ହେଲେ ସୁଦ୍ଧା ଭାରତର ସ୍ୱାଧୀନତା ସଂସ୍ଥାପନ-ବ୍ରତରେ ବ୍ରତୀ। ସେମାନଙ୍କ ଏ ମହାବ୍ରତରେ ବାଧା ଦେବା ବୁଦ୍ଧିମାନର କାର୍ଯ୍ୟ ନୁହେଁ।"

"କିନ୍ତୁ ତାହା ବୋଲି ଏପରି ଅତ୍ୟାଚାରୀ ଜାତିର ଅଧୀନତା ସ୍ୱୀକାର କରିବା ବୁଦ୍ଧିମାନର କାର୍ଯ୍ୟ ନୁହେଁ। ଓଡ଼ିଆମାନେ ଭୀରୁ, କାପୁରୁଷ ନୁହନ୍ତି। ଯଦି ସେମାନେ ଯୁଦ୍ଧରେ ଓଡ଼ିଶା ଜୟ କରିବାକୁ ଇଚ୍ଛା କରନ୍ତି, ତାହାହେଲେ ସେମାନେ ଦେଖନ୍ତୁ ଯେ, ଓଡ଼ିଆ ବୀରଜାତି, ହିନ୍ଦୁ ଜାତିର ଗୋଟିଏ ପ୍ରଧାନ ଅଙ୍ଗ।"

"ତାହା ନ କରି ସେମାନଙ୍କୁ ଅତ୍ୟାଚାର-କାର୍ଯ୍ୟରୁ ନିବୃତ୍ତ କଲେ ଭଲ ହୁଅନ୍ତା। ସେମାନଙ୍କ ହସ୍ତରେ ଆମ୍ଭର ରାଜ୍ୟ ସମର୍ପଣ କରି, ସେମାନଙ୍କ ଅଧୀନତା ସ୍ୱୀକାର କରି, ସେମାନଙ୍କ ପବିତ୍ର ବ୍ରତରେ ଯୋଗ ଦେବା ଉଚିତ। ଏ ଅଧୀନତା-ସ୍ୱୀକାର କାପୁରୁଷତାର ଲକ୍ଷଣ ନୁହେଁ। ଯଦି ଭାରତବର୍ଷର ବିଭିନ୍ନ ଅଂଶଗୁଡ଼ିକ ଏକାକାର ହୋଇ ଅନନ୍ତ ମହାସମୁଦ୍ରର ଆକାର ଧାରଣ କରନ୍ତି, ତାହା ହେଲେ ହିନ୍ଦୁଜାତିର ସ୍ୱାଧୀନତା ଅପହରଣ କରିବା ସମଗ୍ର ପୃଥିବୀର ସାଧ୍ୟାୟତ୍ତ ନୁହେଁ।

"କାହିଁ – ମରହଟ୍ଟାମାନେ ତ ସେ କାର୍ଯ୍ୟ କରୁ ନାହାନ୍ତି। ସେମାନେ ଭାବନ୍ତି ଯେ, ସେମାନେ ଏକା ଭାରତର ଅଧୀଶ୍ୱର ହେବେ ଏବଂ ଅନ୍ୟ ଜାତିଗୁଡ଼ିକ ସେମାନଙ୍କ ପାଦସେବା କରିବେ। କିନ୍ତୁ ତାହା କେବେ ହୋଇ ନ ପାରେ। କୌଣସି ଗୋଟିଏ ଜାତି ଭାରତର ଅନ୍ୟାନ୍ୟ ଜାତିଗୁଡ଼ିକୁ ପଦଦଳିତ କରି ଭାରତରେ ସ୍ୱାଧୀନ ରାଜ୍ୟ ସଂସ୍ଥାପନ କରି ନ ପାରେ।"

"ଭାରତର ମଙ୍ଗଳ ସକାଶେ ତାହା କରିବାକୁ ହେବ। ବରଂ ନିଜର କ୍ଷତି ହେଉ, କିନ୍ତୁ ଜନ୍ମଭୂମିର ସୁଖ ହେଉ।"

"ତୁମ୍ଭର ମତ ସମର୍ଥନ କରିବାକୁ ଗଲେ ସ୍ୱୀକାର କରିବାକୁ ହେବ ଯେ, ଭାରତର ସ୍ୱାଧୀନତା ଯାଇନାହିଁ। ଭାରତବାସୀ ଆଜି ଆମ୍ଭମାନଙ୍କ ସମ୍ରାଟ୍। ଦେଶର କାର୍ଯ୍ୟରେ ଜାତିଧର୍ମର ବିଚାର ନଥାଏ। ମୋଗଲମାନେ ଭିନ୍ନ ଧର୍ମାବଲମ୍ବୀ ହେଲେ ସୁଦ୍ଧା ଭାରତବାସୀ। ଆଜି ମୋଗଲମାନଙ୍କ ଅଧୀନରେ ଥାଇ ଭାରତର ଯେ ଦଶା, ମରହଟ୍ଟାମାନଙ୍କ ଅଧୀନରେ ହେଲେ ସୁଦ୍ଧା ସେହି ଦଶା ହେବ।"

ଏଥର ଅଜିତ୍‌ସିଂହଙ୍କ କଥା ଶୁଣି ହରିହର ସାଏ ନିରୁତ୍ତର ହେଲେ। ତାହାଙ୍କର ସନ୍ଦେହ ବିଦୂରିତ ହେଲା। ସେ କହିଲେ, "ତାହା ହେଲେ ଯୁଦ୍ଧ ହିଁ ସ୍ଥିର ହେଲା। ବିନା ଯୁଦ୍ଧରେ ମରହଟ୍ଟାମାନଙ୍କ ସଙ୍ଗେ ମିଳିତ ହେବା ଅସମ୍ଭବ। ଆଜି ମୋର ସଂଶୟ ଦୂର ହେଲା। ଆଜିଠାରୁ ମୁଁ ମରହଟ୍ଟାମାନଙ୍କ ଶତ୍ରୁ ହେଲି। ଏ ଦେହରେ ଟୋପାଏ ରକ୍ତ ଥିବାଯାଏ ସେମାନେ ମୋର ମାତୃଭୂମିକୁ କଦାପି ପଦଦଳିତ କରି ପାରିବେ ନାହିଁ।" ଅଜିତ୍‌ସିଂହଙ୍କ ପରିଶ୍ରମ ସଫଳ ହେଲା। ସେ ଯେଉଁ କାର୍ଯ୍ୟ ନିମନ୍ତେ ସେଠାକୁ

ଆସିଥିଲେ, ତହିଁରେ କୃତକାର୍ଯ୍ୟ ହେଲେ। ସେ ଆନନ୍ଦିତ ହୋଇ କହିଲେ, "ଏହିଟା ବୀର-ପୁରୁଷର, ସ୍ୱଦେଶ-ପ୍ରେମିକର ଉତ୍ତର। ଭାଇ, ଆମ୍ଭମାନଙ୍କ ରାଜ୍ୟର ଅବସ୍ଥା କିପରି ଶୋଚନୀୟ ହୋଇ ଗଲାଣି। ଗ୍ରାମେ ଗ୍ରାମେ ହାହାକାର। ସର୍ବତ୍ର ଦୁର୍ଭିକ୍ଷର କରାଳ ମୂର୍ତ୍ତି। ଲୋକାରଣ୍ୟ ଗ୍ରାମଗୁଡ଼ିକ ପରିତ୍ୟକ୍ତ। ଯଦି ଆମ୍ଭେମାନେ ମାତୃଭୂମିର ପ୍ରକୃତ ସନ୍ତାନ ହୋଇଥାଉଁ, ତାହା ହେଲେ ପୁନର୍ବାର ଜନ୍ମଭୂମିକୁ ଶସ୍ୟ-ଶ୍ୟାମଳା କରିବାକୁ ହେବ। କିନ୍ତୁ ଏହା ଜଣେ କିମ୍ବା ଦୁଇଜଣର କାର୍ଯ୍ୟ ନୁହେଁ। ରାଜ୍ୟଯାକ ଲୋକଙ୍କୁ ଏକତ୍ରିତ କରିବାକୁ ହେବ; ସୁପ୍ତପ୍ରାଣରେ ଜାଗରଣ-ମନ୍ତ୍ର ପଢ଼ିବାକୁ ହେବ; ଓଡ଼ିଆ ଜାତି ନବୀନ ଉତ୍ସାହରେ ମାତି ଉଠୁ। ଦେଶପାଇଁ ପ୍ରାଣ-ବଳି ଦେବାକୁ ସଭିଏ ପ୍ରସ୍ତୁତ ହୁଅନ୍ତି। ଏ ମହାସମୁଦ୍ରର ଭୀଷଣ ତରଙ୍ଗାଘାତରେ ମରହଟ୍ଟାମାନେ କୋଟି ସଂଖ୍ୟକ ହେଲେ ସୁଦ୍ଧା ବିଚୂର୍ଣ୍ଣିତ ହେବେ।"

ଏହା କହୁଁ କହୁଁ ଆଜିତସିଂହଙ୍କ ମୁଖ କ୍ରୋଧରେ ଲାଲ ହୋଇଗଲା। ତାହାଙ୍କ ନାସାପୁଡ଼ାଦ୍ୱୟ ଉତ୍ସାହରେ ବେଗରେ ପୁଲକିତ ହେବାକୁ ଲାଗିଲା। ହରିହର ସାଏ ତାଙ୍କ ଉତ୍ସାହ-ବାକ୍ୟରେ ମାତି ଉଠିଲେ। ସେ ଅଜିତ୍‌ସିଂହଙ୍କୁ ଗାଢ଼ ଆଲିଙ୍ଗନ-ପାଶରେ ଆବଦ୍ଧ କରି କହିଲେ, "ଆଜି ଆପଣ ମୋର ମୋହ ନିଦ୍ରା ଭାଙ୍ଗିଛନ୍ତି। ସମ୍ମୁଖରେ ବିପଦ ଥାଉଁ ଥାଉଁ ମୁଁ ଘରେ ନିଶ୍ଚିନ୍ତ ହୋଇ ବସି ରହିଥିଲି। କିନ୍ତୁ ଆପଣଙ୍କ ମନ୍ତ୍ର-ବଳରେ ମୋର ଜଡ଼ତା ଅପସାରିତ ହୋଇଅଛି।"

ଆନନ୍ଦରେ ଅଜିତ ସିଂହ ଏବଂ ହରିହର ସାଏଙ୍କ ଚକ୍ଷୁରୁ ଲୋତକ ବହିବାକୁ ଲାଗିଲା। ଦୁହେଁ ଦୁହିଁଙ୍କୁ ଆଲିଙ୍ଗନ କରି ସେହିକ୍ଷଣ ସମ୍ବଲପୁର ଦୁର୍ଗାଭିମୁଖରେ ଯିବାର ପ୍ରସ୍ତାବ କଲେ ଏବଂ ଶାନ୍ତି ଓ ତାହାର ଜନନୀଙ୍କଠାରୁ ବିଦାୟ ନେଇ ସେହି ଗାଢ଼-ଅନ୍ଧକାରମୟ ନିଶୀଥରେ ପ୍ରସ୍ଥାନ କଲେ।

ତୃତୀୟ ପରିଚ୍ଛେଦ
ବାଳିକା

ସମ୍ବଲପୁରର ଉତ୍ତର-ତୀରରେ[୧] ରମ୍ଭେଲା ଗ୍ରାମ। ସ୍ୱଚ୍ଛ-ସଲିଳା। ଇବ ନଦୀ ସେହି ଗ୍ରାମର ଚରଣ ଧୌତକରି ପ୍ରବାହିତା। ବୃକ୍ଷ-ଲତା-ପରିବେଷ୍ଟିତା ରମ୍ଭେଲା କାନନ-ଲକ୍ଷ୍ମୀଙ୍କ କ୍ରୋଡ଼ାବସ୍ଥିତ ଗୋଟିଏ ଅମୂଲ୍ୟ ରତ୍ନ।

୧. ସମ୍ବଲପୁର ଦୁଇଗୋଟି ପ୍ରାକୃତିକ ବିଭାଗରେ ବିଭକ୍ତ- ଉତ୍ତରତୀର ଓ ଦକ୍ଷୀଣତୀର। ମହାନଦୀର ବାମ ତୀରବର୍ତ୍ତୀ ପ୍ରଦେଶ ଉତ୍ତର ତୀର ନାମରେ ପରିଚିତ।

ଶାନ୍ତିର ଗୃହ ରମ୍ପେଲାରେ। ତାହାର ପିତା ଜଣେ ଉଚ୍ଚବଂଶ ସମ୍ଭୂତ କୁଳୀନ କ୍ଷତ୍ରୀୟ ଥିଲେ। ସେ ଦକ୍ଷତା ସହକାରେ ସମ୍ବଲପୁର ରାଜ୍ୟର ସେନାପତି କାର୍ଯ୍ୟ ଚଳାଇଥିଲେ। ତାଙ୍କ ମରଣାନ୍ତେ ତାଙ୍କ ପୁତ୍ର ହରିହର ସାଏ ସେନା ବିଭାଗରେ ପ୍ରବେଶ କଲେ, ଏବଂ ସ୍ୱୀୟ ରଣ-କୌଶଳ ବଳରେ ଶୀଘ୍ର ଉଚ୍ଚପଦ ପ୍ରାପ୍ତ ହୋଇଥିଲେ। କିନ୍ତୁ ଯେତେବେଳେ ମରହଟ୍ଟାମାନେ ସମ୍ବଲପୁର ଆକ୍ରମଣ କରିବାକୁ ଆସନ୍ତି, ସେ ସେନା ବିଭାଗରୁ ବିଦାୟ ନେଇ ଆସି ରମ୍ପେଲାରେ ରହିଲେ।

ଶାନ୍ତି ଦୁଃଖିନୀ ମାତା, ଭାଇ ଏବଂ ଭାଉଜ ସଙ୍ଗେ ମନସୁଖରେ ସ୍ୱୀୟ କୁଟୀରରେ ଥିଲା; କିନ୍ତୁ ଯେଉଁଦିନ ଅଜିତସିଂହଙ୍କ ସଙ୍ଗେ ତାହାର ସାକ୍ଷାତ୍ ହେଲା, ସେହିଦିନ ଠାରୁ ତାହାର ମନର ଗତି ଭିନ୍ନ ଦିଗରେ ପ୍ରଧାବିତ ହେଲା। ଶାନ୍ତି ଆଜିଯାଏ ସରଳା ବାଳିକା ଥିଲା; କିନ୍ତୁ ଅଜିତ୍ ସିଂହଙ୍କୁ ଦେଖିବା ଦିନରୁ ସେ ନିଜ ଲଘୁ ହୃଦୟରେ ଗୁରୁଭାର ଅନୁଭବ କରିବାକୁ ଲାଗିଲା। ତାହାର ବାଳସୁଲଭ ସରଳତା କେଉଁ ଆଡ଼େ ଉଭେଇ ଗଲା। ସେ ପ୍ରେମମନ୍ତ୍ରରେ ଦୀକ୍ଷିତ ହେଲା।

ପ୍ରେମର ପଥ ଜଟିଳ। ପ୍ରେମିକ ପ୍ରେମିକା ଅବିଚ୍ଛିନ୍ନ ସୁଖ ଭୋଗ କରି ପାରନ୍ତି ନାହିଁ। ସେମାନଙ୍କ ଜୀବନରେ ନାନା ଦୁଃଖର ଅଭିନୟ ହୋଇଥାଏ। କିନ୍ତୁ ଏ ଦୁଃଖ ମଧ୍ୟରେ

ସେମାନେ ଯେଉଁ ସୁଖାନୁଭବ କରନ୍ତି, ତାହା ଯେ ପ୍ରକୃତ ପ୍ରେମିକ ନୁହେଁ, ସେ କଦାପି ବୁଝି ନ ପାରେ। ଆଜି ଶାନ୍ତିର ସେହି ଦଶା। ସେ ହଠାତ୍ ପ୍ରେମ-ସାଗରରେ ନିଜ କ୍ଷୁଦ୍ର ତରୀକୁ ଭସାଇ ଦେଇଅଛି। କିନ୍ତୁ ଯେ ତା'ର ଏ ତରୀର କର୍ଣ୍ଣଧାର ହୁଅନ୍ତେ, ସେ ଅଧୁନା ନିକଟରେ ନାହାନ୍ତି। ତାଙ୍କ ଅଭାବରେ ଦୁଃଖିନୀ ଶାନ୍ତି ସେହି ସାଗରର ତରଙ୍ଗରେ ଅସହାୟ ଭାବରେ ଭାସୁଅଛି।

ଶାନ୍ତି ପୂର୍ବେ ଅଜିତସିଂହଙ୍କୁ କେବେ ଦେଖି ନ ଥିଲା, କିନ୍ତୁ ଯେଉଁଦିନ ତାଙ୍କୁ ପ୍ରଥମ କରି ଦେଖିଲା, ସେହିଦିନ ସେ ତାଙ୍କଠାରେ ନିଜ କ୍ଷୁଦ୍ର ହୃଦୟ ଖଣ୍ଡିକ ବିକ୍ରୟ କରିଦେଲା। ତାହାର ସେ ହୃଦୟକୁ ସଙ୍ଗରେ ନେଇ ଅଜିତସିଂହ ସ୍ୱଦେଶର ମାନରକ୍ଷା କରିବା ସକାଶେ ଯୁଦ୍ଧକ୍ଷେତ୍ରକୁ ଯାଇଛନ୍ତି। ଯେତେବେଳେ ଶାନ୍ତି ଭାବେ ଯେ, ତା' ହୃଦୟର ଦେବତା ଯୁଦ୍ଧ-କ୍ଷେତ୍ରରେ ଅଛନ୍ତି, ଶତ୍ରୁର ଦର୍ପ ଚୂର୍ଣ୍ଣ କରିବା ସକାଶେ ବିପୁଳ ଆୟୋଜନ କରୁଛନ୍ତି, ତାହାର ହୃଦୟ ପୁଲକରେ ନାଚିଉଠେ। ସେ ନାନା ସୁଖର ସ୍ୱପ୍ନ କଳ୍ପନା କରି ମନେ ମନେ ମା' ସମଲେଶ୍ୱରୀଙ୍କୁ ପ୍ରାର୍ଥନା କରେ, "ମା, ମୋର ସ୍ୱାମୀଙ୍କୁ ବଳ ଦିଅ। ସେ ଦେଶର ମାନ ରକ୍ଷାକରି ଯଶସ୍ୱୀ ହୁଅନ୍ତୁ।" ପରେ ଯେତେବେଳେ ବିରହ-ଯନ୍ତ୍ରଣା ତା'ର ହୃଦୟକୁ ଅବଶ

କରେ, ସେ ଶୋକରେ ଅଧୀର ହୋଇଯାଏ। ଅଜିତ ସିଂହଙ୍କୁ ଦେଖିବା ପାଇଁ ମନ ବ୍ୟାକୁଳ ହୁଏ।

କିନ୍ତୁ ଅଜିତସିଂହ ତାକୁ ଦେଖା ଦେବେ କି ? ସେ ରାଜପୁତ୍ର। ଦୁଃଖିନୀ ଶାନ୍ତିର କଥା ତାଙ୍କ ମନେ ପଡ଼ିବ କି ? ତାଙ୍କ ବୀର ମୂର୍ତ୍ତିକୁ ଶାନ୍ତି ଏକାଗ୍ର ଚିତ୍ତରେ ପୂଜା କରୁଛି ବୋଲି ସେ ଜାଣି ପାରିବେ କି ? ଯଦି ସେ ଶାନ୍ତିକୁ ଘୃଣା କରନ୍ତି, ଶାନ୍ତିକି ପାଶୋରିଯାନ୍ତି, ତାହାହେଲେ ତାହାର ଦଶା କ'ଣ ହେବ? ଏହି ଭାବନା ମଧ୍ୟେ ମଧ୍ୟେ ଶାନ୍ତିର ମନରେ କଷ୍ଟ ଦିଏ। କିନ୍ତୁ ପରେ ସେ ଭାବେ, ତା'ର ହୃଦୟେଶ୍ୱର ନିର୍ଦ୍ଦୟ ନୁହନ୍ତି। ସେ ରାଜବଂଶଜାତ ହେଲେ ସୁଦ୍ଧା ଉଦାର ଓ ମହାନ୍। ଶାନ୍ତିର କ୍ଷୁଦ୍ର ସ୍ମୃତିକୁ ସେ କଦାପି ଭୁଲିବେ ନାହିଁ।

ଶାନ୍ତିର ଏ ଭାବନା, ଏ ବିରହ ଚିନ୍ତା କେବଳ ଜଣେ ଲକ୍ଷ୍ୟ କରିଥିଲା। ସେ ତା'ଭାଉଜ ଗୁଞ୍ଜମଣି। ଶାନ୍ତିକୁ ଏପରି ଚିନ୍ତା କରୁଥିବାର ଦେଖି ତା'ମନରେ ଦୟା ହେଲା। ସେ ଶାନ୍ତିର ମନର ଭାବ ବୁଝି ପାରିଲା। ଦିନେ ସେ ଶାନ୍ତି ନିକଟକୁ ଯାଇ କହିଲା, "ଶାନ୍ତି, ଆଜିକାଲି ତୁମ ମନରେ ସୁଖ ନାହିଁ କାହିଁକି? ତୁମେ ସବୁବେଳେ ଏକୁଟିଆ ବସି କ'ଣ ଭାବୁଛ? ଆହା, ସୁନାମୁହଁଟି କଳା ପଡ଼ିଗଲାଣି। ମୋ ରାଣ ତୁମର କ'ଣ ହେଲା, କହ।" ଶାନ୍ତି ଛନ୍ଦ କପଟ କିଛି ଜାଣେ ନାହିଁ। ବହୂର ପ୍ରଶ୍ନର ଉତ୍ତର ଦେବାକୁ ଯାଇ ଧରା ପଡ଼ିଲା।

ଗୁଞ୍ଜମଣି ଶାଶୁଙ୍କ ନିକଟକୁ ଯାଇ ଶାନ୍ତିର ଦୁଃଖ କାହାଣୀ କହିଲା। ଗୁଞ୍ଜମଣି ମୁଖରୁ ସେ ଶାନ୍ତିର ହୃଦୟ ବିକ୍ରୟ ବିଷୟ ଶୁଣି ମନେ ମନେ ସୁଖୀ ହେଲେ। ଶାନ୍ତି ରାଜରାଜେଶ୍ୱରୀ ହେବ, ଏଥିରୁ ବଳି ସୁଖର କଥା ଆଉ କ'ଣ ହୋଇପାରେ ?

ପୂର୍ବେ ଗୁଞ୍ଜମଣି ଶାନ୍ତିକୁ ଶୁଭଦୃଷ୍ଟିରେ ଦେଖୁ ନଥିଲା; କିନ୍ତୁ ଯେଉଁଦିନ ସେ ଶାନ୍ତିର ମନର ଭାବ ବୁଝିପାରିଲା, ସେହି ଦିନଠାରୁ ନଣନ୍ଦ ଭାଉଜଙ୍କର ଭାରି ମନ ମିଳିଲା। ହୃଦୟ ସମଭାବାପନ୍ନ ନ ହେଲେ ସମବେଦନାର ଉଦ୍ରେକ ଅସମ୍ଭବ। ଗୁଞ୍ଜମଣି ନିଜେ ସେ ସ୍ୱାମୀ-ବିରହରେ ଅଧୀର! ଏଥିପାଇଁ ଦୁହେଁ ଏକାଠି ବସି ଗଳ୍ପ କରନ୍ତି, ଏକାଠି ବସି କାନ୍ଦନ୍ତି। ଶାନ୍ତିର ମନକୁ ଭୁଲାଇବା ସକାଶେ ଗୁଞ୍ଜମଣି ଅନେକ ଚେଷ୍ଟା କରେ - ନାନା ବୀରତ୍ୱ କାହାଣୀ କହେ। ଶାନ୍ତି ବୀରମାନଙ୍କ ସ୍ୱାର୍ଥତ୍ୟାଗ ବିଷୟ ଶୁଣି ଆହ୍ଲାଦିତ ହୁଏ ଏବଂ ମନେ ମନେ ଅଜିତ ସିଂହଙ୍କ ସ୍ୱାର୍ଥତ୍ୟାଗ କାମନା କରେ।

ଏହିପରି ଅନେକ ଦିନ ଅତୀତ ହେଲା; କିନ୍ତୁ ଅଜିତ ସିଂହ ଶାନ୍ତି ନିକଟକୁ ଆସିଲେ ନାହିଁ। ଗୁଞ୍ଜମଣିର ମୁଖରୁ ଶାନ୍ତି ଶୁଣିଥିଲା ଯେ, ମରହଟ୍ଟାମାନେ ଓଡ଼ିଆମାନଙ୍କ କର୍ତ୍ତୃକ ଦୁଇଥର ପରାଜିତ ହେଲେ। ସେଥିମଧ୍ୟରୁ ଗୋଟିଏ ଯୁଦ୍ଧରେ ସ୍ୱୟଂ

ଅଭୟସିଂହ[୧] ସେନାପତି ଥିଲେ ଏବଂ ଅପର ଯୁଦ୍ଧରେ ଅଜିତସିଂହ ସେନାପତି ଥିଲେ। ପ୍ରାଣକାନ୍ତଙ୍କ ବିଜୟବାର୍ତ୍ତା ଶୁଣି ଶାନ୍ତି ପୁଲକିତ ହେଲା। ତାହାର ପତିଦର୍ଶନେଚ୍ଛା ବଳବତୀ ହେଲା। କିନ୍ତୁ ଅଜିତସିଂହ ଯୁଦ୍ଧରେ ଜୟଲାଭ କଲେ ସୁଦ୍ଧା ଶାନ୍ତି ନିକଟକୁ ଆସିଲେ ନାହିଁ, ତା' ଜୀବନର ପ୍ରଧାନ ସ୍ପୃହା ମେଣ୍ଟାଇଲେ ନାହିଁ। ଶାନ୍ତି ନୀରବରେ କ୍ରନ୍ଦନ କରିବାକୁ ଲାଗିଲା। ତାହାର କ୍ଷୁଦ୍ର ହୃଦ ଖଣ୍ଡିତ ଦୁଃଖରେ ଅବସନ୍ନ ହୋଇଗଲା।

ଚତୁର୍ଥ ପରିଚ୍ଛେଦ

ପୂର୍ଣ୍ଣପ୍ରଭା

ମରହଟ୍ଟାମାନେ ଯୁଦ୍ଧରେ ପରାଜିତ ହେଲେ। ସେମାନଙ୍କ ଦର୍ପ ଏକାବେଳକେ ଚୂର୍ଣ୍ଣ ହୋଇଗଲା। ମା' ସମଲେଶ୍ୱରୀଙ୍କ ବିଜୟ ପତାକା ବାରପାହାଡ଼ର ଶିଖର-ଦେଶରେ ସଂସ୍ଥାପିତ ହେଲା। ଦେଶରେ ଆନନ୍ଦର ସ୍ରୋତ ପ୍ରବାହିତ ହେବାକୁ ଲାଗିଲା। କିନ୍ତୁ ଦୁଃଖିନୀ ଶାନ୍ତିର ଦୁଃଖ ମେଣ୍ଟିଲା ନାହିଁ। ଦିନକୁ ଦିନ ସେ କ୍ଷୀଣ ହେବାକୁ ଲାଗିଲା।

ଗୁଞ୍ଜମଣି ନଣନ୍ଦର ଦୁଃଖ ଦେଖି ସହି ପାରିଲାନାହିଁ। ତା' ମନରେ ସୁଦ୍ଧା କଷ୍ଟ। ହରିହର ସାଏ ଯୁଦ୍ଧ କ୍ଷେତ୍ରରେ ଜୟଲାଭ କରି ସୁଦ୍ଧା ଫେରିଲେ ନାହିଁ। ସେମାନଙ୍କ ଆଗମନରେ ବିଳମ୍ବ ହେବାରୁ ଦୁଇ ନଣନ୍ଦ ଭାଉଜଙ୍କ ମନରେ ମର୍ମାନ୍ତକ କଷ୍ଟ ହେଲା। କିନ୍ତୁ ଗୁଞ୍ଜମଣି ଶାନ୍ତିଠାରୁ ବୟସରେ ବଡ଼। ସେ ଏଥିପୂର୍ବେ ଅନେକ ଥର ଏପରି ବିରହ-ବେଦନା ସହିଥିଲା। ବୀର ପତ୍ନୀର ଭାଗ୍ୟରେ ବିଧାତା ଏହି କଷ୍ଟ ଲେଖିଛନ୍ତି – ବୀର ରମଣୀ ଅକାତରେ ସେ କଷ୍ଟ ସହିପାରେ। ତାହାର ସ୍ୱାମୀ ଦେଶ-ସେବାରେ ନିଯୁକ୍ତ ବୋଲି ସେ ମନରେ ଗର୍ବ ଅନୁଭବ କରେ।

ଶାନ୍ତିକୁ ସୁଖୀ କରିବାପାଇଁ ଗୁଞ୍ଜମଣି ଅନେକ ଚେଷ୍ଟାକରେ, ତାକୁ ଅନେକ ସାନ୍ତ୍ୱନା ଦିଏ; କିନ୍ତୁ ଶାନ୍ତିର ମନ ମାନେ ନାହିଁ। ସେ ନିଜେ ନିଜ ମନକୁ ପ୍ରବୋଧିତ କରିବାକୁ ଚେଷ୍ଟା କରେ ମଧ୍ୟ; କିନ୍ତୁ ତାହାର ସକଳ ଚେଷ୍ଟା ବିଫଳ ହୁଏ। ଶାନ୍ତି ପୂର୍ବେ କେବେ ଏପରି କଷ୍ଟ ପାଇ ନଥିଲା, କିନ୍ତୁ ଯେଉଁଦିନ ସେ ପ୍ରେମ ପଥର ପଥିକ ହେଲା, ସେହିଦିନ ତା'ର କଷ୍ଟର ସୃଷ୍ଟି ହେଲା। ବିଧାତା ପବିତ୍ର ପ୍ରେମର ପଥକୁ କାହିଁକି କଣ୍ଟକିତ କରନ୍ତି, କିଏ କହିପାରେ ?

୧. ସମ୍ବଲପୁରର ନୃପତି ବିଶେଷ। ଏହାଙ୍କ ସମୟରେ ମରହଟ୍ଟାମାନେ ଓଡ଼ିଆଙ୍କ ଦ୍ୱାରା ପରାଜିତ ହୋଇଥିଲେ। ବିସ୍ତୃତ ବିବରଣ ଇତିହାସରେ ଅନୁସନ୍ଧେୟ।

ଦିନେ ଶାନ୍ତି ଓ ଗୁଞ୍ଜାମଣି ମନର ବେଦନା ସମ୍ଭାଳି ନ ପାରି ଘର ବଗିଚାରେ ଯାଇ ବସିଲେ। ଘୋର ତମୋମୟୀ ନିଶୀଥିନୀ। ଚନ୍ଦ୍ରବିହୀନ ନକ୍ଷତ୍ରଗୁଡ଼ିକ ଆନନ୍ଦିତ ହୋଇ ଆକାଶରେ ଝଲସୁଛନ୍ତି। ସେମାନଙ୍କ ଆଲୋକ ଉଦ୍ୟାନର ବୃକ୍ଷଗୁଡ଼ିକର କଷ୍ଟ ଦୂର କରିପାରୁ ନାହିଁ। ସ୍ଫୁଟନୋନ୍ମୁଖ ଫୁଲଗୁଡ଼ିକ ଚନ୍ଦ୍ରର ଅଭାବରେ ଅସହ୍ୟ ଯନ୍ତ୍ରଣା ଭୋଗ କରୁଛନ୍ତି। ଶାନ୍ତି ଓ ଗୁଞ୍ଜାମଣି ଉଦ୍ୟାନକୁ ଯାଇ ଗୋଟିଏ ବୃକ୍ଷତଳେ ଉପବେଶନ କଲେ। ବୃକ୍ଷତଳେ ବସି ଦୁହେଁ ଦୁହିଁଙ୍କୁ ନିଜ ନିଜ ହୃଦୟର ଦ୍ୱାର ଉନ୍ମୁକ୍ତ କରି ଦେଖାଇଲେ। ଦୁଃଖରେ, କ୍ଷୋଭରେ ଉଭୟଙ୍କ ଚକ୍ଷୁ ଲୋତକାର୍ଦ୍ର ହେଲା। ପରେ ଉଦ୍ୟାନର ମଲ୍ଲିକା ଉପରେ ସୋମନଙ୍କ ଦୃଷ୍ଟି ପଡ଼ିଲା। ସେମାନେ ଦେଖିଲେ, କଳିକାଗୁଡ଼ିକ ଜ୍ୟୋସ୍ନା ଅଭାବରେ ଝୁରି ମରୁଛନ୍ତି। ସେମାନଙ୍କୁ ଦେଖି ଶାନ୍ତିର ମନରେ ଦୟା ହେଲା। ସେ ସେମାନଙ୍କୁ ଚୁମ୍ବନକରି କହିଲା, "ଆହା, ଫୁଲଗୁଡ଼ିକ ମୋ'ପରି କେତେ କଷ୍ଟ ପାଉଛନ୍ତି।" ଶାନ୍ତିର ନୟନ ଲୋତକରେ ପୂର୍ଣ୍ଣ ହୋଇଗଲା।

ନଣନ୍ଦ ଭାଉଜ ଏପରି ଅନେକ ବେଳଯାଏ ସେଠାରେ ବସି ରହିଲେ। ରଜନୀ ଗାଢ଼ରୁ ଗାଢ଼ତର ହେବାକୁ ଲାଗିଲା। ଗ୍ରାମର ଚୌକିଦାର ଘରେ ଘରେ ବୁଲି ପହରା ଦେଇଗଲା। ଚୌକିଦାର ଡାକ ଶୁଣି ଗ୍ରାମଯାକ ସଭିଏ ସତର୍କ ହୋଇ ଶୋଇଲେ। ସେମାନଙ୍କ କୋଳାହଳରେ ରଜନୀର ନିସ୍ତବ୍ଧତା ଟିକିଏ ଭଗ୍ନ ହେଲା। କିଛିକ୍ଷଣ ପରେ ଗ୍ରାମ ପୁଣି ନିଃଶବ୍ଦ ହେଲା। ଝିଙ୍କାରିମାନେ ଝିଁ ଝିଁ ଶବ୍ଦ କରିବାକୁ ଲାଗିଲେ। ସର୍ବତ୍ର ଶାନ୍ତିର ରାଜ୍ୟ ପ୍ରତିଷ୍ଠିତ ହେଲା।

ଶାନ୍ତି ଓ ଗୁଞ୍ଜାମଣି ଏ ନିସ୍ତବ୍ଧତାମୟୀ ରଜନୀରେ ଉପରୋକ୍ତ ବୃକ୍ଷମୂଳେ ବସି ନାନା ବିଷୟରେ ଗଳ୍ପ କରିବାକୁ ଲାଗିଲେ। ଗୁଞ୍ଜାମଣିର କ୍ରୋଡ଼ରେ ମସ୍ତକ ରଖି ଶାନ୍ତି ଅନେକ ବିଳାପ କଲା, କାନ୍ଦି କାନ୍ଦି କୋଳ ଉପରେ ଶୋଇପଡ଼ିଲା। ଗୁଞ୍ଜାମଣି ନଣନ୍ଦର ଏ ଅବସ୍ଥା ଦେଖି ବ୍ୟଥିତ ମନରେ ଚିନ୍ତା କରିବାକୁ ଲାଗିଲା। ଶାନ୍ତିର ବ୍ୟାକୁଳ ପ୍ରାଣକୁ ଶୀତଳ କରିବାର ଉପାୟ ତାକୁ ଦିଶିଲା ନାହିଁ। ନିଜ ଦୁଃଖ ଉପରେ ନଣନ୍ଦର ଦୁଃଖ ତା' ହୃଦୟକୁ ଆକ୍ରମଣ କରି ତାକୁ ଅବସନ୍ନ କରିପକାଇଲା। ସେ ମଧ୍ୟ ବ୍ୟାକୁଳ ହୋଇ କାନ୍ଦିବାକୁ ଲାଗିଲା।

ଗୁଞ୍ଜାମଣିର ଚକ୍ଷୁର ଲୋତକ ଯାଇ ଶାନ୍ତିର ଦେହ ଉପରେ ପଡ଼ିଲା। ଶାନ୍ତି ଚମକିପଡ଼ି କହିଲା, "ବହୁ! ତୁମେ କାନ୍ଦୁଛ ?"

ଶାନ୍ତିର ସେ କରୁଣ ପ୍ରଶ୍ନ ଶୁଣି ଗୁଞ୍ଜାମଣିର ହୃଦୟ ଆହୁରି ଉଦବେଳିତ ହେବାକୁ ଲାଗିଲା। ସେ କି ଉତ୍ତର ଦେବ, କିଛି ସ୍ଥିର କରିପାରିଲା ନାହିଁ। ତାକୁ ଚତୁର୍ଦ୍ଦିଗ ଶୂନ୍ୟ ପ୍ରତୀତ ହେଲା। ଶାନ୍ତିକୁ କୁଣ୍ଢେଇକରି କାନ୍ଦିବାକୁ ଲାଗିଲା। ପରେ ବହୁ କଷ୍ଟରେ

ଲୋତକ ସମ୍ବରଣ କରି, କଣ କହିବାକୁ ଯାଉଥିଲା, ଏମନ୍ତ ସମୟରେ ହଠାତ୍ ଗ୍ରାମର ପୂର୍ବ ପ୍ରାନ୍ତରେ ଗୋଟିଏ ଭୟଙ୍କର ଶବ୍ଦ ଶୁଣାଗଲା । ସେ ଶବ୍ଦ ଶୁଣି ନଣନ୍ଦ ଭାଉଜ ଚମକି ପଡ଼ିଲେ । ପୂର୍ବ ଦିଗକୁ ନିରୀକ୍ଷଣ କରି ଦେଖିଲେ ଯେ, ଦିଗ୍‌ବଳୟ ରକ୍ତବର୍ଣ୍ଣ ଧାରଣ କରିଅଛି । ସେମାନେ ବ୍ୟାକୁଳ ନୟନରେ ସେ ଅସମ୍ଭାବନୀୟ ଘଟଣା ଦେଖିବାକୁ ଲାଗିଲେ । ଦେଖୁଁ ଦେଖୁଁ ପୂର୍ବ ଦିଗ ଆହୁରି ଭୟଙ୍କର ହେବାକୁ ଲାଗିଲା । ପ୍ରବଳ ଶିଖାରେ ଅଗ୍ନି ପ୍ରଜ୍ୱଳିତ ହୋଇ ପୂର୍ବ ଦିଗର ଭୟଙ୍କରତା ଆହୁରି ବୃଦ୍ଧିକଲା । ଗୃହପରେ ଗୃହ ସେ ଅଗ୍ନିରେ ଭସ୍ମସାତ୍ ହେବାକୁ ଲାଗିଲା । ଗ୍ରାମରେ କ୍ରନ୍ଦନର ରୋଳ ଉଠିଲା । ଗ୍ରାମବାସୀ ସଭିଏ ନିଜ ନିଜ ଗୃହ ପରିତ୍ୟାଗ କରି ଚତୁର୍ଦ୍ଦିଗରେ ହାହାକାର କରିବାକୁ ଲାଗିଲେ ।

ଦେଖୁ ଦେଖୁ ଶାନ୍ତିର ଗୃହରେ ସୁଦ୍ଧା ଅଗ୍ନିର ଲେଲିହ୍ୟମାନ ଜିହ୍ୱା ପରିଦୃଷ୍ଟ ହେଲା । ବାଉଁଶର 'କଟ୍ କଟ୍' 'ଫଟ୍ ଫଟ୍' ଶବ୍ଦରେ ଆକାଶ ପ୍ରତିଧ୍ୱନିତ ହେବାକୁ ଲାଗିଲା । ଶାନ୍ତିର ଜନନୀ ଭୟବିହ୍ୱଳା ହୋଇ ଚାରିଆଡ଼େ ଅଣ୍ଡାଳି ହେଲେ; କିନ୍ତୁ କୌଣସିଠାରେ ଶାନ୍ତି ଓ ଗୁଞ୍ଜମଣିକୁ ପାଇଲେ ନାହିଁ । ପରିଶେଷରେ ଅତିଶୟ କାତର ହୋଇ ଉଦ୍ୟାନକୁ ଆସି ଦେଖିଲେ ଯେ, ଶାନ୍ତି ଓ ଗୁଞ୍ଜମଣି ଗୋଟିଏ ବୃକ୍ଷତଳେ ଛିଡ଼ା ହୋଇ ସେ ଭୟାବହ ଦୃଶ୍ୟ ଦେଖୁଛନ୍ତି । ସେମାନଙ୍କୁ ଦେଖି ତାଙ୍କ ଜୀବନ ପଲ୍ଲବିତ ହେଲା । ତିନିହେଁଯାକ ବୃକ୍ଷାନ୍ତରାଳରେ ଯାଇ ଲୁଚି ରହିଲେ ।

ସେମାନଙ୍କ ଘର ପୋଡ଼ିବା ସଙ୍ଗେ ଅନେକ ଗୁଡ଼ିଏ ମୁଣ୍ଡ ଆଲୋକରେ ଦେଖାଗଲା । ଦସ୍ୟୁମାନଙ୍କ "ଧର ଧର" "ମାର ମାର" ଶବ୍ଦରେ ଆକଶ ବିକମ୍ପିତ ହେବାକୁ ଲାଗିଲା । ଦସ୍ୟୁମାନେ ଘରକୁ ତନ୍ନ ତନ୍ନ କରି ଖୋଜି ଉଦ୍ୟାନକୁ ଆସିଲେ ଏବଂ ବୃକ୍ଷାନ୍ତରାଳରେ ଶାନ୍ତି ପ୍ରଭୃତିଙ୍କୁ ଦେଖି ଭୟଙ୍କର ଗର୍ଜନ ସହ ସେମାନଙ୍କୁ ଆକ୍ରମଣ କରିବାକୁ ଉଦ୍ୟତ ହେଲେ ।

ସେମାନେ ସତୀ ଉପରେ ଅତ୍ୟାଚାର କରିବାକୁ ଯାଉଛନ୍ତି, ଏପରି ସମୟରେ ପଶ୍ଚାତ୍‌ଦିଗରୁ "ଜୟ ମହାରାଜ ଅଭୟସିଂହଙ୍କର ଜୟ" ଶବ୍ଦ ଶୁଣାଗଲା । ସୁପ୍ତୋତ୍‌ଥିତ ସିଂହପ୍ରାୟେ ବହୁସଂଖ୍ୟକ ଓଡ଼ିଆ ସୈନିକ ଆସି ଦସ୍ୟୁମାନଙ୍କୁ ଆକ୍ରମଣ କଲେ । ମରହଟ୍ଟାମାନେ ଓଡ଼ିଆମାନଙ୍କ ବୀର୍ଯ୍ୟ ସମ୍ଭାଳି ନ ପାରି ଧରାଶାୟୀ ହେଲେ । ଯେଉଁମାନେ ବଞ୍ଚିଲେ, ସେମାନେ ପ୍ରାଣଭୟରେ ପଳାୟନ କଲେ । ଓଡ଼ିଆ ସତୀର ମାନରକ୍ଷା ହେଲା ।

XXX

ଶାନ୍ତି ଏ ଗୋଳମାଳରେ ସଂଜ୍ଞାବିହୀନ ହୋଇ ପଡ଼ିଥିଲା । ଚେତନା ପାଇ ଦେଖିଲା ଯେ, ତା' ମସ୍ତକକୁ କ୍ରୋଡ଼ରେ ରଖି କିଏ ବାରମ୍ବାର ତା'ର ମୁଖ ଚୁମ୍ବନ

କରୁଛନ୍ତି । ତାଙ୍କୁ ଚିହ୍ନିବାକୁ ଶାନ୍ତିର ବେଶି ବିଳମ୍ବ ହେଲା ନାହିଁ । ଯାହାଙ୍କ ବିରହରେ ସେ ଅଧୀର ହୋଇଥିଲା, ସେହି ଅଜିତସିଂହ ତାକୁ କୋଳରେ ଧରିଛନ୍ତି । ପ୍ରାଣକାନ୍ତଙ୍କୁ ଦେଖି ଶାନ୍ତିର ଚକ୍ଷୁରୁ ଅବିରଳ ଅଶ୍ରୁଧାରା ବହିବାକୁ ଲାଗିଲା । ତା'ମୁଖରୁ କଥା ବାହାରି ପାରିଲା ନାହିଁ । ଅଜିତ୍ ସିଂହଙ୍କର ମଧ୍ୟ ସେହି ଦଶା । ସେ କେବଳ ନୀରବରେ ଶାନ୍ତିର ମୁଖକୁ ଚୁମ୍ବନ କରିବାକୁ ଲାଗିଲେ । ସେ ଚୁମ୍ବନରେ କୃତାର୍ଥ ହୋଇ ଶାନ୍ତି ହୃଦୟେଶ୍ୱରଙ୍କ ଅଙ୍କରେ ଶୟନ କଲା ।

■

ମୁକୁର, ୯ମ ଭାଗ, ୪ର୍ଥ ଓ ୫ମ ସଂଖ୍ୟା, ଶ୍ରାବଣ ଓ ଭାଦ୍ର ୧୩୨୧ (ଜୁଲାଇ, ଅଗଷ୍ଟ ୧୯୧୪)

ଭୁଲ

ବହୁ ତର୍କ ବିତର୍କ ପରେ ଠିକ୍ ହେଲା ଯେ ହରି ଆଉ ଗୋପାଳ କଟକରେ ପଢ଼ିବେ। ଦୁହେଁଯାକ ପିଲାଦିନୁ ଏକା ସାଙ୍ଗରେ ପଢ଼ି ଆସୁଛନ୍ତି। ତା'ପରେ ପୁଣି ଗୋପାଳ ଭାରି ଚାଲାଖ। ସେ ବଡ଼ ଘର ପିଲା, କେତେ ବହି ପଢ଼ିଛି, ନଭେଲ ପଢ଼ିଛି, କେତେ ଥିଏଟର ଦେଖିଛି। ପୁଣି ସାହେବମାନଙ୍କ ସଙ୍ଗେ ମିଳାମିଶା କରି କେତେ କାଇଦା ଶିଖିଛି। ତାକୁ ଠକିବାକୁ ଜଗତରେ କିଏ ଅଛି ?

ହରି କାହାରି ସଙ୍ଗେ ବେଶି ମିଳାମିଶା କରିନାହିଁ। ସେ ଆପଣା ବହିପତ୍ର ଜାଣେ କି ସ୍କୁଲ ଜାଣେ। ସେ ନିଜ ପରିଶ୍ରମ ବଳରେ କ୍ଲାସରେ ପ୍ରଥମ ସ୍ଥାନ ଅଧିକାର କରେ ଏବଂ ସଚ୍ଚରିତ୍ର ସକାଶେ ପ୍ରତିବର୍ଷ ପୁରସ୍କାର ପାଏ। ହେଲେ, ଗୋପାଳ ପରି ସେ ଫୂର୍ତ୍ତି କରିପାରେ ନାହିଁ। ଗୋପାଳକୁ ସମସ୍ତେ ଜାଣନ୍ତି, ଆଦର କରନ୍ତି। ସେ ଏପରି ଚାଲାଖିରେ କଥା କହେ ଯେ, ତା' କଥା ଶୁଣି ଲୋକେ ମୁଗ୍ଧ ନ ହୋଇ ରହି ପାରନ୍ତି ନାହିଁ।

ଗୋପାଳ କଲିକତା ଯିବ ବୋଲି କହୁଥିଲା; କିନ୍ତୁ ହରିର ବାପାଙ୍କ ଅନୁରୋଧ ଟାଳି ନ ପାରି ହରି ସଙ୍ଗେ କଟକକୁ ଯିବାର ସ୍ଥିର କଲା। ଏ ବର୍ଷ ଦୁହେଁଯାକ ମେଟ୍ରିକୁଲେଶନ ପାସ୍ କରିଛନ୍ତି। ହରି ପନ୍ଦର ଟଙ୍କା ବୃତ୍ତି ପାଇଛି; କିନ୍ତୁ ଗୋପାଳର ଭାଗ୍ୟରେ ତାହା ଘଟି ନାହିଁ। ତାର ସ୍କୁଲ ବହି ପଢ଼ିବାକୁ ତର କାହିଁ ଯେ ବୃତ୍ତି ପାଇବ ? କିନ୍ତୁ ହରିଠାରୁ ଗୋପଳ ବେଶି ଇଂରାଜୀ ଜାଣେ। ନାନା ଅଙ୍ଗଭଙ୍ଗୀ କରି ବକ୍ତୃତା ଦେଇପାରେ। ଖବର କାଗଜମାନଙ୍କୁ କେତେ କବିତା ଓ ପ୍ରବନ୍ଧ ପଠାଏ। ହରିର ଜ୍ଞାନ ସ୍କୁଲ ବହି ଭିତରେ। ସେ ବାହାର କଥା କିଛି ଜାଣେ ନାହିଁ।

କଟକ ଯିବାକୁ ସାତ ଦିନ ଅଛି, ଗୋପାଳ ଆସି ହରିକୁ କହିଲା – "କଟକ ଯିବୁ ପରା ?"

"କେବେ – ଆଜି ?

"ନା, ସାତଦିନ ପରେ। ଜିନିଷପତ୍ର ସଜିଲ କଲୁଣି ?"

"ଜିନିଷପତ୍ର ଖ'ଣ ସଜିଲ କରିବି ?"

"କଟକ ଯିବୁ, ସେଠାରେ କେତେ ରକମର ଲୋକ ଦେଖିବୁ। କେତେ ସଭା, ଥିଏଟର, ସର୍କସ! ଭଲ ଭଲ ପୋଷାକ ନେଇଯିବୁ ବୋଇଲେ ସିନା।"

ମୋର ତ ଢେର ପୋଷାକ ଅଛି। ଚାରିଖଣ୍ଡ ଧୋତି, ଦି'ଖଣ୍ଡ କାମିଜ୍, ଆଉ ଚଟି ହଳେ ହେଲେ ହେଲା। ବେଶି କ'ଣ କରିବି ?"

"ଆରେ କଟକ ସହର ! ମଜାର ଜାଗା ! ସେଠାକୁ ଯାଇ କ'ଣ ଖାଲି ପଢ଼ିବୁ? ତୋର ମଫସଲିଆ ସ୍ୱଭାବ କେବେ ଛାଡ଼ିବୁ ନାହିଁ। ଦେଖିଛୁ, ସାହାବ ପିଲାଗୁଡ଼ାକ କେତେ କଥା ଜାଣନ୍ତି। ସେଠିକି ଗଲେ ତୁ ବି ସବୁ ଶିଖିବୁ।"

"ନା ଭାଇ, ମୋର ସାହାବ ଚାଲିଚଳନରେ ଦରକାର ନାହିଁ। ମୁଁ ଯେଉଁ ଓଡ଼ିଆକୁ ସେହି ଓଡ଼ିଆ। ମୁଁ ଏତେ ଟଙ୍କା କାହୁଁ ପାଇବି? ତୁ ସିନା ଧନୀ ଘର ପିଲା ଯେ, ଏ ସବୁ କଲେ ତତେ ସାଜିବ।"

"ଦେଖ, ତୋ ଇଚ୍ଛା। ପଛେ ସେଠାକୁ ଗଲେ ଅଡୁଆରେ ପଡ଼ିବୁ। ମୁଁ ତତେ ଆଗହୁଁ କହି ରଖୁଛି। Up-to-date fashion ସବୁ ଛାଡ଼ି କରି ଚଳି ହେବ ନାହିଁ।" ଏହା କହି ଗୋପାଳ ନିଜ ଘରକୁ ଚାଲିଗଲା।

ଏହି କଥାବାର୍ତ୍ତାର ସାତଦିନ ପରେ ଗୋପାଳ ଆଉ ହରି ଦୁହେଁଯାକ କଟକକୁ ବାହାରିଲେ। ଇଣ୍ଟରକ୍ଲାସ ଗାଡ଼ିରେ ଯିବା ପାଇଁ ଗୋପାଳ ହରିକି ଅନେକ ବୁଝାଇ କହିଲା; କିନ୍ତୁ ହରି ମାନିଲା ନାହିଁ। ଅଗତ୍ୟା ଦୁହେଁଯାକ ଥାର୍ଡ଼ କ୍ଲାସ ଗାଡ଼ିରେ ଗଲେ।

କଟକକୁ ଆସି ଦୁହେଁଯାକ 'ପାରିଜାତ ମେସ୍‌ରେ ରହିଲେ। ହରି ନିଜ ଜାଗାରେ ବସି ସବୁବେଳେ ପଢୁଥାଏ; କିନ୍ତୁ ଗୋପାଳର ବହି ସଙ୍ଗେ ଦେଖାନାହିଁ। ସେ କଟକକୁ ଆସିଲାକ୍ଷଣି Central Young Utkal Association ରେ ନାମ ଲେଖାଗଲା ଏବଂ ତା'ର ଅନୁରୋଧ କ୍ରମେ ହରି ମଧ୍ୟ ଅସୋସିଏସନ୍‌ର ସଭ୍ୟ ହେଲା; କିନ୍ତୁ ଗୋପାଳ ପରି ରାତିଦିନ ସେ ଦେଶ ସେବାରେ ମନପ୍ରାଣ ସମର୍ପଣ କରି ପାରିଲା ନାହିଁ।

ଯେଉଁଠି ଥିଏଟର, ସର୍କସ, ସଭା, ସେହିଠାରେ ଗୋପାଳ। କଟକକୁ ଆସିବାର ଦୁଇମାସ ପରେ ଗୋପାଳ କଟକରେ ଗୋଟିଏ ନାମଜାଦା ଲୋକ ହୋଇଗଲା। ଚାରିଆଡ଼େ ଚିଠିପତ୍ର। କେତେ ବନ୍ଧୁ ବାନ୍ଧବ, ଭୋଜି, ନାଟତାମସା, କେତେ ମିଟିଙ୍ଗ୍ କେତେ ପବ୍ଲିକ୍ ସ୍ପୀଚ୍। ଯେତେବେଳେ ଗୋପାଳ ଅଣ୍ଟାରେ ବାଁ ହାତ ଦେଇ ଟେବୁଲ ଉପରେ ଡାହାଣ ହାତ କଚାଡ଼ି ଟାଉନ ହଲରେ ବକ୍ତୃତା ଦିଏ, ଶ୍ରୋତାମାନଙ୍କ ଘନ

ଘନ କରତାଳିରେ ମନ୍ଦିର ପ୍ରତିଧ୍ୱନିତ ହୋଇଯାଏ। ଶ୍ରୋତାମାନେ ମନ୍ତ୍ରମୁଗ୍ଧ ପ୍ରାୟ ତା'ର ସେ ଗମ୍ଭୀର ବକ୍ତୃତା ଶୁଣନ୍ତି।

ଏ ସବୁ କରିବାରେ ଗୋପାଳର ମାସକୁ ପ୍ରାୟ ପଚାଶ ଟଙ୍କା ଖର୍ଚ୍ଚ ହୁଏ। କୋଟ, ପେଣ୍ଟ, କଲମ, ନେକ୍‌ଟାଇ ନ ହେଲେ ସେ ଘରୁ ବାହାରେ ନାହିଁ। ନାମ ମାତ୍ର ପାରିଜାତ ମେସ୍‌ରେ ଥାଏ; କିନ୍ତୁ ବାଲୁବଜାର "ହିନ୍ଦୁ-ଭୋଜନାଳୟ ରେ ପ୍ରତିଦିନ ରାତିରେ ଖାଏ। ରାତିରେ ସଙ୍ଗୀତ ଚର୍ଚ୍ଚା କରୁ କରୁ ଡେରି ହୋଇଯାଏ। ଏଆଡ଼େ ହରି ମାସକୁ ଯେ ପନ୍ଦର ଟଙ୍କା ବୃତ୍ତି ପାଏ, ତହିଁରୁ ନିଜେ ତେର ଟଙ୍କା ଖର୍ଚ୍ଚ କରି ବାକି ଦୁଇଟଙ୍କା ଗୋଟିଏ ଗରିବ ପିଲାକୁ ଦିଏ।

ଏହିପରି ମଜଲିସ୍‌ରେ ଗୋପାଳର କେତେଦିନ କଟିଗଲା। ଦେଖୁ ଦେଖୁ ବାର୍ଷିକ ପରୀକ୍ଷା ନିକଟବର୍ତ୍ତୀ ହେବାକୁ ଲାଗିଲା; କିନ୍ତୁ ଗୋପାଳର ସେ ଆଡ଼େ ଚିନ୍ତା ନାହିଁ। ସେ ବୁଦ୍ଧିଆ ପିଲା। ଫାଙ୍କି ଦେଇ ପରୀକ୍ଷକଙ୍କ ଆଖିରେ ଧୂଳି ଦେବ ବୋଲି ତାର ବିଶ୍ୱାସ।

ଦେଖୁ ଦେଖୁ ପରୀକ୍ଷା ଆସି ହାଜର। ପାଠକମାନେ ଶୁଣି ଆଶ୍ଚର୍ଯ୍ୟାନ୍ୱିତ ହେବେ, ଗୋପାଳ ଫାଙ୍କି ଦେଇ ପରୀକ୍ଷାରୁ ରକ୍ଷା ପାଇଲା; କିନ୍ତୁ ହରି ନିଜର ପରିଶ୍ରମର ଫଳ ସ୍ୱରୂପ କ୍ଲାସରେ ପ୍ରଥମ ସ୍ଥାନ ଅଧିକାର କଲା।

ଏଥର ଗ୍ରୀଷ୍ମାବକାଶରେ ଗୋପାଳ ଘରକୁ ନ ଆସି କଟକରେ ରହିଗଲା। କେତେକ ବନ୍ଧୁଙ୍କୁ ନେଇ ସେ ଗୋଟିଏ ନାଟ-ଦଳ ଗଠନ କରିଛି। ତା'ର ଇଚ୍ଛା, ନାଟକର ଅଭିନୟ ଶେଷ ହେଲେ ସେ ଘରକୁ ଯିବ।

କିନ୍ତୁ ବିଧାତାଙ୍କ ଇଚ୍ଛା କିଏ ଏଡ଼ିପାରେ ? ନାଟକରେ ନର୍ତ୍ତକୀମାନଙ୍କ ଅଭିନୟ ଚାତୁରୀ ଦେଖି, ସେମାନଙ୍କ ସୁମଧୁର ସଙ୍ଗୀତ ଶୁଣିବା ପାଇଁ ତା'ର ଭାରି ଆଗ୍ରହ। ଯେନତେନ ପ୍ରକାରେଣ ନାଟକ ଶେଷ ହେଲାରୁ ସେ ଜଣେ ନର୍ତ୍ତକୀ ଘରକୁ ଯାତାୟତ କରିବାକୁ ଲାଗିଲା। ନର୍ତ୍ତକୀର ରୂପରେ, ସଙ୍ଗୀତରେ, ଭାବଭଙ୍ଗୀରେ ମୁଗ୍ଧ ହୋଇ ସେ ନର୍ତ୍ତକୀ ଘରେ ରହିବାର ସ୍ଥିର କଲା।

ଛୁଟି ପରେ ହରି କଟକୁ ଆସି ଦେଖେ ଯେ ଗୋପାଳ 'ପାରିଜାତ' ରେ ନାହିଁ। ଗୋପାଳ ନର୍ତ୍ତକୀ ଘରୁ କେତେବେଳେ ବାହାରେ ନାହିଁ। ଘରୁ ଯାହା ଟଙ୍କା ଆସେ, ନର୍ତ୍ତକୀକୁ ଦେଇ ନିଶ୍ଚିନ୍ତ ଥାଏ। ଯେତେବେଳେ ଟଙ୍କା ଦରକାର ହୁଏ, ହରିଠାରୁ ଆସି ଫାଙ୍କି ଦେଇ ଦୁଇ ଚାରି ଟଙ୍କା ଧାର ନେଇଯାଏ। ହରି ଯେତେ ପଚାରିଲେ ସୁଦ୍ଧା ସେ କେଉଁଠି ଅଛି, ତାକୁ କହେ ନାହିଁ। କ୍ରମେ ତା'ର ଜୀବନ ସଙ୍ଗୀତମୟ ହେବାକୁ ଲାଗିଲା। ନର୍ତ୍ତକୀର ସୁସଜ୍ଜିତ ପ୍ରକୋଷ୍ଠରେ ବସି, ତା'ର ସୁମଧୁର

କଣ୍ଠରୁ ବୀଣା ବିନିନ୍ଦିତ ସ୍ୱର ଶୁଣି ଗୋପାଳ ନିଜକୁ କୃତାର୍ଥ ମଣିବାକୁ ଲାଗିଲା। ନର୍ତ୍ତକୀର ଅଟ୍ଟାଳିକା ଗୋପାଳର ଚକ୍ଷୁରେ ଅମରାବତୀ, ନର୍ତ୍ତକୀର ଉଦ୍ୟାନ ନନ୍ଦନ-କାନନ; ଉଦ୍ୟାନର ଗୋଲାପ ସ୍ୱର୍ଗର ପାରିଜାତ, ନର୍ତ୍ତକୀ ସ୍ୱୟଂ ରମ୍ଭା। ନର୍ତ୍ତକୀର ସୁମଧୁର କଣ୍ଠରୁ ନନ୍ଦନର ପିକ - ଧ୍ୱନି ଶୁଣି, ବଦନ-କମଳରେ ମାନସ-କମଳର ଛବି ଦେଖି ଗୋପାଳ ମାତାପିତା, ଭାଇବନ୍ଧୁ ସମସ୍ତଙ୍କୁ ଭୁଲିଗଲା। କଲେଜକୁ ଯିବାର ନାମ ସୁଦ୍ଧା ନାହିଁ।

ଗୋପାଳର ପିତା ଜାଣନ୍ତି ଯେ, ଗୋପାଳ କଟକରେ ପାଠ ପଢୁଛି। କିନ୍ତୁ ତାଙ୍କ ଅଜ୍ଞାତରେ ଗୋପାଳ ଏତେ କାଣ୍ଡ କଲାଣି ବୋଲି ସେ କାହୁଁ ଜାଣିବେ? ହରି ମଧ୍ୟ ଏସବୁ କିଛି ଜାଣେ ନାହିଁ। ତା'ର ବିଶ୍ୱାସ, ଗୋପାଳ କେଉଁ ବନ୍ଧୁଘରେ ଥିବ, ସଭା ସମିତିରେ ମାତିଥିବ। ଏଥିପାଇଁ ସେ ମନେ ମନେ ଭାରି ଦୁଃଖିତ ହୁଏ; କିନ୍ତୁ ତାକୁ କିଛି କହିପାରେ ନାହିଁ।

ଦିନେ ସଂଧ୍ୟାବେଳେ ଗୋପାଳ ପାରିଜାତକୁ ଆସି ଦେଖେ ଯେ, ହରି ସେଠାରେ ନାହିଁ। ମେସ୍‌ର ପିଲାମାନଙ୍କୁ ପଚାରିବାରୁ ସେମାନେ କହିଲେ – "ହରି ପୋଷ୍ଟ ଅଫିସକୁ ଯାଇଛି ?" ଅନେକ ଦିନ ହେଲା ସେ ହରି ସଙ୍ଗେ କଥାବାର୍ତ୍ତା କରି ନାହିଁ। ଆଜି ମନେ ପଡ଼ିବାରୁ ଆସିଛି। ଦେଖା ନ କରି କିପରି ଯିବ? ପୁଣି ଆଜି ଗୋପାଳର ଟଙ୍କା ନ ହେଲେ ନ ଚଳେ। ଅଗତ୍ୟା ଅପେକ୍ଷା କରିବାକୁ ଲାଗିଲା।

ହରିର ସିଟ୍‌କୁ ଯାଇ ଗୋପାଳ ହରିର ବହିପତ୍ର ଖୋଲି ପଢ଼ିବାକୁ ଲାଗିଲା। ପଢୁ ପଢୁ ହଠାତ୍ ବହି ଭିତରେ ଦେଖିଲା ଯେ ଚିଠିଟାଏ ଆସିଛି। ଚିଠିଟି ଗୋପାଳ ନାମରେ। ଆଗ୍ରହ ସହକାରେ ସେ ଚିଠି ପଢ଼ିବାକୁ ଲାଗିଲା –

ପ୍ରିୟ ଗୋପାଳ,

ଅନେକ ଦିନ ହେଲା ତୁମଠାରୁ ଚିଠି ପତ୍ର ନ ପାଇ ଉତ୍କଣ୍ଠିତ ଅଛି । ତୁମେ କ'ଣ ତୁମ ବହୂକୁ ଏକାବେଳେ ଭୁଲି ଗଲ ? ଚିଠି ଖଣ୍ଡେ ସୁଦ୍ଧା ଦେବ ନାହିଁ ? ତୁମେ ମୋତେ ଭୁଲି ପାର; କିନ୍ତୁ ମୁଁ ତ ତୁମକୁ ଭୁଲି ପାରିବି ନାହିଁ। ମୁଁ ଅଶିକ୍ଷିତ ବୋଲି ତୁମେ ମୋତେ ଘୃଣା କରିପାର, ବହୂ ବୋଲି ଡାକିବାକୁ ଲଜ୍ଯାବୋଧ କରିପାର; କିନ୍ତୁ ତୁମେ ମୋ ଆଖିରେ ସେହି ଗୋପାଳ। ପାଠ ପଢ଼ି ତୁମେ ସାହେବ ହେଲେ ସୁଦ୍ଧା ମୁଁ ତୁମକୁ ଗୋପାଳ ବୋଲି ଡାକିବି।

ତୁମେ ଛୁଟିରେ ଘରକୁ ନଆସିବାରୁ ମା ବାପା ସମସ୍ତଙ୍କ ମନରେ କଷ୍ଟ ହୋଇଛି। ସବୁବେଳେ ତୁମର ସେ ହସ ହସ ମଧୁର ମୁଖ ମନେ ପଡୁଛି। ଶୟନରେ,

ଜାଗରଣରେ କିଏ ଆସି 'ବହୂ ବହୂ'[୧] ବୋଲି ଡାକୁଛି ! ମୋର ଏ ଉତ୍କଣ୍ଠା ଦୂର କରିବ ନାହିଁକି ?

ତୁମ ବୟସ ବେଶି ହେଲାଣି। ତୁମେ ପାଠପଢ଼ି ଅନେକ କଥା ଶିଖିଛ, ପରିବାରରେ ଯେଉଁ ସୁଖ ମିଳେ, ନିଜେ ବୁଝି ପାରୁଥିବ। ସେଦିନ କହୁଥିଲ, ପରିବାର ସ୍ୱର୍ଗରୁ ମଧ୍ୟ ବଡ଼। ମା'ର ଖୁଦ କୁଣ୍ଡା ଅନ୍ୟ ଲୋକର ଛେନାମଣ୍ଡା ସଙ୍ଗେ ସମାନ। ଏ ସବୁ ଭୁଲି ଗଲଣି କି ?

ତୁମେ ଶିକ୍ଷିତା ସ୍ତ୍ରୀ ବିବାହ କରିବ ବୋଲି ସବୁବେଳେ କହ। ମୁଁ ବାଛି ବାଛି ଗୋଟିଏ ସୁନ୍ଦରୀ କନ୍ୟା ଠିକ୍ କରିଛି। ସେ ମାଇନର୍ ପାସ୍ କରିଛି। ସେ ମୋର ଜାଆ ହେଲେ ମୋର ମନରେ ସୁଖ ହେବ। ମୋ ଜୀବନର ଏ ସଧ ମେଣ୍ଟାଇବ।

ମୋ ମୁଣ୍ଡ ଖାଇବ। ଏଥର ହରି ସଙ୍ଗେ ପୂଜା ଛୁଟିରେ ଘରକୁ ଆସିବ। ତୁମେ ଦିଅର ବୋଲି ଏ ସବୁ ଜୋର କରି କହିଲି।

ଆମେମାନେ କୁଶଳରେ ଅଛୁ। ଈଶ୍ୱର ତୁମର ମଙ୍ଗଳ କରନ୍ତୁ। ଶୀଘ୍ର ପତ୍ର ଦେବ। ଇତି।

ତୁମର ଶୁଭାକାଙ୍କ୍ଷିଣୀ
ଲକ୍ଷ୍ମୀ

ଗୋପାଳ ନିବିଷ୍ଟ ଚିତ୍ତରେ ଚିଠି ପଢୁଛି, ପଛରୁ କିଏ ଆସି କହିଲା, "ଗୋପାଳ ଯେ ! କେତେବେଳ ହେଲା ଆସିଲୁଣି ?"

"ଏଇତ ଦଶ ମିନିଟ୍ ହେଲା ଆସିଛି। ତୁ ପୋଷ୍ଟଅଫିସ୍‌କୁ ଯାଇଥିଲୁ ବୋଲି ଏଠାରେ ବସିଛି। ମୋର ଚିଠିପତ୍ର କିଛି ଆସିଛି ?"

"ନା, ମୋର ଚିଠି ମଧ୍ୟ ଆସିନାହିଁ ! ଭାଇ, ତୁ ଆଉ କେତେଦିନ ଏପରି ବୁଲୁଥିବୁ ? ଏପରି କଲେ କ'ଣ ଦେଶ ଉଦ୍ଧାର ହେବ ? ଆଗେ ନିଜ କର୍ତ୍ତବ୍ୟ ବୁଝ, ନିଜକୁ ସଂସ୍କାର କର; ପରେ ଦେଶର ସଂସ୍କାରକ ହେବୁ।"

ମୋର ଯଥେଷ୍ଟ ପଢ଼ା ହୋଇ ସାରିଛି। ଆଉ ବେଶି ପଢ଼ିଲେ କ'ଣ ହେବ? କଲେଜରେ ଯେ ବହି ପଢ଼ାଯାଏ, ସେଥିରେ କ'ଣ ମନୁଷ୍ୟର ଜ୍ଞାନ ବଢ଼େ? ସେ ଅଲଣା ପାଠ ପଢ଼ିଲେ କ୍ଷତି ଛଡ଼ା ଲାଭ ନାହିଁ ?"

"ଦେଖ, ତୋ ଇଚ୍ଛା! ତୁ କ'ଣ ମୋ କଥା ମାନିବୁ ? ଏଥର କିନ୍ତୁ ଛୁଟିରେ ମୋର ସାଙ୍ଗରେ ଘରକୁ ଯିବାକୁ ହେବ।"

୧. ଓଡ଼ିଶାର ପଶ୍ଚିମାଞ୍ଚଳରେ ଭାଉଜଙ୍କୁ 'ବହୂ' ବୋଲି ସମ୍ବୋଧନ କରାଯାଏ।

"ନା, କଟକରେ ମୋର କାମ ସରିନାହିଁ। ଆହୁରି ଅନେକ କାମ ଅଛି। ବହୂ ମଧ ଘରକୁ ଯିବାପାଇଁ ଲେଖିଛନ୍ତି। ମୋର କାମ ନ ସରିଲେ ମୁଁ ଯିବି ନାହିଁ। ଆଜି ବହୂଙ୍କ ଠାକୁ ଲେଖିବି।"

"ଘରକୁ ଯା, ଦୁଇଚାରି ଦିନ ରହି ଆସିଲେ କ'ଣ ତୋର କ୍ଷତି ହେବ ?"

"ନା, ମୁଁ ଯିବି ନାହିଁ। ତୋଠାରେ ଟଙ୍କା ଅଛି ? ଟଙ୍କା ଦଶଟା ଦେଇଥିବୁ ?"

ହରି "ପ୍ରାଚୀନ ଓଡ଼ିଶାର ସଭ୍ୟତା" ସମ୍ବନ୍ଧରେ ଗୋଟିଏ ପ୍ରବନ୍ଧ ଲେଖି ଦଶଟଙ୍କା ପୁରସ୍କାର ପାଇଥିଲା। ସେ ଟଙ୍କା ଆଣି ଗୋପାଳକୁ ଦେଲା। ଟଙ୍କା ପାଇ ଗୋପାଳ ହୃଷ୍ଟଚିତ୍ତରେ ହରିଠାରୁ ବିଦାୟ ନେଇ ଅମରାବତୀକି ଗଲା ଏବଂ ସେଠାରେ ବହୂଙ୍କ ଠାକୁ ଗୋଟିଏ ଭାଷା ଲେଖିଲା। ଗୋପାଳର ଭାଷା ପାଇ ଲକ୍ଷ୍ମୀ ଦୁଃଖିତ ହେଲେ। ତାଙ୍କ ପ୍ରସ୍ତାବିତ କନ୍ୟାକୁ ଗୋପାଳ ଅଶିକ୍ଷିତା ବୋଲି ଘୃଣା କଲା। ସେ ଗୀତ ଗାଇ ଜାଣେ ନାହିଁ, ନାଚି ଜାଣେ ନାହିଁ। ଏପରି ସ୍ତ୍ରୀ ସୁଶିକ୍ଷିତ ଗୋପାଳର ମନକୁ ଆସିଲା ନାହିଁ। ବିବାହ ସମ୍ବନ୍ଧରେ ସେ ନିଜ ମତ ବଜାୟ ରଖିବ। ନିଜେ ବାଛି କରି ସୁଶିକ୍ଷିତା ସ୍ତ୍ରୀର ପାଣିଗ୍ରହଣ କରିବ। ଗୋପାଳର ଏ ଭାବ ଦେଖି ନୀରବରେ ଲକ୍ଷ୍ମୀଙ୍କ ଚକ୍ଷୁରୁ ଦୁଇଠୋପା ଲୁହ ଗଡ଼ିଗଲା।

ଆଜି ଇଉନିଭର୍ସିଟି ପରୀକ୍ଷା। ପରୀକ୍ଷାର୍ଥୀମାନେ ବେଶ ଭୂଷାରେ ସଜ୍ଜିତ ହୋଇ କଲେଜକୁ ଯାଉଛନ୍ତି; କିନ୍ତୁ ହରି ମନରେ ସୁଖ ନାହିଁ। ତା'ର ବାଲ୍ୟ ସହଚର ଗୋପାଳ ଆଜି ତା' ନିକଟରେ ନାହିଁ। ଗୋପାଳ ଥିଲେ ଦୁହେଁଯାକ କେତେ ଆନନ୍ଦରେ ଆଜି କଲେଜକୁ ଯାଇଥାନ୍ତେ; କିନ୍ତୁ ବିଧାତା ତାହା କରି ଦେଲେ ନାହିଁ। ହରି ମନ ଦୁଃଖରେ ପରୀକ୍ଷା ଦେବାକୁ ଗଲା।

ଯେଉଁଦିନ ପରୀକ୍ଷା ଶେଷ ହେଲା, ସେଦିନ ହରି ଶୁଣିଲା ଯେ ଗୋପାଳ ପିଡ଼ିତାବସ୍ଥାରେ ହାସପାତାଳରେ ଅଛି। ଏହା ଶୁଣି ସେ ସବୁକାମ ଛାଡ଼ି ଦେଇ ଗୋପାଳ ନିକଟକୁ ଗଲା। ହରିକୁ ଦେଖି ଗୋପାଳ ଭୋ ଭୋ କରି କାନ୍ଦିଲା। ହରି ଏଥିର ଅର୍ଥ ବୁଝି ନ ପାରି ହରିର ଚକ୍ଷୁ ମଧ ଲୋତକରେ ପୂର୍ଣ୍ଣ ହୋଇଗଲା। ସେ ସେହିଦିନ ସିଭିଲ ସର୍ଜନଙ୍କୁ କହି ଗୋପାଳକୁ ସଙ୍ଗରେ ନେଇ ସମ୍ବଲପୁର ଅଭିମୁଖରେ ଯାତ୍ରାକଲା।

ଲକ୍ଷ୍ମୀଙ୍କ ଶୁଶ୍ରୁଷାରେ, ହରିର ଯତ୍ନରେ ଗୋପାଳ ଶୀଘ୍ର ଆରୋଗ୍ୟ ଲାଭ କଲା। ତା'ର ଅବସନ୍ନ ଦେହ ସବଳ ହେବାକୁ ଲାଗିଲା।

ଦିନେ ଗୋପାଳ ବାତାୟନ ମାର୍ଗରେ ବଗିଚାର ସୌନ୍ଦର୍ଯ୍ୟ ଦେଖୁ ଦେଖୁ କେଉଁ ଅଜ୍ଞାତ ପ୍ରଦେଶରୁ ସୁମଧୁର ସଙ୍ଗୀତ-ଧ୍ୱନି ଆସି ତା'ର କର୍ଣ୍ଣରେ ପ୍ରବେଶ କଲା। ସେ ସଙ୍ଗୀତ ଶୁଣି ଗୋପଳର ଦେହ କଣ୍ଟକିତ ହୋଇଗଲା। ନିବିଷ୍ଟ ଦୃଷ୍ଟିରେ ସେ

ବଗିଚାର ଚାରିଆଡ଼କୁ ଅନାଇଲା । ବହୁ ଚେଷ୍ଟା ପରେ ଦେଖିଲା ଯେ, ଅଶୋକ ବୃକ୍ଷତଳେ ଦେବ କନ୍ୟାଟିଏ ବସି ଗୀତ ଗାଇ ଗାଇ ଫୁଲ ଜମା କରୁଛି । ସେ ମୂର୍ତ୍ତିମତୀ ସଙ୍ଗୀତ-ଧ୍ୱନିକୁ ଦେଖି ଗୋପାଳ ସ୍ଥିର ହୋଇ ରହିପାରିଲା ନାହିଁ । ତା'ର ପୂର୍ବକୃତ କାର୍ଯ୍ୟଗୁଡ଼ିକ ମନେ ପଡ଼ିଲା । ତା'ର ସେ କଳ୍ପନା ପ୍ରସୂତ ଅମରାବତୀର ବିଭତ୍ସ ଦୃଶ୍ୟ ସ୍ମୃତି ପଥରେ ନାଚିବାକୁ ଲାଗିଲା, ସେ ରମ୍ଭା ରାକ୍ଷସୀ ବେଶରେ ଆସି ତାକୁ ଭୟ ଦେଖାଇବାକୁ ଲାଗିଲା । ଅମରାବତୀରେ ସେ ନରକର ଦୃଶ୍ୟ ଦେଖିବାକୁ ଲାଗିଲା । ପୁଣି ଚକ୍ଷୁ ମେଲି ଦେବକନ୍ୟାର ପୁଷ୍ପାହରଣ ନିବିଷ୍ଟଚିତ୍ତରେ ଦେଖିବାକୁ ଲାଗିଲା । ତାର ଚକ୍ଷୁ ଲୋତକପୂର୍ଣ୍ଣ ହୋଇଗଲା ।

ପଛରୁ ଆସି ଲକ୍ଷ୍ମୀ ଗୋପାଳର ହାତଧରି କହିଲେ – "ଗୋପାଳ, ମୋ' ମୁଣ୍ଡ ଖାଇବ, ଏଥର ବାହା ହେବ କି ନା, କହ ।" ବହୂଙ୍କ କଥା ଶୁଣି ଗୋପାଳର ମୁଖ ଲାଲ ହୋଇଗଲା । ତା'ର ମୁଖରୁ କଥା ବାହାରି ପାରିଲା ନାହିଁ । ସେ ନୀରବରେ ତଳକୁ ମହଁକରି ଭୂମି ଉପରେ ନଖରେ ଗାର କାଟିବାକୁ ଲାଗିଲା ।

ଗୋପାଳର ଏଭାବ ଦେଖି ଲକ୍ଷ୍ମୀ ଆନନ୍ଦିତ ହେଲେ । ସେ ବହୁ କଷ୍ଟରେ ହାସ୍ୟ ସମ୍ବରଣ କରି କହିଲେ – "ତୁନି ହେଲେ ଯେ ! ବାହା ହେବ ନା ?

ଗୋପାଳ ବହୁ କଷ୍ଟରେ କହିଲା – 'ହଁ' ।

ଏଥର ଲକ୍ଷ୍ମୀ ନ ହସି ରହି ପାରିଲେ ନାହିଁ । ସେ ହସି ହସି କହିଲେ – "ଆଚ୍ଛା, ତୁମ କଥା ରହିଲା, ତୁମେ ବାଛିକରି କନ୍ୟାଟିଏ ବାହାହେବ ବୋଲି କହୁଥିଲ, କାହାକୁ ବାହାହେବ କୁହ ।"

ଗୋପାଳ ଅନ୍ୟମନସ୍କ ହୋଇ ଉଦ୍ୟାନରେ ସେ ସ୍ୱର୍ଗର ଦୃଶ୍ୟ ଦେଖିବାକୁ ଲାଗିଲା । ତା'ର ମନର ଭାବ ବୁଝିପାରି ଲକ୍ଷ୍ମୀ ମୁହଁରେ ଲୁଗାଯାକି ସେଠାରୁ ଦ୍ରୁତ ପଦରେ ଚାଲିଗଲେ ।

ସାତଦିନ ପରେ ଶୁଭଲଗ୍ନରେ ଉଦ୍ୟାନର ସେ ଦେବକନ୍ୟା ସଙ୍ଗେ ଗୋପାଳର ଶୁଭ-ପରିଣୟ ସମ୍ପନ୍ନ ହେଲା । ଲକ୍ଷ୍ମୀଙ୍କ କଥା ଅମାନ୍ୟ କରି ଗୋପାଳ ଯେଉଁ ଦେବକନ୍ୟାକୁ ବହୁ ଦୂରରେ ନିକ୍ଷେପ କରିଥିଲା, ପୁଣି ସେହି ଦେବୀ ସଙ୍ଗେ ତା'ର ବିବାହ ହେଲା ।

ବିବାହ ବାସୀଦିନ ଗୋପାଳକୁ ଦେଖି ଲକ୍ଷ୍ମୀ ମୁରୁକି ହସା ହସି ତାକୁ ଅନାଇବାକୁ ଲାଗିଲେ । ସେ ନୀରବ ହାସ୍ୟ ଗୋପାଳ ସମ୍ଭାଳି ପାରିଲା ନାହିଁ । ଅଗତ୍ୟା ପୃଷ୍ଠଭଙ୍ଗ ଦେଇ ପଳାୟନ କଲା । ବହୂସଙ୍ଗେ କଳିକରି କିଏ ଜିଣିପାରେ ?

ଉତ୍କଳ ସାହିତ୍ୟ, ୧୮ଶ ଭାଗ, ୪ର୍ଥ-୫ମ ସଂଖ୍ୟା, ଶ୍ରାବଣ, ଭାଦ୍ରବ ୧୩୨୧ (ଜୁଲାଇ-ଅଗଷ୍ଟ ୧୯୧୪)

ଅରୁଣା

ପ୍ରଥମ ପରିଚ୍ଛେଦ
ଶତ୍ରୁ-ଶିବିରରେ

"କଥଂ ନିଗଡ଼ - ସଂକ୍ଷତାଃସି ।
ଦ୍ରୁତଂ ନୟାମି ଭବତିମିତଃ-" ରତ୍ନାବଳୀ

ପ୍ରାୟ ଅଢ଼ାଇଶ ବର୍ଷ ପୂର୍ବେ ସମ୍ବଲପୁର ଦୁର୍ଗର ଉତ୍ତର-ପଶ୍ଚିମ-ସୀମାନ୍ତବର୍ତ୍ତୀ ସିଂଘୋରା ଗିରିସଙ୍କଟ ନିକଟରେ ଜଣେ ଅଶ୍ୱାରୋହୀ ସତର୍କ ଭାବରେ ଚତୁର୍ଦ୍ଦିଗ ନିରୀକ୍ଷଣ କରି ଅଶ୍ୱ-ଚାଳନା କରୁଥିଲେ । ଅଶ୍ୱାରୋହୀଙ୍କ ବୟସ ୩୫ ବର୍ଷ ହେବ । ତାଙ୍କ ବେଶଭୂଷାରୁ ଜଣା ଯାଉଥିଲା, ସେ ଜଣେ ମରହଟ୍ଟା ସୈନିକ । ତାଙ୍କ ସର୍ବାଙ୍ଗ ଲୌହବର୍ମାଚ୍ଛାଦିତ; ମସ୍ତକରେ ହୀରକ-ଖଚିତ ଉଷ୍ଣୀଷ । ମୁଖ ବୀରତ୍ୱ-ବ୍ୟଞ୍ଜକ ଓ ଉତ୍ସାହପୂର୍ଣ୍ଣ; ଶରୀର ସୌଷ୍ଠବାନ୍ୱିତ ଓ ପୂର୍ଣ୍ଣାୟତନ । ଅଶ୍ୱାରୋହୀ ଗିରିସଙ୍କଟ ନିକଟକୁ ଯାଇ କିଛି କ୍ଷଣ ଅଶ୍ୱର ଗତିରୋଧ କଲେ ଏବଂ ମନ ମଧ୍ୟରେ କଣ ଭାବି ଥରେ ଚାରିଆଡ଼କୁ ଅନାଇଲେ । ସେତେବେଳକୁ ସୂର୍ଯ୍ୟ ଅସ୍ତପ୍ରାୟ । ଅସ୍ତାଚଳ-ଗମନୋନ୍ମୁଖ ସୂର୍ଯ୍ୟଦେବ ସ୍ୱର୍ଣ୍ଣ କିରଣରେ ପର୍ବତଗାତ୍ରକୁ ରସାଣି ବୃକ୍ଷ-ଲତା-ପରିଶୋଭିତ ଭୂଧରକୁ ଅପୂର୍ବ ଶୋଭାରେ ବିଭୂଷିତ କରୁଅଛନ୍ତି । ସନ୍ଧ୍ୟାଗମ ଦେଖି ପକ୍ଷୀମାନେ ସ୍ୱ ସ୍ୱ କୁଳାୟ ଅଭିମୁଖରେ ପ୍ରତ୍ୟାବୃତ୍ତ ହେଉଛନ୍ତି । ମୃଗମାନେ ଚଞ୍ଚଳ ପଦବିକ୍ଷେପରେ ଅରଣ୍ୟର ମର୍ମର ଶବ୍ଦ ସୃଷ୍ଟି କରି ଭୟାକୁଳ-ଚିତ୍ତରେ ବିଚରଣ କରୁଅଛନ୍ତି ।

ଅଶ୍ୱାରୋହୀ ଅଶ୍ୱ-ପୃଷ୍ଠରେ ଆରୂଢ଼ ହୋଇ କିଛିକ୍ଷଣ ପ୍ରକୃତିର ସାୟନ୍ତନୀ ଲୀଳା ଦେଖିବାକୁ ଲାଗିଲେ । ପରେ ଅରଣ୍ୟକୁ ଲକ୍ଷ୍ୟକରି ଶଙ୍ଖଧ୍ୱନି କଲେ । ଶଙ୍ଖଧ୍ୱନି ହେବା

ମାତ୍ରକେ ଅରଣ୍ୟ ମଧ୍ୟରୁ ବହୁସଂଖ୍ୟକ ଅଶ୍ୱାରୋହୀ ଓ ପଦାତିକ ନିର୍ଗତ ହେଲେ; ଏବଂ ସତୃଷ୍ଣ ନୟନରେ ଉପରୋକ୍ତ ଅଶ୍ୱାରୋହୀଙ୍କ ଆଡ଼େ ଅନାଇବାକୁ ଲାଗିଲେ। ଅଶ୍ୱାରୋହୀ ନୀରବରେ ଅଗ୍ରସର ହେଲେ। ତାଙ୍କ ମୁଖ ଅଧୁନା ଗମ୍ଭୀର; ମନ ଚିନ୍ତାକୁଳ। ନବାଗତ ସୈନିକମାନେ ତାହାଙ୍କର ଅନୁସରଣ କରିବାକୁ ଲାଗିଲେ। ସେମାନଙ୍କ ପଛେ ପଛେ ଭାରବାହୀ ଗର୍ଦ୍ଦଭାଦି ଏବଂ ମହିଳାମାନେ ରକ୍ଷି-ପରିବେଷ୍ଟିତ ହୋଇ ଯିବାକୁ ଲାଗିଲେ। କିଛି ଦୂର ଗଲା ପରେ ଅଶ୍ୱାରୋହୀ ପୁଣି ଅଶ୍ୱର ଗତିରୋଧ କଲେ। ସେତେବେଳକୁ ସୂର୍ଯ୍ୟାସ୍ତ ହୋଇ ସାରିଲାଣି। ନିଶା ଆଗମନ ଦେଖି ଅଶ୍ୱାରୋହୀଙ୍କ ମନ ଆହୁରି ଚିନ୍ତାକୁଳ ହେଲା। ସେ କିଛିକ୍ଷଣ ନୀରବରେ ରହି କର୍ତ୍ତବ୍ୟ ସ୍ଥିର କରିବାକୁ ଲାଗିଲେ।

ହଠାତ୍ ପଶ୍ଚାଦ୍ଦେଶରୁ "ଜୟ ସମଲାଈର ଜୟ" ଶବ୍ଦ ଶ୍ରୁତିଗୋଚର ହେଲା। ବହୁସଂଖ୍ୟକ ଅଶ୍ୱାରୋହୀ ପର୍ବତରୁ ଅବତରଣ କରି ମରହଟ୍ଟା ସେନା ଆକ୍ରମଣ କଲେ। ମରହଟ୍ଟାମାନେ ଏପରି ଅତର୍କିତଭାବରେ ଶତ୍ରୁଦ୍ୱାରା ଆକ୍ରାନ୍ତ ହୋଇ ପ୍ରମାଦ ଗଣିଲେ। ବିଶେଷତଃ ସେତେବେଳକୁ ସେମାନେ ଗିରିସଙ୍କଟ ଭିତରକୁ ଆସି ସାରିଥିଲେଣି । ଏଆଡ଼େ ଘୋର ତାମସୀ ରଜନୀ; ତା' ପରେ ପୁଣି ଅଜ୍ଞାତ ପ୍ରଦେଶ। ଏପରି ଅବସ୍ଥାରେ ସେମାନେ ହଠାତ୍ ଶତ୍ରୁର ସମ୍ମୁଖୀନ ହୋଇ କଣ କରିବେ, କିଛି ଠିକ୍ କରି ପାରିଲେ ନାହିଁ। କିନ୍ତୁ ମରହଟ୍ଟା ଜାତି ସହଜରେ ଭୀତ ହେବାର ଜାତି ନୁହନ୍ତି। ସେମାନେ କପଟ-ଯୁଦ୍ଧରେ ପଟୁ। ଶତ୍ରୁର ଏପରି ରୀତି ଦେଖି ସେତେବେଳେ ଯୁଦ୍ଧ କରିବା ଅନୁଚିତ ମନେ କରି ସେମାନେ ପୃଷ୍ଠଭଙ୍ଗ ଦେବାର ସ୍ଥିର କଲେ। ଅଗ୍ରଗାମୀ ମରହଟ୍ଟା ଅଶ୍ୱାରୋହୀଙ୍କ ସଙ୍କେତ ମତେ ସେମାନେ ମରହଟ୍ଟା-ଜାତି-ସୁଲଭ ଚଞ୍ଚଳ ପଦବିକ୍ଷେପରେ ଅରଣ୍ୟ ମଧ୍ୟରେ ପ୍ରବେଶ କଲେ। ଶତ୍ରୁମାନେ ସେମାନଙ୍କୁ ପଳାୟନ-ତତ୍ପର ଦେଖି ପଶ୍ଚାଦ୍ଧାବନ କଲେ ଏବଂ ଅବିରତ ତୀରନିକ୍ଷେପଦ୍ୱାରା ଅନେକଙ୍କୁ ହତାହତ କଲେ। କିନ୍ତୁ ମରହଟ୍ଟାମାନେ ଶର-ନିକ୍ଷେପ କରି ପ୍ରତି ଭ୍ରୂକ୍ଷେପ ନକରି ଗନ୍ତବ୍ୟ ପଥରେ ଅଗ୍ରସର ହେଲେ। ସେମାନେ ନିଜେ ପଳାଇବାକୁ ସମର୍ଥ ହେଲେ ସୁଦ୍ଧା ପଶ୍ଚାତ୍‌ଗାମୀ ମହିଳା ପ୍ରଭୃତିଙ୍କୁ ରକ୍ଷା କରି ପାରିଲେ ନାହିଁ। ସେ ସବୁ ଶତ୍ରୁମାନଙ୍କ ହସ୍ତଗତ ହେଲା। ଶତ୍ରୁମାନେ ମରହଟ୍ଟାମାନଙ୍କ ସମ୍ପତ୍ତି ଲୁଟ କରିବାକୁ ଲାଗିଲେ।

କିଛିକ୍ଷଣ ପରେ ଜଣେ ପଞ୍ଚବିଂଶତି ବର୍ଷୀୟ ଯୁବକ ଅଶ୍ୱ-ପୃଷ୍ଠରେ ପର୍ବତ ମଧ୍ୟରୁ ବାହାରି ସେମାନଙ୍କୁ ଲୁଣ୍ଠନ କାର୍ଯ୍ୟରୁ ନିବୃତ୍ତ କଲେ। ତାଙ୍କ ଆଦେଶ ମତେ ତାଙ୍କ ଅନୁଚରମାନେ ଶତ୍ରୁର ପଶ୍ଚାଦ୍ଧାବନ କାର୍ଯ୍ୟରୁ ବିରତ ହୋଇ ଅରଣ୍ୟ ଭିତରକୁ ଚାଲିଗଲେ। ଯୁବକ କେତେଜଣ ବିଶ୍ୱସ୍ତ ଅନୁଚରଙ୍କୁ ଡ଼ାକି ଆପନ୍ନ ମରହଟ୍ଟାରମଣୀମାନଙ୍କୁ ସେମାନଙ୍କ ତତ୍ତ୍ୱାବଧାନରେ ମରହଟ୍ଟା ସେନାପତିଙ୍କ ନିକଟକୁ

ପ୍ରେରଣ କଲେ। କିନ୍ତୁ ଜଣେ ପଞ୍ଚଦଶବର୍ଷିୟା ଯୁବତୀକୁ ବନ୍ଦୀକରି ରକ୍ଷିଗଣ ସମଭିବ୍ୟାହାରରେ ନିଜ ଦୁର୍ଗକୁ ପଠାଇ ନିଜେ ଦୁର୍ଗାଭିମୁଖରେ ଅଗ୍ରସର ହେଲେ। ଉକ୍ତ ଯୁବତୀ ସଙ୍ଗେ ଜଣେ ଦାସୀ ସୁଦ୍ଧା ଇଚ୍ଛାପୂର୍ବକ ବନ୍ଦୀ ହେଲା।

ଗିରି-ଶିଖରାବସ୍ଥିତ ଦୁର୍ଗଭିତରକୁ ଯାଇ ଯୁବକ ଉପରୋକ୍ତ ଯୁବତୀକୁ ସ୍ୱଶିବିରକୁ ଡକାଇଲେ। ଯୁବତୀ ସଙ୍ଗରେ ଦାସୀ ମଧ୍ୟ ଆସିଲା। ଯୁବତୀକୁ ଦେଖି ଯୁବକ କହିଲେ, "ସେନାପତି-ନନ୍ଦିନୀ। ଓଡ଼ିଆମାନଙ୍କ ଆଚରଣ ଦେଖି ରୁଷ୍ଟ ହେବେ ନାହିଁ। କ୍ଷତ୍ରିୟମାନେ ଯୁଦ୍ଧରେ ଜୟଲାଭ କରି ଶୂନ୍ୟହସ୍ତରେ ପ୍ରତ୍ୟାବୃତ୍ତ ହୁଅନ୍ତି ନାହିଁ। ଏଣୁ ଆଜି ସେନାପତି-ନନ୍ଦିନୀ ଏ ଦୁର୍ଗରେ ବନ୍ଦିନୀ। କିନ୍ତୁ ତୁମ୍ଭର ଭୟ କରିବାର କୌଣସି କାରଣ ନାହିଁ। ଦୁର୍ଗରେ ତୁମ୍ଭଙ୍କୁ ସମୁଚିତ ସମ୍ମାନ ଦିଆଯିବ।"

ଯୁବକଙ୍କ କଥା ଶୁଣି ଯୁବତୀ ନୀରବରେ ତଳକୁ ମୁହଁ କରି କାନ୍ଦିବାକୁ ଲାଗିଲା। ଦାସୀ କହିଲା, "ଆପଣ ଆପଣଙ୍କ କାର୍ଯ୍ୟ କରିଛନ୍ତି। ସେଥିପାଇଁ ଆମେମାନେ ଆପଣଙ୍କୁ ନିନ୍ଦା କରୁନାହୁଁ। କିନ୍ତୁ ମରହଟ୍ଟା ଶିବିରରେ କି ଆଉ କିଛି ନଥିଲା ?"

"ଥାଇପାରେ। କିନ୍ତୁ ସେଥିରେ ଆମର ଲୋଭ ନାହିଁ। କ୍ଷତ୍ରିୟ-ଜାତି ଚୋରି କରେ ନାହିଁ।"

"ସେନାପତି-ନନ୍ଦିନୀଙ୍କୁ ଏପରି ବଳପୂର୍ବକ ଆଣିବା ଚୋରର କାର୍ଯ୍ୟ ନୁହେଁ କି ? ଆପଣ ବୀର-ଯୁଦ୍ଧରେ ଶତ୍ରୁକୁ ପରାସ୍ତ କରିଛନ୍ତି। କିନ୍ତୁ ରମଣୀ ଉପରେ ଅତ୍ୟାଚାର ବୀରର କାର୍ଯ୍ୟ ନୁହେଁ।"

"ରମଣୀ ଉପରେ କୌଣସି ଅତ୍ୟାଚାର ହୋଇ ନାହିଁ। ବୀର ନାରୀ ବୀର-ଭୋଗ୍ୟା। ସେନାପତି-ନନ୍ଦିନୀ ବୀର ରମଣୀ; ସେ ବୀର ପୁରୁଷର ଯୋଗ୍ୟା। ତାଙ୍କୁ ବୀରପୁରୁଷ ହସ୍ତରେ ନ୍ୟସ୍ତ ହେବାର ଦେଖିଲେ ସୁଖୀ ହେବି।"

"ତାଙ୍କ ହୃଦୟ-ରାଜ୍ୟରେ ରାଜା ହେବା ପାଇଁ ମରହଟ୍ଟା ବୀର ଅଛନ୍ତି। ଏଠାରେ ରହିଲେ ତାଙ୍କ ମନରେ ଦୁଃଖଛଡ଼ା ସୁଖ ହେବ ନାହିଁ।"

"ଯଦି ସେପରି ହୁଏ, ତାଙ୍କ ମନରେ କଷ୍ଟ ଦେବା ମୋର ଉଦ୍ଦେଶ୍ୟ ନୁହେଁ। ମୁଁ ଏଇକ୍ଷଣି ତାଙ୍କୁ ନିରାପଦରେ ତାଙ୍କ ପିତାଙ୍କ ନିକଟକୁ ପଠାଇ ଦେବି। ଓଡ଼ିଆ ଜାତି ଅବଳା ପ୍ରତି ସମ୍ମାନ ଦେଖାଇ ଜାଣେ। ସେନାପତି ନନ୍ଦିନୀ ପିତୃ ଶିବିରରେ ଥାଇ ଦେଖିବେ ଯେ, ଓଡ଼ିଆ ବୀର ମରହଟ୍ଟା ବୀର ଅପେକ୍ଷା ନିକୃଷ୍ଟ ନୁହେଁ।"

ଯୁବକଙ୍କ ଶେଷ ବାକ୍ୟ ଶୁଣି ଯୁବତୀ ଲୋତକ ସମ୍ବରଣ କରି ତାଙ୍କ ଆଡ଼କୁ ଅନାଇଲା। ଯୁବକଙ୍କ ମୁଖରେ ଉଦାରତାର ସ୍ପଷ୍ଟ ଚିହ୍ନ ଦେଖି ସେ ମୁଗ୍ଧ ହୋଇଗଲା। ଇତ୍ୟବସରରେ ଯୁବକଙ୍କ ଚକ୍ଷୁସହିତ ତାହାର ଚକ୍ଷୁ ମିଳିତ ହେଲା। ସେ ଲଜ୍ଜାରେ

ତଳକୁ ଅନାଇବାକୁ ଲାଗିଲା। ଯୁବକଙ୍କ ପ୍ରତି ପୂର୍ବେ ଯେ ବିରକ୍ତି ଜନ୍ମିଥିଲା, ତାହା କେଉଁଆଡ଼େ ଉଭେଇଗଲା। ତାହାର ଶରୀରର ପ୍ରତ୍ୟେକ ଶିରାରେ ଅନନୁଭୂତ ତଡ଼ିତପ୍ରବାହ ବହିବାକୁ ଲାଗିଲା। ଯୁବତୀର ଭାବାନ୍ତର ଦେଖି ଯୁବକ କହିଲେ, "ଯଦି ସେନାପତି-ନନ୍ଦିନୀଙ୍କ ଇଚ୍ଛା ହୁଏ, ତାହା ହେଲେ ତାଙ୍କୁ ଅନତି ବିଳମ୍ବେ ପିତୃ-ସମୀପକୁ ପଠାଇବାର ବନ୍ଦୋବସ୍ତ କରିବି।"

ଦାସୀ ଉତ୍ତର ଦେବାକୁ ଅସମର୍ଥ ହୋଇ ଯୁବତୀର ମୁଖ ଆଡ଼କୁ ଅନାଇଲା। ତାହାର ମନର ଭାବ ବୁଝିପାରି ଯୁବତୀ ବିପଦରେ ପଡ଼ିଲା। ଯୁବତୀଙ୍କ ପ୍ରତି ଅଲକ୍ଷିତରେ ତାର ଆନ୍ତରିକ ଶ୍ରଦ୍ଧା ଜାତ ହୋଇଛି। ତାଙ୍କୁ ଛାଡ଼ିବାକୁ ଅଧୁନା ଏକାବେଳକେ ଅସମ୍ଭବ। ଏ ଆଡ଼େ ପୁଣି ଶତ୍ରୁଦୁର୍ଗରେ ବନ୍ଦୀ ହୋଇ ରହିବା ଅସହ୍ୟ। ଯୁବତୀକୁ ଆଉ ବୁଦ୍ଧିବାଟ କିଛି ଦିଶିଲା ନାହିଁ। ପରେ ସେ ବହୁ କଷ୍ଟରେ କହିଲା, "ଯଦି ମରହଟ୍ଟା ସେନାପତିଙ୍କ ବାହୁରେ ବଳ ଥାଏ; ସେ ନିଜେ ଆସି ମୋତେ ମୁକୁଳାଇବେ। ମରହଟ୍ଟା-ରମଣୀ ଶତ୍ରୁର କୃପାର ପାତ୍ର ହେବାକୁ ସୁଖକର ମଣେ ନାହିଁ।"

ତାହାର ଏ କଥା ଶୁଣି ଯୁବକ ଆଶ୍ଚର୍ଯ୍ୟାନ୍ୱିତ ହୋଇଗଲେ। ସେ ମନେ ମନେ ତାକୁ ପ୍ରଶଂସା କରିବାକୁ ଲାଗିଲେ। ପରେ ଉଭୟଙ୍କ ରହିବାର ସୁବନ୍ଦୋବସ୍ତ କରି ଦୁର୍ଗ ରକ୍ଷାର୍ଥ ଦୁର୍ଗ-ଦ୍ୱାରଆଡ଼େ ଅଗ୍ରସର ହେଲେ।

ଦ୍ୱିତୀୟ ପରିଚ୍ଛେଦ
ସଂକ୍ଷିପ୍ତ ପରିଚୟ

"- ନପାରିଲେ ଜିଣି,
ଯୁଦ୍ଧକ୍ଷେତ୍ରେ ମରିବା ତ ନିଜ ହାତ କଥା" – ମହାଯାତ୍ରା।

ମରହଟ୍ଟା-ସେନାପତି-ନନ୍ଦିନୀଙ୍କୁ ଗିରିଦୁର୍ଗରେ ଛାଡ଼ି ସମ୍ବଲପୁରର ତଦାନୀନ୍ତନ ଇତିହାସ ବିଷୟରେ ଆଲୋଚନା କଲେ, ବୋଧହୁଏ, ଅସଙ୍ଗତ ହେବନାହିଁ। ଉପନ୍ୟାସ ରସିକ ପାଠକମାନେ ନୀରସ ଇତିବୃତ୍ତ-ବୃତ୍ତାନ୍ତ ଜାଣିବାକୁ ଅନିଚ୍ଛୁକ ହୋଇ ପାରନ୍ତି। କିନ୍ତୁ ଲେଖକ ନାଚାର। ଗଳ୍ପକୁ ପୂର୍ଣ୍ଣାଙ୍ଗ କରିବାକୁ ଗଲେ ଇତିହାସ ବିଷୟରେ ଦୁଇଚାରି କଥା କହିବା ଦରକାର, ନୋହିଲେ ଏ ଗଳ୍ପର ଐତିହାସିକ ବ୍ୟକ୍ତିମାନେ ଆଂଶିକରୂପେ ଅପରିଚିତ ହୋଇ ରହିଯିବେ। ଏଣୁ ପାଠକମାନେ ଅନୁଗ୍ରହ କରି କ୍ଷମା କରିବେ।

ଅଷ୍ଟାଦଶ ଶତାବ୍ଦୀରେ ଭାରତରେ ମରହଟ୍ଟାମାନଙ୍କ ଅପ୍ରତିହତ ପ୍ରଭାବ ବିସ୍ତାରିତ ହୋଇଥିଲା । ସେମାନେ ଭାରତର ଏକ ପ୍ରାନ୍ତରୁ ଅପରପ୍ରାନ୍ତ ଯାଏ ସମର ଘୋଷଣା କରି ଭାରତରେ ହିନ୍ଦୁ ସାମ୍ରାଜ୍ୟ ସଂସ୍ଥାପନ କରିବାକୁ ପ୍ରୟାସୀ ହୋଇଥିଲେ । କିନ୍ତୁ ଏ ସମୟରେ ସେମାନଙ୍କ ପତନର ସୂତ୍ରପାତ ହୋଇଥିଲା ମଧ୍ୟ । ମରହଟ୍ଟା-ରାଜ୍ୟ-ପ୍ରତିଷ୍ଠାତା ଶିବାଜୀଙ୍କ ନୀତି ଛାଡ଼ି ସେମାନେ ହିନ୍ଦୁରାଜ୍ୟରେ ସୁଦ୍ଧା ନୃଶଂସ ଦସ୍ୟୁବୃତ୍ତି ଆଚରଣ କରୁଥିଲେ । ଅର୍ଥ-ଲୋଭରେ ପଡ଼ି ସେମାନେ ଭାରତର ପବିତ୍ର ବକ୍ଷରେ ରକ୍ତର ନଦୀ ପ୍ରବାହିତ କରୁଥିଲେ ।

ଏହି ସମୟରେ ସମ୍ବଲପୁର ରାଜ୍ୟର ପ୍ରଶାନ୍ତ ମୁଖରେ ସ୍ୱାଧୀନତାର ସୁମଧୁର ହାସ୍ୟ ପ୍ରତିଭାତ ହେଉଥିଲା । ସମ୍ବଲପୁର ବାଣିଜ୍ୟରେ, ବୀର୍ଯ୍ୟରେ, ଐଶ୍ୱର୍ଯ୍ୟରେ ଭାରତର ଅନ୍ୟାନ୍ୟ ସ୍ୱାଧୀନ ରାଜ୍ୟମାନଙ୍କ ସମକକ୍ଷ ହୋଇ ସଭ୍ୟଜଗତରେ ମୁଖ ଦେଖାଇବାକୁ ସମର୍ଥ ହୋଇଥିଲା । ସମ୍ବଲପୁରର ହୀରକ-ବାଣିଜ୍ୟ ଭାରତବର୍ଷର ତଦାନୀନ୍ତନ ଗଭର୍ଣ୍ଣର ଲର୍ଡ଼ କ୍ଲାଇବଙ୍କ ଦୃଷ୍ଟି ଆକର୍ଷଣ କରିଥିଲା । ସମ୍ବଲପୁର ହୀରା ପାଇଁ ଚିରକାଳ ପ୍ରସିଦ୍ଧ । Ptolemy, Pliny ପ୍ରଭୃତି ବୈଦେଶିକ ଲେଖକମାନେ ଏହି ହୀରା ବିଷୟରେ ଅନେକ କଥା ଲେଖିଅଛନ୍ତି । ପ୍ରସିଦ୍ଧ ଇତିହାସ-ଲେଖକ Gibbon ଲେଖିଅଛନ୍ତି – "As well as we can compare ancient with modern geography, Rome was supplied with diamond from the mine of Sambalpur in Bengal" ସେ ତ ପୁରାତନ ଯୁଗର କଥା । ଆମ୍ଭେମାନେ ଯେଉଁ ସମୟର କଥା କହୁଅଛୁଁ, ସେହି ସମୟରେ ମଧ୍ୟ ସମ୍ବଲପୁରର ହୀରକ-ବାଣିଜ୍ୟ ପ୍ରସିଦ୍ଧି ଲାଭ କରିଥିଲା । ହାୟ ! ଆଜି ସେ ହୀରାକୁଦ ଅଛି; ସେହି ସମ୍ବଲପୁର ଅଛି; ସେହି ମହାନଦୀ କଳ କଳ ରବରେ ସମ୍ବଲପୁରବାସୀଙ୍କୁ ମୁଗ୍ଧ କରି ମାତୃ-ସ୍ତନ୍ୟ-ଧାରାପ୍ରାୟେ ସମ୍ବଲପୁରର ବକ୍ଷରେ ପ୍ରବାହିତ ହେଉଅଛି; କିନ୍ତୁ ସେ ହୀରକ କାହିଁ ! ସେ ବୀରପୁରୁଷମାନେ କାହାନ୍ତି ! ହାୟ, ସେ ଦିନ ଆଉ ଏ ଦିନ !

ଖ୍ରୀଷ୍ଟାବ୍ଦ ୧୭୭୦ ସାଲ ଯାଏ ସମ୍ବଲପୁରରେ ଶତ୍ରୁର ନାମ ସୁଦ୍ଧା ଶୁଣା ନଥିଲା; କିନ୍ତୁ ଯେତେବେଳେ ମରହଟ୍ଟାମାନେ ଓଡ଼ିଶାର ବିପୁଳ ଐଶ୍ୱର୍ଯ୍ୟ ପ୍ରତି ଆକୃଷ୍ଟ ହୋଇ ଓଡ଼ିଶାରୁ ଚଉଥ ସଂଗ୍ରହ କରିବା ଆଶାରେ ହିନ୍ଦୁ ରାଜ୍ୟରେ ସୁଦ୍ଧା ଲୁଣ୍ଠନ ଆରମ୍ଭ କଲେ, ସେତେବେଳେ ଓଡ଼ିଶାର ଦକ୍ଷିଣ ବାହୁରୂପୀ ସମ୍ବଲପୁର ରାଜ୍ୟ ମରହଟ୍ଟା ବର୍ଗୀମାନଙ୍କ ଦ୍ୱାରା ଆକ୍ରାନ୍ତ ହୋଇଥିଲା । ସମ୍ବଲପୁରର ବିଖ୍ୟାତ ନରପତି ଅଭୟସିଂହଙ୍କ ଶାସନକାଳରେ ମରହଟ୍ଟାମାନଙ୍କ ଆକ୍ରମଣର ସୂତ୍ରପାତ ହେଲା । କେତେ ଗୋଟି ମରହଟ୍ଟା ପୋତ ତୋପଦ୍ୱାରା ବୋଝାଇ ହୋଇ କଟକରୁ ମହାନଦୀ ବକ୍ଷରେ ନାଗପୁର

ଅଭିମୁଖରେ ଯାତ୍ରା କରୁଥିଲା । ଯେତେବେଳେ ପୋତଗୁଡ଼ିକ ସମ୍ବଲପୁରର ନିକଟବର୍ତ୍ତୀ ହେଲା, ଅଭୟସିଂହ ତାଙ୍କ ପ୍ରଧାନ ମନ୍ତ୍ରୀ ଆକବର ରାୟଙ୍କ ପରାମର୍ଶ ଅନୁସାରେ ଉକ୍ତ ପୋତଗୁଡ଼ିକୁ ମହାନଦୀ-ବକ୍ଷରେ ନିମଜ୍ଜିତ କରି ପୋତସବୁ ଅଧିକାର କଲେ । ନାଗପୁରାଧିପତି ଏ ସମ୍ବାଦ ପାଇ କ୍ରୋଧରେ ଅଧୀର ହୋଇଗଲେ । ଅଭୟସିଂହଙ୍କୁ ସମୁଚିତ ଶାସ୍ତି ଦେବା ସକାଶେ ସେ ତାଙ୍କ ବିରୁଦ୍ଧରେ ବିପୁଳ ବାହିନୀ ପ୍ରେରଣ କଲେ । ଉକ୍ତ ବାହିନୀକୁ ପାଠକମାନେ ସିଘୋରା ଗିରିସଙ୍କଟରେ ଦେଖିଅଛନ୍ତି, ଏବଂ ସେଠାରେ ଯାହା ଯାହା ଘଟିଲା, ତହିଁର ବିସ୍ତୃତ ବିବରଣ ପୂର୍ବ ପରିଚ୍ଛେଦରେ ପ୍ରଦତ୍ତ ହୋଇଅଛି ।

ମରହଟ୍ଟାମାନଙ୍କ ତୋପ ସବୁ ଅଧିକାର କରି ଅଭୟସିଂହ ଦୁର୍ଗରକ୍ଷାର ସୁବନ୍ଦୋବସ୍ତ କରିବାକୁ ଲାଗିଲେ । ଅଠର ଗଡ଼ଜାତରୁ[୧] ସୁଶିକ୍ଷିତ ଓଡ଼ିଆ ସୈନିକମାନେ ଆସି ସମ୍ବଲପୁର ଦୁର୍ଗରେ ସମବେତ ହେଲେ । ସମ୍ବଲପୁରରେ ଉତ୍ସାହର ଲହରୀ ନାଚି ଉଠିଲା । ଗ୍ରାମେ ଗ୍ରାମେ ସମର ସମ୍ବାଦ ପ୍ରଚାରିତ ହେଲା । ମା' ସମଲେଶ୍ୱରୀଙ୍କ ରାଜ୍ୟରେ ଶାନ୍ତି-ସଂସ୍ଥାପନ ସକାଶେ ଦୃଢ଼ପ୍ରତିଜ୍ଞ ହୋଇ ସମ୍ବଲପୁରବାସୀମାନେ ପ୍ରାଣ ମମତା ଭୁଲି "ହୀରାଖଣ୍ଡ ଛତ୍ରପତି ମହାରାଜା"[୨] ଅଭୟସିଂହଙ୍କ ଛତ୍ର ତଳେ ସମବେତ ହେବାକୁ ଲାଗିଲେ । ସେମାନଙ୍କ ଆୟୋଜନ କୋଳାହଳରେ ସମଗ୍ର ସମ୍ବଲପୁର ନିନାଦିତ ହୋଇ, ସୁପ୍ତ ପ୍ରାଣରେ ସୁଦ୍ଧା ଜାଗରଣ-ମନ୍ତ୍ର ପଢ଼ିବାକୁ ଲାଗିଲା । ମା, ସମଲେଶ୍ୱରୀଙ୍କ ରଣ-ରଙ୍ଗିନୀ ମୂର୍ତ୍ତି ଭୟଙ୍କର ହେଲା ।

ସ୍ଥଳ-ପଥରେ ମରହଟ୍ଟାମାନଙ୍କ ଗତିରୋଧ କରିବାର ଉପଯୁକ୍ତ ସ୍ଥାନ ମଣି ଅଭୟସିଂହ ସିଂଘୋରା ଗିରି-ସଙ୍କଟକୁ ବହୁସଂଖ୍ୟକ ସୈନିକ ପ୍ରେରଣ କଲେ । ବହୁ-ଗିରି-ପରିଶୋଭିତ ସମ୍ବଲପୁର ରାଜ୍ୟରେ ସିଂଘୋରା ଅନେକ ଥର ସମ୍ବଲପୁରର ମାନରକ୍ଷା କରିଅଛି । ଆଜି ଅଭୟସିଂହ ନିଜେ ସମ୍ବଲପୁର-ଦୁର୍ଗ-ରକ୍ଷାର ଭାର ନେଇ ତାଙ୍କ ସେନାପତି ପୃଥ୍ୱୀସିଂହଙ୍କ ଅଧୀନରେ ଅନେକ ସୈନ୍ୟ ସିଂଘୋରାରେ ମରହଟ୍ଟାମାନଙ୍କ ଗର୍ବ ଚୂର୍ଣ୍ଣ କରିବା ସକାଶେ ପଠାଇଲେ ।

---

୧. କଳାହାଣ୍ଡି, ପାଟଣା, ସୋନପୁର, ରୈଢାଖୋଲ, ବଉଦ, ବାମଣ୍ଡା, ଆଠମଲ୍ଲିକ, ଗାଙ୍ଗପୁର, ବଣାଇ, ଶକ୍ତି, ସାରଙ୍ଗଗଡ଼, ରାୟଗଡ଼, ପ୍ରଭୃତି ଅଠରଗୋଟି ରାଜ୍ୟ ସମ୍ବଲପୁର ଅଧିନରେ ଥିଲା ।

୨. ସମ୍ବଲପୁରର ନରପତି ବଳିଆର ସିଂ ସ୍ୱୀୟ ବୁଦ୍ଧିମତ୍ତା ଓ ଶକ୍ତିର ପରିଚୟ ଦେଇ ଓଡ଼ିଶାର ଗଜପତି ମହାରାଜଙ୍କଠାରୁ ଏହି ଉପାଧି ସହ ତାଙ୍କ କନ୍ୟାରତ୍ନକୁ ଲାଭ କରିଥିଲେ । ଇତିହାସରେ ସମ୍ବଲପୁରର ଅଧିପତିମାନେ ଏହି ଉପାଧିରେ ପରିଚିତ ।

ପୃଥ୍ୱୀସିଂହ ସିଂଘୋରାକୁ ଆସି ପ୍ରଥମେ ଗିରି-ଶିଖର-ସ୍ଥିତ ଗୋଟିଏ ପାର୍ବତ୍ୟ ଦୁର୍ଗରେ ଆଶ୍ରୟ ଗ୍ରହଣ କଲେ। ସେଠାରେ ବହୁ ଦିନର ଖାଦ୍ୟ ସଂଗୃହୀତ ହେବା ସଙ୍ଗେ ସଙ୍ଗେ ଦୁର୍ଗ-ରକ୍ଷାର ମଧ୍ୟ ସୁବନ୍ଦୋବସ୍ତ ହେବାକୁ ଲାଗିଲା।

ଦୁର୍ଗରେ ଅଳ୍ପ ସଂଖ୍ୟକ ସୈନିକ ରଖି ଅବଶିଷ୍ଟ ସୈନିକମାନଙ୍କୁ ପୃଥ୍ୱୀସିଂହ ଗିରିସଙ୍କଟର ସ୍ଥାନେ ସ୍ଥାନେ ଲୁଚାଇ ରଖିଲେ ଓ ଦୁର୍ଗ ପ୍ରାଚୀରରେ ଲତା-ଗ୍ରଥିତ ପ୍ରସ୍ତରଗୁଡ଼ିକୁ ଝୁଲାଇ ରଖିଲେ। ନିଜେ ଦକ୍ଷତା ସହକାରେ ସର୍ବତ୍ର ସେନା-ନିବେଶ ପର୍ଯ୍ୟବେକ୍ଷଣ କରି ସେ ମରହଟ୍ଟାମାନଙ୍କ ଆଗମନର ପ୍ରତୀକ୍ଷା କରିବାକୁ ଲାଗିଲେ।

ମରହଟ୍ଟାମାନେ ଇତିହାସରେ କପଟ-ଯୁଦ୍ଧ ନିମନ୍ତେ ବିଖ୍ୟାତ। ସେମାନେ ସମ୍ମୁଖ-ସମରରେ କଦାପି ଶତ୍ରୁ ସଙ୍ଗେ ଯୁଦ୍ଧ କରନ୍ତି ନାହିଁ। ଏହି ନୀତି ସେମାନଙ୍କୁ ଭାରତରେ ଏକାଧିପତ୍ୟ ଦେଇଥିଲା। କିନ୍ତୁ ଯେଉଁ ଦିନ ସେମାନେ ଏ ନୀତି ପରିତ୍ୟାଗ କଲେ, ସେହି ଦିନଠାରୁ ସେମାନଙ୍କ ପତନର ଆରମ୍ଭ ହେଲା। ଯଦି ୧୭୬୩ ଖ୍ରୀଷ୍ଟାବ୍ଦରେ ସେମାନେ ପାଣିପଥ ଯୁଦ୍ଧକ୍ଷେତ୍ରରେ ସମ୍ମୁଖ-ସମରରେ ପ୍ରବୃତ୍ତ ହୋଇ ନ ଥାନ୍ତେ, ତାହାହେଲେ ଅହମ୍ମଦଶାହ ଅବ୍‌ଦଲି ଭାରତକୁ ପଦଦଳିତ କରିପାରି ନ ଥାନ୍ତେ। ଆଜି ଭାରତବର୍ଷରେ ମରହଟ୍ଟାମାନଙ୍କ ସାମ୍ରାଜ୍ୟ ପ୍ରତିଷ୍ଠିତ ହୋଇଥାନ୍ତା। କିନ୍ତୁ ବିଧାତାଙ୍କ ଇଚ୍ଛା କିଏ ଏଡ଼ିପାରେ ?

ମରହଟ୍ଟା ସେନାପତି ରଘୁଜିରାଓ କପଟ-ଯୁଦ୍ଧରେ ପାରଦର୍ଶୀ ଥିଲେ। ସେ ସିଂଘୋରା ନିକଟକୁ ଆସି ଦେଖିଲେ ଯେ, ସାବଧାନ ଭାବରେ ଗିରିସଙ୍କଟ ପାର ନ ହେଲେ ବିପଦ ଅବଶ୍ୟମ୍ଭାବୀ। ତାଙ୍କ ସଙ୍ଗେ ବହୁସଂଖ୍ୟକ ସୈନିକ ଥିଲେ। ତାଙ୍କ ପରିବାର ମଧ୍ୟ ତାଙ୍କ ସଙ୍ଗେ ଯୁଦ୍ଧକୁ ଆସିଲେ।

ଅରୁଣା ରଘୁଜିରାଓଙ୍କ ଏକମାତ୍ର କନ୍ୟା। ରଘୁଜି ତାକୁ ଅତିଶୟ ସ୍ନେହ କରୁଥିଲେ; ଏବଂ ତାକୁ ଘଡ଼ିଏ ନ ଦେଖିଲେ ତାଙ୍କ ଆଖି ଅନ୍ଧାର ହୋଇ ଯାଉଥିଲା। ପିତାଙ୍କ ସଙ୍ଗେ ରହି ଅରୁଣା ଯୁଦ୍ଧବିଦ୍ୟାରେ ନିପୁଣତା ଲାଭ କରିଥିଲା। ବୀରପ୍ରାଣା ଅରୁଣାର ହୃଦୟ ରଣ-ଯାତ୍ରାର ନାମ ଶୁଣି ନାଚି ଉଠୁଥିଲା। ରଣ-କୋଳାହଳ, ରଣ-ବାଦ୍ୟ, ରଣ-ନୃତ୍ୟ ତାହାର ହୃଦୟକୁ ପ୍ରବଳ ବେଗରେ ଆକର୍ଷଣ କରୁଥିଲା। ବୟଃପ୍ରାପ୍ତା ହେବା ପରେ ସୁଦ୍ଧା ସେ ପିତାଙ୍କ ସଙ୍ଗେ ଯୁଦ୍ଧକୁ ଯାଉଥିଲା। ଏପରି ରଣ-ସଙ୍ଗିନୀ ରଣ-ରଙ୍ଗିନୀ କନ୍ୟାର ପିତୃତ୍ୱରେ ରଘୁଜିରାଓ ଆପଣାକୁ ଯତ୍‌ପରୋନାସ୍ତି ଗୌରବାନ୍ୱିତ ମନେ କରୁଥିଲେ। ଯେତେବେଳେ ରଘୁଜି ଅରୁଣା ସଙ୍ଗେ ଅଶ୍ୱାରୋହଣରେ ଯୁଦ୍ଧ-କ୍ଷେତ୍ରକୁ ଯାଉଥିଲେ, ସେତେବେଳେ କନ୍ୟାର ଅପୂର୍ବ କାନ୍ତି ଦେଖି ଆପଣାକୁ ଭାଗ୍ୟବାନ ମଣୁଥିଲେ। ଅରୁଣାର ଅରୁଣ-ନଭ-ଆନନ, ସୁଗୋଲ ବାହୁଯୁଗଳ, ପ୍ରଶସ୍ତ ଲଲାଟ,

ନିତମ୍ବସ୍ପର୍ଶୀ କେଶପାଶ ରଘୁଜିଙ୍କ ମନରେ ଦଶପ୍ରହରଣଧାରିଣୀ ମହିଷାସୁରମର୍ଦ୍ଦିନୀ ଜଗଦମ୍ବାଙ୍କ ମୂର୍ତ୍ତି ଅଙ୍କିତ କରୁଥିଲା। ତାଙ୍କ ଚକ୍ଷୁରୁ ସ୍ନେହାଶ୍ରୁ ନିର୍ଗତ ହେଉଥିଲା।

ଯେଉଁଦିନ ରଘୁଜିରାଓ ସିଙ୍ଘୋରା ଗିରିସଙ୍କଟରେ ଶତ୍ରୁଦ୍ୱାରା ଆକ୍ରାନ୍ତ ହେଲେ, ସେ ଦିନ ପ୍ରଭାତରେ ପୃଥ୍ୱୀସିଂହ ଅନ୍ତରାଳରେ ଥାଇ ଅରୁଣାଲୋକ-ବିଭାସିତ ଅରୁଣାର ମୁଖ-କମଳ ଦେଖି ଚିତ୍ରପୁତ୍ତଳିକାବତ୍ ଛିଡ଼ା ହୋଇ ରହିଲେ। ଏପରି ସ୍ୱର୍ଗୀୟ କାନ୍ତି ସେ ଜୀବନରେ କେବେ ଦେଖି ନଥିଲେ। ଆଜି ମରହଟ୍ଟା ଶିବିରରେ ମୂର୍ତ୍ତିମତୀ ସୌନ୍ଦର୍ଯ୍ୟ-ରାଶି ଦେଖି ତାଙ୍କ ଚକ୍ଷୁ ଲାଖି ରହିଗଲା। ସେ ବିସ୍ମିତ ନେତ୍ରରେ ଅରୁଣାର ରୂପରାଶିର ପ୍ରଶଂସା କରିବାକୁ ଲାଗିଲେ। ଅରୁଣା-ପ୍ରାପ୍ତି-ଆଶା ତାଙ୍କ ହୃଦୟରେ ବଳବତୀ ହେଲା। ଏଣୁକରି ଯେତେବେଳେ ଓଡ଼ିଆ ବୀରମାନେ ମରହଟ୍ଟାମାନଙ୍କୁ ପରାସ୍ତ କଲେ, ପୃଥ୍ୱୀସିଂହ କୌଣସି ପଦାର୍ଥକୁ ସ୍ପର୍ଶ ନ କରି କେବଳ ଅରୁଣାକୁ ଦୁର୍ଗ ଭିତରକୁ ଆଣିଲେ।

ଶତ୍ରୁ ଦୁର୍ଗରେ ଅରୁଣାର ବନ୍ଦୀ ହେବାର ସମ୍ବାଦ ଶୁଣି କନ୍ୟା-ବତ୍ସଳ ରଘୁଜିରାଓ ଅତିଶୟ କାତର ହୋଇ ପଡ଼ିଲେ। ଯାକୁ ଘଡ଼ିଏ ନ ଦେଖିଲେ ସେ ଜଗତକୁ ବିଷମୟ ମଣୁଥିଲେ, ଆଜି ସେ ପ୍ରାଣପ୍ରତିମା ଅରୁଣା ଶତ୍ରୁହସ୍ତରେ ବନ୍ଦୀ ! ପୃଥ୍ୱୀସିଂହଙ୍କ ଏତାଦୃଶ ଆଚରଣ ଦେଖି ତାଙ୍କ ମନରେ ଅତିଶୟ କ୍ରୋଧ ଜାତ ହେଲା। ପୃଥ୍ୱୀସିଂହଙ୍କୁ ସମୁଚିତ ଶାସ୍ତି ଦେଇ କନ୍ୟାକୁ ନିଷ୍କୃତି କରିବାର ସ୍ଥିର କଲେ। ତାଙ୍କ ଆଦେଶ ଅନୁସାରେ ମରହଟ୍ଟା ଅଶ୍ୱାରୋହୀମାନେ ଦଳ ଦଳ ହୋଇ ଓଡ଼ିଆମାନଙ୍କ ରକ୍ତରେ ସ୍ୱୀୟ ତରବାରି ରଞ୍ଜିତ କରିବା ଆଶୟରେ ଗିରିସଙ୍କଟରେ ପ୍ରବେଶ କଲେ। କିନ୍ତୁ ଗିରିସଙ୍କଟ ଏଡ଼େ ସଙ୍କୀର୍ଣ୍ଣ ଯେ, କେବଳ ଅଳ୍ପ ସଂଖ୍ୟକ ସୈନିକ ଭିତରକୁ ଯାଇ ପାରୁଥିଲେ। ସଙ୍କଟର ସ୍ଥାନେ ସ୍ଥାନେ ପ୍ରଚ୍ଛନ୍ନ ଓଡ଼ିଆ ସୈନିକମାନେ ସେମାନଙ୍କୁ ଅତର୍କିତ ଭାବରେ ଆକ୍ରମଣ କରି ପରାସ୍ତ କରୁଥିଲେ। ଗିରିଦୁର୍ଗ ମରହଟ୍ଟାମାନଙ୍କ ଦୁର୍ଗମ ହୋଇପଡ଼ିଲା। ରଘୁଜିରାଓ ଅନେକ ଥର ସୈନ୍ୟ ପ୍ରେରଣ କଲେ; କିନ୍ତୁ ତାହାଙ୍କର ସକଳ ଚେଷ୍ଟା ବିଫଳ ହେଲା। ମରହଟ୍ଟାମାନେ ଶତ୍ରୁ-ଦୁର୍ଗକୁ ଯିବାର ତେଣେ ଥାଉ, ଦୁର୍ଗକୁ ଦେଖି ସୁଦ୍ଧା ପାରିଲେ ନାହିଁ।

ପୃଥ୍ୱୀସିଂହଙ୍କ ଅପୂର୍ବ ରଣପାଣ୍ଡିତ୍ୟ ଦେଖି ବୀରହୃଦୟ ରଘୁଜିରାଓ ତାହାଙ୍କର ଭୂୟସୀ ପ୍ରଶଂସା କରିବାକୁ ଲାଗିଲେ। ସେ ଜାଣନ୍ତି ଯେ, ଓଡ଼ିଆ ସୈନ୍ୟ ଅପେକ୍ଷା ତାଙ୍କ ସୈନ୍ୟ ଅନେକ ଗୁଣରେ ବେଶି; କିନ୍ତୁ ପୃଥ୍ୱୀସିଂହ ଏପରି କୌଶଳରେ ବ୍ୟୂହରଚନା କରୁଥିଲେ ଯେ, ବ୍ୟୂହ ଭେଦ କରିବା ରଘୁଜିରାଓଙ୍କ ସାଧ୍ୟାତୀତ ହୋଇପଡ଼ିଲା। ସେ ଶତ ଚେଷ୍ଟା କଲେ ବି ଦୁର୍ଗନିକଟକୁ ଯାଇ ପାରିଲେ ନାହିଁ।

ଦୁର୍ଗରେ ଏପରି ଦୁର୍ଗମତା ଦେଖି ତାଙ୍କ ମନରେ ଅତିଶୟ କଷ୍ଟହେଲା। ସେ ଯୁଦ୍ଧରେ କେବେ ପରାଜୟ ସ୍ୱୀକାର କରି ନଥିଲେ। ଆଜି ପୃଥ୍ୱୀସିଂହଙ୍କ ସଙ୍ଗେ ଅବିଶ୍ରାନ୍ତ ପାଞ୍ଚମାସ କାଳ ଯୁଦ୍ଧ କରି ସୁଦ୍ଧା ସେ ଶତ୍ରୁଦୁର୍ଗ ଆକ୍ରମଣ କରିପାରିଲେ ନାହିଁ। ଏ ଅଭାବନୀୟ ଘଟଣା ତାଙ୍କ ବୀରହୃଦୟକୁ ଭୟଙ୍କର ଭାବରେ ଆଘାତ କଲା। ଜୀବନ ତାଙ୍କୁ ଆଉ ଭଲ ଲାଗିଲା ନାହିଁ। ସବୁବେଳେ ଅରୁଣାର ମୂର୍ତ୍ତି ତାଙ୍କ ଚକ୍ଷୁସମକ୍ଷରେ ନାଚିବାକୁ ଲାଗିଲା। ଯେତେବେଳେ ରଘୁଜି ଭାବନ୍ତି, ଯେ ଅରୁଣା ଶତ୍ରୁହସ୍ତରେ ବନ୍ଦନୀ, ସେତେବେଳେ ତାଙ୍କ ହୃଦୟ ଶୋକାକୁଳ ହୋଇଯାଏ। ଅରୁଣା-ମୁକ୍ତି-ସଙ୍କଳ୍ପ ତାଙ୍କ ହୃଦୟରେ ଜାଗ୍ରତ ହୁଏ। ଜୀବନର ସକଳ ଆଶା, ସକଳ ଭରସା ବିଲୁପ୍ତ ହୋଇଯାଏ।

ଯୁଦ୍ଧର ଏପରି ଗତି ଦେଖି ରଘୁଜିରାଓ ଠିକ୍ କଲେ ଯେ, ଏଥର ସେ ନିଜେ ଯାଇ ଗିରି-ସଙ୍କଟ ଭେଦ କରିବେ; ପ୍ରାଣର ମମତା ଭୁଲି ଶତ୍ରୁର ଆଚରଣର ପ୍ରତିହିଂସା ନେବେ। ପୃଥ୍ୱୀସିଂହ ରଘୁଜିଙ୍କ ବାସନା ଚାରମୁଖରୁ ଶୁଣି ବିଶେଷ ସତର୍କଭାବରେ ଅବସ୍ଥାନ କରିବାକୁ ଲାଗିଲେ। ଗିରି-ସଙ୍କଟର ସ୍ଥାନେ ସ୍ଥାନେ ଓଡ଼ିଆ ସୈନିକମାନେ ପ୍ରଚ୍ଛନ୍ନ ଭାବରେ ରହି ଶତ୍ରୁର ଆଗମନ ପ୍ରତୀକ୍ଷା କରିବାକୁ ଲାଗିଲେ।

ତୃତୀୟ ପରିଚ୍ଛେଦ

ପୃଥ୍ୱୀସିଂହ ଓ ଅରୁଣା

"ତା' ହୃଦକୁ ଆସେ ଯେବେ ନୈରାଶ୍ୟ ଦଉଡ଼ି,
ମାୟାବିନୀ ଆଶା ଦିଏ ତୁରିତେ ଘଉଡ଼ି।"

-କୀଚକବଧ

"ମାଧବି! ଆଜିକାଲି ଯୁଦ୍ଧର ଖବର ତ କିଛି ଜଣା ଯାଉନାହିଁ।"

"ଭାରି ଯୁଦ୍ଧ ତ ଲାଗିଛି। ମରହଟ୍ଟାମାନେ ଯେତେଥର ଆସୁଛନ୍ତି, ତେତେଥର ପରାସ୍ତ ହେଉଛନ୍ତି। ଏ ଯୁଦ୍ଧ କେବେ ସରିବ, ଭଗବାନ୍ ଜାଣନ୍ତି।"

"ଅତି ଅଦ୍ଭୁତ ବୀରପୁରୁଷ।"

"ମୁଁ ବି ସେଇୟା ଭାବୁଛି। ଇମିତି ଯୋଦ୍ଧା ମୁଁ କେବେ ଦେଖି ନାହିଁ। କେତେ ମରହଟ୍ଟା ସୈନ୍ୟ। ତଥାପି ଖାତିର ନାହିଁ – ଖାଲି ଯୁଦ୍ଧ ! ଯୁଦ୍ଧ ଦେଖି ଦେଖି ମନ ବିରକ୍ତ ହୋଇଗଲାଣି।"

"ଓଡ଼ିଆ ଜାତିରେ ଏପରି ବୀର ଅଛନ୍ତି ବୋଲି ମୁଁ ସ୍ୱପ୍ନରେ ସୁଦ୍ଧା ଭାବି ନ ଥିଲି।"

"ତାଙ୍କ ବୀରତ୍ୱରେ ଯଦି ମୁଗ୍ଧ ହୋଇଥାଅ, ତାଙ୍କ ବୀରମୂର୍ତ୍ତିକୁ ହୃଦୟରେ ସ୍ଥାପନ କର ନା ?"

"ଛି ମାଧବି ! ସେପରି କଥା କୁହନା।"

"କାହିଁକି ? କହିଲେ ଦୋଷ କଣ ?"

"ସେ ବୀର ହେଲେ ସୁଦ୍ଧା ମୁଁ ତାଙ୍କୁ ହୃଦୟରେ ସ୍ଥାନ ଦେବି କାହିଁକି ?"

"ଦାସୀ ଯେତେ ନୀଚ ହେଲେ ବି ସବୁ ବୁଝିପାରେ ଯେ। ଏ କେତେଦିନ ଏଠାରେ ରହି ମୁଁ କଣ ତୁମ ଗତିରୀତି ଦେଖୁନାହିଁ? ପୃଥ୍ୱୀସିଂହଙ୍କ ସଙ୍ଗେ କଥାବାର୍ତ୍ତା କଲାବେଳେ ତୁମ ମୁହଁର ରଙ୍ଗଟା ଦେଖିଛି ଯେ। ମୁଁ ଭଲକରି ଜାଣେଁ, ତାଙ୍କ ପ୍ରତି ତୁମର ଆଉ ବିରାଗ ନାହିଁ ?"

"ବିରାଗ ନଥିଲେ ଅନୁରାଗ ଅଛି, ଏ କଥା କିଏ କହିଲା।"

"ଅନ୍ତତଃ ଏ ସ୍ଥଳରେ ବିରାଗ ନ ଥିଲେ ଅନୁରାଗ ଅଛି ବୋଲି ଭାବିବାକୁ ହେବ। ଆଉ ବୃଥାରେ କାହିଁକି ଡେରି କରୁଛ ? ଉଭୟ କୁଳର କ୍ଷତି ହେଉଛି ସିନା ! ତୁମେ ଯଦି ପୃଥ୍ୱୀସିଂହଙ୍କୁ ପତିତ୍ୱରେ ବରଣ କର, ସବୁଗୋଳ ମେଣ୍ଟିଯିବ। ଆଉ ନିରର୍ଥକ ଲୋକକ୍ଷୟ ହେବ ନାହିଁ।"

"ପିତାଙ୍କ ଶତ୍ରୁଙ୍କୁ, ଜାତିର ଶତ୍ରୁଙ୍କୁ ମୁଁ କେବେ ହୃଦୟ ଦେବିନାହିଁ। ଯଦି ପିତା ଯୁଦ୍ଧରେ ଜୟଲାଭ କରି ମତେ ଉଦ୍ଧାର କରନ୍ତି –"

"କିନ୍ତୁ ଯଦି ଯୁଦ୍ଧରେ ପୃଥ୍ୱୀସିଂହଙ୍କ ମୃତ୍ୟୁ ହୁଏ, ତାହା ହେଲେ ତୁମକୁ ଆଜୀବନ ବୈଧବ୍ୟ ଭୋଗିବାକୁ ପଡ଼ିବ।"

"ଆଜିଯାଏ ମୁଁ ଅବିବାହିତା। କାହାରି ମୃତ୍ୟୁରେ ମୋର କିଛି ଯାଏ ଆସେ ନାହିଁ। ବରଂ-"

"ତାହା ହେଲେ ଜୀବନଯାକ କୁମାରୀ ହୋଇ ରହିବ ?"

"ଫେରେ ସେହି କଥା ! ଯୁଦ୍ଧରେ କାହିଁକି କିଏ ମରିବ? ଯୁଦ୍ଧରେ ଶତ୍ରୁ ନ ମଲେ କଣ ଜୟଲାଭ ହୁଏ ନାହିଁ ? ଯଦି ଦୁର୍ଗାଧୀଶଙ୍କୁ ପରାସ୍ତ କରି ପିତା ମୋତେ ଉଦ୍ଧାର କରନ୍ତି, ତାହାହେଲେ ପିତାଙ୍କ ଇଚ୍ଛା ଅନୁସାରେ ମୋର ବିବାହ ହେବ। ହିନ୍ଦୁର ବିବାହରେ ବରକନ୍ୟାର ସ୍ୱାଧୀନ ମତ ନାହିଁ। ପିତା ସତ୍‌ପାତ୍ର ଦେଖି କନ୍ୟାର ବିବାହ ଦେବେ। ଯୌବନରେ ମନୁଷ୍ୟର ମନରଗତି ଜଳଧାରା ପ୍ରାୟ। ପିତା ଯାହା କରିବେ-"

"ପିତା ଯଦି ପୃଥ୍ୱୀସିଂହଙ୍କ ସଙ୍ଗେ ତୁମ୍ଭର ବିବାହ ନ ଦିଅନ୍ତି।"

"ସେ କଥା ଥାଉ। ଯୁଦ୍ଧର ଖବର କହ। ଯୁଦ୍ଧ ପାଇଁ ମୋ ମନ ଘାଣ୍ଟି ହେଉଛି।

ପାଞ୍ଚମାସକାଳ ଯୁଦ୍ଧ ଲାଗିଲାଣି । ମରହଟ୍ଟାମାନଙ୍କ ପକ୍ଷରୁ କେତେ ବୀର ଧରାଶାୟୀ ହେଲେଣି । ନିଜ ଜାତିର ଏପରି ଦୁରବସ୍ଥା ଦେଖି କିଏ ସହି ପାରିବ ? ମୋର ଇଚ୍ଛା, ମୁଁ ନିଜେ ଯାଇ ଯୁଦ୍ଧ କରନ୍ତି ।"

"କିନ୍ତୁ ପୃଥ୍ୱୀସିଂହ ଛାଡ଼ି ଦେବେ କି ?"

"ସେ ମୁକ୍ତି ଦେଲେ ସୁଦ୍ଧା ମୁଁ ଯିବି ନାହିଁ । ପିତା ନିଜେ ଆସି ଉଦ୍ଧାର କରିବେ ।"

"ଯଦି କରି ନ ପାରନ୍ତି ?" ଏହା କହି ପୃଥ୍ୱୀସିଂହ ପ୍ରକୋଷ୍ଠ ମଧ୍ୟରେ ପ୍ରବେଶ କଲେ । ପୃଥ୍ୱୀସିଂହଙ୍କୁ ସେପରି ଅପ୍ରତ୍ୟାଶିତ ଭାବରେ ସେଠାରେ ଉପସ୍ଥିତ ହେବାର ଦେଖି ସେମାନେ ଟିକିଏ ଘୁଞ୍ଚିଗଲେ । କିନ୍ତୁ ଆଜି ଆଉ ପୂର୍ବପରି ସେମାନଙ୍କ ସଙ୍କୋଚ ନାହିଁ । ଦୁର୍ଗରେ ଅନେକ ଦିନ ରହି ପୃଥ୍ୱୀସିଂହଙ୍କ ସଙ୍ଗେ ସେମାନଙ୍କ ଘନିଷ୍ଠତା ଜନ୍ମିଅଛି । ଅରୁଣା ତାଙ୍କ ସଙ୍ଗେ କଥାବାର୍ତ୍ତା କରିବା ପାଇଁ ଆଉ ଲଜ୍ଜାବୋଧ କରୁନାହିଁ । ସେ ପୃଥ୍ୱୀସିଂହଙ୍କୁ ଭଲକରି ଜାଣେ । ପୃଥ୍ୱୀସିଂହ ଉଦାର ଓ ମହାନ୍ । ସେ ଶତ୍ରୁସଙ୍ଗେ ମଧ୍ୟ ଶିଷ୍ଟାଚରଣ କରନ୍ତି । ତାଙ୍କ ମଧୁର ଆଳାପରେ ମୁଗ୍ଧ ହୋଇ ଦିନେ ଦିନେ ଅରୁଣା ଅନେକ ବେଳଯାଏ ତାଙ୍କ ସଙ୍ଗେ କଥାବାର୍ତ୍ତା କରେ । ଏଣୁକରି ତାଙ୍କ କଥା ଶୁଣି ନିର୍ବିକାର ଚିତ୍ତରେ କହିଲା, "ଯଦି ପିତାଙ୍କ ବାହୁରେ ବଳ ନାହିଁ, ଯଦି ମରହଟ୍ଟା ଜାତି ହୀନବଳ ହୋଇଗଲାଣି, ତାହା ହେଲେ ମୁଁ ମୁକ୍ତି ପାଇ ପାରିବି ନାହିଁ । କିନ୍ତୁ ଏଠାରେ ଆଉ ଆପଣ ମତେ ଦେଖି ପାରିବେ ନାହିଁ । ହିନ୍ଦୁରମଣୀ ନିକଟରେ ସବୁବେଳେ ବିଷ ଥାଏ ।"

"ନା, ମୁଁ ଆଉ ରଘୁଜିରାଓଙ୍କ ସଙ୍ଗେ ଯୁଦ୍ଧ କରିବି ନାହିଁ, ତାଙ୍କୁ ଯଥେଷ୍ଟ କଷ୍ଟ ଦେଇ ସାରିଛି । ତୁମ୍ଭଙ୍କୁ ନେଇ ତାଙ୍କ ହସ୍ତରେ ସମର୍ପଣ କରି ଆସିବି । ପରେ ଯଦି ଯୁଦ୍ଧ ହୁଏ, ଦେଖାଯିବ ।

"ଆପଣ ଯଦି ପରାଜୟ ସ୍ୱୀକାର କରନ୍ତି, ତାହା ହେଲେ ମୁଁ ଦୁର୍ଗରୁ ଯିବି । ସ୍ୱଜାତିର ମୁଖରେ କଳଙ୍କ ଲେପି ମୁଁ ସ୍ୱାଧୀନତା ପାଇବାକୁ ଚାହେଁ ନା ।"

"ଧନ୍ୟ ମରହଟ୍ଟା ରମଣୀ । ଆଜି ତୁମ୍ଭ ନିକଟରେ ମୁଁ ପରାଜୟ ସ୍ୱୀକାର କରୁଛି । ପୂର୍ବ ଜନ୍ମର ସୁକୃତି ବଳରେ ତେଜସ୍ୱିନୀ ରମଣୀଙ୍କ ସଙ୍ଗେ ମୋର ସାକ୍ଷାତ୍‌କାର ହୋଇଛି, କିନ୍ତୁ ରଘୁଜିରାଓଙ୍କ ବିରୁଦ୍ଧରେ ମୋର ଖଡ୍ଗ ସର୍ବଦା ନିକ୍ଷେପିତ । ଏ ଦେହରେ ପ୍ରାଣ ଥିବା ଯାଏଁ ମୁଁ କଦାପି ତାଙ୍କ ସମକ୍ଷରେ ନତମସ୍ତକ ହେବିନାହିଁ । ଜୟ-ପରାଜୟ ଈଶ୍ୱରଙ୍କ ଇଚ୍ଛାଧୀନ - ମୁଁ ଯୁଦ୍ଧ କରିବି । ଯୁଦ୍ଧରେ ଶତ୍ରୁକୁ ପରାସ୍ତ କରି ମା' ସମଲେଶ୍ୱରୀଙ୍କ ବିଜୟ ପତାକା ବାର ପାହାଡ଼ର ଶିଖର ଦେଶରେ ଉଡ଼ାଇବି । ଏଇଟା ଓଡ଼ିଆ ଜାତିର ପଣ ।"

ପୃଥ୍ୱୀସିଂହଙ୍କ କଥା ଶୁଣି ଅରୁଣା ନିର୍ବାକ୍, ନିଃସ୍ପନ୍ଦଭାବରେ ତାଙ୍କ ମୁଖକୁ ଅନାଇଲା। ପୃଥ୍ୱୀସିଂହଙ୍କ ମୁଖ ବର୍ତ୍ତମାନ ତେଜୋମୟ। ଅରୁଣା ଅନେକ ଥର ଯୁଦ୍ଧକ୍ଷେତ୍ରକୁ ଯାଇଥିଲା, ଅନେକ ବୀର ଦେଖିଥିଲା, କିନ୍ତୁ ଏପରି ତେଜ, ଏପରି ଉଦାରତା ସେ କୌଣସିଠାରେ ଦେଖି ନ ଥିଲା। ଦୁର୍ଗକୁ ଆସିଲାଦିନୁ ସେ ସମ୍ବଲପୁରକୁ ତୀର୍ଥକ୍ଷେତ୍ର ମଣି ମା' ସମଲେଶ୍ୱରୀଙ୍କ ଚରଣ ପ୍ରାନ୍ତରେ ଆନ୍ତରିକ ଭକ୍ତି ଅର୍ପଣ କରୁଥିଲା। ସମ୍ବଲପୁରର ଜଳରେ, ସମ୍ବଲପୁରର ପବନରେ, ପର୍ବତରେ, ନଦୀରେ, ବୃକ୍ଷରେ ସେ ଗୋଟିଏ ସ୍ୱର୍ଗୀୟ ଦୃଶ୍ୟର ସତ୍ତା ଅନୁଭବ କରି ମୁଗ୍ଧ ହୋଇଗଲା। ପର୍ବତମୟ ମହାରାଷ୍ଟ୍ର ଦେଶରେ ସୁଦ୍ଧା ସେ ଏ ଦୃଶ୍ୟ ଦେଖିନାହିଁ। ହାୟ, ମା' ସମ୍ବଲପୁର! ଆଜି ସେ ଗୌରବ କାହିଁ ! ସେ ବୀରତ୍ୱ କାହିଁ !

ଅରୁଣାକୁ ନିରୁତ୍ତର ଦେଖି ପୃଥ୍ୱୀସିଂହ ପୁନର୍ବାର କହିଲେ, "କହ, ସେନାପତିନନ୍ଦିନି ! ଯଦି ଦୁର୍ଗରେ ରହିବାକୁ ତୁମ୍ଭର କଷ୍ଟ ହେଉଥାଏ, ତାହା ହେଲେ ଏହି ମୁହୂର୍ତ୍ତରେ ତୁମ୍ଭକୁ ପିତୃ ସମୀପରେ ଛାଡ଼ି ଆସିବି।"

"ନା, ଦୁର୍ଗରେ ମୁଁ ଅତି ସୁଖରେ ଅଛି। ପିତୃ-ଶିବିରକୁ ଯିବି ନାହିଁ।"

"ମୁଁ ଶୁଣିଛି, ତୁମେ ପିତାଙ୍କ ସଙ୍ଗେ ଯୁଦ୍ଧ କ୍ଷେତ୍ରକୁ ଯାଅ। ଯୁଦ୍ଧର ନାମ ଶୁଣିଲେ ତୁମ ହୃଦୟ ଉତ୍ସାହରେ ନାଚିଉଠେ। ଏଥର ମୋ ସଙ୍ଗେ ତୁମକୁ ଯୁଦ୍ଧକ୍ଷେତ୍ରକୁ ଯିବାକୁ ହେବ। ଯୁଦ୍ଧକ୍ଷେତ୍ରରେ ତୁମର ରଣରଙ୍ଗିନୀ ମୂର୍ତ୍ତି ଦେଖି ସୈନିକମାନେ ଅପୂର୍ବ ଉତ୍ସାହରେ ମାତି ଯୁଦ୍ଧ କରିବେ।"

"ଦୁର୍ଗାଧିପଙ୍କ ଯେପରି ଅଭିରୁଚି। ବୀରପୁରୁଷଙ୍କ ସମର-ସଙ୍ଗିନୀ ହେବା ସୌଭାଗ୍ୟର କଥା। ବୀରପୁରୁଷଙ୍କ ସଙ୍ଗେ ରହି ଯୁଦ୍ଧ ଦେଖିବି - ଯୁଦ୍ଧ ଦେଖି ନୟନ ସାର୍ଥକ କରିବି। ଏଥିରୁ ବଳି ଆଉ ସୁଖ କଣ ହୋଇପାରେ ?"

"ଶୁଣି ସୁଖୀ ହେଲି। ଅରୁଣା-ମୂର୍ତ୍ତି ପ୍ରାଚୀଦିଗରେ ଅରୁଣରୂପେ ଉଦିତ ନ ହେବାଯାଏ ଏ ଯୁଦ୍ଧର ଅବସାନ ହେବ ନାହିଁ।"

ଏହା କହି ଉପସ୍ଥିତ କାର୍ଯ୍ୟ ପର୍ଯ୍ୟବେକ୍ଷଣ କରିବା ସକାଶେ ପୃଥ୍ୱୀ ସିଂହ ପ୍ରକୋଷ୍ଠରୁ ବହିର୍ଗତ ହେଲେ। ଅରୁଣା ସ୍ଥିର ନେତ୍ରରେ ତାଙ୍କ ବୀରମୂର୍ତ୍ତି ଦେଖି ମନୋମଧ୍ୟରେ ତାଙ୍କୁ ଶତବାର ଧନ୍ୟବାଦ ଦେଲା। ପୃଥ୍ୱୀସିଂହଙ୍କ ସଙ୍ଗେ କଥାବାର୍ତ୍ତା କରୁଥିବାଯାଏ ସେ ନୟନ-ସମକ୍ଷରେ ସ୍ୱର୍ଗର ଦୃଶ୍ୟ ଦେଖୁଥିଲା। ପୃଥ୍ୱୀସିଂହ ଅପସାରିତ ହୁଅନ୍ତେ ତାହାର ହୃଦୟ ବ୍ୟାକୁଳ ହୋଇ ପଡ଼ିଲା। ସେ ନୀରବରେ ବାତାୟନ ସମୀପକୁ ଯାଇ ବାହାରରେ ପ୍ରକୃତିର ସୌନ୍ଦର୍ଯ୍ୟ ଦେଖିବାକୁ ଲାଗିଲା।

ଚତୁର୍ଥ ପରିଚ୍ଛେଦ

ମିଳନ

"Till pride be quelled and love be free."- Scott

ଆଜି ରଘୁଜିରାଓ ନିଜେ ସୈନିକମାନଙ୍କୁ ସଙ୍ଗରେ ନେଇ ଯୁଦ୍ଧ କ୍ଷେତ୍ରକୁ ଆସିଛନ୍ତି। ତାହାଙ୍କର ଏକମାତ୍ର ଲକ୍ଷ୍ୟ – "ମନ୍ତ୍ରର ସାଧନା ଅବା ଶରୀର ପାତନ।" ଏଥର ସେ ଶତ୍ରୁକୁ ପରାସ୍ତ କରିବେ; ଅଥବା ନିଜ ରକ୍ତରେ ସମର ପ୍ରାଙ୍ଗଣକୁ ପ୍ଳାବିତ କରି ସମର-ସ୍ପୃହା ମେଣ୍ଟାଇବେ। ଜୀବନ ପ୍ରତି ଆଉ ତାଙ୍କର ମମତା ନାହିଁ। ମରହଟ୍ଟାଜାତିକୁ ଓଡ଼ିଆମାନଙ୍କ ହସ୍ତରେ ଅପମାନିତ ଦେଖି ସେ କିପରି ପିଣ୍ଡରେ ପ୍ରାଣ ଧରିବେ ? ସ୍ୱଜାତିର ମାନରକ୍ଷା କରିବା ସକାଶେ ଏଥିର ସେ ଯୁଦ୍ଧକୁ ବାହାରିଛନ୍ତି। ପ୍ରାଣପ୍ରତିମ ଅରୁଣା ଶତ୍ରୁ-ଦୁର୍ଗରେ ବନ୍ଦିନୀ। ମରହଟ୍ଟାଜାତିର ଗୌରବ – ଲକ୍ଷ୍ମୀ ଶତ୍ରୁର ପଦଦଳିତ। ଆଜି ସେ ପ୍ରାଣର ବିନିମୟରେ ସ୍ୱଜାତିର ମାନ ରଖିବେ। ଯୁଦ୍ଧକ୍ଷେତ୍ରରେ ଦେଖିବେ, ଓଡ଼ିଆଜାତି କିପରି ଯୁଦ୍ଧ କରିପାରେ।

ରଘୁଜିରାଓ ନିଜ ବିରାଟ ବାହିନୀକୁ ବହୁ ଭାଗରେ ବିଭକ୍ତ କରି ନାନା ଦିଗକୁ ସୈନ୍ୟ ପଠାଇଲେ। ତାଙ୍କ ଇଚ୍ଛା, ଦୁର୍ଗକୁ ଚତୁର୍ଦ୍ଦିଗରୁ ଆକ୍ରମଣ କରି ଶତ୍ରୁର ବଳ ପରୀକ୍ଷା କରିବେ। ଏଣୁକରି ସେ ସୈନିକମାନଙ୍କୁ ବିଭିନ୍ନ ଦିଗକୁ ପ୍ରେରଣ କଲେ। ନିଜେ ପ୍ରାୟ ବିଂଶତି ସହସ୍ର ଅଶ୍ୱାରୋହୀ ସୈନିକ ନେଇ ଗିରିସଙ୍କଟ ମଧ୍ୟରେ ପ୍ରବେଶ କଲେ। ମରହଟ୍ଟାମାନଙ୍କ "ବମ୍ ବମ୍ ମହାଦେଓ" ରବରେ ସିଘୋର ଗିରିସଙ୍କଟ କମ୍ପିତ ହେବାକୁ ଲାଗିଲା। ସେମାନଙ୍କ ତେଜରେ ଚତୁର୍ଦ୍ଦିଗ ବିଭାସିତ ହୋଇଗଲା।

ପୃଥ୍ୱୀ ସିଂହ ଅଲକ୍ଷିତ ଭାବରେ ଥାଇ ମରହଟ୍ଟାମାନଙ୍କ ଗତିବିଧି ନିରୀକ୍ଷଣ କରୁଥିଲେ। ରଘୁଜି ରାଓଙ୍କ ଉଦ୍ୟମ ଦେଖି ସେ ପୂର୍ବବତ ପର୍ବତର ସ୍ଥାନେ ସ୍ଥାନେ ସୈନିକମାନଙ୍କୁ ପ୍ରଚ୍ଛନ୍ନଭାବରେ ରଖିଲେ ଏବଂ ନିଜେ ଅଳ୍ପ-ସଂଖ୍ୟକ ସୈନିକ ନେଇ ପର୍ବତର ଚତୁର୍ଦ୍ଦିଗରେ ପରିକ୍ରମଣ କରିବାକୁ ଲାଗିଲେ। ଓଡ଼ିଆ ସୈନିକମାନେ ଲୁକ୍କାୟିତ ଭାବରେ ଥାଇ ଅପ୍ରତ୍ୟାଶିତ ଭାବରେ ମରହଟ୍ଟାମାନଙ୍କୁ ଆକ୍ରମଣ କରନ୍ତି ଏବଂ ସେମାନଙ୍କୁ ସମ୍ପୂର୍ଣ୍ଣରୂପେ ପରାସ୍ତ କରି ପଛକୁ ଘୁଞ୍ଚାଇ ଦିଅନ୍ତି। ଏପରି ବାରମ୍ବାର ଆକ୍ରାନ୍ତ ହୋଇ ଚତୁର୍ଦ୍ଦିଗକୁ ପ୍ରେରିତ ମରହଟ୍ଟାମାନେ ହତାହତ ହେବାକୁ ଲାଗିଲେ। ସେମାନଙ୍କ ସକଳ ଆଶାଭରସା ବିଲୁପ୍ତ ହେଲା। ଜୟଶ୍ରୀ ସେମାନଙ୍କୁ ଛାଡ଼ି ବହୁଦୂରକୁ ଚାଲିଗଲା।

କିନ୍ତୁ ରଘୁଜି ରାଓଙ୍କର ସେଥିପ୍ରତି ଲକ୍ଷ୍ୟ ନାହିଁ । ଆଜି ତାଙ୍କ ଜୀବନ ମାୟା-ମମତା-ବିହୀନ । ନିର୍ବାସିତ ବିଜୟ-ଲକ୍ଷ୍ମୀଙ୍କୁ ଶତ୍ରୁର କରାଳ କବଳରୁ ମୁକ୍ତ କରି ଆଣିବା ନିମନ୍ତେ ସେ ପ୍ରାଣ ସୁଦ୍ଧା ଦେବାକୁ ପଶ୍ଚାତ୍‌ପଦ ନୁହନ୍ତି । ପରାଜିତ, ଅପମାନିତ ଜୀବନ ଘେନି ସେ କଦାପି ପ୍ରତ୍ୟାବୃତ୍ତ ହେବେନାହିଁ । ଏଥିପାଇଁ ସେ ନିର୍ଭୀକ ଭାବରେ ଗନ୍ତବ୍ୟ ପଥରେ ଅଗ୍ରସର ।

ବହୁ ସାବଧାନତା ସହକାରେ ରଘୁଜିରାଓ ଗିରିସଙ୍କଟ ମଧ୍ୟରେ ପ୍ରବେଶ କଲେ । ସେ ଏପରି ସତର୍କ ଭାବରେ ଯିବାକୁ ଲାଗିଲେ ଯେ, ପୃଥ୍ୱୀସିଂହ ତାଙ୍କ ଗତି ଆଦୌ ଲକ୍ଷ୍ୟ କରି ପାରିଲେ ନାହିଁ । ରଘୁଜି ରାଓ ଅବାଧରେ ଗିରିସଙ୍କଟ ଉତ୍ତୀର୍ଣ୍ଣ ହୋଇ ଗିରିଦୁର୍ଗ ନିକଟରେ ଉପନୀତ ହେଲେ । ପୃଥ୍ୱୀସିଂହ ବର୍ତ୍ତମାନ ଦେଖିଲେ ଯେ, ବିଷମ ସମସ୍ୟା ଉପସ୍ଥିତ । କିନ୍ତୁ ତଥାପି ତାଙ୍କ ମନ ନିର୍ଭୀକ ଓ ଅଟଳ । ରଘୁଜିରାଓଙ୍କୁ ନିକଟବର୍ତ୍ତୀ ଦେଖି ସେ ବିପୁଳ ଆୟୋଜନରେ ତତ୍ପର ହେଲେ । ଦୁର୍ଗ-ପ୍ରାଚୀରରେ ପୂର୍ବବତ୍ ବହୁ ପ୍ରସ୍ତର ଲତା-ଗ୍ରଥିତ ହୋଇ ଝୁଲିଗଲା । ସମଗ୍ର ଓଡ଼ିଆ ସେନା ଏକତ୍ର ହୋଇ ଦୁର୍ଗମଧ୍ୟରେ ଅବସ୍ଥାନ କଲେ ।

ଦୁର୍ଗ ନିକଟକୁ ଯାଇ ମରହଟ୍ଟାମାନେ ଅବିଶ୍ରାନ୍ତ ଗୋଳାବର୍ଷଣ କରିବାକୁ ଲାଗିଲେ । ସେମାନଙ୍କ 'ବମ୍ ବମ୍ ମହାଦେଓ' ରାବରେ ଦୁର୍ଗବାସିମାନେ ଶଙ୍କା ପାଇବାକୁ ଲାଗିଲେ । କିନ୍ତୁ ପୃଥ୍ୱୀସିଂହ ନିଃଶଙ୍କ ଓ ସତର୍କ । ସେ କୌଶଳରେ ସୈନିକମାନଙ୍କୁ ଦୁର୍ଗପ୍ରାଚୀର ଉପରେ ସନ୍ନିବିଷ୍ଟ କଲେ । ମରହଟ୍ଟାମାନଙ୍କ ଗୋଳା ବର୍ଷଣରେ ବହୁସଂଖ୍ୟକ ବୀର ଧରାଶାୟୀ ହେଲେ । କିନ୍ତୁ ଓଡ଼ିଆମାନଙ୍କ ଜୀବନ ପ୍ରତି ଭ୍ରୂକ୍ଷେପ ନାହିଁ । ସେମାନେ "ଜୟ ସମଲାଇର ଜୟ" ରବ କରି ଲତା-ଗ୍ରଥିତ ପ୍ରସ୍ତର ସବୁ ମରହଟ୍ଟାମାନଙ୍କ ଉପରେ ନିକ୍ଷେପ କରିବାକୁ ଲାଗିଲେ । ସେ ପ୍ରସ୍ତରର ଆଘାତ ମରହଟ୍ଟାମାନେ ସମ୍ଭାଳି ପାରିଲେ ନାହିଁ । ଯୁଦ୍ଧରୁ ପଛଘୁଞ୍ଚା ଦେଇ ପ୍ରାଣଭୟରେ ପଳାଇବାକୁ ଲାଗିଲେ । ଓଡ଼ିଆମାନେ ପ୍ରାଚୀର ଡେ଼ଇଁ "ଜୟ ସମଲାଇର ଜୟ" ରାବ କରି ସେମାନଙ୍କର ପଶ୍ଚାଦ୍ଧାବନ କଲେ ।

ପର୍ବତ ଉପରେ ଓଡ଼ିଆ ଓ ମରହଟ୍ଟାମାନଙ୍କ ମଧ୍ୟରେ ଭୀଷଣ ସମ୍ମୁଖ ସଂଗ୍ରାମ ଆରବ୍‌ଧ ହେଲା । ଉଭୟ ପକ୍ଷରୁ ଅନେକ ହତାହତ ହେଲେ; କିନ୍ତୁ ମରହଟ୍ଟାମାନଙ୍କର ଆଉ ଉତ୍ସାହ ନାହିଁ । ସେମାନଙ୍କୁ ଅଗତ୍ୟା ପରାଜୟ ସ୍ୱୀକାର କରିବାକୁ ପଡ଼ିଲା ।

ପୃଥ୍ୱୀସିଂହ ଶତ୍ରୁ ବ୍ୟୂହରେ ପ୍ରବେଶ କରି ଭୟଙ୍କର ଯୁଦ୍ଧ କଲେ । ତାଙ୍କ ଅଦମ୍ୟ ପରାକ୍ରମରେ ମରହଟ୍ଟା ବାହିନୀ ଛିନ୍ନ ବିଛିନ୍ନ ହୋଇଗଲା । ତାଙ୍କ ବୀର୍ଯ୍ୟ

ସମକ୍ଷରେ ସ୍ୱୟଂ ରଘୁଜିରାଓଙ୍କ ଉତ୍ସାହ ନତମସ୍ତକ ହେଲା।[୧] ପୃଥ୍ୱୀସିଂହ ତରବାରି ଉତ୍ତୋଳନ କରି ତାଙ୍କ ପ୍ରତି ସିଂହ ବିକ୍ରମରେ ଧାବମାନ ହୁଅନ୍ତେ, ପଛରୁ କିଏ ଆସି ତାଙ୍କ ହସ୍ତକୁ ଦୃଢ଼ ଭାବରେ ମୁଷ୍ଟିବଦ୍ଧ କଲା। ପୃଥ୍ୱୀସିଂହ ପଛକୁ ଅନାଇ ଦେଖିଲେ ଯେ, ଜଣେ ପ୍ରହରଣ-ଧାରିଣୀ ମୁକ୍ତକେଶା ରମଣୀ-ମୂର୍ତ୍ତି ତାଙ୍କ ପଶ୍ଚାତ୍‌ଭାଗରେ ଦଣ୍ଡାୟମାନା। ତାହାର ସେ ରୂପ, ସେ ତେଜ ଦେଖି ତାଙ୍କ ହସ୍ତ ଆଉ ଅଗ୍ରସର ହେଇ ପାରିଲା ନାହିଁ। ସେ ନୀରବ ଓ ନିଷ୍ପନ୍ଦ ଭାବରେ ଛିଡ଼ା ହୋଇ ଉକ୍ତ ରମଣୀ ମୂର୍ତ୍ତିକୁ ଦେଖିବାକୁ ଲାଗିଲେ। ରଘୁଜିରାଓ ମଧ ତାଙ୍କ ଜୀବନ ରକ୍ଷାକାରିଣୀକୁ ଦେଖି ବିସ୍ମୟାବିଭୂତ ହୋଇଗଲେ। ତାଙ୍କ ମୁଖରୁ ବାଙ୍‌ନିଷ୍ପତ୍ତି ହୋଇ ପାରିଲା ନାହିଁ।

ଉଭୟ ପକ୍ଷର ସୈନିକମାନେ ସେ ରଣରଙ୍ଗିନୀ ମୂର୍ତ୍ତି ଦେଖି ପଛକୁ ଘୁଞ୍ଚିଗଲେ। ସେ ଦେବୀ, ନା ମାନବୀ, କେହି ଠିକ୍ କରି ପାରିଲେ ନାହିଁ। ଉକ୍ତ ରମଣୀ ପୃଥ୍ୱୀସିଂହଙ୍କୁ କହିଲା – "ଧନ୍ୟ ବୀର ! ଏ ଅଦ୍ଭୁତ ସାହସ ଏଥର ମୁଁ ପ୍ରଥମ ଦେଖିଲି। କିନ୍ତୁ ହେଲା ଆଉ ନାହିଁ। ଯଥେଷ୍ଟ ହୋଇ ସାରିଛି। ଆଉ ଯୁଦ୍ଧର ପ୍ରୟୋଜନ ନାହିଁ। ପିତାଙ୍କୁ ମୁକ୍ତି ଦିଅନ୍ତୁ। ପରେ ରଘୁଜିରାଓଙ୍କ ନିକଟକୁ ଯାଇ କହିଲା "ପିତା, ଦାସୀର ଅପରାଧ କ୍ଷମା କରନ୍ତୁ। ଦାସୀ ଆପଣଙ୍କୁ ଅନେକ କଷ୍ଟ ଦେଇଛି। ଦାସୀ ପାଇଁ ମରହଟ୍ଟା ଜାତିକୁ ପରାଜୟ ସ୍ୱୀକାର କରିବାକୁ ପଡ଼ିଛି। କିନ୍ତୁ ଏ ବୀର ପୁରୁଷ।" ସେ ଆଉ କହି ପାରିଲା ନାହିଁ। ତାର ବାକଶକ୍ତି ରୁଦ୍ଧ ହୋଇଗଲା ଓ ଲଜ୍ଜାରେ ମୁଖ ଲାଲ ହୋଇଗଲା।

ଏ ଗରିମାମୟ ଦୃଶ୍ୟ ଦେଖି ରଘୁଜିଙ୍କ ହୃଦୟ ଦ୍ରବୀଭୂତ ହୋଇଗଲା। ସେ ଦୁହିତାକୁ ଆଲିଙ୍ଗନ କରି କହିଲେ "ଅରୁଣା। ମା।" ଆଉ କହି ପାରିଲେ ନାହିଁ। ତାଙ୍କ ଚକ୍ଷୁରୁ ଅବିରଳ ସ୍ନେହାଶ୍ରୁ ନିର୍ଗତ ହେବାକୁ ଲଗିଲା। ପରେ ଆତ୍ମ ସମ୍ବରଣ କରି ଅରୁଣାର ମୁଖର ଭାବ ଦେଖି ସେ ସବୁ ବୁଝି ପାରିଲେ। ଅରୁଣାର ହସ୍ତ ଧରି ପୃଥ୍ୱୀସିଂହଙ୍କ

---

1. Akbar Raya, the minister of Abhaya Singh, thinking this a good opportunity to strengthen the Sambalpurfort, caused the boatmen to scuttle the boats in deep water, so that the guns all sunk and many Marhatta artillery men were drawned. He then recovered eight of the guns and mounted them on the fort. The Raja of Nagpur sent a strong detachment to avenge the insult and recover the guns, but it was repulsed with slaughter. – Bengal District Gazetteer, page 23 [Sambalpur]

ନିକଟକୁ ଯାଇ କହିଲେ "ବୀରଶ୍ରେଷ୍ଠ, ତୁମ୍ଭର ବୀର୍ଯ୍ୟରେ ମୁଁ ମୁଗ୍ଧ ହୋଇଛି । ମୁଁ ତୁମ୍ଭର ଶତ୍ରୁ - ଯୁଦ୍ଧରେ ପରାସ୍ତ । ତଥାପି ତୁମ୍ଭର ବୀର୍ଯ୍ୟ ଦେଖି ତୁମ୍ଭ ପ୍ରତି ମୋର ଆନ୍ତରିକ ଶ୍ରଦ୍ଧା ଜାତ ହୋଇଛି । ଏ ଶ୍ରଦ୍ଧାର ପୁରସ୍କାର ସ୍ୱରୂପ ମୋର ପ୍ରାଣର ପ୍ରାଣ ଅରୁଣାକୁ ତୁମ୍ଭ ହସ୍ତରେ ସମର୍ପଣ କଲି । ବୀରକନ୍ୟା, ବୀରପତ୍ନୀ ହେଉ ।" ଏହା କହି ସେ ପୃଥ୍ୱୀସିଂହଙ୍କ ହସ୍ତରେ ଅରୁଣାର ହସ୍ତ ସଂସ୍ଥାପିତ କଲେ । ଉଭୟ ପକ୍ଷରୁ "ବମ୍ ବମ୍ ମହାଦେଓ" ଓ "ଜୟ ସମଲାଈର ଜୟ" ରାବ ଉଠି ସେ ନିବିଡ଼ ଅରଣ୍ୟକୁ ପ୍ରତିଧ୍ୱନିତ କଲା । ପୃଥ୍ୱୀସିଂହ ନତମସ୍ତକ ହୋଇ ଏ ସବୁ ଶ୍ରବଣ କଲେ । ରଘୁଜିରାଓ ତାଙ୍କୁ ଆଲିଙ୍ଗନ ପାଶରେ ଆବଦ୍ଧ କରି ତାଙ୍କ ନିକଟରୁ ବିଦାୟ ଗ୍ରହଣ କଲେ ଏବଂ ସୈନ୍ୟମାନଙ୍କୁ ସଙ୍ଗରେ ନେଇ "ବମ୍ ବମ୍ ମହାଦେଓ" ରାବ କରି ଅରଣ୍ୟ ମଧ୍ୟରେ ବିଲୀନ ହୋଇଗଲେ ।

■

ମୁକୁର, ୯ମ ଭାଗ, ଷଷ୍ଠ ସଂଖ୍ୟା, ଭାଦ୍ରବ ୧୩୨୨ (ଅଗଷ୍ଟ ୧୯୧୪)

ଆକର୍ଷଣ

(ସତ୍ୟ ଘଟଣାମୂଳକ ଗଳ୍ପ)

(୧)

ଆଜି ପିଲାକାଳ କଥା ମନେ ପଡ଼ିଲେ କେତେବେଳେ ସୁଖ ହୁଏ, କେତେବେଳେ ବା ଦୁଃଖ ହୁଏ। ଯେତେବେଳେ କାମଦାମ କିଛି ନଥାଏ, ମଣିଷ ନିଶ୍ଚିନ୍ତ ହୋଇ ଘଡ଼ିଏ ବସିବାକୁ ଅବସର ପାଏ, ପିଲାଦିନର କେତେ ପୁରୁଣା କଥା ଆସି ମନେପଡ଼େ। ସେ ସବୁ ଭୁଲିବାକୁ ଯେତେ ଚେଷ୍ଟା କଲେ ସୁଦ୍ଧା ଭୁଲି ହୁଏ ନାହିଁ।

"ସ୍ମୃତି ତ କଦାପି ନୁହେଁ ଫିଙ୍ଗିବାର,
ଫିଙ୍ଗି ପାରିଲେ ସେ ଲଭନ୍ତା ନିସ୍ତାର।"

କମଳା ଘର ଆମ ଘରୁ ବେଶୀ ଦୂର ନୁହେଁ। ଆମ ଘରେ ଥାଇ ତାକୁ ଡାକିଲେ ଶୁଣି ପାରିବ। କମଳା ସବୁବେଳେ ଆମ ଘରେ ଥାଏ। ମା' ତାକୁ କେତେ ଗେଲ କରନ୍ତି – କେତେ ଚିଜ ଖାଇବାକୁ ଦିଅନ୍ତି। ମୁଁ ମଧ୍ୟ ତା ଘରକୁ ଯାଏଁ। ସେଠାରେ ଖାଏଁ, ପିଏଁ, କେତେ ହସ କଉତୁକ କରେଁ। କମଳାର ମା' ମତେ କେତେ ଆଦର କରନ୍ତି। ସେ ଯେତେବେଳେ ମତେ 'ବାବା' ବୋଲି ଡ଼ାକନ୍ତି, କମଳା ମୁରକି ମୁରକି ହସି କେତେ ଖୁସି ହୁଏ, ସେ ମତେ ଏତେ ଭଲ ପାଏ।

କମଳା ଆଉ ମୁଁ ଏକା ସାଙ୍ଗରେ ଖେଳୁଁ। ଦାଣ୍ଡ ଦୁଆରେ ବସି କେତେ ବାଲିଘର ଗଢୁଁ; ପୁଣି ସେ ସବୁ ଭାଙ୍ଗି ପକାଇ ନୂଆ ଘର ଗଢୁଁ। ସେତେବେଳେ ମନ ସବୁବେଳେ ପ୍ରଫୁଲ୍ଲ- ଖେଳିବା ପାଇଁ ଭାରି ଆଗ୍ରହ। ବିଧାତାଙ୍କ ଚବିଶିଘଣ୍ଟିଆ ଦିନ ମନକୁ ଆସେ ନାହିଁ । ଓଃ! ବିଧାତାଙ୍କ ଦିନଗୁଡ଼ାକ ଏତେ ଲମ୍ବ। କେତେବେଳେ ସରେ ନାହିଁ! ସେଥିପାଇଁ ଆମ ମନକୁ ଆମେ ସାନ ସାନ ଦିନ ସୃଷ୍ଟି କରୁଁ। ସୂର୍ଯ୍ୟଙ୍କ ଉଦୟ ଅସ୍ତ ସଙ୍ଗେ ଆମ ଦିନର କୌଣସି ସମ୍ପର୍କ ନଥାଏ। ସୂର୍ଯ୍ୟ ଆକାଶରେ ଥିଲେ ସୁଦ୍ଧା ଆମ ଦିନ-ରାତି ହୁଏ। ବାଲିଘର ବନାଇ ଖେଳିବା ବେଳେ ଆମେ ଦିନକ

ମଧ୍ୟରେ କେତେ ଦିନରାତି କଟାଉଁ। ଆଉ ସେ କଥା କାହିଁ? ସେ ସ୍ୱପ୍ନମୟ ରାଜ୍ୟ ଖୋଜିଲେ ଆଉ କାହୁଁ ମିଳିବ !

ବଡ଼ି ଭୋରରୁ ଉଠି ଦିହେଁଯାକ ଆମ ବଗିଚାକୁ ଫୁଲ ତୋଳିବାକୁ ଯାଉଁ। ଆମ ବଗିଚାରେ ଗୋଟାଏ ଚମ୍ପାଗଛ ଅଛି। ବାପା ଗଛଟିକୁ କଟକରୁ କିଣି ଆଣି ବଗିଚାରେ ଲଗାଇଥିଲେ। ସେଥିରେ କେତେ ଫୁଲ ଫୁଟେ। ସେ ଫୁଲ ଦେଖିଲେ ତୋଳିବା ପାଇଁ ଇଚ୍ଛା ହୁଏ ନାହିଁ। ଫୁଲଗୁଡ଼ିକ ସବୁ ସତେଜ; ଯେପରି ସୂର୍ଯ୍ୟ, ପବନ ଓ ପାଣି ତିନିହେଁ ମିଶି ସେ ସବୁକୁ ସତେଜ କରୁଅଛନ୍ତି। ଏପରି ଫୁଲ ତୋଳିବାକୁ କାହା ମନ ବଳିବ ? ଫୁଲକୁ ଛିଣ୍ଡାଇ ପକାଇଲେ ଫୁଲ ମନରେ କଷ୍ଟ ହେବ ଯେ ! ତା' ଦେହରୁ କେତେ ରକ୍ତ ବାହାରିବ। ହସିଲା ଫୁଲଟି କାନ୍ଦି ପକାଇବ। ନା, ନା, ଦିଅଁ ଘେନିବେ ପରା। ଦିଅଁଙ୍କ ପାଇଁ ସେ କାମ କରିବାକୁ ହେବ। କମଳା ଓ ମୁଁ ଚମ୍ପାଗଛ ଉପରକୁ ଉଠି ଗୀତ ଗାଇ ଗାଇ ଫୁଲ ତୋଳୁଁ। ଫୁଲ ନେଇ ଘରେ ମାଳ ଗୁନ୍ଥୁ। କମଳା ମୋଠାରୁ ଭଲ ମାଳ ଗୁନ୍ଥି ଜାଣେ। ତା ଫୁଲମାଳକି ମତେ ଦିଏ। ମୋ ଫୁଲମାଳଟି ମୁଁ ତାକୁ ଦିଏଁ। ଫୁଲମାଳ ଧରି ଦିହେଁଯାକ ଆମ ଗାଁ ଜଗନ୍ନାଥ ମହାପ୍ରଭୁଙ୍କ ମନ୍ଦିରକୁ ଯାଉଁ, ଠାକୁରଙ୍କୁ ମାଳା ପିନ୍ଧାଇ ହସି ହସି ଘରକୁ ବାହୁଡ଼ି ଆସୁଁ।

ଦିନେ ଆମେ ଚମ୍ପାଗଛରୁ ଫୁଲ ତୋଳି ଆସୁଥିଲୁଁ, ପଞ୍ଚାଏ ଟୋକା ଆସି କହିଲେ, "କାଲି ଦେଖିବ, ସବୁ ଆମେ ନେଇ ଯାଇଥିବୁଁ, ତୁମେ ଆସିଲାବେଳକୁ ଗଛରେ ଗୋଟାଏ ହେଲେ ଫୁଲ ନ ଥିବ।" ସେମାନଙ୍କ କଥା ଶୁଣି ମୋ ମନରେ ଭାରି କଷ୍ଟ ହେଲା। କମଳା ମୁହଁକୁ ଶୁଖେଇ ଦେଇ ମୋ ମୁହଁକୁ ଅନେଇଲା। କମଳାର କଷ୍ଟ ଦେଖି ମୋ ମନରେ ଟିକିଏ ରାଗ ହେଲା। ଆଚ୍ଛା ! ଦେଖିବା, ସେମାନେ କିମିତି ଆସି ଫୁଲ ନେଇଯିବେ। ଦୁହେଁ ପ୍ରତିଜ୍ଞା କଲୁ ଯେ, ଆରଦିନ ରାତି ଚାରିଟାବେଳେ ଆସି ଫୁଲତକ ନେଇଯିବା।

ସେ ଦିନ ରାତିରେ ଆଉ ମୋ ଆଖିରେ ନିଦ ନାହିଁ। କେତେବେଳେ ଚାରିଟା ବାଜିବ ? ପିଲାଏ ଆସି ବଗିଚାରୁ ଫୁଲ ନେଇଯିବେ ପରା? ତାହାହେଲେ ଆମେ କ'ଣ ତୋଳିବୁଁ? ଦିଅଁ କଣ ଆମ ହାତର ଫୁଲ ପିନ୍ଧିବେ ନାହିଁ? ଆମେ କି ଦୋଷ କଲୁଁ? ବାର ବର୍ଷର ତପସ୍ୟା କଣ ଶୁଖୁଆପୋଡ଼ାରେ ଚାଲିଯିବ ? ଏପରି ଭାବି ମନ ଆକୁଳ ହୋଇଗଲା। ଆଖିରେ ଆଉ ଜମା କଷା ହେଲା ନାହିଁ। ଖଟ ଉପରେ ଏ କଡ଼ ସେ କଡ଼ ହୋଇ ଛଟପଟ ହେଉଥାଏଁ।

ଯିମିତି ଚାରିଟା ବାଜିଲା, ମୋ ଶୋଇବା ଘର କବାଟଟି ଖୁଡ଼୍ କରି ଶବ୍ଦ କଲା। ଦ୍ୱାର ଖୋଲି ଦେଖେ ଯେ କମଳା। ତାକୁ ସେପରି ଭାବରେ ରାତିରେ ଆସିବାର

ଦେଖି ମୁଁ ଆଶ୍ଚର୍ଯ୍ୟ ହୋଇଗଲି। ତେବେ କଣ କମଳା ମଧ୍ୟ ମୋ-। ପରି ରାତିଯାକ ଶୋଇ ନାହିଁ? ଫୁଲ ତୋଳିବା ପାଇଁ ତା'ର ଏତେ ଆଗ୍ରହ? ମୁଁ ତାକୁ କିଛି ନ କହି ଚାଦର ଖଣ୍ଡି ଘୋଡ଼େଇ ହୋଇ ତା ସଙ୍ଗରେ ବଗିଚାକୁ ଗଲି।

ସେତେବେଳକୁ ଆକାଶରେ ଚନ୍ଦ୍ର ଥିଲେ। ତାରାଗୁଡ଼ିକ ହୀରାଫୁଲ ଫୁଟିଲା ପରି ଆକାଶରେ ଜୁଲୁ ଜୁଲୁ ଦିଶୁଥାନ୍ତି। ପାହାନ୍ତିଆ ପବନ ଫୁଲରେଣୁ ଉଡ଼ାଇ ବଗିଚାଯାକ ମହକାଇ ସ୍ୱଚ୍ଛ ସ୍ୱଚ୍ଛ ବହୁଥିଲା। ଚମ୍ପାଫୁଲଗୁଡ଼ିକ ବୃନ୍ତାସନରେ ବସି ପବନ-ଦୋଳାରେ ଦୋଳୁଥିଲେ। ବଗିଚାର ଚାରିଆଡ଼େ ଚନ୍ଦ୍ର-କିରଣ ହସୁଥିଲା। ଫୁଲ ଉପରେ ଚନ୍ଦ୍ରକିରଣ, ପତ୍ର ଉପରେ ଚନ୍ଦ୍ର କିରଣ, ସବୁଠେଇଁ ଚନ୍ଦ୍ର କିରଣ। ଯେଉଁଠି ଚନ୍ଦ୍ରକିରଣ ପଡୁଥିଲା, ନିଜେ ହସି ପରକୁ ହସାଉଥିଲା। ବଗିଚାଟି ଯେପରି ଚନ୍ଦ୍ରର ରାଜ୍ୟ।

କିନ୍ତୁ ଏ ସବୁ ଦେଖିବା ପାଇଁ ଆମ ଆଖି କାହିଁ ? ଆମ ମନ ରହିଲା ଫୁଲ ତୋଳିବା ଉପରେ। କାଳେ ଟୋକାଏ ଆସି ଫୁଲ ନେଇ ଯାଇଥିବେ ! ବଗିଚାରେ ପହୁଞ୍ଚିଲାକ୍ଷଣି ଦୁହେଁଯାକ ମାଙ୍କଡ଼ ପରି ଗଛ ଉପରକୁ ଚଢ଼ିଗଲୁ। କମଳା ଗୋଟିଏ ଶାଖାରେ ବସି ଫୁଲ ତୋଳିଲା; ମୁଁ ଗୋଟିଏ ଶାଖାରେ ବସି ଫୁଲ ତୋଳିବାକୁ ଲାଗିଲି।

ମୋ ପାଖର ଫୁଲତକ ତୋଳି ସାରି କମଳା ଯେଉଁ ଡାଳରେ ବସି ଫୁଲ ତୋଳୁଥିଲା, ସେଠିକି ଗଲି। ସେଠିକି ଯାଇ ଦେଖିଲି ଯେ, ଅଗ ଡାଳର ଫୁଲଗୁଡ଼ାକ କମଳା ତୋଳି ପାରୁନାହିଁ। ମତେ ଦେଖି ସେ ଘୁଞ୍ଚିଗଲା ଓ କହିଲା, "ତୁମେ ସେଠାକୁ ଯାଅନା, ସରୁ ଡାଳ ଭାଙ୍ଗିଯିବ।"

ମୁଁ କିନ୍ତୁ ତା କଥା ଶୁଣିଲି ନାହିଁ। ଆଜି ବଗିଚାରେ ଗୋଟାଏ ସୁଦ୍ଧା ଫୁଲ ରଖିବାକୁ ଦେବି ନାହିଁ। ଆଜି ଫୁଲଯାକ ଦିଅଁ ପିନ୍ଧିବେ, ଆଉ କେହି ନେଇ ପାରିବେ ନାହିଁ। ସେଥିପାଇଁ କମଳା କଥା ନ ଶୁଣି ଡାଳ ଉପରକୁ ଉଠିଲି। ଖୁବ୍ ସାବଧାନ ହୋଇ ଫୁଲସବୁ ତୋଳିଲି; କିନ୍ତୁ ଗୋଟାଏ ଫୁଲ ରହିଗଲା। ଯେତେ ଚେଷ୍ଟା କଲେ ସୁଦ୍ଧା ସେ ଫୁଲଟି ତୋଳି ପାରିଲି ନାହିଁ। ଆଉ ଟିକିଏ ଉପରକୁ ଉଠିଲି। ଯେଉଁ ଡାଳରେ ଫୁଲଟି ଥିଲା, ହାତ ଲମ୍ବାଇ ସେ ଡାଳଟି ଧରିଲି। ଡାଳ ଉପରେ ହାତ ଦେଇ ଧୀରେ ଧୀରେ ଫୁଲ ନିକଟକୁ ହାତ ନେବା ପାଇଁ ଚେଷ୍ଟା କଲି। ଫୁଲଟି ଠିକ୍ ଛୁଇଁବାକୁ ଯାଉଛି, ଡାଳ ଭଙ୍ଗିଗଲା। ଡାଳ ଭାଙ୍ଗିବା ସଙ୍ଗେ ସଙ୍ଗେ ମୁଁ ଯେଉଁ ଡ଼ାଳଟି ହାତରେ ଧରିଥିଲି, ସେ ଡ଼ାଳ ମଧ୍ୟ ଭାଙ୍ଗିଗଲା। ଆଉ ଆଶ୍ରୟ କାହିଁ? ଭୂମି ଉପରେ ଦୁମ୍ କରି କଚାଡ଼ି ପଡ଼ିଲି। ଦେହ ମୁଣ୍ଡ ସବୁ ଖଣ୍ଡିଆ ହୋଇଗଲା। ପ୍ରାୟ ଦୁଇ ମିନିଟ୍ ପରେ ଅଚେତ ହୋଇଗଲି। ତା'ପରେ ଆଉ କ'ଣ ହେଲା, ଜାଣେ ନାହିଁ।

(୨)

ଯେତେବେଳେ ମୋର ଚେତନା ହେଲା, ଦେଖିଲି ଯେ, ମୁଁ ଗୋଟିଏ କୋଠରୀରେ ଖଟ ଉପରେ ଶୋଇଛି। ମୋ' ପାଖରେ ଜଣେ ସାହେବ ଚଉକି ଉପରେ ବସିଛନ୍ତି। ବାପା ମଧ୍ୟ ଆଉ ଗୋଟାଏ ଚଉକିରେ ସାହେବ ପାଖରେ ବସିଛନ୍ତି। ମୁଁ ଯିମିତି ଆଖି ମେଲି ଚାହିଁଲି, ସାହେବ ଇଂରେଜୀରେ କଟର ମଟର କରି ବାପାଙ୍କୁ କ'ଣ କହିଲେ। ବାପା ମଧ୍ୟ ସାହେବଙ୍କୁ ଇଂରେଜୀରେ ଜବାବ ଦେଲେ। ପରେ ସାହେବ ବାପାଙ୍କୁ ଆଉ କ'ଣ କହି ଧୀରେ ଧୀରେ ଚାଲିଗଲେ।

ସାହେବ ଚାଲିଗଲା ପରେ ମା' ଓ ବହୂ ଦୁହେଁଯାକ କୋଠରୀ ଭିତରକୁ ଆସିଲେ। ମା' ମୁଣ୍ଡ ପାଖରେ ବସି ମୋ ମୁଣ୍ଡ ଆଉଁଷିବାକୁ ଲାଗିଲେ। ବହୂ ପିଠି ପାଖରେ ବସି ପିଠି ଆଉଁଷିଲେ।

ଆଜି ମା'-ବହୂ ଦୁହିଁଙ୍କ ଆଖିରେ ଲୁହ। ବାପା ମଧ୍ୟ କାନ୍ଦୁଛନ୍ତି। ମୁଁ ଏଥିର କାରଣ କିଛି ବୁଝି ପାରିଲିନାହିଁ। ମୁଁ କେଉଁଠି ଅଛି, ସେଠାକୁ କିପରି ଆସିଲି, ଏ ସବୁ ଜାଣିବା ପାଇଁ ମୋର ଭାରି ଆଗ୍ରହ ହେଲା। କିନ୍ତୁ ଯେତେ ଚେଷ୍ଟା କଲେ ସୁଦ୍ଧା ଜାଣି ପାରିଲି ନାହିଁ।

ମା'ଙ୍କୁ କ'ଣ କରିବାକୁ ଆଦେଶ ଦେଇ ବାପା କୋଠରୀରୁ ଚାଲିଗଲେ। ବହୂ ଏକା ମୋ ପାଖରେ ରହିଲେ। ତାଙ୍କ ଆଖିରୁ ଝରଝର ଲୁହ ଗଡୁଛି। ସବୁବେଳେ ମୋ ଦେହକୁ ଆଉଁଷୁଛନ୍ତି। ବାପା ମା' ଚାଲିଯିବାରୁ ମୁଁ ବହୂଙ୍କୁ ପଚାରିଲି, "ବହୂ, ଆମେ ଏଠିକି କାହିଁକି ଆସିଛୁଁ? ଏଠିକି ଆମକୁ କିଏ ଆଣିଲା ?"

ମୋ କଥା ଶୁଣି ବହୂ ଆହୁରି କାନ୍ଦିଲେ। ପଣତରେ ଲୁହ ପୋଛି ପୋଛି କହିଲେ, "ଡ଼ାକ୍ତର ମନା କରିଛନ୍ତି।" ସତକୁ ସତ, ବହୂଙ୍କ ମୁହଁରୁ କଥା ନ ସରୁଣୁ ମୋ ଦେହଯାକ ଭାରି ପୋଡ଼ିବାକୁ ଲାଗିଲା। ଘା'ରୁ ରକ୍ତ ବାହାରିବାକୁ ଲାଗିଲା। ମୁଁ ପୁଣି ଅଚେତ ହୋଇପଡ଼ିଲି।

ଏପରି କେତେବେଳ ଯାଏ ମୁଁ ଅଚେତ ହୋଇପଡ଼ିଲି, ଭଗବାନ ଜାଣନ୍ତି। କିନ୍ତୁ କେଜାଣି କାହିଁକି, ମୋତେ ସେ ଅବସ୍ଥାଟି ଭଲ ଲାଗିଲା। ଈଶ୍ୱରଙ୍କ ରାଜ୍ୟରେ ପ୍ରତ୍ୟେକ ପଦାର୍ଥର ଉପକାରିତା ଅଛି। ମୂର୍ଚ୍ଛା ମରଣ ସଙ୍ଗେ ସମାନ ହେଲେ ସୁଦ୍ଧା କ୍ଷଣକ ପାଇଁ ମନୁଷ୍ୟକୁ ସଂସାରର ଦୁଃଖସୁଖରୁ ଅନେକ ଦୂରକୁ ନେଇଯାଏ। ଯେଉଁ ବିଷ ମନୁଷ୍ୟର ପ୍ରାଣ ନିଏ, ସେହି ବିଷ ପୁଣି ଔଷଧରୂପେ ମନୁଷ୍ୟକୁ ରକ୍ଷା କରେ। ଭଗବାନଙ୍କ ଲୀଳା କିଏ ବୁଝି ପାରିବ? ମୁଁ ଯେତେବେଳ ଯାଏ ମୂର୍ଚ୍ଛିତ ଅବସ୍ଥାରେ ଥିଲି, ମୋର ଦୁଃଖ-ସୁଖ-ଜ୍ଞାନ ନଥିଲା। ସେତେବେଳେ ମୁଁ କେଉଁ ରାଜ୍ୟରେ ବୁଲୁଥିଲି, ଭଗବାନ ଜାଣନ୍ତି।

କିନ୍ତୁ ବେଶୀ ବେଳଯାଏ ଏ ସୁଖ ଭୋଗ କରି ପାରିଲି ନାହିଁ। ପୁଣି ଶୀଘ୍ର ମୋର ଚେତନା ହେଲା। ଆଖି ଖୋଲି ଦେଖିଲି ଯେ, ମା' ଘା ସବୁ ଧୋଇ କରି ସେଥିରେ ମଲମ ଲଗାଉଛନ୍ତି। ବହୂ ପଙ୍ଖା ଧରି ବିଞ୍ଚୁଛନ୍ତି।

ଏପରି ମୂର୍ଚ୍ଛା ଓ ଚେତନାର କେତେ ଅଭିନୟ ହେଲା ଲେଖିବାକୁ ଶକ୍ତି ନାହିଁ। ସେ କଥା ଆଜି ମନେ ପଡ଼ିଲେ ଲେଖନୀ ଥରି ଯାଉଛି। ହୃଦୟ ଅବସନ୍ନ ହୋଇ ଯାଉଛି ! ଆଖିରୁ ଅବିଶ୍ରାନ୍ତ ଲୁହ ଗଡୁଛି ! ଓଃ ! ଦୁଃଖର ସମୟ ଏତେ କଠିନ - ଏତେ ନିଷ୍ଠୁର। ଭଗବାନ ଏ ଦୁଃଖ ମଧ୍ୟରେ କି ସୁଖ ନିହିତ କରି ଅଛନ୍ତି, କିଏ କହିପାରେ ?

(୩)

ମନୁଷ୍ୟର ଅବସ୍ଥା ଚିରଦିନ ସମାନ ନଥାଏ। ଦୁଃଖ ପରେ ସୁଖ – ସୁଖ ପରେ ଦୁଃଖ ଲାଗିଛି। "ଚକ୍ରବତ୍ ପରିବର୍ତ୍ତନ୍ତେ ଦୁଃଖାନି ଚ ସୁଖାନି ଚ"। ମୋର ଦୁଃଖ ମଧ୍ୟ ବେଶୀ ଦିନ ରହି ନଥିଲା। ଭଗବାନଙ୍କ କୃପାରୁ ମୁଁ ଶୀଘ୍ର ଆରୋଗ୍ୟ ଲାଭ କଲି।

ସେ ଆଜି ଅନେକ ଦିନର କଥା। ଏଥି ମଧ୍ୟରେ ଅନେକ ପରିବର୍ତ୍ତନ ହୋଇ ଗଲାଣି। ବାପା ମୋତେ ଆଉ ଗାଁକୁ ଛାଡୁ ନାହାନ୍ତି। ତାଙ୍କ ସଙ୍ଗେ କଟକରେ ରହି ପାଠ ପଢୁଛି। ମା' ହେରିକା ମୋ ଦେହ ଭଲ ହେଲାରୁ ଗାଁକୁ ଚାଲିଗଲେ। ବାପା କଟକରେ ଓକିଲାତି କରନ୍ତି। ଗାଁରେ ଜମିଦାରି ବୁଝିବାପାଇଁ କେହି ନଥିବାରୁ ମା' କଟକକୁ ଆସି ପାରନ୍ତି ନାହିଁ। ଭାଇ ଏ ବର୍ଷ B.A. ପାସ୍ କରି କଲିକତାରେ M.A. ପଢୁଛନ୍ତି। ମୁଁ Matriculation ପାସ୍ କରି କଟକ କଲେଜରେ ପଢୁଛି।

ମୁଁ ଚମ୍ପାଗଛରୁ କି ଲଗ୍ନରେ ପଡିଲି, କେଜାଣି, ପିଲାକାଳ କଥା ଆଉ ଜମା ମନେ ନାହିଁ। ଗାଁକୁ ଯିବାପାଇଁ ଆଉ ଜମା ଇଚ୍ଛା ହେଉନାହିଁ। ବାପା ମଧ୍ୟ ମତେ ଆଉ ଗାଁକୁ ଛାଡ଼ି ଦେଉ ନାହାନ୍ତି । ମା' ଯେତେ ଲେଖିଲେ ସୁଦ୍ଧା ବାପା ମାନୁ ନାହାନ୍ତି। ତାଙ୍କ ଇଚ୍ଛା - ପଢ଼ା ଶେଷ ହେବା ଯାଏଁ ମୁଁ କଟକରେ ରହିବି। ମୋର ମଧ୍ୟ ସେହି ଇଚ୍ଛା।

ବାପା କଟକରେ କାହାରି ସଙ୍ଗେ ମତେ ମିଶିବାକୁ ଦିଅନ୍ତି ନାହିଁ। ସେ କହନ୍ତି – "କଟକ ସହର କଳିର ରାଜଧାନୀ"। ଏପରି ସ୍ଥାନରେ ପିଲାମାନଙ୍କୁ ଆକଟ କରି ରଖିବା ଉଚିତ।" ମା ମଧ୍ୟ ଦିନେ କହୁଥିଲେ 'କଟକ ସହର, ଦେଖିକରି ଚଳିବ, ସେଠେଇଁ ମାଟି - ପଥର ମଧ୍ୟ କଥା କହନ୍ତି।" ତେବେ କଟକରେ ସମସ୍ତେ ଯେ ଖରାପ, ଏ କଥା କିଏ କହିବ ? ସେ ଯାହା ହେଉ, ବାପାଙ୍କ କଥା ମାନି ଚଳିବା ହିଁ ମୋର କାର୍ଯ୍ୟ।

ଦିନେ ମୁଁ ଘରେ ବସି ପଢୁଛି, ଡାକବାଲା ଆସି ମୋ ହାତରେ ଚିଠି ଖଣ୍ଡିଏ ଦେଇଗଲା। ଚିଠି ଖୋଲି ପଢ଼ିଲି; କିନ୍ତୁ ତହିଁର ଅର୍ଥ ବୁଝିପାରିଲି ନାହିଁ। ଚିଠି କେଉଁଠାରୁ

ଆସିଛି, କିଏ ଲେଖିଛି, କିଛି ଠିକ୍ କରି ପାରିଲି ନାହିଁ। ହସ୍ତାକ୍ଷର ଯେପରି ମୁଁ କେବେ ଦେଖିଛି। କି ସୁନ୍ଦର ମୁକ୍ତାପରି ଅକ୍ଷର। ଅତୀତର ଗର୍ଭ ତନ୍ନ ତନ୍ନ କରି ଖୋଜିଲି, କିନ୍ତୁ କୌଣସିଠାରେ କିଛି ପାଇଲି ନାହିଁ। ଚିଠି କିଏ ଲେଖିଛ ? ମୋଠାକୁ କାହିଁକି ଲେଖିଛ ? ମୋ ସଙ୍ଗେ ତାର କି ସମ୍ପର୍କ ? ଏ ସବୁ ଜାଣିବାପାଇଁ ଅନେକ ଚେଷ୍ଟା କଲି, କିନ୍ତୁ କିଛି ଠିକ୍ କରି ପାରିଲି ନାହିଁ। ପୁଣି ଚିଠି ଖୋଲି ପଢ଼ିଲି –

"ବିନୋଦ ବାବୁ,

ମୋର ପରିଚୟର ଭୂମିକା ଅନାବଶ୍ୟକ। ବର୍ତ୍ତମାନ ମୋର ଅନ୍ତିମ କାଳ ଉପସ୍ଥିତ। ତୁମ୍ଭଙ୍କୁ ଦେଖିବାପାଇଁ ମୋ ମନ ଅତିଶୟ ବ୍ୟାକୁଳ। ଯଦି ପୂର୍ବ ପରିଚୟର ଆଦର ଥାଏ, ଶୀଘ୍ର ଆସି ମୋର ଉତ୍କଣ୍ଠା ଦୂର କରିବ। ଇତି।

ତୁମ୍ଭର

କ..."

ଚିଠି ପଢ଼ି ମୋ ମନ ବ୍ୟାକୁଳ ହେବାକୁ ଲାଗିଲା। ମୁଁ ଯେପରି ଅନ୍ଧକାର ମଧ୍ୟରେ ଆଲୋକ ଦେଖିବାକୁ ପାଇଲି; କିଏ ଯେପରି ମୋ ନିକଟକୁ ଆସି କାନେ କାନେ କହିଲା, "ଯାଅ, ବିଚାରୀ ତୁମ ପାଇଁ କେତେ କଷ୍ଟ ପାଉଛି।" କିନ୍ତୁ ବିଚାରୀ କିଏ ? ସେ ମୋ ପାଇଁ କାହିଁକି କଷ୍ଟ ପାଉଛି ?

ଏ କେତେ ଦିନ ମୋ ହୃଦୟ-ଯନ୍ତ୍ରର ତାର ଛିଣ୍ଡି ଯାଇଥିଲା। ଯନ୍ତ୍ରକୁ ଲୟ-ବିଶିଷ୍ଟ କରିବା ପାଇଁ ଅନେକ ଚେଷ୍ଟା କରିଥିଲି; କିନ୍ତୁ ମୋର ସକଳ ଚେଷ୍ଟା ବିଫଳ ହୋଇଥିଲା। ଏ ଚିଠି ପଢ଼ିଲା କ୍ଷଣି ଛିନ୍ନ ତାର ଗୁଡ଼ିକ ଯୋଡ଼ି ହୋଇଗଲା। ହୃଦୟଯନ୍ତ୍ର ପୁଣି ଲୟ-ବିଶିଷ୍ଟ ହେଲା। କେଉଁ ଅଜ୍ଞାତ ରାଜ୍ୟର ଛବି ମୋର ସ୍ମୃତିପଟରେ ଅଙ୍କିତ ହେଲା।

ଏ ମୂର୍ତ୍ତି ଅନେକ ଥର ଦେଖିଛି। ତା' ସଙ୍ଗେ କେତେ ଖେଳିଛି। ଶୟନରେ, ଜାଗରଣରେ ତହାର ମୂର୍ତ୍ତିକୁ ଧ୍ୟାନ କରି କେତେ ସୁଖ ପାଇଛି। ଛି ! ମୁଁ ଏଡ଼େ କୃତଘ୍ନ। ଆଜି ଏ ସ୍ନେହମୟୀ ମୂର୍ତ୍ତି ମୋ ସ୍ମୃତିପଟରୁ ଲୁପ୍ତ ! ମୋତେ ଦେଖିବା ପାଇଁ ସେ ଏତେ ବ୍ୟାକୁଳ ! କିନ୍ତୁ ମୁଁ ତ ତା କଥା ଘଡ଼ିଏ ହେଲେ ଭାବୁ ନାହିଁ। କବି ଯଥାର୍ଥ କହିଛନ୍ତି–

"Sigh no more lady, sigh no more;
Men were constant never"

କମଳା ! ସ୍ନେହମୟୀ କମଳା ! ତୋର ବାଲ୍ୟ ସହଚରକୁ ତୁ ଏତେ ଭଲ ପାଉ। ତା' ପାଇଁ ତୋର ଏତେ ଉତ୍କଣ୍ଠା। କିନ୍ତୁ ତୋର ସେ ସୁନ୍ଦର ମୁଖ ଆଉ ଦେଖିପାରିବି କି ? ତୁ ସ୍ୱର୍ଗର ଜୀବ; ତୋର ଚତୁର୍ଦ୍ଦିଗରେ ଦେବତାମାନେ। ସେ ରାଜ୍ୟକୁ ଯିବାକୁ ମୋର ଅଧିକାର ଅଛି କି ?

XXX

ଆଉ ଭାବି ପାରିଲି ନାହିଁ। ହୃଦୟ କମଳାମୟ ହୋଇଗଲା। ଯେଉଁଠାରେ ଅନାଇଲି ସେହିଠାରେ କମଳା। ଆକର୍ଷଣ ପ୍ରଭାବରେ ଭଗବାନ୍ ଟଳିଯାନ୍ତି – ମନୁଷ୍ୟ ଛାର କେତେ ମାତ୍ର। ବାପାଙ୍କୁ ନ କହି ସେହିଦିନ ଟ୍ରେନ୍‌ରେ ଗାଁକୁ ବାହାରିଗଲି।

(୪)

ଗାଁକୁ ଗଲା ବେଳକୁ ପ୍ରଭାତ ହେବାକୁ ଅନେକ ବାକି ଅଛି। ଗାଁରେ କୌଣସିଠାରେ କିଛି ଶବ୍ଦ ନାହିଁ। ଚତୁର୍ଦ୍ଦିଗ ନିସ୍ତବ୍ଧ। କିନ୍ତୁ କମଳା ଘର ନିକଟକୁଯାଇ ଦେଖେଁ ଯେ, କାନ୍ଦ ବୋବାଳି ଲାଗିଛି। ସେ କ୍ରନ୍ଦନ ଶୁଣି ମୋର ହୃଦୟ ଚମକି ଉଠିଲା। ମୁଁ ଉନ୍ମତ୍ତ ପ୍ରାୟ ଘର ଭିତରେ ପ୍ରବେଶ କଲି।

ଘର ଭିତରକୁ ଯାଇଁ ଦେଖେଁ, ଅଗଣାରେ ଅନେକ ଲୋକ ଜମା ହୋଇଛନ୍ତି। କମଳାର ପ୍ରଶାନ୍ତ ମୂର୍ତ୍ତି ଗୋଟିଏ ଖଟ ଉପରେ ସ୍ଥାପିତ ହୋଇଅଛି। ଓଃ ! କି ଭୀଷଣ ଦୃଶ୍ୟ ! ମୁଁ ଆଉ ରହି ପାରିଲି ନାହିଁ। କମଳା ନିକଟକୁ ଯାଇ ତାକୁ ଆଲିଙ୍ଗନ କରି କମ୍ପିତ କଣ୍ଠରେ କହିଲି- "କମଳା ! କମଳା !" ଆଉ କହି ପାରିଲି ନାହିଁ, ମୋର ବାକ ରୁଦ୍ଧ ହୋଇଗଲା।

ମୋ' କଥା ଶୁଣି କମଳାର ଯନ୍ତ୍ରଣା-କାତର ଓ ବିଷର୍ଣ୍ଣ ମୁଖରେ ଏକ ଅପୂର୍ବ ଜ୍ୟୋତି ଫୁଟି ଉଠିଲା । ନିମୀଳିତ ନେତ୍ରଦ୍ୱୟ ଉନ୍ମୀଳିତ ହେଲା; କିନ୍ତୁ ପୁଣି ଘୋର ଅନ୍ଧକାର ! କମଳାର ପିଣ୍ଡ ଛାଡ଼ି ପ୍ରାଣ ଚାଲିଗଲା।

XXX

କମଳାର ପ୍ରାଣହୀନ ଦେହ ନିଷ୍ଟଳ ହେଲା। ମୋର ସକଳ ଆଶା ଭରସା ବିଲୁପ୍ତ ହେଲା। ଚତୁର୍ଦ୍ଦିଗ ଅନ୍ଧକାର ଦିଶିଲା। କମଳାର ଶୀତଳ ଦେହକୁ କ୍ରୋଡ଼ରେ ରଖି କାନ୍ଦିବାକୁ ଲାଗିଲି। ସେ ଦେହରେ ସ୍ୱର୍ଗୀୟ କାନ୍ତି ଝଲସି ଉଠୁଥିଲା। ଲାବଣ୍ୟମୟ ଓ ମହିମା-ମଣ୍ଡିତ ମୁଖ ମଣ୍ଡଳ ଅବିକୃତ-ଜ୍ୟୋତିର୍ମୟ।

XXX

ପ୍ରଭାତର ତରୁଣ ଅରୁଣାଲୋକ କମଳାର ମୃତ୍ୟୁ-ଛାୟା-ମଣ୍ଡିତ-ବଦନ-ମଣ୍ଡଳରେ ଆସି ପଡ଼ିଲା। ସ୍ନିଗ୍ଧ ପ୍ରଭାତ ସମୀର ତାର ନିତମ୍ବସ୍ପର୍ଶୀ କେଶ-ଦାମ ସଙ୍ଗେ କ୍ରୀଡ଼ା କରିବାକୁ ଲାଗିଲା। ସ୍ୱର୍ଗର ଜୀବ ସ୍ୱର୍ଗକୁ ଚାଲିଗଲା। କିନ୍ତୁ ....। ଆଜି ଜାଣିଲି, ବାପା କାହିଁକି ମତେ ଗାଁକୁ ଛାଡ଼ି ଦେଉ ନଥିଲେ। କିନ୍ତୁ ଆଉ କାହିଁ ? ସବୁ ଶେଷ।

■

ଉତ୍କଳ ସାହିତ୍ୟ, ୧୮/୦୭ କାର୍ତ୍ତିକ ୧୩୨୨ (ଅକ୍ଟୋବର ୧୯୧୪)

ରୂପର ମୂଲ୍ୟ

ପ୍ରଥମ ପରିଚ୍ଛେଦ
ବିଦାୟ

"ତଦ୍‌ଗଚ୍ଛ ସିଦ୍ଧ୍ୟୈ କୁରୁ ଦେବ – କାର୍ଯ୍ୟମ୍।" – କୁମାରସମ୍ଭବ

ସମ୍ବଲପୁରର ପଶ୍ଚିମ ଦିଗରେ ସହରରୁ ପ୍ରାୟ ଏକ ମାଇଲ ଦୂରରେ ମଦଲିଆ ମୁହାଣ। ଏଠାରେ ଗୋଟିଏ ପ୍ରାଚୀନ ମନ୍ଦିର ଅଛି। କଳ-ନାଦିନୀ ଚିତ୍ରୋତ୍ପଳା ମନ୍ଦିରର ଚରଣ ପକ୍ଷାଳିତ କରି ଶିଳାବନ୍ଧୁର ମାର୍ଗରେ ଅଗ୍ରସର। ଲୋକେ କହନ୍ତି – ମନ୍ଦିରରେ ପ୍ରଚୁର ଧନ ରତ୍ନ ଓ ଅସ୍ତ୍ରଶାସ୍ତ୍ର ଲୁକ୍କାୟିତ ଅଛି। ଏ ଉକ୍ତିର ସତ୍ୟତା ନିରୁପିତ କରିବାକୁ ଆମ୍ଭମାନଙ୍କର ଶକ୍ତି ନାହିଁ। ଆଜିଯାଏ କେହି ଏ ବିଷୟରେ ଅନୁସନ୍ଧାନ କରି ନାହାନ୍ତି – କରିବାର ମଧ୍ୟ ସୂଚନା ମିଳୁନାହିଁ। ଏବମ୍ବିଧ ପ୍ରତ୍ନତତ୍ତ୍ୱ ସଂଗ୍ରହ ଓଡ଼ିଶାର ଆଧୁନିକ ଜଳବାୟୁର ପ୍ରତିକୂଳ ପରା। ସେ ଯାହା ହେଉ, ମନ୍ଦିରକୁ ଲୋକେ ନୀଳମାଧବଙ୍କ ମନ୍ଦିର ବୋଲି କହନ୍ତି। ଏଠାରେ ଦେବ ପୂଜାର କୌଣସି ଚିହ୍ନ ପରିଲକ୍ଷିତ ହୁଏ ନାହିଁ। ମନ୍ଦିରରେ କୌଣସି ଦେବବିଗ୍ରହ ମଧ୍ୟ ନାହିଁ। ମନ୍ଦିରର ଏପରି ନାମକରଣ କାହିଁକି ହେଲା; ପୁରାତତ୍ତ୍ୱଜିଜ୍ଞାସୁମାନଙ୍କ ଅନୁସନ୍ଧେୟ। ପୁଣି ଏଠାରେ କୌଣସି ନଦୀର ସଙ୍ଗମ ସ୍ଥଳ ନଥିଲେ ସୁଦ୍ଧା ସ୍ଥାନଟିର ନାମ ମଦଲିଆ ମୁହାଣ କାହିଁକି ହୋଇଅଛି ? ବୋଧହୁଏ କାଳକ୍ରମେ ସେ ନଦୀ ଲୋପ ପାଇଅଛି; କିମ୍ବା ଦୁର୍ଗରକ୍ଷାର୍ଥ ସମ୍ବଲପୁରର ନରପତିମାନେ ନଦୀର ଗତିକୁ ପରିବର୍ତ୍ତିତ କରିଥିବେ। ନଦୀ-ସଙ୍ଗମ-ସୂଚକ ପ୍ରଶସ୍ତତା କେବଳ ମୁହାଣ ନାମର ସାର୍ଥକତା ସମ୍ପାଦନ କରୁଅଛି।

ଜଗତରେ ବିଭବ ହିଁ ସମସ୍ତ ଆକର୍ଷଣର କେନ୍ଦ୍ର, ମନୁଷ୍ୟର ଦୃଷ୍ଟି ଯେପରି ଉର୍ଦ୍ଧ୍ୱକୁ ଚାହିଁ ଚାହିଁ ଉର୍ଦ୍ଧ୍ୱମୁଖୀ ହୋଇଗଲାଣି ! ପ୍ରଜା ଜମିଦାରର ଅନୁସରଣ କରୁଅଛି

– ଜମିଦାର ରାଜାର ଅନୁସରଣ କରୁଅଛି । କିନ୍ତୁ ଲୋକ-ଲୋଚନ ଅଗୋଚରରେ ଯେ କେତେ ଶତ ପ୍ରାଣୀ ଦୁର୍ବିସହ ଯାତନା ଉପଭୋଗ କରୁଛନ୍ତି, ତହିଁର ଖବର ରଖୁଛି କିଏ ?

ନୀଳମାଧବ ମନ୍ଦିର ଅଧୁନା ଜୀର୍ଣ୍ଣ-କଳେବର । ତାହାର ସେ ପୁରାତନ ଗୌରବ ଆଉ ନାହିଁ । ମନ୍ଦିରବାଟେ କେତେ ଶତ ଲୋକ ପ୍ରତିଦିନ ଯାତାୟାତ କରୁଛନ୍ତି, କିନ୍ତୁ କେହି ଦିନେ ମନ୍ଦିର ଆଡ଼କୁ ମୁହଁ ଫେରାଇ ଦେଖୁ ନାହାନ୍ତି । ମନ୍ଦିରଟି ପୁରାତନର ଗୋଟିଏ ଅଂଶ; ସେ ବର୍ତ୍ତମାନର କେହି ନୁହେଁ । କିନ୍ତୁ ଏହାର ଅବସ୍ଥା ଚିରକାଳ ଏପରି ନ ଥିଲା । ଆମ୍ଭେମାନେ ଯେଉଁ ସମୟର କଥା କହୁଅଛୁଁ, ସେ ସମୟରେ ମନ୍ଦିରର ପୁରାଣ ମହିମା ଜଗତକୁ ମୁଗ୍ଧ, ବିସ୍ମିତ କରୁଥିଲା ।

ବିମଳ ପ୍ରତିଦିନ ସନ୍ଧ୍ୟା ସମୟରେ ମନ୍ଦିରକୁ ଆସେ ଓ ନିଜ ମନକୁ ଗୀତ ଗାଇ ପୁଣି ଚାଲିଯାଏ । ସେଠାରେ ସେ ପ୍ରକୃତିର ଚାରୁ ଛବି ଦେଖି, ପ୍ରକୃତିର ସୁମଧୁର ସଙ୍ଗୀତ ଶୁଣି ସଙ୍ଗୀତମୟ ପ୍ରାଣରେ ନିଜେ ଗୀତ ଗାଏ । ସେ ସଙ୍ଗୀତର ତୁଳନା ଜଗତରେ ବିରଳ । ତାହା ମନ୍ଦାକିନୀର ସ୍ୱଚ୍ଛ ସ୍ରୋତ ସଦୃଶ ଆକାଶ-ବକ୍ଷରେ ମୃଦୁମନ୍ଦ-ଭାବରେ ନୃତ୍ୟକରେ ।

ଆଜି ଜ୍ୟେଷ୍ଠ ପୂର୍ଣ୍ଣିମା । ପୂର୍ଣ୍ଣଚନ୍ଦ୍ର ପ୍ରାଚୀ-ଲଲାଟରେ ଚନ୍ଦନ-ବିନ୍ଦୁରୂପେ ବିରାଜିତ ହୋଇ ସୁଧାମୟ ଜ୍ୟୋତ୍ସ୍ନାରେ ଜଗତକୁ ସିକ୍ତ କରୁଛନ୍ତି । ଆକାଶର ସ୍ଥାନେ ସ୍ଥାନେ କ୍ଷୁଦ୍ର କ୍ଷୁଦ୍ର ମେଘ ଖଣ୍ଡ । ନଭଃ ପ୍ରାଙ୍ଗଣରେ ଚନ୍ଦ୍ର ଏହି ମେଘଗୁଡ଼ିକ ସଙ୍ଗେ ଲୁଚକାଳି ଖେଳ ଖେଳୁଅଛି । ଏପରି ଆନନ୍ଦ ଓ ନିରାନନ୍ଦର ସନ୍ଧି ସମୟରେ ଏ ନିର୍ଜନ ସ୍ଥଳରେ ବିମଳ ନୀଳମାଧବ ମନ୍ଦିରରୁ ବହିର୍ଗତ ହୋଇ ସୋପାନବଳୀ ଉପରେ ଯାଇ ବସିଲା । ବିମଳାର ବୟସ ପ୍ରାୟ ଚଉଦବର୍ଷ ହେବ । ପରିଧେୟ ଗୋଟିଏ ନୀଳରଙ୍ଗର ଶାଢ଼ୀ; ନାସିକାରେ ଦଣ୍ଡି, ଏବଂ ହସ୍ତରେ ସ୍ୱର୍ଣ୍ଣ ବଳୟ । ତାହାର କାନ୍ତି ଚମ୍ପକପୁଷ୍ପସଦୃଶ, ବେଣୀ ଅସଂଯତ । ନୈଶ ସମୀରଣ ବିମଳାର କପୋଳନ୍ୟସ୍ତ ଅଳକସଙ୍ଗେ ନୃତ୍ୟ କରି ତାହାର ମୁଖକୁ ମେଘଦ୍ୱାରା ଅର୍ଦ୍ଧ-ଲୁକ୍କାୟିତ ଚନ୍ଦ୍ରମାର କାନ୍ତିରେ ବିଭୂଷିତ କରୁଅଛି । ବିମଳାର ମନ ଆଜି ଚିନ୍ତାମଗ୍ନ; ମୁଖ ଗମ୍ଭୀର । ସେ ଯେପରି କାହାକୁ ଖୋଜୁଛି; କିନ୍ତୁ ପାଉନାହିଁ । ସେ ହସ୍ତୋପରି ଗଣ୍ଡଦେଶ ନ୍ୟସ୍ତ କରି ଆକାଶର ଚନ୍ଦ୍ର ଆଡ଼କୁ ଅନାଇଲା । ଚନ୍ଦ୍ରର ଲୁଚକାଳିଖେଳ ଦେଖି ମନ ମଧ୍ୟରେ କ'ଣ ଭାବି ଗୀତ ଗାଇବାକୁ ଲାଗିଲା –

କର କିଁପା ପ୍ରବଞ୍ଚନା ?
ଆହେ ଶଶଧର ସୁଧାର ଆକର ଶୁଣ ବାରେ ମୋ ପ୍ରାର୍ଥନା ।୦।
ସରୋବର-ବକ୍ଷେ-ନୀର-ଆସନେ

ଖେଳେ କୁମୁଦିନୀ ମନ୍ଦ ପବନେ;
ଲୁଚକାଳିଖେଳେ ମାତି ଅବହେଳେ ଦେଉଛ କିଁପା ଯାତନା ।।୧।
ତବ ଆଲିଙ୍ଗନ ସୁଧା-ନିର୍ଝର,
ଅଟେ କୁମୁଦିନୀ ହୃଦ-ସମ୍ବଳ;
କାଦମ୍ବିନୀ-କୋଳେ ଲୁଚି ଅନ୍ତରାଳେ ନ ଲୁଚାଅ ସେ ଜୋଛନା ।୨।
କରୁଛିଁ ମିନତି, କୁମୁଦ-ବନ୍ଧୁ,
ଦେଖାଅ ନିର୍ମଳେ ବଦନ ମଧୁ;
ସୁଧା-ପାରାବାରେ ଭାସି ପ୍ରେମଭୋଳେ ଲଭିବି ଧନୀ ସାନ୍ତ୍ୱନା । ୩।

ସ୍ୱର-ଲହରୀ ବନ୍ଦ ହେଲା; କିନ୍ତୁ ବିମଳାର ପ୍ରାଣ ଅଧୁନା ସଙ୍ଗୀତମୟ । ସଙ୍ଗୀତ ବନ୍ଦ ହେଲେ ସୁଦ୍ଧା ଜଗତ ତାକୁ ସଙ୍ଗୀତମୟ ଦିଶିବାକୁ ଲାଗିଲା । ରଜନୀର ନିସ୍ତବ୍ଧତା କେଉଁଆଡ଼େ ଉଭେଇଗଲା । ଜଗତର ଅଜ୍ଞାତରେ, ନିସ୍ତବ୍ଧତାର ଅଜ୍ଞାତରେ ଧରଣୀ-ବକ୍ଷରେ ସୁମଧୁର ସଙ୍ଗୀତରାଜ୍ୟ ପ୍ରତିଷ୍ଠିତ ହେଲା ।

ବିମଳା ଆବେଗରେ, ଉଚ୍ଛ୍ୱାସରେ ଆତ୍ମବିସ୍ମୃତ ହୋଇ ନିବିଷ୍ଟଚିତ୍ତରେ ମହାନଦୀ ବକ୍ଷରେ ଜ୍ୟୋତ୍ସ୍ନାର ସୁମଧୁର ଲାସ୍ୟ ଦେଖିବାକୁ ଲାଗିଲା । କିନ୍ତୁ ଏ କ'ଣ ? ତା ମନ ଏପରି ଚଞ୍ଚଳ କାହିଁକି ? ଏ କାହାର ପଦଶବ୍ଦ ? ଏ କାହାର ଉଷ୍ଣ ନିଃଶ୍ୱାସ ? ବିମଳା ପଛକୁ ଫେରି ଅନାଇଲା – କି ସୁନ୍ଦର ଯୁବାମୂର୍ତ୍ତି, ଯେପରି ନୀଳବ୍ୟୋମ-ପଟରେ ଚିତ୍ରିତ ତରୁଣ ଅରୁଣମୂର୍ତ୍ତି ! ସେ ମୂର୍ତ୍ତି ଦେଖି ବିମଳା ମୁଗ୍ଧ ହୋଇଗଲା । ତାହାର ନୟନ-ସମକ୍ଷରେ ଯେପରି ସୌନ୍ଦର୍ଯ୍ୟ-ଭଣ୍ଡାରର ସର୍ବଶ୍ରେଷ୍ଠ ମଣି ପ୍ରତିଭାତ ହେଲା । ସେ ଯୁବକଙ୍କ ନିକଟକୁ ଯାଇ କମ୍ପିତ କଣ୍ଠରେ କହିଲା, "ଆଜିଯାଏ ତୁମର ଶାରୀରିକ ଦୁର୍ବଳତା ଯାଇନାହିଁ । ତାପରେ ପୁଣି ଏତେ ପରିଶ୍ରମ ! ମୋ ରାଣ, ଦେହରେ ବଳ ହେବା ଯାଏ ଆଉ ରାତିରେ ଏପରି ବୁଲ ନାହିଁ ।"

ବିମଳାର କଥା ଶୁଣି ଯୁବକଙ୍କ ସମଗ୍ର ଶରୀର କଣ୍ଟକିତ ହୋଇଗଲା । ବିମଳାର ଅଜ୍ଞାତରେ ତାଙ୍କ ନୟନ କୋଣରେ ସ୍ୱଚ୍ଛ ଅଶ୍ରୁ-କଣା ବିଲୀନ ହୋଇଗଲା । ସେ ତାହାର ହସ୍ତ ଧରି କହିଲେ "କାହିଁକି ବିମଳା ? ମୋ ଦେହ ତ ବେଶ୍ ସବଳ ହେଲାଣି । ଆଜି ସଞ୍ଜବେଳେ ମହାନଦୀ ଆର ପାରିରେ ଗୋଟିଏ ନିଆଁ-ହୁଳା ଦେଖା ଯାଉଥିଲା । ସେଠାକୁ ଯାଇଁ ଦେଖେ ଯେ ମରହଟ୍ଟା ଦଳବଳ ବାନ୍ଧି ଆସିଛନ୍ତି । ସେ ଦିନ ନନା ସାହେବ ଭୋଁସ୍ଲା ଯେ ଅପମାନ ପାଇଥିଲେ, ତହିଁର ପ୍ରତିଶୋଧ ନେବାପାଇଁ ଏ ଆୟୋଜନ । ମୁଁ ଏକ୍ଷଣି ଦୁର୍ଗକୁ ଯାଇ ମହାରାଜାଙ୍କୁ ଏ ସମ୍ବାଦ ଦେବି ।"

ଯୁବକ ନୀରବ ହେଲେ। ଯୁବତୀଠାରୁ ଉତ୍ତର ପ୍ରତ୍ୟାଶା କରି ତା'ମୁଖକୁ ଅନାଇବାକୁ ଲାଗିଲେ। ଅଶ୍ରୁ-ସିକ୍ତ-ଲୋଚନା ବିମଳା ରୁଦ୍ଧ କଣ୍ଠରେ କହିଲା, "କିନ୍ତୁ ତୁମ ଦେହ ଯେ ଭଲ ହୋଇନାହିଁ।"

ଯୁବକ କହିଲେ, "ଦେହପାଇଁ ଏତେ ଚିନ୍ତା କାହିଁକି ? ଯଦି ଦରକାର ହୁଏ, ଯୁଦ୍ଧକ୍ଷେତ୍ରକୁ ଯିବାକୁ ହେବ।"

ବିମଳାର ଜ୍ୟୋସ୍ନା-ପ୍ରତିଫଳିତ ଅଶ୍ରୁସିକ୍ତ ଗଣ୍ଡୋପରି ଯୁବକଙ୍କ ଦୃଷ୍ଟି ପଡ଼ିଲା। ତାଙ୍କ ହସ୍ତ ଶିଥିଳ ହୋଇଗଲା। ସେ ଆଉ ବିମଳାର ହସ୍ତ ଧରି ପାରିଲେ ନାହିଁ। ବିମଳା ନୀରବରେ କ୍ରନ୍ଦନ କରିବାକୁ ଲାଗିଲା। ଏ ସମୟରେ ଯଦି କାହାର ତାରକା-ଖଚିତ ଚାରୁ ଚନ୍ଦ୍ରାତପ ଭାଙ୍ଗିଯାଇ ଯୁବକଙ୍କ ମସ୍ତକ ଉପରେ ପଡ଼ିଥାନ୍ତା, ତାହାହେଲେ ସେ ତିଳେ ମାତ୍ର ଦୁଃଖିତ ହୋଇ ନଥାନ୍ତେ। କିନ୍ତୁ ବିମଳାର ହୃଦୟର ଆବେଗ ଦେଖି ସେ ଆଉ ସମ୍ଭାଳି ପାରିଲେ ନାହିଁ। ତାଙ୍କ ଚକ୍ଷୁ ମଧ୍ୟ ଲୋତକପୂର୍ଣ୍ଣ ହୋଇଗଲା। ପରେ ବହୁ କଷ୍ଟରେ ଆତ୍ମ-ସଂଗୋପନ କରି କହିଲେ, "ଛି, ବିମଳା ! ଦେଶର ଶତ୍ରୁକୁ ଦାଣ୍ଡଦୁଆରେ ଦେଖି ଏପରି କଥା କହୁଛ ?"

ବିମଳା ମସ୍ତକ ଉତ୍ତୋଳନ କରି ସ୍ଥିର ଦୃଷ୍ଟିରେ ଯୁବକଙ୍କ ମୁଖକୁ ଅନାଇଲା। ତାହାର ମୁଖର ରଙ୍ଗ ଅଧୁନା ପରିବର୍ତ୍ତିତ - ନୟନ ଅଶ୍ରୁବିମୁକ୍ତ। ସେ ଯୁବକଙ୍କ ହସ୍ତକୁ ବାରମ୍ବାର ଚୁମ୍ବନ କରି କହିଲା, "ଦେଶର କାର୍ଯ୍ୟ – ଦେବତାଙ୍କ କାର୍ଯ୍ୟ – ମୁଁ ବାଧା ଦେବିନାହିଁ। ଯାଅ କିନ୍ତୁ –"

ବିମଳାର କଣ୍ଠରୁଦ୍ଧ ହୋଇଗଲା। ତା'ମୁଖରୁ ଆଉ କଥା ବାହାରି ପାରିଲା ନାହିଁ। ଯୁବକ ସହାସ୍ୟ ବଦନରେ କହିଲେ, "ଯଦି ଈଶ୍ୱରଙ୍କ ଇଚ୍ଛା ହୁଏ, ନିଶ୍ଚୟ ଦେଖା ହେବ।" ଏହା କହି ସେ ବିମଳାଠାରୁ ବିଦାୟ ନେଇ ବୃକ୍ଷାନ୍ତରାଳରେ ଅଦୃଶ୍ୟ ହୋଇଥିଲେ।

ଦ୍ୱିତୀୟ ପରିଚ୍ଛେଦ
ବିଶ୍ୱାସଘାତକ

"I give him curses, yet he gives me love." - Shakespeare

"ଏତେ ରାତ୍ରିରେ ନିର୍ଜନରେ ପରପୁରୁଷ ସଙ୍ଗେ ! ଛି ବିମଳା !"

ବିମଳା ପଛକୁ ଅନାଇ ଦେଖିଲା, ଆଉ ଜଣେ ଯୁବକ ଛିଡ଼ା ହୋଇ ତାକୁ ଏପରି କହୁଛନ୍ତି। ଯୁବକଙ୍କୁ ଚିହ୍ନିବା ପାଇଁ ବିମଳାର ବେଶି ବିଳମ୍ବ ହେଲା ନାହିଁ। ସେ

ଶୈଶବରୁ ପିତୃମାତୃହୀନା। ସମ୍ବଲପୁର ରାଜ୍ୟର ସ୍ୱାଧୀନ ନରପତି ଜୟନ୍ତସିଂହଙ୍କ ସେନାପତି ବୀରେଶ୍ୱର ସିଂହଙ୍କ ଲାଳନପାଳନରେ ବର୍ଦ୍ଧିତା ହୋଇ ସେ ଭକ୍ତିଭାଜନ ପିତା ଓ ସ୍ନେହମୟୀ ମାତାଙ୍କୁ ସୁଦ୍ଧା ଭୁଲିଥିଲା। ବୀରେଶ୍ୱର ତାହାର ପିତା ଓ ମାତା ଦୁହିଁଙ୍କ ସ୍ଥାନ ଅଧିକାର କରିଥିଲେ। ସେ ତାକୁ ନିଜ ଝିଅରୁ ବଳି ସ୍ନେହ କରୁଥିଲେ। ବିମଳା ମଧ୍ୟ ବୀରେଶ୍ୱରଙ୍କ ପରିବାରକୁ ନିଜ ପରିବାର ବୋଲି ଭାବିଥିଲା। ବୀରେଶ୍ୱରଙ୍କ ଏକମାତ୍ର ପୁତ୍ର ଉଦିତପ୍ରତାପ ସିଂହଙ୍କୁ ସେ ନିଜ ଅଗ୍ରଜପ୍ରାୟେ ଭକ୍ତି କରୁଥିଲା। ଉଦିତପ୍ରତାପଙ୍କ କଥା ଶୁଣି ତାଙ୍କ ନିକଟକୁ ଯାଇ କହିଲା, "ଦାଦା ! ବାପା ତ କହିଛନ୍ତି, ରାତିରେ କେବେ କିପରି ଏଠାକୁ ଆସୁଥିବୁ ବୋଲି। ମୋ' ମନରେ କଷ୍ଟ ହେଲେ, ମୁଁ ଏଠିକି ଆସି ଗୀତ ଗାଏ – ଗୀତ ଗାଇ ତାପିତ ପ୍ରାଣକୁ ଶୀତଳ କରେ। ତୋ' ଦୁଃଖିନୀ ଭଉଣୀ ଉପରେ କାହିଁକି ରାଗୁଛୁ ?"

"କିନ୍ତୁ ପରପୁରୁଷ ସଙ୍ଗେ।" ଏହା କହି ଉଦିତପ୍ରତାପ ଜିଭ କାମୁଡ଼ି ବିମଳାର ମୁଖ ଆଡ଼କୁ ଅନାଇଲେ। ଲଜ୍ଜାରେ ବିମଳାର ମୁଖ ତଳକୁ ହୋଇଗଲା। ଉଦିତପ୍ରଦାପ ପୁନରାୟ କହିଲେ, "ବିମଳା, ତୋ ପିଲାଟିଆ ସ୍ୱଭାବ କେବେ ଛାଡ଼ିଲୁ ନାହିଁ। ତୁ ବଡ଼ ହେଲୁଣି; ସଂସାରର ଗତିରୀତି ସବୁ ଦେଖୁଛୁ। ତୋର ଏ ବୟସରେ ଅନ୍ୟ ଲୋକ ସଙ୍ଗେ ନିର୍ଜ୍ଜନରେ କଥାବାର୍ତ୍ତା କରିବା ଠିକ୍ ନୁହେଁ।"

"କିନ୍ତୁ ପ୍ରସନ୍ନ କୁମାର ଯେ ମୋ ପିଲାକାଳ ସଙ୍ଗୀ। ତାଙ୍କ ସଙ୍ଗେ ଏକାନ୍ତରେ କଥାବାର୍ତ୍ତା କଲେ ଦୋଷ କଣ ?"

"ସେ ତୋର ପିଲାକାଳ ସାଥି ହୋଇପାରନ୍ତି। ପିଲାବେଳେ ସେ ସବୁ ଶୋଭା ପାଉଥିଲା। ଆଜି ତୋର ଏ ଆଚରଣ ଶୁଣିଲେ ବାପା କଅଣ କହିବେ ?"

ଛି, ଦାଦା "ତୁ କ୍ଷତ୍ରିୟ ଯୁବକ ହୋଇ ଏପରି କହୁଛୁ।"

"ନା, ବିମଳା ! ତୁ ଏପରି କଲେ ମୋ' ମନରେ କଷ୍ଟ ହେବ। ପ୍ରସନ୍ନ କୁମାରଙ୍କ ଚରିତ୍ର ଭଲ ନୁହେଁ। ଅସତଚରିତ୍ର ଲୋକ ସଙ୍ଗେ ତତେ ଦେଖିଲେ ମୁଁ ରାଗିବି।"

ପ୍ରସନ୍ନ କୁମାର ବିମଳାର ଅନ୍ତରଙ୍ଗ ପ୍ରତିବେଶୀ। ପିଲାଦିନରୁ ଦୁହେଁଯାକ ଏକାସଙ୍ଗରେ ଖେଳୁଥିଲେ - ଦୁହେଁ ଦୁହିଁଙ୍କ ଦୁଃଖରେ ଦୁଃଖୀ ଓ ସୁଖରେ ସୁଖୀ ହେଉଥିଲେ। ଦୁହେଁଯାକ ଗୋଟିଏ ବୃନ୍ତରେ ଯୁଗଳ ପୁଷ୍ପ ସଦୃଶ ଶୋଭା ପାଉଥିଲେ। ଦୁହିଙ୍କ ପ୍ରାଣ ଏକ, ମନ ଏକ। ପ୍ରସନ୍ନକୁମାରଙ୍କ ନିନ୍ଦା ଶୁଣି ବିମଳା ମନରେ କଷ୍ଟ ହେଲା। ସେ ଉଦିତପ୍ରତାପଙ୍କ ଉଦ୍ଦେଶ୍ୟ ବୁଝି ପାରିଲା। ଉଦିତପ୍ରତାପ ବିମଳାର ସୌନ୍ଦର୍ଯ୍ୟରେ ମୁଗ୍ଧ – ତାର ପ୍ରଣୟପ୍ରାର୍ଥୀ। ବିମଳା ତାଙ୍କୁ ଅନେକ ଥର ବୁଝାଇ

କହିଥିଲା – ତାଙ୍କୁ ଭଗିନୀର ସ୍ନେହ, ଦୟା, ଭକ୍ତି ସର୍ବସ୍ୱ ଅର୍ପଣ କରିଥିଲା। କିନ୍ତୁ ଉଦିତପ୍ରତାପ ତହିରେ ସନ୍ତୁଷ୍ଟ ନ ହୋଇ ତା' ହୃଦୟ-ରାଜ୍ୟର ରାଜା ହେବାକୁ ଇଚ୍ଛା କରିଥିଲେ। ତାଙ୍କ ଅଭିଳାଷ-ସିଦ୍ଧି ପଥରେ ପ୍ରସନ୍ନକୁମାରଙ୍କୁ ପ୍ରଧାନ ଅନ୍ତରାୟ ଭାବି, ସେ ତାଙ୍କ ବିରୁଦ୍ଧରେ ନାନା ମିଥ୍ୟାପବାଦ ରଟନା କରି, ବିମଳା ସଙ୍ଗେ ତାଙ୍କ ଦେଖା-ସାକ୍ଷାତ ବନ୍ଦ କରିଥିଲେ। ଦଗ୍ଧ-ହୃଦୟା ବିମଳା ନୀଳମାଧବଙ୍କ ମନ୍ଦିରକୁ ପ୍ରତିଦିନ ଗୀତ ଗାଇବା ଛଳରେ ଆସି ପ୍ରସନ୍ନକୁମାରଙ୍କ ସଙ୍ଗେ ଦେଖା କରି ଯାଏ। ଏ କଥା ମଧ୍ୟ ଉଦିତପ୍ରତାପଙ୍କୁ ଅସହ୍ୟ ହୋଇ ପଡ଼ିଲା। ସେମାନଙ୍କର ସେ ମଧୁର ଆଳାପ, ପରସ୍ପର ହୃଦୟ-ଦ୍ୱାର-ଉଦ୍‌ଘାଟନ ବନ୍ଦ କରିବା ସକାଶେ ସେ ଚେଷ୍ଟା କରିବାକୁ ଲାଗିଲେ। ଆଜି ତାଙ୍କ ମୁଖରୁ ଏ ଅସଙ୍ଗତ, ଅସଂଯତ କଥା ଶୁଣି ବିମଳା କହିଲା, "ଦାଦା ! ମୁଁ ନାନା ଦୋଷରେ ଦୋଷୀ ହୋଇପାରେ; କିନ୍ତୁ ପ୍ରସନ୍ନକୁମାର ନିର୍ଦ୍ଦୋଷ – ମୁଁ ତାଙ୍କୁ ଭଲ କରି ଜାଣେଁ। ଯଦି ମତେ ଭଉଣୀ ବୋଲି ସ୍ନେହ କରୁ, ଏପରି କଥା କେବେ କହିବୁ ନାହିଁ।"

"ମୁଁ ପୁଣି କହୁଛିଁ - ପ୍ରସନ୍ନକୁମାର ଅସତଚରିତ୍ର। ବାପା ମଧ୍ୟ ଏ କଥା ଜାଣନ୍ତି। ବାପାଙ୍କ ଆଦେଶମତେ ମୁଁ ଏଠାକୁ ଆସିଛିଁ। ଆଉ ଏଣିକି ତୁ ଘରୁ ବାହାରି ପାରିବୁ ନାହିଁ।"

ଉଦିତପ୍ରଦାତଙ୍କ କଥା ଶୁଣି ବିମଳା ଦଳିତା-ଫଣିନୀ ସଦୃଶ କ୍ରୋଧରେ ଜର୍ଜରିତ ହୋଇଗଲା। ସେ ତାଙ୍କ କୂଟ ବୁଝି ପାରିଲା। ଅବଳା ନାରୀ ତଳକୁ ମୁହଁ କରି କାନ୍ଦିବାକୁ ଲାଗିଲା। ବିମଳାର ଏ ଅବସ୍ଥା ଦେଖି ଉଦିତପ୍ରଦାପଙ୍କ ନୟନ କୋଣରେ ଈଷତ୍ ଆନନ୍ଦ-ରେଖା ଫୁଟି ଉଠିଲା। ତାଙ୍କ ଓଷ୍ଠ-ପ୍ରାନ୍ତରେ କୁଟିଳ ହାସ୍ୟର ଜ୍ୟୋତି ପ୍ରକଟିତ ହୋଇ ପରମୁହୂର୍ତ୍ତରେ ବିଲୀନ ହୋଇଗଲା। ବିମଳାକୁ ଚତୁର୍ଦ୍ଦିଗ ଘୋର ତମସାଚ୍ଛନ୍ନ ପ୍ରତୀତ ହେଲା। ସେ କମ୍ପିତ କଣ୍ଠରେ କହିଲା, "ଦାଦା ! ତୋର ଏ କୂଟ ସବୁ ବୃଥା। ମୁଁ ତୋତେ ଭଗିନୀର ସର୍ବସ୍ୱ ଅର୍ପଣ କରି ସାରିଛିଁ। ଏଥିରୁ ବେଶି ତୁ ଆଉ କିଛି ପାଇ ପାରିବୁ ନାହିଁ। ତୁ ମତେ ବାନ୍ଧିପାରୁ; କିନ୍ତୁ ମୋ ହୃଦୟକୁ ବାନ୍ଧି ପାରିବୁ ନାହିଁ। ଉପରେ ଈଶ୍ୱର ଅଛନ୍ତି।"

ଏହା କହି ସେ ଦ୍ରୁତ-ପଦ-ବିକ୍ଷେପରେ ସେଠାରୁ ଚାଲିଗଲା। ବିମଳାର ଏ ଭାବ ଦେଖି ଉଦିତପ୍ରତାପ ପ୍ରମାଦ ଗଣିଲେ। ପାଳିତା କନ୍ୟାର ପୁଣି ଏତେଦୂର ଆସ୍ପର୍ଦ୍ଧା। ହୀରାଖଣ୍ଡ ଛତ୍ରପତି ମହାରାଜାଙ୍କ ସେନାପତି-ପୁତ୍ରକୁ ଖାତିର କରେ ନାହିଁ। କ୍ରୋଧରେ ତାଙ୍କ ମୁଖ ଲାଲ ହୋଇଗଲା। ଦଶନରେ ଅଧର ଚାପି ବିମଳାର ଏ ଆଚରଣର ପ୍ରତିଶୋଧ ନେବା ନିମନ୍ତେ ସେ ବିମଳାର ଅନୁସରଣ କଲେ।

ତୃତୀୟ ପରିଚ୍ଛେଦ

କ୍ଷୁଦ୍ର ମେଘ

"ଶିବିରେ ପ୍ରତୀକ୍ଷା କରି ବହୁଦିନ
ଶତ୍ରୁଯୋଧେ ହୋଇଛନ୍ତି ଧୈର୍ଯ୍ୟହୀନ,
ସ୍ୱଦେଶେ ବାହୁଡ଼ି ଯିବାକୁ ବାସନା-
ବଶୁଁ କରୁଛନ୍ତି ବିଜନେ ମନ୍ତ୍ରଣା।"

-ନନ୍ଦିକେଶ୍ୱରୀ।

ଏ କେତେଦିନ ହେଲା ବିମଳାର ମନରେ ଜମା ସୁଖ ନାହିଁ। ଉଦିତପ୍ରତାପଙ୍କ କଟୂକ୍ତି – "ତୁ ଆଉ ଏଣିକି ଘରୁ ବାହାରି ପାରିବୁ ନାହିଁ।" ସର୍ବଦା ତାହାର କର୍ଣ୍ଣ-କୁହରରେ ପ୍ରତିଧ୍ୱନିତ ହେଉଅଛି। କି – ସରଳା ବାଳିକାର ସ୍ୱାଧୀନ ମତ ଉପରେ ଏ ଅତ୍ୟାଚାର। ବିମଳା ଉଦିତପ୍ରତାପଙ୍କୁ ସ୍ପଷ୍ଟରୂପେ କହିଅଛି ଯେ ସେ ତାଙ୍କ ପ୍ରଣୟାକାଙ୍କ୍ଷିଣୀ ନୁହେଁ। ତଥାପି ତାକୁ ଶୃଙ୍ଖଳିତ କରିବା ପାଇଁ ଏ ପ୍ରୟାସ କାହିଁକି ?

ପୂର୍ବେ ବିମଳା ନିଜ ହସ୍ତରେ ଗୃହକର୍ମ ସବୁ କରୁଥାଏ। କିନ୍ତୁ ଆଉ ଏଣିକି ସେ ଆଡ଼କୁ ଜମା ମନ ଗଲା ନାହିଁ। ତାହାର ମାନସ-ଚକ୍ଷୁସମକ୍ଷରେ ପ୍ରସନ୍ନକୁମାରଙ୍କ ପ୍ରେମମୟୀ ପ୍ରତିମା ଅହରହ ନୃତ୍ୟ କରିବାକୁ ଲାଗିଲା। ସେ ତାଙ୍କୁ ଛାଡ଼ି କିପରି ଆଉ ଅନ୍ୟ ବିଷୟ ଭାବି ପାରିବ ? ତା'ର ବିମଳା-ପ୍ରେମର ପ୍ରବଳ ବନ୍ୟାରେ ଶତ ଉଦିତପ୍ରତାପ ବାଲିବନ୍ଧପ୍ରାୟେ ଭାସିଯିବେ।

ପ୍ରଥମେ ପ୍ରଥମେ ବିମଳା ମନ ଦୁଃଖରେ ଘର କଣେ ବସି ଭାବନା କରୁଥାଏ। ଭାବି ଭାବି ଲୋତକରେ ଗଣ୍ଡଦେଶ ସିକ୍ତ କରେ। ଭୋଜନରେ କିମ୍ବା ଶୟନରେ ତାର ଆଉ ଆସ୍ଥା ନାହିଁ। ଶରୀର ଦିନକୁଦିନ କୃଶ ହୋଇଗଲାଣି। ତାହାର ଶାରୀରିକ ଓ ମାନସିକ ପରିବର୍ତ୍ତନ ଦେଖି ପରିବାରସ୍ଥ ସମସ୍ତେ ଚିନ୍ତାକୁଳ ହୋଇ ପଡ଼ିଲେ। ତାକୁ ସାନ୍ତ୍ୱନା ଦେବା ନିମନ୍ତେ ଅନେକ ଯତ୍ନ କଲେ; କିନ୍ତୁ ସେମାନଙ୍କ ସକଳ ଚେଷ୍ଟା ବ୍ୟର୍ଥ ହେଲା। ଗୃହ ବର୍ତ୍ତମାନ ତାହା ପକ୍ଷରେ କାରାଗାର। ଏ କାରାଗାରରୁ ମୁକ୍ତି ପାଇଲେ ହିଁ ରକ୍ଷା।

କିଛିଦିନ ଗଲା ପରେ ଅକସ୍ମାତ ରାଷ୍ଟ୍ର ହେଲା ଯେ ବିମଳା ନିରୁଦ୍ଦିଷ୍ଟା ହୋଇଛି। ସେ କେଉଁଠିକି ଗଲା, କେହି ଜାଣନ୍ତି ନାହିଁ। ତାକୁ ଖୋଜିବାପାଇଁ ବୀରେଶ୍ୱର ଚାରି ଆଡ଼କୁ ଲୋକ ପଠାଇଲେ; କିନ୍ତୁ ବିମଳାର ସନ୍ଧାନ ମିଳିଲା ନାହିଁ। ରାଜ୍ୟଯାକ ଚାରିଆଡ଼େ ଚହଳ ପଡ଼ିଗଲା। ସମସ୍ତଙ୍କ ମୁଖରେ ବିଷାଦର କାଳିମା। ବୀରେଶ୍ୱରଙ୍କୁ

ଆଉ କିଛି ଭଲ ଲାଗୁନାହିଁ। ସଂସାର ତାଙ୍କୁ ବିଷମୟ ପ୍ରତୀତ ହୋଇଅଛି। ବିମଳା ବିଷୟରେ ଅନେକ ଲୋକ ଅନେକ କଥା କହୁଛନ୍ତି। କିଏ କହେ ବିମଳା ପାଣିରେ ବୁଡ଼ି ମରିଛି। ତାହାର ମତ ସମର୍ଥନ କରିବା ସକାଶେ ଅପର କେହି କହେ ଯେ, ସେ ବିମଳାର ମୃତ ଦେହ ଦେଖି ଆସିଛି। ଏପରି ନାନା ମୁଖରେ ନାନା କଥା ଶୁଣାଗଲା।

ଏ ସମ୍ବାଦ ଯାଇ ଉଦିତପ୍ରତାପଙ୍କ କାନରେ ପଡ଼ିଲା। ସେ ଅଧୁନା ସମ୍ବଲପୁର ଦୁର୍ଗରେ ଥାଇ ମରହଟ୍ଟାମାନଙ୍କ ସଙ୍ଗେ ଭୀଷଣ ସଂଗ୍ରାମରେ ପ୍ରବୃତ୍ତ ହୋଇଛନ୍ତି। କ୍ରମାନ୍ୱୟ ଛମାସ କାଳ ମରହଟ୍ଟାମାନେ ଦୁର୍ଗ ଅଧିକାର କରିବାକୁ ଚେଷ୍ଟା କଲେ; କିନ୍ତୁ ଓଡ଼ିଆମାନଙ୍କ ବୀରତ୍ୱ ସମ୍ଭାଳି ନ ପାରି ପ୍ରତିଥର ପଛଘୁଞ୍ଚା ଦେବାକୁ ବାଧ୍ୟ ହେଲେ।[1] ଦୁର୍ଗ ମଧ୍ୟରେ ଆଦୌ ପ୍ରବେଶ କରିପାରିଲେ ନାହିଁ। ଏ ଆଡ଼େ ଉଦିତପ୍ରତାପଙ୍କର ଆଉ ପୂର୍ବପରି ଉତ୍ସାହ ନାହିଁ। ଯୁଦ୍ଧ କରିବାକୁ ଆଉ ତାଙ୍କୁ ଭଲ ଲାଗୁ ନାହିଁ। ତାଙ୍କର ଏପରି ଭାବ ଦେଖି ପ୍ରସନ୍ନକୁମାର ବ୍ୟଥିତ ହେଲେ। ଈର୍ଷାପରବଶହୋଇ ଉଦିତପ୍ରତାପ ସମରାଙ୍ଗଣରେ ପ୍ରସନ୍ନକୁମାରଙ୍କ କ୍ଷତି କରିବାକୁ ଚେଷ୍ଟା କରିଥିଲେ, କିନ୍ତୁ ଭଗବାନ ଏ ବିପଦରୁ ତାଙ୍କୁ ରକ୍ଷା କଲେ। ପ୍ରସନ୍ନକୁମାର ଏପରି ଦକ୍ଷତା ସହକାରେ ଯୁଦ୍ଧ କରିବାକୁ ଲାଗିଲେ ଯେ ଜୟନ୍ତସିଂହ ତାଙ୍କ ରଣ-କୌଶଳରେ ଅତ୍ୟନ୍ତ ସନ୍ତୁଷ୍ଟ ହୋଇ ତାଙ୍କୁ ତୋରଣରକ୍ଷୀ ସୈନିକମାନଙ୍କ ଅଧିନାୟକ-ପଦରେ ନିଯୁକ୍ତ କଲେ। ଏ ଗୁରୁଦାୟିତ୍ୱ ମସ୍ତକରେ ବହନ କରି ସଂସାରର ସମସ୍ତ ଚିନ୍ତା ଭୁଲି ପ୍ରସନ୍ନ କୁମାର କର୍ତ୍ତବ୍ୟ-ପଥରେ ଅଗ୍ରସର ହେଲେ।

କିନ୍ତୁ ପ୍ରସନ୍ନକୁମାରଙ୍କ ଉନ୍ନତି ଉଦିତପ୍ରତାପଙ୍କୁ ଭଲ ଲାଗିଲା ନାହିଁ। ପ୍ରସନ୍ନକୁମାରଙ୍କୁ ଦେଖିଲେ, କେଜାଣି କାହିଁକି ତାଙ୍କ ମୁଖ କ୍ରୋଧରେ ଲାଲ ହୋଇଯାଏ। ତାଙ୍କ ଚକ୍ଷୁରୁ ଅଗ୍ନି-ସ୍ଫୁଲିଙ୍ଗ ନିର୍ଗତ ହୁଏ। ଯେଉଁଦିନ ଉଦିତପ୍ରତାପ ବିମଳାର ନିରୁଦ୍ଦିଷ୍ଟ ହେବାର ସମ୍ବାଦ ଶୁଣିଲେ, ସେହିଦିନ ତାଙ୍କ ମୁଖ ଗମ୍ଭୀର ହୋଇଗଲା, ଯେପରି ସେ ସବୁବେଳେ କଣ ଚିନ୍ତା କରୁଛନ୍ତି। ରଣ-କୋଳାହଳ ଆଉ ତାଙ୍କ ପ୍ରାଣକୁ ନଚାଇ ପାରିଲା ନାହିଁ। ସେ ନୀରବରେ ନିର୍ଜ୍ଜନରେ ବସି ଚିନ୍ତା କରିବାକୁ ଲାଗିଲେ।

କିଛି ଦିନ ପରେ ପୁଣି ଦୁର୍ଗ ଭିତରେ ହୁରି ପଡ଼ିଗଲା, ଉଦିତପ୍ରତାପ ଦୁର୍ଗରେ ନାହାନ୍ତି। ସରଳ-ହୃଦୟ ପ୍ରସନ୍ନକୁମାର ଏଥିର କାରଣ କିଛି ବୁଝି ପାରିଲେ ନାହିଁ। ଯୁଦ୍ଧ ସମୟରେ ସେନାପତି-ପୁତ୍ରଙ୍କ ଈଦୃଶ ଆଚରଣ ଦେଖି ସମସ୍ତେ ବ୍ୟଥିତ ହେଲେ। କିନ୍ତୁ ଜଗତର ଦୁଃଖ ହେଉ ବା ସୁଖ ହେଉ, ସଭିଏ ନିଜ ନିଜ କାର୍ଯ୍ୟ ନେଇ ବ୍ୟସ୍ତ।

---

1. Vide Bengal District Gazetteer - Sambalpur

ମନୁଷ୍ୟ ଦେବତା ନୁହେଁ – ସମୟେ ସମୟେ ଦେବତା ହେବାକୁ ଚେଷ୍ଟା କରିଥାଏ ମାତ୍ର। ସଂସାରରେ ଏହି ଦେବତ୍ୱାଭିଳାଷୀ ମନୁଷ୍ୟଙ୍କ ସଂଖ୍ୟା ନିତାନ୍ତ କମ୍ - ନାହିଁ ବୋଲି କହିଲେ ଚଳେ। ପ୍ରକାଶ୍ୟରେ ହେଉ ବା ଗୋପନରେ ହେଉ, ସଭିଏ ନିଜ ନିଜ ସ୍ୱାର୍ଥରେ ମାତିଛନ୍ତି। ଯେଉଁମାନେ ଏହି ନିୟମର ବହିର୍ଭୂତ ସେମାନେ ଜଗତର ନମସ୍କରଣୀୟ।

ଓଡ଼ିଆ ମାନଙ୍କ ହସ୍ତରେ ବାରମ୍ବାର ପରାସ୍ତ ହୋଇ ମରହଟ୍ଟାମାନେ ଅତିଶୟ କାତର ହୋଇ ପଡ଼ିଥିଲେ। ଓଡ଼ିଶାକୁ ଜୟ କରିବା ସେମାନେ ଯେପରି ସହଜ ବୋଲି ଭାବିଥିଲେ, କାର୍ଯ୍ୟରେ ତହିଁର ଠିକ୍ ବିପରୀତ ଦେଖିବାକୁ ପାଇଲେ। ସ୍ୱାଧୀନ ଜାତିକୁ ପରାଧୀନ କରିବା ସହଜ କଥା ନୁହେଁ।

ସମ୍ବଲପୁରାଧିପତି ଅଭୟସିଂହଙ୍କ ହସ୍ତରେ ମରହଟ୍ଟାମାନେ ଯେ ପରାଜୟ ସ୍ୱୀକାର କରିଥିଲେ, ତହିଁର ଯନ୍ତ୍ରଣା ଆଜିଯାଏ ଯାଇନାହିଁ। ତା'ପରେ ପୁଣି ଜୟନ୍ତସିଂହଙ୍କ ହସ୍ତରେ ଏ ଅପମାନ। ନାନାସାହେବ ଭୋଁସ୍ଲା[୧] ଏପରି ଅବସ୍ଥାରେ କଣ କରିବେ, କିଛି ଠିକ୍ କରି ପାରିଲେ ନାହିଁ। ସମସ୍ତ ସାମନ୍ତମାନଙ୍କୁ ଏକତ୍ରିତ କରି ସେ ମନ୍ତ୍ରଣା କରିବାକୁ ଲାଗିଲେ। ଦୁର୍ଗକୁ ଅଧିକାର କରିବାର ଅନେକ ଉପାୟ ଉଦ୍ଭାବିତ ହେଲା, କିନ୍ତୁ ସେଗୁଡ଼ିକ ଅସମ୍ଭବ-ଜ୍ଞାନରେ ପରିତ୍ୟକ୍ତ ହେଲା। ମରହଟ୍ଟା-ଶିବିରରେ ବିଷାଦର ରାଜ୍ୟ ପ୍ରତିଷ୍ଠିତ ହେଲା।

ନାନାସାହେବ ଚିନ୍ତାକୁଳ ମନରେ ଶିବିର 'ପରିତ୍ୟାଗ କରି ମହାନଦୀ କୂଳରେ ବିଚରଣ କରିବାକୁ ଲାଗିଲେ। ଜ୍ୟୋସ୍ନା-ସ୍ନାତ ଲହଣ୍ଡାପର୍ବତର ସ୍ୱର୍ଗୀୟ କାନ୍ତି ତାହାଙ୍କ ଦୃଷ୍ଟିପଥାରୂଢ଼ ହେଲା। କି ଅଲୌକିକ ସୌନ୍ଦର୍ଯ୍ୟ। ସମ୍ମୁଖରେ ସୌନ୍ଦର୍ଯ୍ୟରେ କମ୍ପମାନା କଳନାଦିନୀ ପର୍ବତ ସ୍ରୋତସ୍ୱତୀ। ମସ୍ତକରେ ନୀଳ ଆକାଶ, ସତେ ଯେପରି ଉପରୁ ନୀଳିମା ଥପ ଥପ ହୋଇ ପଡୁଛି। ନାନାସାହେବ ମୁଗ୍ଧ ନେତ୍ରରେ ଏ ଅପରୂପ ସୌନ୍ଦର୍ଯ୍ୟ ଦେଖିବାକୁ ଲାଗିଲେ। କିନ୍ତୁ ପରମୁହୂର୍ତ୍ତରେ ସବୁ ଅନ୍ଧକାର ହୋଇଗଲା। ପ୍ରକୃତିର ସେ ଚାରୁଶିଳ୍ପ କେଉଁଆଡ଼େ ଉଭେଇ ଗଲା। ସେ ବିଷର୍ଣ୍ଣ ମନରେ ରୋଦନ କରିବାକୁ ଲାଗିଲେ।

କିଛିକ୍ଷଣ ପରେ ଚକ୍ଷୁ ଉନ୍ମୀଳନ କରି ଦେଖିଲେ ଯେ, ଜଣେ ଯୁବକ ମହାନଦୀ-ବକ୍ଷରେ ଶିଳା ଉପରେ ବସିଛନ୍ତି। ଯୁବକଙ୍କ ପରିଚ୍ଛଦ ଦେଖି ତାଙ୍କୁ ଶତ୍ରୁପକ୍ଷୀୟ ଭାବି ଭୀଷଣ ଗର୍ଜ୍ଜନ ସହ ତାଙ୍କ ଉପରେ ଲମ୍ଫ ପ୍ରଦାନ କଲେ। କିନ୍ତୁ ଯୁବକ ପର୍ବତ ପ୍ରାୟ

---

୧. ନାଗପୁରାଧିପତି ରଘୁଜୀ ଭୋଁସ୍ଲାଙ୍କ ଭାଇ

ଅଟଳ- ପ୍ରତ୍ୟାକ୍ରମଣର ଚେଷ୍ଟା ମାତ୍ର ବିରହିତ । ସେ ନାନାସାହେବଙ୍କ ଆଡ଼କୁ
ନୀରବରେ ଅଗ୍ରସର ହୋଇ ତାଙ୍କୁ ଆଲିଙ୍ଗନ - ପାଶରେ ଆବଦ୍ଧ କଲେ । ଯୁବକଙ୍କ
ଏପରି ରୀତି ଦେଖି ନାନାସାହେବ ଆଶ୍ଚର୍ଯ୍ୟାନ୍ବିତ ହୋଇଗଲେ । ସେମାନଙ୍କ ମଧ୍ୟରେ
ଅନେକ କଥାବାର୍ତ୍ତା ହେଲା; କିନ୍ତୁ ସେ ଗୁପ୍ତ କଥାବାର୍ତ୍ତା କେହି ଶୁଣି ନାହାନ୍ତି । ଏଣୁକରି
ପାଠକମାନଙ୍କୁ ତାହା ଉପହାର ଦେଇ ନ ପାରି ଆମ୍ଭେମାନେ ଦୁଃଖିତ । କେବଳ
ଲୋକଙ୍କ ମୁଖରୁ ଶୁଣିଛୁଁ ଯେ ଯୁବକଙ୍କ ନାମ ଉଦିତପ୍ରତାପ ।

ଚତୁର୍ଥ ପରିଚ୍ଛେଦ
ଘୋର ଅନ୍ଧକାର

“ଧନ୍ୟ ସେ ପ୍ରୀତିକି !   ମରଣ-ରୀତିକି
                ପ୍ରୀତି ସେ ପାରଇ ଜିଣି;
        ଶିରୀଷ-ମୃଦୁଳା   ଲବଣୀ-ପିତୁଳା
            ପ୍ରୀତି କଳା ସାହସିନୀ ।”

                    — କେଦାର ଗୌରୀ

“କିନ୍ତୁ ଏ ରକ୍ତପାତରେ ତୁମ୍ଭର ଲାଭ ? ”

“ଲାଭ ! ଦେଶର ଶତ୍ରୁକୁ ବିନାଶ କରି ଜନ୍ମଭୂମିର ସ୍ୱାଧୀନତା ରକ୍ଷା କରିବି ।
ଏହା କଣ କ୍ଷତ୍ରିୟ ବୀରର ପରମ ଲାଭ ନୁହେଁ ? ”

“ଏପରି ଭାବିବା ମୂର୍ଖତା ଭିନ୍ନ ଆଉ କିଛି ନୁହେଁ । ମରହଟ୍ଟାମାନେ ଚିର-
ବିଜୟୀ । ସେମାନଙ୍କ ସଙ୍ଗେ ଯୁଦ୍ଧ କରି କାହିଁକି ପରାଜିତ ହେବ ? ବରଂ ସେମାନଙ୍କୁ
ସାହାଯ୍ୟ କଲେ ନିଜେ ଜମି-ଜାଗିର ପାଇ ବଡ଼ ଲୋକ ହୋଇ ପାରିବ ? ”

“ସେ କି, ଉଦିତପ୍ରତାପ ! ତୁମ ମୁଖରେ ଏପରି କଥା । କ୍ଷମା କରିବ । ମୁଁ ସେ
କାର୍ଯ୍ୟ ପାରିବି ନାହିଁ । ଆଜି ସୁଦ୍ଧା ଧର୍ମ ଅଛି । ପୂର୍ବପରି ଆଜି ସୁଦ୍ଧା ଚନ୍ଦ୍ର-ସୂର୍ଯ୍ୟ ଉଦିତ
ହେଉଛନ୍ତି । ତୁମେ ସେ କୁଟିଳ ମନ୍ତ୍ରଣା ଛାଡ଼ । ଦେଶର ଶତ୍ରୁକୁ ବିନାଶ କରି ଧନ୍ୟ ହୁଅ ।”

“ଶତ୍ରୁ-ବିନାଶ ! ଯୁଦ୍ଧ ! ନା — ଜୟପରାଜୟର ଅନିଶ୍ଚିତ ସ୍ଥାନକୁ ଯିବା
ଠିକ୍ ନୁହେ ।”

“ନା — ହେଲା । ସେପରି କହନା ।” ଏହା କହି ପ୍ରସନ୍ନକୁମାର ତୀକ୍ଷ୍ଣ ଦୃଷ୍ଟିରେ
ଉଦିତପ୍ରତାପଙ୍କ ମୁଖ ଆଡ଼କୁ ଅନାଇବାକୁ ଲାଗିଲେ । କିନ୍ତୁ ଉଦିତପ୍ରତାପ ସ୍ଥିର-ସଂକଳ୍ପ ।

ସେ ମରହଟ୍ଟାମାନଙ୍କ ବିରୁଦ୍ଧରେ ଯୁଦ୍ଧ କରିବେ ନାହିଁ। ପ୍ରସନ୍ନକୁମାରଙ୍କ କଥା ଶୁଣି ତାଙ୍କ ଭ୍ରୂ-ଯୁଗଳ ଈଷତ୍ କୁଞ୍ଚିତ ହେଲା - ନୟନରୁ ବକ୍ର ଜ୍ୟୋତି ନିର୍ଗତ ହେଲା। ସେ କିଛି ନ କହି ବଂଶୀବାଦନ କଲେ। ବଂଶୀବାଦନ ସଙ୍ଗେ ସଙ୍ଗେ ବହୁ ସଂଖ୍ୟକ ମରହଟ୍ଟା ସୈନିକ "ବମ୍ ବମ୍ ମହାଦେଓ" ରବ କରି ତୋରଣା ଆଡ଼କୁ ଧାବମାନ ହେଲେ ଓ ପ୍ରସନ୍ନକୁମାରଙ୍କୁ ଘେରି ପକାଇଲେ। ପ୍ରସନ୍ନ କୁମାର କିଂକର୍ତ୍ତବ୍ୟବିମୂଢ଼ ହୋଇ ଏ ସବୁ ଦେଖିବାକୁ ଲାଗିଲେ। ଉଦିତପ୍ରତାପ ପ୍ରତିହିଂସା ସାଧନର ଉପଯୁକ୍ତ ସମୟ ପାଇ ଖଡ୍ଗହସ୍ତରେ ପ୍ରସନ୍ନକୁମାରଙ୍କ ଆଡ଼କୁ ଧାବମାନ ହେଲେ। କିନ୍ତୁ ପ୍ରସନ୍ନକୁମାରଙ୍କ ମୁଣ୍ଡ ନ ଛିଣ୍ଡୁଣୁ ପଛରୁ କିଏ ଆସି ତାଙ୍କ ମସ୍ତକକୁ ଶରୀରରୁ ବିଚ୍ଛିନ୍ନ କଲା। ସୈନିକମାନେ ବିସ୍ମୟାବିଷ୍ଟ ନେତ୍ରରେ ଦେଖିଲେ ଯେ, ଜଣେ ସନ୍ନ୍ୟାସିନୀ ଉଦିତପ୍ରତାପଙ୍କ ଛିନ୍ନ ମସ୍ତକକୁ ହସ୍ତରେ ଧରି କେଉଁଆଡ଼େ ଚାଲିଗଲା। ତାକୁ ଖୋଜିବା ପାଇଁ ସେମାନେ ଅନେକ ଚେଷ୍ଟା କଲେ, କିନ୍ତୁ କୌଣସିଠାରେ ପାଇଲେ ନାହିଁ। ପ୍ରସନ୍ନ କୁମାର ବିସ୍ମିତ ସ୍ତମ୍ଭିତ ହୋଇ ଏହା ଦେଖିବାକୁ ଲାଗିଲେ।

ଉଦିତପ୍ରତାପଙ୍କ ମସ୍ତକ ଶରୀରରୁ ବିଚ୍ୟୁତ ହେଲା। ସେଥି ସଙ୍ଗେ ସଙ୍ଗେ ସମ୍ବଲପୁରର ସ୍ୱାଧୀନତା-ରବି ମଧ୍ୟ ଅସ୍ତମିତ ହେଲା। ମରହଟ୍ଟାମାନେ ଅପ୍ରତ୍ୟାଶିତଭାବରେ ସମଲାଇ-ଫାଟକ[୧] ବାଟେ ଦୁର୍ଗ ମଧ୍ୟରେ ପ୍ରବେଶ କରି ଜୟନ୍ତ ସିଂହ ଓ ତଦୀୟ ପୁତ୍ର ମହାରାଜ ସାଏଙ୍କୁ ବନ୍ଦୀ କଲେ। ସମ୍ବଲପୁର-ଦୁର୍ଗ ଶତ୍ରୁମାନଙ୍କୁ ହସ୍ତଗତ ହେଲା। ପ୍ରସନ୍ନକୁମାର ପ୍ରାଣପଣେ ଚେଷ୍ଟା କରି ସୁଦ୍ଧା ଦୁର୍ଗ ରକ୍ଷା କରିପାରିଲେ ନାହିଁ। ତାଙ୍କ ଆହତ ଶରୀର ଧରାଶାୟୀ ହେଲା। ସମ୍ବଲପୁରର ମୁଖ ବିଷାଦ-କାଳିମା-ରଞ୍ଜିତ ହେଲା। ସ୍ୱାଧୀନ ଜାତି ପରାଧୀନ ହେଲା। ହାୟ ଉଦିତପ୍ରତାପ! ଶେଷକୁ ବିମଳାର ରୂପର ମୂଲ୍ୟ ସ୍ୱରୂପ ସ୍ୱଦେଶର ସ୍ୱାଧୀନତା ବିକ୍ରୟ କଲ।

XXX

କିନ୍ତୁ ସନ୍ୟାସିନୀ କିଏ? ତମୋମୟୀ ରଜନୀରେ ଶ୍ମଶାନରେ ବସି କଣ କରୁଛି। ସନ୍ନ୍ୟାସିନୀ ବ୍ୟଥିତ ମନରେ, ଆକୁଳ ପ୍ରାଣରେ ଆକାଶକୁ ଅନାଇ ଗୀତ ଗାଇବାକୁ ଲାଗିଲା—

କିପାଁ ଦୟାମୟ ହୋଇଣ ନିର୍ଦ୍ଦୟ ଦେଲ ଏ ହୀନ ଜନମ;
କାନ୍ଦି କାନ୍ଦି ହରି ଗଲିଣି ତ ସରି ପୋଡ୍ଡୁ ଏ ହୀନ କରମ।।୦।
ହେଲି ମୁଁ ସଂସାରେ ଘୋର ଅଭିଶାପ;
ଯହିଁ ଗଲି ତହିଁ ବିଞ୍ଚିଅଛିଁ ପାପ;
ଜଗତର ତପ୍ତ ଲୋତକ-ପ୍ରବାହେ ହେଉଅଛିଁ ଭାସମାନ।୧।

---

(୧) ସମଲେଶ୍ୱରୀଙ୍କ ମନ୍ଦିର ନିକଟରେ ଏହାର ଭଗ୍ନାବଶେଷ ଆଜିଯାଏ ବିଦ୍ୟମାନ ଅଛି।

ଅଶାନ୍ତିର ମନ୍ତ୍ର ପଢ଼ିଲି ଜଗତେ,

ବୁଡ଼ିଅଛିଁ ଏବେ ସ୍ୱଦେଶ-ରକତେ;

ଧିକ୍ ମୋର ରୂପ, ଧିକ୍ ଯୌବନ, ଧିକ୍ ଏ ମୋର ଜୀବନ ।୨।

ଅସାର-ସଂସାର-ଅପାର-ଯାତନା

ଦେଉଅଛି ମତେ ବିଷମ ଲାଞ୍ଛନା;

ପ୍ରେମମୟ ହରି, କରୁଣା ବିସ୍ତାରି ପାଦ-ପଦ୍ମେ ଦିଅ ସ୍ଥାନ ।୩।

ଶ୍ମଶାନ କ୍ରୋଡ଼ରେ ଶୟାନ ଯନ୍ତ୍ରଣା-କାତର ପ୍ରସନ୍ନକୁମାର ଏ ସୁମଧୁର ସଙ୍ଗୀତ ଶୁଣି ମୁଗ୍ଧ ହୋଇଗଲେ । ତାଙ୍କ ରୁଧିରାକ୍ତ ମୁଖରେ ହାସ୍ୟର ବିମଳ ରେଖା ଫୁଟି ଉଠିଲା । କେଉଁ ଅଜ୍ଞାତ ପ୍ରଦେଶରୁ ଅମୃତ-ଝଙ୍କାର ଆସି ତାଙ୍କୁ ଗୋଟିଏ ମୋହମୟ ଶାନ୍ତିମୟ ରାଜ୍ୟକୁ ନେଇଗଲା । ସେଠାରେ ସେ ସ୍ୱର୍ଗର ଚିତ୍ର ଦେଖିବାକୁ ପାଇଲେ । କିଏ ଯେପରି ତାଙ୍କ ନିକଟକୁ ଆସି ଚିର ପରିଚିତ ବୀଣା-ଝିଣା ସ୍ୱରରେ ତାଙ୍କୁ ଡାକି ଗୋଟିଏ ସ୍ୱପ୍ନମୟ କୁଞ୍ଜରେ ତାଙ୍କୁ ବସାଇ ନିଜେ ତାଙ୍କ ନିକଟରେ ବସିଲା । ପ୍ରସନ୍ନ କୁମାରଙ୍କ ଶରୀର ପୁଲକିତ ହୋଇଗଲା । ସେ ଅଲୌକିକ ସୌନ୍ଦର୍ଯ୍ୟ, ଅପ୍ସରା-ସମ୍ଭବ ଜ୍ୟୋତି, କିନ୍ନର-କଣ୍ଠ ତାଙ୍କ ମନରେ ଯେପରି ପ୍ରାଚୀନ ସ୍ମୃତି ଅଙ୍କିତ କଲା । ସେ ଚକ୍ଷୁ ଖୋଲି ଦେଖିଲେ, ତାଙ୍କ ନିକଟରେ ଜଣେ ମୁକୁଳିତ-କେଶପାଶା, ଗୈରିକ ବସନା, ଅନିନ୍ଦ୍ୟସୁନ୍ଦରୀ ସନ୍ୟାସିନୀ-ମୂର୍ତ୍ତି ବସିଅଛି । ତାକୁ ଦେଖି ପ୍ରସନ୍ନକୁମାରଙ୍କ ଶରୀରରେ ସିଂହ-ବିକ୍ରମ ଉଦିତ ହେଲା । ସେ ଗାତ୍ରୋତ୍ଥାନ କରି ସନ୍ୟାସିନୀଙ୍କୁ ଆଲିଙ୍ଗନ କରି କହିଲେ "ବିମଳା ! ବିମଳା –" ଆଉ କହି ପାରିଲେ ନାହିଁ । ତାଙ୍କ ଶରୀର ଅବସନ୍ନ ହୋଇଗଲା । ଶରୀରର କ୍ଷତ-ସ୍ଥାନମାନଙ୍କରୁ ପ୍ରବଳ ବେଗରେ ରୁଧିର ବହିବାକୁ ଲାଗିଲା । ପ୍ରାଣ ହୀନ ପିଣ୍ଡ ଧରା ଲୁଣ୍ଠିତ ହେଲା ।

ବିମଳା ଏହା ଦେଖି ବିକଳରେ ରୋଦନ କରିବାକୁ ଲାଗିଲା । ତାହାର ଜୀବନର ଧ୍ରୁବତାରା ଅସ୍ତମିତ ହେଲା । ସେ ଉତ୍ତରୀୟମଧ୍ୟରୁ ତୀକ୍ଷ୍ଣ ଛୁରିକା ବାହାର କରି ନିଜ ବକ୍ଷ-ଦେଶରେ ବିଦ୍ଧ କଲା । ଯନ୍ତ୍ରଣାପ୍ରତି ଲକ୍ଷ୍ୟ ନ କରି ରୁଧିରାକ୍ତ-କଲେବରରେ ପ୍ରସନ୍ନକୁମାରଙ୍କ ରୁଧିରାକ୍ତ ଶରୀରକୁ ଆଲିଙ୍ଗନ କଲା । ଆହା ! ସେ ଅନ୍ତିମ ଆଲିଙ୍ଗନ – ସେ ଅନ୍ତିମ ଚୁମ୍ବନ – କେଡ଼େ ପବିତ୍ର – କେଡ଼େ ମଧୁର ! ସେ ଲୋତକରେ ଅମୃତ, ରକ୍ତରେ ମନ୍ଦାକିନୀ । ଏ ସ୍ୱାର୍ଥତ୍ୟାଗର ପବିତ୍ର ତପୋବନ ହିଁ ସ୍ୱର୍ଗ ।

ମୁକୁର, ୫ମ ଭାଗ, ୮ମ ଓ ୯ମ ସଂଖ୍ୟା (ନଭେମ୍ବର-ଡିସେମ୍ବର ୧୯୧୪)

କଳିକାଳ ଟୋକାଙ୍କୁ ବଳ ନାହିଁ

ମଦନ ମୋହନ ଓ ଗଙ୍ଗାଧର କଲିକତା ପ୍ରେସିଡ଼େନ୍‌ସି କଲେଜରେ ପଢ଼ନ୍ତି । ଦୁହେଁଯାକ ପିଲାଦିନୁ ଏକାସଙ୍ଗେ ପଢ଼ି ଆସୁଛନ୍ତି । ଏକା ସଙ୍ଗେ ଗାଧୁଅନ୍ତି, ଖାଆନ୍ତି, କଲେଜକୁ ଯାଆନ୍ତି ।

ଦିନେ ମଦନ ମୋହନ ଓ ଗଙ୍ଗାଧର ଇଡ଼େନ୍‌ଗାର୍ଡ଼ନ (Eden Garden)କୁ ବୁଲିବାକୁ ଯାଇଥିଲେ । ଉଦ୍ୟାନର ସୁଶୀତଳ ଉପଭୋଗ କରି ତରୁ-ଲତା-ଗୁଳ୍ମ ପ୍ରଭୃତିର କମନୀୟ କାନ୍ତି ଦେଖି ମୁଗ୍ଧ ହୋଇଗଲେ । ଦେଖିଲେ, ସ୍ଥାନେ ସ୍ଥାନେ ପ୍ରକୃତିର ଶୋଭା ପୂର୍ଣ୍ଣ ମାତ୍ରାରେ ବିରାଜମାନ । ବହୁ ପୁରୁଷ-ରମଣୀ ଦିବସର କାନ୍ତି ଅପନୋଦନ କରିବା ପାଇଁ ଉଦ୍ୟାନରେ ବିଚରଣ କରୁଅଛନ୍ତି । କେଉଁଠାରେ ଦୁଇ ଚାରି ଜଣ ବସି ଗଳ୍ପ କରୁଅଛନ୍ତି; କେଉଁଠାରେ ବା ନବ୍ୟ ଶିକ୍ଷିତ ପ୍ରେମିକ-ପ୍ରେମିକା ନନ୍ଦନକାନନର କଳ୍ପତରୁ ମୂଳରେ ବସି ପରସ୍ପରକୁ ନିଜ ନିଜ ହୃଦୟ ଦ୍ୱାର ଖୋଲି ଦେଖାଉ ଅଛନ୍ତି । ଉଦ୍ୟାନରେ ନାନା ଶ୍ରେଣୀର ଲୋକଙ୍କ ସମାଗମ । କିଏ ପ୍ରକୃତିର ଶୋଭା ଦେଖିବାକୁ ଆସିଛି, କିଏ ଉପବନର ସ୍ନିଗ୍ଧ- ମଳୟାନିଳ ସ୍ପର୍ଶରେ ଶାନ୍ତି ଦୂର କରିବାକୁ ଆସିଛି, କିଏ ବା ପ୍ରଣୟନୀ ସଙ୍ଗେ ପୂର୍ବାଳାପ (Court ship) କରିବାକୁ ଆସିଛି । ମଦନ ମୋହନ ଓ ଗଙ୍ଗାଧର ଉଦ୍ୟାନର ଚତୁର୍ଦ୍ଦିଗରେ ବିଚରଣ କରି ଏସବୁ ଦେଖିବାକୁ ଲାଗିଲେ । ଦେଖୁ ଦେଖୁ ସୂର୍ଯ୍ୟଦେବ ଅସ୍ତାଚଳରେ ଆଶ୍ରୟ ଗ୍ରହଣ କଲେ । ଧରଣୀର ଉଜ୍ଜ୍ୱଳ ସୁଖ ଈଷତ୍ ଗମ୍ଭୀର ଭାବଧାରଣ କଲା । ଉଦ୍ୟାନର ମୁଖ କିନ୍ତୁ କୃତ୍ରିମ ଆଲୋକର ଛଟାରେ ଝଲସିବାକୁ ଲାଗିଲା । ବନ୍ଧୁ ଦ୍ୱୟ ସନ୍ଧ୍ୟାଗମ ଦେଖି ସେଠାରେ ବେଶି ବେଳଯାଏ ରହିବା ଅନୁଚିତ ମନେକରି ଶୀଘ୍ର ମେସ୍ ଅଭିମୁଖରେ ପ୍ରସ୍ଥାନ କଲେ ।

ମେସ୍‌କୁ ଆସି ଲେମ୍ପ ଲଗାଇ ଦେଖିଲେ ଯେ ମଦନ ମୋହନର ମେଜ ଉପରେ

ଖଣ୍ଡିଏ ଚିଠି ରଖା ହୋଇଅଛି। ମଦନ ଚିଠି ଖୋଲି ପଢ଼ିବାକୁ ଲାଗିଲା। ପଢୁ ପଢୁ ତାହାର ମୁଖରେ କ୍ରମେ ବିଷାଦର ଛାୟାଆସି ଦେଖା ଦେଲା। ତା' ମୁଖର ଏ ପରିବର୍ତ୍ତନ ଦେଖି ଗଙ୍ଗାଧର ତାହା ନିକଟକୁ ଆସି ପଚାରିଲା – "ଚିଠିରେ କ'ଣ ଲେଖା ହୋଇଛି।"

"ଲେଖା ହେବ ଆଉ କ'ଣ ? ତୁମ ମୁଣ୍ଡ ମୋ ଗଣ୍ଡି।"

"କାହିଁକି – କ'ଣ ହେଲା କି ?

"ହେବ ଆଉ କ'ଣ ? ଦେଖିବ ବୋଇଲେ ଆସ।"

ଏହା କହି ମଦନ ମୋହନ ଗଙ୍ଗାଧର ହାତକୁ ଚିଠି ବଢ଼ାଇ ଦେଲା। ଗଙ୍ଗାଧର ଚିଠି ଖୋଲି ଦେଖିଲା ନିମ୍ନଲିଖିତ କଥାଗୁଡ଼ାକ ତହିଁରେ ଲେଖା ହୋଇଅଛି –

"ପ୍ରିୟ ମଦନ,

ଆଜକୁ ଅନେକ ଦିନ ହେଲା ତୋଠାକୁ ଚିଠି ଲେଖିବି ବୋଲି ଭାବୁଥିଲି; କିନ୍ତୁ ଶରୀରର ଅସୁସ୍ଥତା ଯୋଗୁଁ ଲେଖିପାରୁ ନଥିଲି। ମାତ୍ର ଆଜି ନ ଲେଖି ଆଉ ରହି ପାରିଲି ନାହିଁ। ମନର ଭାବକୁ କେତେଦିନ ଲୁଚାଇ ରଖିବି ?

ଯେଉଁଦିନ ତୋ ଆଈର ସ୍ୱର୍ଗପ୍ରାପ୍ତି ହେଲା, ସେହିଦିନଠାରୁ ମୋ କଷ୍ଟର ଆରମ୍ଭ। ଏ ମଧ୍ୟରେ ମୁଁ କିପରି କଷ୍ଟରେ କାଳ କଟାଉଛି, ତୁ ଏଠାରେ ଥିଲେ ଦେଖିଥାନ୍ତୁ; କିନ୍ତୁ ତୋ ବୁଢ଼ା ଅଜାର ଦୁଃଖ ପାସୋରି ତୁ କାହିଁ ଯାଇ କଲିକତାରେ ଅଛୁ। ତୁ ଯେଉଁଠି ଥିଲେ ମୋ ନାତି ତ ! ମୋ ଦୁଃଖ ଶୁଣି ତୁ କ'ଣ ଦୁଃଖୀ ହେବୁ ନାହିଁ।

ମୁଁ ଆଉ ବେଶୀ ଦିନ କଷ୍ଟ ସହି ପାରିବି ନାହିଁ। ଏ ବୁଢ଼ା ଦେହ ଆଉ କେତେ କଷ୍ଟ ସହିବ? ଦେଖୁଛି, ଦ୍ୱିତୀୟ ଥର ଦାର-ପରିଗ୍ରହ ନ କଲେ ମୋର ଆଉ ରକ୍ଷା ନାହିଁ। ବୁଢ଼ାବେଳେ କିଏ ଟିକିଏ ମୋ ଗୋଡ଼ ହାତରେ ହାତ ବୁଲାଇ ଦେବ। ଦଗ୍ଧ ପ୍ରାଣକୁ କିଏ ଶୀତଳ କରିବ? ଏଣୁ ପୁନରାୟ ଦାର-ପରିଗ୍ରହ କରିବାକୁ ମନସ୍ଥ କରିଛି। ଆଶାକରେ, ଏ ବିଷୟରେ ତୋର ସମ୍ପୂର୍ଣ୍ଣ ସହାନୁଭୂତି ପାଇବି।

ମୋର ଶରୀର କୁଶଳରେ ଅଛି ବୋଲି କିପରି ଲେଖିବି ? ତୋର କୁଶଳ ସମାଚାର ଲେଖିବୁ। ଈଶ୍ୱର ତୋର ସର୍ବବିଧ ମଙ୍ଗଳ କରନ୍ତୁ।

ଇତି

ଆଶୀର୍ବାଦକ

ଶ୍ରୀ ରାଧାନାଥ

ପତ୍ର ପଢ଼ି ଗଙ୍ଗାଧର ନ ହସି ରହି ପାରିଲା ନାହିଁ। ମଦନ ନିକଟକୁ ଯାଇ କହିଲା – "ଏଥିପାଇଁ ଏତେ ଦୁଃଖ ! ଭଲ କଥା ତ। ବ୍ରାହ୍ମଣ କୁଳରେ କେଉଁ କନ୍ୟା ଅପୂର୍ବ ଯେ ଦୁଃଖ କରୁଛ?"

"ନା ଭାଇ, ମୁଁ ସେଥିପାଇଁ ଦୁଃଖ କରୁ ନାହିଁ। ବୁଢ଼ା ଅଜାଙ୍କ ମତି ଭ୍ରମ ଦେଖି ମୋ ମନରେ ଦୁଃଖ ହେଉଛି।"

"ନୂଆ କଥା କ'ଣ ଦେଖିଲ କି ? କେଉଁ ବୁଢ଼ା ଏପରି ହୁଏ ନାହିଁ ? ବିଶେଷକରି ତୁମ ଅଜା। ଭଲ ହେବ, ନୂଆ ଆଈଟିଏ ପାଇବ। ଘର ଉଜ୍ଜ୍ୱଳ ହେବ ସିନା।"

"ଭାଇ, ସେପରି କଥା କହନା। ତୁମେ ଅଜାଙ୍କୁ ଚିହ୍ନି ନାହଁ। ସେ ଭାରି ଜିଦିବାଲା ଲୋକ। ଯେଉଁ କଥା ଧରିବେ ସେହିଟା କରିବେ। ଏବେ ଉପାୟ କ'ଣ କହ।"

"ଭାଇ, ମୁଁ ଥଟ୍ଟା କରୁନାହିଁ। ଉଚିତ କଥା କହୁଛି, ତାଙ୍କଠାକୁ ଖଣ୍ଡିଏ ଚିଠି ଲେଖ। ତୁମ ସମ୍ମତି ଜାଣି ପାରିଲେ ସେ ସୁଖୀ ହେବେ। ପରେ ଆମ କାର୍ଯ୍ୟ ଆମେ କରିବା।"

ଗଙ୍ଗାଧରଙ୍କ କଥା ଶୁଣି ମଦନମୋହନ ନିରୁତ୍ତର। ସଂକ୍ଷେପରେ କେତେ କଥାବାର୍ତ୍ତା ପରେ ସେ ଅଗତ୍ୟା ତାଙ୍କ ଉପଦେଶ ମତେ ଚିଠି ଲେଖିବାକୁ ଲାଗିଲେ –

"ଶ୍ରୀ ଚରଣ କମଳେଷୁ!

ଅଜା, ଆପଣଙ୍କ ପତ୍ର ପାଇ ସୁଖୀ ହେଲି। ଏପରି ଅନୁଗ୍ରହ ରହି ସମୟାନୁଯାୟୀ ପତ୍ର ଦେଉଥିବେ।

ବାର୍ଦ୍ଧକ୍ୟକୁ କବିମାନେ ମନୁଷ୍ୟର ଦ୍ୱିତୀୟ ବାଲ୍ୟାବସ୍ଥା ବୋଲି କହନ୍ତି। ମୁଁ ଆଗେ ଭାବିଥିଲି, ଏ କଥା ଅମୂଳକ। କବି କଳ୍ପନା ରାଜ୍ୟରେ ବୁଲୁ ବୁଲୁ ଏ କ'ଣ ଗୋଟାଏ ଲେଖି ପକାଇଛନ୍ତି, କିନ୍ତୁ ଆଜି ଜାଣିଲି, ମୋର ଭ୍ରମ ହୋଇଥିଲା। ଆପଣ ମୋର ସେ ଭ୍ରମ ଦୂର କରିଛନ୍ତି।

ଆପଣଙ୍କ ଦ୍ୱିତୀୟଥର ଦାର ପରିଗ୍ରହ ବାସନା ଜାଣି ସୁଖୀ ହେଲି। ଏ ବିଷୟରେ ଆପଣଙ୍କୁ ସାହାଯ୍ୟ କରି ପାରିଲେ କୃତାର୍ଥ ହେବି। ମୁଁ ଦୁଇଚାରି ଦିନ ମଧ୍ୟରେ ଗାଁକୁ ଯିବି।

ମୋର ଶାରୀରିକ କୁଶଳ। ଆଶାକରେ, ଆପଣ କୁଶଳରେ ଥବେ।

ଇତି

ଅଧମ ସେବକ

ମଦନ ମୋହନ"

ଚିଠି ଲେଖା ଶେଷ ହେଲାରୁ ଦୁହେଁ ଯାକ ଡାକ ଘରକୁ ଯାଇ ଚିଠି ପକାଇ ଆସିଲେ। ସେହି ମୁହୂର୍ତ୍ତରେ ମେସ୍ ସୁପରିଟେଣ୍ଡେଣ୍ଟଙ୍କ ଠାରୁ ବିଦାୟ ନେଇ ସମ୍ବଲପୁର ଅଭିମୁଖେ ଗମନ କଲେ।

"ନାନି, ତତେ କିଏ ଦାକୁଥି"

କମଳ କୁମାରୀ ନାତିକୁ କୋଳରେ ଧରି ଶୁଆଉଥିଲେ । ତାଙ୍କର ପଞ୍ଚମ ବର୍ଷୀୟା ନାତୁଣୀ ସୁନା ଫୁଲ ନାଚି ନାଚି ଦଉଡ଼ି ଦଉଡ଼ିକା ତାଙ୍କ ନିକଟକୁ ଆସି କହିଲା – "ନାନି; ତତେ କିଏ ଦାକୁଥି ।"

"କିଏ ଲୋ ?"

"ମୁଁ ଜାନିଥି ? ଗୋଲା ହେଇକଲି ଲୋକତେ ଆଥିଥି । ତୁ ଦା ପଲା ।"

"ଯା ଏଠିକି ଡାକି ଆଣିବୁ ।"

"ତୁ ଦା ପଲା ।"

"ହେଉ ତେବେ । ତୁ ବାବୁ ପାଖରେ ବସିଥା, କାହିଁ ଯିବୁ ନାହିଁ ।"

"ଦା ଜଲଦି ଆଥିବୁ ଏକା । ମୁଁ ବଥିଥି ।"

"ହେଉ" କହି ନାତିକୁ ସୁନାଫୁଲ ପାଖରେ ରଖି କମଳ କୁମାରୀ ଦାଣ୍ଡ ଦୁଆରକୁ ଆସି ଦେଖିଲେ ଯେ, ମଦନ ମୋହନ ଓ ଗଙ୍ଗାଧର ଛିଡ଼ା ହୋଇଛନ୍ତି । ଦୁହିଁଙ୍କୁ ଡାକିଆଣି ଘରେ ବସାଇ କହିଲେ – "ମଦନ, ଆଜି ଏ ଆଡ଼େ କିପରି ଆସିଲୁ ?"

"ତୁମ ଘରକୁ ଆସିଛି ।"

"ତୁ କ'ଣ ଆମ ଦୁଆରକୁ ଆସିଛୁ ବୋଲି କହୁଛୁ ? ଆମ ଘର କ'ଣ ତୋର ନୁହେଁ ? ତୁ ପରା କଲିକତାରେ ପଢୁଛୁ ? ସ୍କୁଲ ଛୁଟି ହେଲାଣି ?"

"ତୁମେ ବାହା ହେବ ପରା ?"

"କାହାକୁ – ତତେ ?"

"ତୁମ ଦାଦାଙ୍କୁ [୧] । ତୁମ ଦାଦା ତ ମୋଠାକୁ ନିମନ୍ତ୍ରଣ ପଠାଇଥିଲେ ।"

"ଛି ! ସିମିତି କଥା କହନ୍ତି ! ଯା ତୋ ଭଉଣୀକି ବାହା କରାଇ ଦେବୁ ।"

"ତୁମେ ମୋ ଭଉଣୀ ଯେ ।"

"କେଉଁ ହିସାବରେ ?"

"ତୁମେ ମୋ ମା'ଙ୍କୁ କିଆଁ ମା' ବୋଲି ଡାକ, ଆଉ ମତେ ଭାଇବୋଲି ଡାକ ?"

"ତୁ ମୋ ନାତି ପରା !"

"ମୁଁ ତୁମ ଦାଦାଙ୍କ ନାତି; ତୁମ ନାତି । ଖାଲି ମୁହେଁ ମୁହେଁ ଆଇ ହୋଇଥିବ ?"

"ତୋ ଅମଳରେ ତୋ ଭଉଣୀକି ବାହା ହୋଇ ଅଜାପଣିଆ ଦେଖାଉଥିବୁ । ଆମେ ବୁଢ଼ାବୁଢ଼ୀ ହେଲୁଣୀ । ଆମ ବଳବୟସ ଗଲାଣି । ତୁମେ କଲି କାଳ ଟୋକାଗୁଡ଼ାକ ଆଜିକାଲି ସବୁକଥା କରୁଛ । ଭଉଣୀକି ବାହାହେବ, ଭାରିଯାକୁ ମୁଣ୍ଡ ଉପରେ ବସାଇବ ।"

---

(୧) ଓଡ଼ିଶାର ପଶ୍ଚିମାଞ୍ଚଳରେ ବଡ଼ଭାଇଙ୍କୁ 'ଦାଦା' ବୋଲି ସମ୍ବୋଧନ କରାଯାଏ ।

"ତୁମ ଦାଦା ଯେ ତୁମକୁ ମୁଣ୍ଡ ଉପରେ ରଖିବେ !"

"ନବ ରଙ୍ଗ ରଖିଥା। କଥା କ'ଣ, କହ।"

"ଅଜା ବାହାହେବେ ବୋଲି କହୁଛନ୍ତି।"

"ଫେର ସେହି କଥା।"

"ନା, ଆଇ! ମୁଁ ମିଛ କହୁନାହିଁ। ଏଇ ଚିଠି ଦେଖନା।" କମଳ କୁମାରୀ ଚିଠି ପଢ଼ି ମୁରୁକି ହସି କହିଲେ – "ଆଚ୍ଛା କଥାତ। ଦାଦାଙ୍କୁ ଏ ବୁଦ୍ଧି ଦେଲା କିଏ?"

"ତାଙ୍କ ବୟସ।"

"ଉପାୟ କ'ଣ କରୁଛ ?"

"ସେଥିପାଇଁ ତ ତୁମ ଘରକୁ ଆଗମନ !"

"ମୁଁ କ'ଣ କରିବି ? ମାଇକିନିଆ ପରାଣୀ।"

"ହୁଁ।"

"ଭାରି ହୁଙ୍କାର ଟାଏ ତ ମାରିଲୁ। ଯାଅ, ଗାଧୋଇ ଆସିବ। ବେଳ ଗଡ଼ି ଗଲାଣି।"

"ନା, ଆଗ ତୁମ ଦାଦାଙ୍କ କଥା ବୁଝ। ପରେ ଆମେ ଗାଧୋଇ ଯିବୁ।"

"କ'ଣ କରିବା, କହ।"

ମଦନ ମୋହନ ଯାଇ କମଳ କୁମାରୀଙ୍କ କାନେ କାନେ କ'ଣ କହିଲା। କମଳ କୁମାରୀ 'ଛି' କହି ହସି ହସି ଘର ଭିତରକୁ ଗଲେ ଓ ଲଗାଇବା ପାଇଁ ସେମାନଙ୍କୁ ତେଲ ଆଣି ଦେଲେ। ମଦନ ମୋହନ ଓ ଗଙ୍ଗାଧର ତେଲ ଲଗାଇ ମହାନଦୀକୁ ଗାଧୋଇ ଗଲେ।

ଏଣେ ମଦନ ମୋହନଙ୍କ ଚିଠି ପାଇ ଅଜାଙ୍କ ଆନନ୍ଦ କହିଲେ ନ ସରେ। ସେ ଚିଠିକୁ କେତେଥର ଖୋଲି ପଢ଼ନ୍ତି। ପଢୁ ପଢୁ ତାଙ୍କ ଚକ୍ଷୁ ଆନନ୍ଦାଶ୍ରୁ ପୂର୍ଣ୍ଣ ହୋଇଯାଏ। ସେ ମଦନ ମୋହନଙ୍କୁ ଆଶୀର୍ବାଦ ଦେଇ ତା' ଚିଠିକୁ କେତେ ଚୁମା ଦିଅନ୍ତି !

ଦେଖୁ ଦେଖୁ ଦୁଇଦିନ ଚାଲିଗଲା। ମଦନ ଆସିଲା ନାହିଁ କାହିଁକି ! ମଦନର ଆସିବାରେ ବିଳମ୍ବ ଦେଖି ଅଜାଙ୍କ ମନ ଅଥୟ ହେବାକୁ ଲାଗିଲା। ସେ ଗାଁ ମୁଣ୍ଡକୁ ଯାଇଁ ବାରମ୍ବାର ମଦନର ବାଟ ଦେଖିବାକୁ ଲାଗିଲେ; କିନ୍ତୁ ମଦନ ଆସିଲା ନାହିଁ। ନିରାଶ ହୋଇ ବୁଢ଼ା ଘରକୁ ଆସି ଦେଖିଲେ ଯେ ମଦନଠାରୁ ଚିଠି ଆସିଛି। ପାଠକମାନଙ୍କ ଅବଗତ ସକାଶେ ଆମ୍ଭେମାନେ ଚିଠିର ଅବିକଳ ନକଲ ନିମ୍ନରେ ଉଦ୍ଧାର କଲୁ –

"ଶ୍ରୀ ଚରଣ କମଳେଷୁ।

ଅଜା, ଗାଁକୁ ଯିବାର ମୋର ବିଳମ୍ବ ହେବାର ଦେଖି ବୋଧହୁଏ ଆପଣ ଥୟ ଧରି ପାରୁ ନଥିବେ; କିନ୍ତୁ କ'ଣ କରିବି ? ଆପଣଙ୍କ କାମ ନ ସାରି କିପରି ଗାଁକୁ ଯା'ନ୍ତି ? କେଉଁ ଲାଜରେ ବା ଏ ପୋଡ଼ାମୁହଁ ଦେଖାନ୍ତି ? ବହୁ ଚେଷ୍ଟାରେ ଆପଣଙ୍କ ଯୋଗ୍ୟ ପାତ୍ରୀ ଠିକ୍ କରିଛି। ଆପଣ ବାପା ମା'ଙ୍କୁ କିଛି ନ କହି ଏଠାକୁ ଆସିବେ। ଏଠାରେ ମୁଁ କମଳ ନାନୀଙ୍କ ଘରେ ଅଛି। ପରଦିନ ଆପଣଙ୍କ ବିବାହର ଲଗ୍ନ ଠିକ୍ ହୋଇଛି। ଖଜା ହେରିକା କିଣି ଆଣିବେ ନାହିଁ। ଏଠାରେ ସବୁ ବନ୍ଦୋବସ୍ତ ହେବ। ଶୁଣି ସୁଖୀ ହେବ ଯେ, ଆପଣଙ୍କ ଭାବି ପତ୍ନୀ ଅତିଶୟ ରୂପବତୀ।

ମୋର ଶାରୀରିକ କୁଶଳ। ଆଶାକରେ, ଅଚିରେ ଆପଣଙ୍କ ଶ୍ରୀଚରଣ ଦର୍ଶନ କରି କୃତାର୍ଥ ହେବି।

ଇତି
ଅଧମ ସେବକ
ମଦନ ମୋହନ"

ଚିଠି ପଢ଼ିସାରି ବୁଢ଼ା ହାଡ଼ରେ ମାଉଁସ କଅଁଳି ଉଠିଲା। ଚକ୍ଷୁରୁ ଅବିରତ ଅଶ୍ରୁଧାର ବହିବାକୁ ଲାଗିଲା। ସେ ଆନନ୍ଦରେ ବିଭୋଳ ହୋଇ କିଛି କହି ପାରିଲେ ନାହିଁ। ଶୀଘ୍ର ବୋକଚାପତ୍ର ବାନ୍ଧି ହରି ବାରିକ ସଙ୍ଗରେ ସମ୍ବଲପୁର ଅଭିମୁଖେ ପ୍ରସ୍ଥାନ କଲେ।

ମଦନ ମୋହନ ଓ ଗଙ୍ଗାଧରଙ୍କ ପରାମର୍ଶ ଅନୁସାରେ କମଳ କୁମାରୀ ବିବାହର ଆୟୋଜନ କରିବାକୁ ଲାଗିଲେ। ଘରଯାକ ଚାରିଆଡ଼େ ଲିପା ପୋଛା ଚିତା ଦିଆ ହୋଇଗଲା। ଦାଣ୍ଡ ସଡ଼କରେ ବସି ବାଜାବାଲାମାନେ 'କଡ଼୍ କଡ଼୍' 'ଦମ୍ ଦମ୍' କରି ତାସା, ନାଗରା, ଢୋଲ, ମହୁରୀ ପ୍ରଭୃତି ବଜାଇବାକୁ ଲାଗିଲେ।

ବୁଢ଼ା ବାଡ଼ିଧରି ଠକ୍ ଠକ୍ କରି ଦାଣ୍ଡ ଦୁଆରେ ଆସି ହାଜର। ତାଙ୍କୁ ଦେଖି କମଳ କୁମାରୀ ଦଉଡ଼ି ଦଉଡ଼ି ତାଙ୍କଠାକୁ ଯାଇଁ ତାଙ୍କୁ ଓଳିଗିଟାଏ ହେଲେ। ଦାଣ୍ଡ ଦୁଆରେ ମଙ୍ଗଳ-ଆଳତୀ କରି ହୁଳ ହୁଳି ଦେଇ ତାଙ୍କୁ ଘର ଭିତରକୁ ନେଇଗଲେ।

ସମ୍ବାଦ ପାଇ ମଦନ ଅଜାଙ୍କ ନିକଟକୁ ଏବଂ ତାଙ୍କ ଚରଣ ତଳେ ପଡ଼ି ପାଦଧୂଳି ମସ୍ତକରେ ନେଲା। ଅଜା ନାତିକୁ ଶୁଭାଶିଷ ଦେଇ ଆଲିଙ୍ଗନ କଲେ ଏବଂ ଦୁହେଁଯାକ ଗୋଟିଏ ଖଟ ଉପରେ ଯାଇଁ ବସିଲେ।

ଆଜି ମଦନର ମୂର୍ତ୍ତି ଗମ୍ଭୀର। ସେ ବେଶୀ କଥା କହୁନାହିଁ। ଖାଲି ଅଜାଙ୍କ ମୁହଁକୁ ଅନାଇଛି। ଏପରି କିଛି ସମୟ ଅତୀତ ହୁଅନ୍ତେ ଅଜା କହିଲେ – "ଲଗ୍ନ କେତେବେଳେ ଠିକ୍ ହୋଇଛି ?"

"ଏଇ ହେଲା ଯେ। ପୁରୋହିତ ଏଇକ୍ଷଣି ଆସିବେ !"

"ଆଉ ଆଉ କାମ।"

ବୁଢ଼ା ବାହାରେ ଏତେ ନବରଙ୍ଗ କାହିଁକି ? ଖାଲି ହାତଗଣ୍ଠିଟାଏ ତ ହେଲେ ହେଲା।"

ମଦନ ମୁହଁରୁ କଥା ନ ସରୁଣୁ ଘୁ-ଉଁ-ଉଁ କରି ଶଙ୍ଖ ବାଜିଲା। ଦୁଇ ଚାରି ଜଣ କୁଳ କାମିନୀ କନ୍ୟାକୁ ସଙ୍ଗରେ ଆଣି ବର ନିକଟରେ ଛିଡ଼ା ହେଲେ। ଗଙ୍ଗାଧର ବାବୁ ଚୁଟି ରଖି ନାସାଗ୍ରତ କେଶ ପର୍ଯ୍ୟନ୍ତ ଚିତାକାଟି ପୁରୋହିତ ବେଶରେ ସେଠାରେ ଉପସ୍ଥିତ ହେଲେ। ସ୍ତ୍ରୀମାନେ କନ୍ୟାକୁ ଆଣି ବେଦି ଉପରେ ବସାଇଲେ ପୁରୋହିତେ।

"ମଙ୍ଗଳଂ ଭଗବାନ ବିଷ୍ଣୁ ମଙ୍ଗଳଂ ଗରୁଡ଼ଧ୍ୱଜଃ।
ମଙ୍ଗଳଂ ପୁଣ୍ଡରିକାକ୍ଷୌ ମଙ୍ଗଳ ମଧୁସୂଦନଃ॥"

ଇତ୍ୟାଦି ମନ୍ତ୍ର ଉଚ୍ଚାରଣ କରି ବେଦି ଉପରକୁ ଗଲେ ଏବଂ କନ୍ୟାକୁ କୁଶ ମୁଦି ପିନ୍ଧାଇଲେ। କନ୍ୟାର ମୁଣ୍ଡରୁ ପାଦ ପର୍ଯ୍ୟନ୍ତ ଆଚ୍ଛାଦିତ। ଇତ୍ୟବସରେ ମଦନ ମୋହନ ଅଜାଙ୍କୁ କହିଲା – "ଅଜା, ତୁମ ପାଇଁ କଲିକତାରୁ ଔଷଧ ଶିଶିଟାଏ ଆଣିଛି।"

"କି ଔଷଧରେ ବାବୁ ?"

"ତୁମେ ଆଉ କେତେଦିନ ବୁଢ଼ା ହୋଇଥିବ। ବୁଢ଼ାବର ନୂଆ ଆଈଙ୍କ ମନକୁ ନ ଆସିଲେ ପୁଣି ଆମକୁ ହଟହଟାରେ ପଡ଼ିବାକୁ ହେବ। ଔଷଧ ବ୍ୟବହାର କଲେ ବୁଢ଼ାମାନେ ଯୁଆନ ହୁଅନ୍ତି।"

"କାହିଁ – ଦେଖି ?"

"ଦେଖାଉଛି" କହି ମଦନ ମୋହନ ପକେଟ ଭିତରୁ ଶିଶିଟି ବାହାର କଲା। ତା' ଇଙ୍ଗିତକ୍ରମେ ବାରିକ ଦର୍ପଣ ଆଣି ବୁଢ଼ା ଆଗରେ ଥୋଇଦେଲା। ମଦନ ଶିଶିରୁ ଔଷଧ ବାହାର କରି ଅଜା ମୁଣ୍ଡ ଉପରେ ମାଲିସ୍ କରିବାକୁ ଲାଗିଲା। ଦେଖୁ ଦେଖୁ ପାଚିଲା ବାଳ ଗୁଡ଼ିକ କଳା ହୋଇଗଲା। ମୁହଁରେ ଦାଢ଼ି ନିଶ ନ ଥିବାରୁ ମୁହଁରେ ଲଗାଇବାର ଆବଶ୍ୟକ ହେଲା ନାହିଁ। କେଶର ଏ ଆକସ୍ମିକ ପରିବର୍ତ୍ତନ ଦେଖି ବୁଢ଼ା ଆଶ୍ଚର୍ଯ୍ୟାନ୍ୱିତ ହୋଇଗଲେ। ସେ କହିଲେ – "ବାବୁ, ଏ ଔଷଧ କେଉଁଠୁ କିଣିଲୁ ?"

"କଲିକତାରୁ ତୁମ ପାଇଁ ଆଣିଛି। ବେଦିକି ଚାଲ। ଶୁଭ ପରିଣୟ ଆରମ୍ଭ ହେବ।"

"ବୁଢ଼ା ହୋଇଥା। ଈଶ୍ୱର ତୋର ମଙ୍ଗଳ କରନ୍ତୁ।"

"– କିନ୍ତୁ ଆଉ ଗୋଟିଏ କଥା – ତୁମେ ଏ କନ୍ୟାକୁ ବାହା ହେବ ନାହିଁ। – ଏ କନ୍ୟା କିଏ, ଚିହ୍ନି ପାରୁଛ ?"

"ନା, ମୁଁ ତ ଚିହ୍ନି ପାରୁ ନାହିଁ !"

"ଚାଲ, ଭଲ କରି ମୁହଁ ଦେଖି ଚିହ୍ନିବ।"

ଅଜାଙ୍କ ହାତଧରି ମଦନ ମୋହନ ବେଦି ଉପରକୁ ଗଲା ଏବଂ କନ୍ୟାର ମୁହଁରୁ ଓଢ଼ଣା ଖୋଲି ଦେଲା। କନ୍ୟାକୁ ଦେଖି ବୁଢ଼ା ମୁହଁରୁ କଥା ବାହାରିଲା ନାହିଁ। ସେ ଆମ୍ଭମାନଙ୍କ ପୂର୍ବ ପରିଚିତା କମଳକୁମାରୀ।

ମଦନ ମୋହନର ଏ ଆଚରଣ ଦେଖି ବୃଦ୍ଧ ଶିରୋମଣି ଅତିଶୟ ବିରକ୍ତ ହେଲେ। ସେ କହିଲେ – "ଛି! ଏସବୁ କରିବା ପାଇଁ ମୋତେ ଡକେଇଥିଲୁ ! ତୋର ଫାଜିଲାମି କେବେ ଛାଡ଼ିଲୁ ନାହିଁ।"

"କାହିଁକି – ଏଥିରେ ଫାଜିଲାମି କ'ଣ ଦେଖିଲ ? କମଳ ନାନୀ ଆଉଥରେ ବାହାହେବେ ବୋଲି ସ୍ଥିର କରିଛନ୍ତି।"

"କମଳ କୁମାରୀ ଯେ ବିଧବା !

"ସେଥିପାଇଁ ସଧବା ହେବାକୁ ଇଚ୍ଛା କରିଛନ୍ତି। "

"ବିଧବା-ବିବାହ ଶାସ୍ତ୍ର-ବିରୁଦ୍ଧ।"

"ବୃଦ୍ଧର ଦ୍ୱିତୀୟ ଦାର ପରିଗ୍ରହ ଶାସ୍ତ୍ର-ସଙ୍ଗତ ହେଲା କିପରି ?"

"ଭଗବାନ୍ ବିଧବାକୁ ବ୍ରହ୍ମଚର୍ଯ୍ୟ ଦେଇଛନ୍ତି। ସେ ପବିତ୍ର ବ୍ରତ ପାଳନ କରି ଜଗତରେ ଧନ୍ୟ ହେବ।"

"ଭଗବାନ ବିପତ୍ନିକୁ ମଧ୍ୟ ଏକ ପତ୍ନୀବ୍ରତ ଦେଇଛନ୍ତି। ନାରୀମାନେ ପୁରୁଷର ଦାସୀ ନୁହଁନ୍ତି। ସେମାନେ ପୁରୁଷର ସହଧର୍ମିଣୀ। ନାରୀମାନଙ୍କ ଉପରେ ଏ ଅତ୍ୟାଚାର କାହିଁକି ? ଯଦି ବିଧବା ବିବାହରେ ସମାଜର କ୍ଷତି ହେବ, ଭାରତର ସତୀତ୍ୱ-ରତ୍ନ ନଷ୍ଟ ହେବ, ତେବେ ବୃଦ୍ଧର ବିବାହରେ ଏ ସବୁ ନ ହେବ କାହିଁକି ? ପତି ଯେପରି ପତ୍ନୀର ହୃଦୟର ଦେବତା, ପତ୍ନୀ ମଧ୍ୟ ସେହିପରି ପତିର ହୃଦୟର ଶକ୍ତିସ୍ୱରୂପିଣୀ ଦେବୀ। ତୁମେ ଏ ବୃଦ୍ଧ ବୟସରେ ସୁକୁମାରୀ କନ୍ୟାର ପାଣିଗ୍ରହଣ କରି ନାରୀ ଉପରେ ଅତ୍ୟାଚାର କରିବାକୁ ବସିଛ ! ଯଦି ତୁମର ସେ ଇଚ୍ଛାଥାଏ ତା'ହେଲେ ଆମ କମଳ ନାନୀଙ୍କ ବିବାହ କାର୍ଯ୍ୟ ସମ୍ପନ୍ନ ହେଉ; ପରେ ତୁମ ବିବାହର 'ଅୟମାରମ୍ଭଃ ଶୁଭାୟ ଭବତୁ' ହେବ।

ମଦନ ମୋହନର ଏ କାଣ୍ଡ ଦେଖି, ତା'ର ସେ ଯୁକ୍ତି ଶୁଣି ବୃଦ୍ଧର ମସ୍ତକରେ ବଜ୍ରପାତ ହେଲା। କ'ଣ କରିବେ, ସେ କିଛି ଠିକ୍ କରିପାରିଲେ ନାହିଁ। ପରେ ଦୀର୍ଘ ନିଶ୍ୱାସ ତ୍ୟାଗ କରି ବିଷର୍ଣ୍ଣ ମନରେ କହିଲେ – "ଛି ! କଳିକାଳ ଟୋକାଙ୍କୁ ବଳ ନାହିଁ।"

■

ଉତ୍କଳ ସାହିତ୍ୟ, ୧୮/୯, ପୌଷ ୧୩୨୨ (ଡିସେମ୍ବର ୧୯୧୪)

ସୁନା

(ଶିଶୁ ଉଦ୍ୟାନ ଗଳ୍ପ)

ସୁନାଘର ଗଞ୍ଜାମ ଜିଲ୍ଲା ବୁଗୁଡ଼ା ଗ୍ରାମରେ। ବୁଗୁଡ଼ାରେ ଓଡ଼ିଆ ସ୍କୁଲ ବାହାରେ ମଧ୍ୟ-ଇଂରାଜୀ ସ୍କୁଲ ମଧ ଅଛି। ସୁନାର ବାପା ସେହି ଇଂରାଜୀ ସ୍କୁଲରେ ଶିକ୍ଷକତା କରନ୍ତି।

ସୁନାର ବୟସ ଅନ୍ଦାଜ ପାଞ୍ଚ ବର୍ଷ ହେବ। ସୁନା ପ୍ରକୃତରେ ସୁନା ପିଲାଟି। ସେ ବାପାଙ୍କ କଥା ବେଦ ବାକ୍ୟପରି ମାନି ଚଳେ। ବାପା ମା ମଧ୍ୟ ତାକୁ ଭାରି ଆଦର କରନ୍ତି। ଭଲ ପିଲାକୁ କିଏ ଆଦର ନ କରେ – ବିଶେଷତଃ ବାପା ମା।

ସାହି ପଡ଼ିଶା ପିଲାଯାକ ସୁନାକୁ ଦେଖିଲା କ୍ଷଣି ଆନନ୍ଦରେ କୁଣ୍ଢେମୋଟ ହୋଇଯାନ୍ତି। ସୁନା କେବେ କାହାରିକି କଡ଼ା କଥା କହିନାହିଁ। ତା ମୁହଁଟି ସବୁବେଳେ ହସ ହସ। ହୃଦୟରେ ଅମୃତ ଥିଲେ ଆପେ ଆପେ ମୁହଁ ବାଟେ ବାହାରି ପଡ଼େ।

ବାପା ତାକୁ ପ୍ରତିଦିନ ପାଖରେ ବସେଇ ଦୁଇ ତିନି ଘଣ୍ଟା କାଳ ନାନା କଥା ଶିଖାନ୍ତି। ସୁନା ଆଜି ପର୍ଯ୍ୟନ୍ତ ଖଡ଼ି ଛୁଇଁ ନାହିଁ। ଖଡ଼ି ନ ଛୁଇଁଲେ କ'ଣ ହେବ ? ଅକ୍ଷର ଲେଖିବା ପୂର୍ବରୁ ଅନେକ ବିଷୟ ଶିଖି ସାରିଲାଣି।

ବାପା ସୁନାକୁ ପାଖରେ ବସେଇ କାଗଜ ଖଣ୍ଡମାନଙ୍କରେ ସାନ ସାନ ଦୁଆତ, ଡଙ୍ଗା କୁଣ୍ଢେଇ ପ୍ରଭୃତି ତିଆରି କରନ୍ତି। ବାପା ସେ ସବୁ ତିଆରି କରିବା ସମୟରେ ସୁନା ମନ ଦେଇ ଦେଖୁଥାଏ। ଡଙ୍ଗାଟିଏ ତିୟାର ହେଲେ ସେ ତାକୁ ନେଇ ଆନନ୍ଦରେ ନାଚି ନାଚି ବୋଉ କତିକି ଯାଇ କହେ, "ବୋଉ, ଦେଖିଲୁ ମୋ ଡଙ୍ଗାଟି କିମିତି ହୋଇଛି !" ସୁନାର କଥା ଶୁଣି ବୋଉଙ୍କ ମନ ଆନନ୍ଦରେ ପୂରିଯାଏ।

ବୋଉଙ୍କ ପାଖରୁ ପାଣିଢ଼ାଳଟିଏ ନେଇ ସୁନା ଧୀରେ ଧୀରେ ଅଗଣାକୁ ଯାଏ। ବାପା ତା'ପାଇଁ ଅଗଣାରେ ଗୋଟିଏ ଛୋଟ ପୋଖରି ଭଳିଆ ଗାତଟିଏ ଖୋଳି

ଦେଇଛନ୍ତି। ସୁନା ପାଣିତକ ନେଇ ଗାତରେ ଢାଳିଦିଏ ଆଉ ଡଙ୍ଗାକୁ ତହିଁରେ ଭସେଇ ଦିଏ। ଡଙ୍ଗାଟି ପାଣି ଉପରେ ପ୍ରକୃତ ଡଙ୍ଗା ପରି ଭାସୁଥାଏ। ସେ ସମୟରେ ସୁନାର ଆନନ୍ଦ କହିଲେ ନ ସରେ। ବାପା ଆଉ ବୋଉ ମଧ୍ୟ ଆସି ସେ ଆନନ୍ଦରେ ଯୋଗ ଦିଅନ୍ତି।

ସୁନା ବୋଉଙ୍କ ପାଖରେ ବସି କାଗଜରେ ଡଙ୍ଗା, ଚାପ, ଦୁଆତ ପ୍ରଭୃତି ତିଆରି କରେ। ବାପା କାଗଜକୁ ଯେପରି ଭାବରେ ଯୋଡ଼ନ୍ତି, ସେ ମଧ୍ୟ ତାକୁ ଠିକ୍ ସେହିପରି ଯୋଡ଼େ। ତାର ସାନ ସାନ ହାତ ଦିଓଟି ସେ ସମୟରେ ଅତି ସୁନ୍ଦର ଦେଖାଯାଏ। ଦୁଇ ଚାରି ଥର ବିଫଳ ହୋଇ ପରେ ଯେତେବେଳେ ସେ ଡଙ୍ଗାଟିଏ ବା ଦୁଆତଟିଏ ତିଆରି କରେ, ସେତେବେଳେ ତା' ଆନନ୍ଦ ସମୁଦ୍ର ଲହରୀ ପରି ଉଛୁଳି ପଡ଼େ। ବାପା ମା ମଧ୍ୟ ଆନନ୍ଦରେ ଫୁଲିଯାନ୍ତି। ଅବଶ୍ୟ ସେ ବାପା-ମା'ଙ୍କ ପରି ଭଲ ଡଙ୍ଗା ଦୁଆତ ତିଆରି କରି ପାରେ ନାହିଁ। ବାପା-ମା' ଏହା ଜାଣି ଶୁଦ୍ଧା ତାକୁ ପ୍ରଶଂସା କରନ୍ତି।

ବୋଉଙ୍କ ପାଖରୁ ଛୋଟ ଛୋଟ କାହାଣୀ ଶୁଣିବାକୁ ସୁନା ଭାରି ଭଲ ପାଏ। ବୋଉ ଅତି ସରଳ କଥାରେ ତାକୁ କେତେ କାହାଣୀ କହନ୍ତି। ବୋଉଙ୍କ ଠାରୁ ଶୁଣି ସାରି ସୁନା ନିଜେ କାହାଣୀ କହିବାକୁ ଚେଷ୍ଟା କରେ। ତାର ଭଙ୍ଗା ଭଙ୍ଗା କଥାରେ ସେ କାହାଣୀ ଗୁଡ଼ିକ ଶୁଣିବାକୁ ଅମୃତ ପରି ଲାଗେ। କାହାଣୀ କହିବା ସମୟରେ ସେ ଯଦି କିଛି ଭୁଲ କରେ, ବାପା-ମା ସେ ସବୁ ମନେ ରଖିଥାନ୍ତି। ସେ କାହାଣୀ କହି ସାରିଲା ପରେ, ବାପା-ମା' ତାକୁ କାହାଣୀ ବିଷୟରେ ଅନେକ ପଚାରନ୍ତି। ସେମାନଙ୍କ ଉତ୍ତର ଦେବା ସମୟରେ ସୁନା ନିଜ ଅଜଣାରେ ଭୁଲି ଯାଇଥିବା କଥା ଗୁଡ଼ିକ କହି ପକାଏ।

ଆଜି ସୁନା ସ୍କୁଲକୁ ଯିବ ବୋଲି ବୋଉଙ୍କ ଗୋଡ଼ ତଳେ ପଡୁ ନାହିଁ। ସୁନା ଖାଇବ ବୋଲି ସେ ନିଜେ ଛ'ତିଅଣ ନ'ଭଜା ରାନ୍ଧି ଠିକ୍ କରି ରଖିଛନ୍ତି। ବାପା ସୁନା ପାଇଁ ଭଲ ଲୁଗା ଖଣ୍ଡିଏ ଦୋକାନରୁ ଆଣିଛନ୍ତି। ବୋଉ ଆଜି ନିଜେ ସୁନାକୁ ଖାଇବାକୁ ପିନ୍ଧିବାକୁ ଦେଇ ସଜବାଜ କରୁଛନ୍ତି।

ସ୍କୁଲ କି ପଦାର୍ଥ ସୁନା ଜାଣେ ନାହିଁ। ତଥାପି ସ୍କୁଲକୁ ଯିବ ବୋଲି ତା' ମନରେ ଭାରି ଆନନ୍ଦ।

ବୋଉଙ୍କ ଗୋଡ଼ତଳେ ପଡ଼ି ବାପାଙ୍କ ସଙ୍ଗେ ସ୍କୁଲକୁ ଯିବା ସମୟରେ ସୁନା ମୁହଁରେ ହସ ଖସି ପଡୁଛି।

ବାଳିକାମାନଙ୍କ ପଢ଼ିବା ପାଇଁ ବୁଗୁଡ଼ାରେ ଗୋଟିଏ ସ୍କୁଲ ଅଛି। ବାପା ସୁନାକୁ

ସେହି ସ୍କୁଲର ମାଷ୍ଟରଙ୍କ ଜିମାରେ ଛାଡ଼ି ଆସିଲେ। ସୁନା ଯାଇ ଶିଶୁ ଶ୍ରେଣୀର ପିଲାମାନଙ୍କ ସଙ୍ଗେ ବସିଲା।

ଶିଶୁ ଶ୍ରେଣୀର ଅଧିକାଂଶ ପିଲାଙ୍କୁ ସୁନା ଜାଣେ। ସେମାନେ ସୁନାକୁ ଦେଖି ଆଦରରେ କଡ଼ିରେ ବସେଇଲେ।

ସେହି ସମୟରେ ମାଷ୍ଟର ମହାଶୟ ପିଲାଙ୍କୁ କାହାଣୀ ପଢ଼ାଉଥାନ୍ତି। ଯେଉଁ କାହାଣୀଟି ପଢ଼ା ହେଉଥିଲା, ସୁନା ତାହା ଆଗ ହୁଁ ଶିଖି ସାରିଛି। ମାଷ୍ଟର ମହାଶୟ ତାହାର ଆବୃତ୍ତି ଶୁଣି ଭାରି ଖୁସି ହେଲେ।

ସେଦିନ ଯେଉଁ ବିଷୟ ଗୁଡ଼ିକ ପଢ଼ାଗଲା, ସୁନା ସେଥିରୁ ଅଧିକାଂଶ ଘରେ ଶିଖିଥିଲା। ଯାହା ଶିଖି ନଥିଲା, ମାଷ୍ଟରଙ୍କ ଠାରୁ ଶୁଣି ଚଞ୍ଚଳ ଶିଖି ପକାଇଲା। ଶିକ୍ଷକ ସନ୍ତୁଷ୍ଟ ହୋଇ ତାକୁ ଶ୍ରେଣୀରେ ପ୍ରଥମ ସ୍ଥାନ ଦେଲେ। ସୁନା ଶିକ୍ଷକଙ୍କ ଠାରୁ ମେଲାଣି ନେଇ ସାଙ୍ଗ ପିଲାଙ୍ଗ ସାଥିରେ ଘରକୁ ଫେରି ଆସିଲା।

ସୁନା ଆସିବ ବୋଲି ବାପା-ମା' ଅନେଇ ବସିଥାନ୍ତି। ଝିଅ କେବେ ବୋଉଙ୍କୁ ଛାଡ଼ି ଯାଇ ନଥିଲା। ଆଜି ପ୍ରଥମେ ବୋଉଙ୍କୁ ଛାଡ଼ି ସୁନା ସ୍କୁଲକୁ ଯାଇଥିଲା। ସେଥିପାଇଁ ବାଛୁରୀକି ନ ଦେଖିଲେ ଗାଈର ମନ ଯେପରି ହୁଏ, ଆଜି ବୋଉର ମନ ସେପରି ଘାଣ୍ଟି ହେଉଥିଲା।

ସୁନା ଘରକୁ ଆସିଲାରୁ ବାପା ତାକୁ କାଖେଇ ଘର ଭିତରକୁ ନେଇଗଲେ। ବୋଉ ଧାଇଁ ଆସି ସୁନାକୁ ନିଜ କୋଳକୁ ଟାଣି ନେଲେ। ସେଠାରେ ସ୍କୁଲ କଥା କେତେ ପଡ଼ିଲା। ସୁନା ଆଜି ସ୍କୁଲରେ ଯାହା ଯାହା କରିଥିଲା, ସବୁ ବାପା ବୋଉଙ୍କୁ କହିଲା।

ସୁନା ସ୍କୁଲରେ ପଢ଼ିବା ଚାରି ପାଞ୍ଚ ମାସ ହୋଇଗଲାଣି ଏଥି ମଧ୍ୟରେ ସେ ଅନେକ ନୂଆ କଥା ଶିଖି ଗଲାଣି।

ଦିନେ ସୁନା ଓ ତା ସାଙ୍ଗ ପିଲାମାନେ ସ୍କୁଲ ବଗିଚାରେ ଖେଳୁଥିଲେ। ଶିକ୍ଷକ ନିଜେ ସେମାନଙ୍କ ସହିତ ମିଶି ସେମାନଙ୍କୁ ନୂଆ ନୂଆ କଥା ଶିଖାଉଥିଲେ।

ସୁନା ଯେଉଁ ଶ୍ରେଣୀରେ ପଢ଼େ, ସେହି ଶ୍ରେଣୀରେ କୁନ୍ଦ ବୋଲି ଗୋଟିଏ ବାଳିକା ଥିଲା। ବଗିଚାରେ ଖେଳିବା ସମୟରେ ଗୋଟିଏ ଗୋଲାପ କଣ୍ଟା କୁନ୍ଦ ହାତରେ ଗଳି ଯିବାରୁ ତହିଁରୁ ରକ୍ତ ବୋହିବାକୁ ଲାଗିଲା। ସୁନା ଏହା ଦେଖି କୁନ୍ଦ ପାଖକୁ ଯାଇ ତା'ହାତର ରକ୍ତ ନିଜ ରୁମାଲରେ ପୋଛି ପକାଇଲା। ରୁମାଲରୁ ଖଣ୍ଡେ ଚିରି, ଯେଉଁ ହାତରୁ ରକ୍ତ ବାହାରୁଥିଲା, ତାକୁ ବାନ୍ଧି ପକାଇଲା। ଶିକ୍ଷକ ଓ ଅନ୍ୟାନ୍ୟ ବାଳିକାମାନେ ସେଠାକୁ ଯାଇ କୁନ୍ଦକୁ ଅନେକ ପ୍ରବୋଧ ଦେଲେ। ସୁନାର କାର୍ଯ୍ୟ

ଦେଖି ଶିକ୍ଷକ ଭାରି ଖୁସି ହେଲେ। ସେଠାରୁ ସମସ୍ତେ ସ୍କୁଲ ଭିତରକୁ ଗଲା ଉତ୍ତାରୁ ଶିକ୍ଷକ ମହାଶୟ ସୁନାକୁ 'ସଚିତ୍ର ଶିଶୁ ବର୍ଣ୍ଣମାଳା' ନାମକ ଖଣ୍ଡିଏ ପୁସ୍ତକ ଉପହାର ଦେଲେ।

ସ୍କୁଲ ଛୁଟି ହେଲା ଉତ୍ତାରୁ ସୁନା ଉପହାର ପୁସ୍ତକ ସହ ଘରକୁ ଫେରିଗଲା। ବାପା-ମା' ଝିଅ ଠାରୁ ସେଦିନର ଘଟଣା ଶୁଣି ଏବଂ ଉପହାର ପୁସ୍ତକ ଦେଖି ଆନନ୍ଦ ସମୁଦ୍ରରେ ଭାସିଗଲେ। ବୋଉ ଝିଅକୁ କୋଳକୁ ନେଇ ଆଶୀର୍ବାଦ କଲେ। ବାପା-ମା' ଉଭୟଙ୍କ ଆଖିରୁ ଆନନ୍ଦର ଲୁହ ଗଡ଼ିବାକୁ ଲାଗିଲା।

■

ରତ୍ନରେଣୁ, ୧ମ ଭାଗ, ୪ର୍ଥ ସଂଖ୍ୟା (ଡିସେମ୍ବର ୧୯୨୩)

ପ୍ରଦୀପ ନିର୍ବାଣ

ଆଜି ତ୍ରିବେଣୀ ଘାଟରେ ଅସଂଖ୍ୟ ଯାତ୍ରୀଙ୍କର ସମାଗମ। ବୀର ଶ୍ରୀ ଗୌଡ଼େଶ୍ୱର ନବକୋଟି-କର୍ଣ୍ଣାଟ-କଳବର୍ଗେଶ୍ୱର ରାଜା ମୁକୁନ୍ଦ ଦେବ ତ୍ରିବେଣୀ ଘାଟ ନିର୍ମାଣ କାର୍ଯ୍ୟ ସମାପନ କରି ମହା ସମାରୋହସହକାରେ ଘାଟର ପ୍ରତିଷ୍ଠା କରୁ ଅଛନ୍ତି। ସେ ସ୍ୱୀୟ ବାହୁବଳରେ ତ୍ରିବେଣୀ ଘାଟ ପର୍ଯ୍ୟନ୍ତ ଦେଶ ଜୟ କରି ସ୍ୱୀୟ ରାଜ୍ୟର ସୀମାନିର୍ଦ୍ଦେଶ ନିମନ୍ତେ ଏହି ଘାଟ ନିର୍ମାଣ କରି ଅଛନ୍ତି। ଏହା ଘାଟନିର୍ମାଣର ଐତିହାସିକ ବ୍ୟାଖ୍ୟା। କିନ୍ତୁ ଲୋକେ କହନ୍ତି, ଏହି ଘାଟନିର୍ମାଣର ମୂଳରେ ଧର୍ମପ୍ରାଣତା ବିଦ୍ୟମାନ। ଜଗତର ପାପୀ-ତାପୀଙ୍କୁ ପାପର କରାଳ କବଳରୁ ରକ୍ଷା କରିବା ନିମନ୍ତେ ରାଜା ମୁକୁନ୍ଦଦେବ ତ୍ରିଲୋକ-ପାବିନୀ ଗଙ୍ଗା ତଟରେ ଏହି ଘାଟ ନିର୍ମାଣ କରି ଅଛନ୍ତି। ଘାଟର ପ୍ରତିଷ୍ଠା ନିମନ୍ତେ ଗଙ୍ଗା-କୂଳରେ ଏ ବିପୁଳ ଆୟୋଜନ; ଘାଟର ପ୍ରତିଷ୍ଠା କର୍ତ୍ତା ରାଜା ଶ୍ରୀ ମୁକୁନ୍ଦ ଦେବ।

ଆଜି ମୁକୁନ୍ଦ ଦେବଙ୍କର କଳ୍ପତରୁ ବେଶ। ତୀର୍ଥମାନଙ୍କ ନିମନ୍ତେ ରାଜକୋଷର ଦ୍ୱାର ଉନ୍ମୁକ୍ତ। ମହାରାଜା ପ୍ରତାପରୁଦ୍ରଙ୍କ ସମୟରୁ ଓଡ଼ିଶାର ରାଜାମାନେ ବୈଷ୍ଣବଜଗତରେ ଅଦ୍ୱିତୀୟ ଆଧିପତ୍ୟ ବିସ୍ତାର କରି ଆସୁ ଅଛନ୍ତି। ଆମ୍ଭେମାନେ ଯେଉଁ ସମୟର କଥା କହୁଅଛୁଁ, ସେ ସମୟରେ ବୈଷ୍ଣବ ଧର୍ମାବଲମ୍ବୀମାନେ ପୁରୀ ମହାରାଜାଙ୍କୁ "Pope" ରୂପେ ଭକ୍ତି କରୁଥିଲେ। ଅଧୁନା ପୁରୀର ସିଂହାସନ ରାଜନୈତିକ-ଦାୟିତ୍ୱ-ଶୂନ୍ୟ ହେଲେ ସୁଦ୍ଧା ଧର୍ମ ଦୃଷ୍ଟିରେ ତାହାର ପ୍ରାଚୀନ ଗୌରବ ଅକ୍ଷୁର୍ଣ୍ଣ ରହିଅଛି। ଆଜିସୁଦ୍ଧା ଧର୍ମପ୍ରାଣ ହିନ୍ଦୁମାନେ ପୁରୀ ରାଜାଙ୍କୁ ପୂର୍ବବତ୍ ସମ୍ମାନ କରନ୍ତି। ମୁକୁନ୍ଦ ଦେବଙ୍କ ସମୟରେ ବୈଷ୍ଣବ ଧର୍ମାବଲମ୍ବୀମାନେ ଗୂଢ଼ ଆଧାତ୍ମିକ ତତ୍ତ୍ୱର ମୀମାଂସା ନିମନ୍ତେ ପୁରୀ ରାଜାଙ୍କ ଦ୍ୱାରସ୍ଥ ହେଉଥିଲେ। ଧର୍ମ ରାଜ୍ୟରେ କୌଣସି ବିପ୍ଳବ ଘଟିଲେ କିମ୍ବା କେହି ଧର୍ମରୁ ବିଚ୍ୟୁତ ହେଲେ ପୁରୀ ରାଜାଙ୍କ ନିଷ୍ପତ୍ତି ଉପରେ ସମସ୍ତେ ନିର୍ଭର କରୁଥିଲେ।

ଯୁଦ୍ଧକ୍ଷେତ୍ରରେ ଓ ଧର୍ମକ୍ଷେତ୍ରରେ ସମଭାବରେ ଏତାଦୃଶ ପ୍ରତିଷ୍ଠା କୌଣସି ଜାତି କୌଣସି ଯୁଗରେ ଲାଭକରି ନାହିଁ। ପୃଥିବୀର ଇତିହାସରେ ସୌନ୍ଦର୍ଯ୍ୟର ଉଜ୍ଜ୍ୱଳତର ଚିତ୍ର ଥାଇପାରେ - ଧର୍ମର ମଧ୍ୟ ଉଜ୍ଜ୍ୱଳତର ଚିତ୍ର ଥାଇପାରେ; କିନ୍ତୁ ଯୁଦ୍ଧ ଓ ଧର୍ମର ଏତାଦୃଶ ଏକତ୍ର ସମାବେଶ ପୃଥିବୀରେ ବିରଳ। ଏ ବିଷୟରେ କେବଳ ଓଡ଼ିଆ ଜାତି ପୃଥିବୀରେ ଖ୍ୟାତି ଲଭିଅଛି, ଏବଂ ଯେଉଁ ସମୟରେ ଓଡ଼ିଶାର ଗୃହେ ଗୃହେ ଏହି ପବିତ୍ର ଧର୍ମ ପ୍ରଚାରିତ ହେଉଥିଲା, ସେହି ସମୟ ଓଡ଼ିଶାର ସର୍ବଶ୍ରେଷ୍ଠ ଯୁଗ।

(୨)

ଆଜି ତ୍ରିବେଣୀ ଘାଟ ଲୋକାରଣ୍ୟ ହୋଇଅଛି। ସ୍ୱର୍ଣ୍ଣ ସିଂହାସନ ଉପରେ ମୁକୁନ୍ଦଦେବ ଓ ତାହାଙ୍କ ରାଣୀ ସମାସୀନ ହୋଇଛନ୍ତି। ଦେବଜ୍ଞ ବ୍ରାହ୍ମଣମାନେ ନିକଟରେ ଉପବିଷ୍ଟ ହୋଇ ପବିତ୍ର ବେଦମନ୍ତ୍ର ଉଚ୍ଚାରଣ କରୁଛନ୍ତି। ଅଦୂରେ ପୂତ-ସଲୀଳା ଜାହ୍ନବୀ ମୃଦୁ-ବାତ-ସଞ୍ଚାଳିତ ଲହରୀ-ଦୋଳାରେ ଦୋଳାୟିତ ହୋଇ ଭୁବନ-ମୋହନ ବେଶରେ ଗମନ କରୁଅଛନ୍ତି।

ପ୍ରତିଷ୍ଠା କାର୍ଯ୍ୟ ସମାପ୍ତ ହେଲାରୁ ଦାନ କାର୍ଯ୍ୟ ଆରମ୍ଭ ହେଲା। ଅର୍ଥୀ-ପ୍ରତ୍ୟର୍ଥୀମାନେ ରାଜାଙ୍କ ଦର୍ଶନଲାଭ କରିବାକୁ ଆଦିଷ୍ଟ ହେଲେ। କ୍ରମେ ଅର୍ଥ-ସ୍ରୋତ ପ୍ରବଳବେଗରେ ବହିବାକୁ ଲାଗିଲା। କାହାରି ମୁଖରେ ବିଷାଦର ଚିହ୍ନ ସୁଦ୍ଧା ନାହିଁ। ସମସ୍ତେ ଅଭୀଷ୍ଟ ଫଳ ପ୍ରାପ୍ତ ହୋଇ ହୃଷ୍ଟ ଚିତ୍ତରେ ପ୍ରତ୍ୟାବୃତ୍ତ ହେଉ ଅଛନ୍ତି।

କିନ୍ତୁ ଗଙ୍ଗା-ଗର୍ଭରେ ଦଣ୍ଡାୟମାନ କିଏ ସେ ଯୁବକ ? ତାଙ୍କ ମୁଖରେ ପ୍ରାର୍ଥନାର ନାମମାତ୍ର ନାହିଁ। ସେ ଗ୍ରୀବା-ସ୍ପର୍ଶ ଜଳରେ ଦଣ୍ଡାୟମାନ ହୋଇ ରାଜାଙ୍କ ଆଡ଼କୁ ଅନିମେଷ ନେତ୍ରରେ ଚାହିଁ ଅଛନ୍ତି। ରାଜାଙ୍କ ଦୃଷ୍ଟି ମଧ୍ୟ ଅନେକ ଥର ତାଙ୍କ ଉପରେ ପଡ଼ି ସାରିଲାଣି; କିନ୍ତୁ ଏ ପର୍ଯ୍ୟନ୍ତ କେହି କାହାରିକି କିଛି କହି ନାହାନ୍ତି।

କ୍ରମେ ଅର୍ଥ-ସ୍ରୋତ ବନ୍ଦ ହେବାକୁ ବସିଲା। ରାଜାଙ୍କ ସମଗ୍ର ଦୃଷ୍ଟି ଜଳମଧ୍ୟସ୍ଥ ଯୁବକଙ୍କ ଉପରେ ନିପତିତ ହେଲା। ରାଜା କହିଲେ, "ଜଳମଧ୍ୟରେ କାହିଁକି ଛିଡ଼ା ହୋଇଛ, ଯୁବକ ? ତୁମ୍ଭର ଭାବ ଭଙ୍ଗିରୁ ଜଣାଯାଏ, ତୁମ୍ଭେ ଯେପରି କିଛି ମାଗିବାକୁ ଆସିଛ। କିନ୍ତୁ ଏତେବେଳ ପର୍ଯ୍ୟନ୍ତ ନୀରବ ରହିଅଛ କାହିଁକି ?"

ରାଜାଙ୍କ ବାଣୀ ଶୁଣି ଯୁବକ ମସ୍ତକ ଅବନତ କଲେ। ତାଙ୍କ ହୃଦୟ ଭିତରେ ସେ ଯେପରି ବିବେକର ତୀବ୍ର ତାଡନା ଅନୁଭବ କରିବାକୁ ଲାଗିଲେ। ସେ କଣ କହିବାକୁ ଯାଉଥିଲେ – କିଛି କହି ପାରିଲେ ନାହିଁ। ପରିଶେଷରେ ରାଜାଙ୍କ ଅଭୟ ବାଣୀରେ ଆସ୍ଥା ସ୍ଥାପନ କରି କହିଲେ, "ମହାରାଜ! ମୋର ଜିଜ୍ଞାସ୍ୟ ବିଷୟ ଅତି ଗୁରୁତର। ଅଭୟ ପ୍ରଦାନ କଲେ ବକ୍ତବ୍ୟ ଜ୍ଞାପନ କରିବି।"

ରାଜା ଅଭୟ ପ୍ରଦାନ କଲେ। ଯୁବକ ଜଳମଧ୍ୟରୁ ବହିର୍ଗତ ହୋଇ ରାଜାଙ୍କ ସମୀପରେ ଦଣ୍ଡାୟମାନ ହେଲେ। ସେ ରାଜାଙ୍କୁ ଅଭିବାଦନ କରିବେ ନା ଆଶୀର୍ବାଦ ଦେବେ, ପ୍ରଥମେ କିଛି ସ୍ଥିର କରି ପାରିଲେ ନାହିଁ। ପରେ ମନରେ କଣ ଭାବି ରାଜାଙ୍କୁ ଅଭିବାଦନ କରି କହିଲେ, "ମହାରାଜା, ମୁଁ ଶୁଣିଅଛି ଓ ସ୍ୱଚକ୍ଷୁରେ ଦେଖିଅଛି ଯେ ଆପଣ ଆଜି କଳ୍ପତରୁ ବେଶ ଧାରଣ କରି ଅଛନ୍ତି। ସେଥିପାଇଁ ସାହାସ କରି ଆପଣଙ୍କ ନିକଟକୁ ଆସିଅଛ।"

"ତୁମ୍ଭର ବକ୍ତବ୍ୟ କଣ, ଶୀଘ୍ର ପ୍ରକାଶ କର।"

"ମହରାଜ, ମହାତ୍ମା ଚୈତନ୍ୟ ଦେବଙ୍କ ପ୍ରସାଦରୁ ଅନେକ ଯବନ ହିନ୍ଦୁ ଧର୍ମରେ ଦୀକ୍ଷିତ ହୋଇ ଅଛନ୍ତି। କିନ୍ତୁ ଧର୍ମଭ୍ରଷ୍ଟ ହିନ୍ଦୁର ସ୍ୱଧର୍ମରେ ପୁନର୍ଦୀକ୍ଷାର କୌଣସି ବ୍ୟବସ୍ଥା ନାହିଁ କି ?

"ବିଧର୍ମୀକୁ ସଦ୍ଧର୍ମକୁ ଅଣା ଯାଇପାରେ। କିନ୍ତୁ ଯେ ସ୍ୱଧର୍ମରେ ଅନାସ୍ଥାଯୁକ୍ତ, ତାହା ନିମନ୍ତେ କୌଣସି ବ୍ୟବସ୍ଥା କରାଯାଇ ନ ପାରେ।"

"ମନୁଷ୍ୟର ଧର୍ମ କଣ ? ଧର୍ମ ନାମରେ କୌଣସି ଦୃଶ୍ୟମାନ ବସ୍ତୁ ନାହିଁ। ଯେ ଯେପରି ଭାବରେ ଧର୍ମ ବିଷୟରେ ଧାରଣା କଲା, ତାହାର ଧର୍ମ ତାହା। ପୁଣି ମନୁଷ୍ୟର ମାନସିକ ଚିନ୍ତାର କ୍ରମବିକାଶ ସଙ୍ଗେ ସଙ୍ଗେ ତାହାର ମନୋଗତ ଭାବର ପରିବର୍ତ୍ତନ ହେଉଅଛି। ଏପରି ସ୍ଥଳରେ ଗୋଟିଏ ଭାବ ଛାଡ଼ି ଭାବାନ୍ତର ଗ୍ରହଣ କଲେ ଦୋଷ କଣ ?"

"ଭାବାନ୍ତର ଗ୍ରହଣ ଦୋଷାବହ ନୁହେଁ, କିନ୍ତୁ ଜାଣିଶୁଣି ଅକାରଣ ଭାବ ପରିବର୍ତ୍ତନ କରିବା ଦୋଷାବହ। ସ୍ୱେଚ୍ଛାଚାର ଓ ସ୍ୱାଧୀନ ଚିନ୍ତା ମଧ୍ୟରେ ଅନେକ ପ୍ରଭେଦ ଅଛି। ସ୍ୱେଚ୍ଛାଚାରଜନିତ ପାପ ନିମନ୍ତେ ଅନୂତାପ ହିଁ ଏକମାତ୍ର ପ୍ରାୟଶ୍ଚିତ।"

"ଭାବାନ୍ତରଗ୍ରହଣ ସ୍ୱେଚ୍ଛାଚାରପ୍ରଣୋଦିତ ହେଉ କିମ୍ବା ସ୍ୱାଧୀନ ଚିନ୍ତା ପ୍ରସୂତ ହେଉ, ତହିଁ ନିମନ୍ତେ ଅନୁତାପ ପ୍ରକାଶ କରିବା କାପୁରୁଷତାର ପରିଚାୟକ। ମନୁଷ୍ୟକୁ ଗୋଟିଏ ବିଷୟ ଭଲ ନ ଲାଗିଲେ ସେ ବିଷୟାନ୍ତର ଗ୍ରହଣ କରିପାରେ। ଏଥିପାଇଁ କେହି କିଛି ଆପତ୍ତି କରିବା ଅସୁନ୍ଦର କଥା।"

"ଧର୍ମ କ୍ରୀଡ଼ାର ପୁତ୍ତଳିତା ନୁହେଁ, ଯୁବକ, ଯେ ତୁମ୍ଭେ ତାକୁ ଇଚ୍ଛାନୁସାରେ ନଚାଇ ପାରିବ। ପାପୀ ଅନୁତପ୍ତ ହେଲେ ଈଶ୍ୱର ତାକୁ ଗ୍ରହଣ କରନ୍ତି। କିନ୍ତୁ ଏହି ଅନୁତାପ ବଚନ-ସର୍ବସ୍ୱ ନୁହେଁ। ଏହା ହୃଦୟ ଭିତରୁ ବାହାରିଲେ ସ୍ୱୟଂ ଈଶ୍ୱରଙ୍କ ଆସନକୁ ଟଳାଇ ପକାଏ। ଏଥି ନିମନ୍ତେ କାହାରିକୁ ପ୍ରାର୍ଥନା କରିବାକୁ ଇଚ୍ଛା ହୁଏ ନାହିଁ। ଯେତେବେଳେ ସମୟ ଆସିବ ଈଶ୍ୱର ନିଜେ ପାପୀକୁ ଗ୍ରହଣ କରିବେ।"

"ଅନୁତାପ ପୂର୍ବେ ଏ ଗ୍ରହଣ ସମ୍ଭବ ନୁହେଁ କି ?"

"କଦାପି ନୁହେଁ।"

ରାଜାଙ୍କଠାରୁ ନିରାଶଜନକ ଉତ୍ତର ପାଇ ଯୁବକ ଅତିଶୟ ବ୍ୟଥିତ ହେଲେ। କିନ୍ତୁ ଏ କ'ଣ ? ସେ ରାଣୀଙ୍କ ଆଡ଼କୁ ବାରମ୍ବାର ଅନାଉଛନ୍ତି କାହିଁକି ? ରାଣୀକୁ ଦେଖି ତାଙ୍କ ମନର ଭାବ ପରିବର୍ତ୍ତିତ ହେଉଛି କାହିଁକି ?

ଯୁବକଙ୍କୁ ନିରୁତ୍ତର ଦେଖି ରାଜା ପୁନର୍ବାର କହିଲେ, "ଆଉ କିଛି ବକ୍ତବ୍ୟ ଥିଲେ କହ।"

"ମୋର ବକ୍ତବ୍ୟ ମୁଁ ଯୁଦ୍ଧକ୍ଷେତ୍ରରେ ବ୍ୟକ୍ତ କରିବି।" ଏହା କହି ଯୁବକ ଉକ୍ତ ସ୍ଥାନ ପରିତ୍ୟାଗ କଲେ।

(୩)

ସୁଲ୍‌ତାନ୍ ସୁଲେମାନଙ୍କ ସମୟରେ ବଙ୍ଗ ଦେଶରେ ଜଣେ ନୈଷ୍ଠିକ ବ୍ରାହ୍ମଣ ବାସ କରୁଥିଲେ। ତାଙ୍କୁ ଲୋକେ "କାଲା ପାହାଡ଼" ବୋଲି ଡ଼ାକୁଥିଲେ। "କାଲା ପାହାଡ଼" ଶବ୍ଦର ଅର୍ଥ ବଧୀର ପର୍ବତ। ସେ ଏପରି ସଂଯମଶୀଳ ଥିଲେ ଯେ, ରମଣୀମାନଙ୍କ ପ୍ରଲୋଭନ-ବାକ୍ୟ ତାଙ୍କ କର୍ଣ୍ଣରେ ପ୍ରବେଶ କରି ପାରୁ ନଥିଲା। ଏଥିପାଇଁ ତାଙ୍କର "କାଲାପାହାଡ଼" ନାମକରଣ ହୋଇଥିଲା। ଭ୍ରମକ୍ରମେ ସେ ଓଡ଼ିଶାରେ "କଳା ପାହାଡ଼" ନାମରେ ପରିଚିତ। କିନ୍ତୁ ନାମ ଭୁଲ ହେଉ ବା ନ ହେଉ, ସେ ଓଡ଼ିଶାରେ ଯେଉଁ ନାମରେ ପରିଚିତ, ଆମ୍ଭେମାନେ ତାଙ୍କୁ ସେହି ନାମରେ ଡାକିବୁଁ।

କଳାପାହାଡ଼ ଯେ କେବଳ ନିଷ୍ଠାପର ବ୍ରାହ୍ମଣ ଥିଲେ, ଏମନ୍ତ ନୁହେଁ। ତାଙ୍କ ରଣ-ନୈପୁଣ୍ୟ ମଧ୍ୟ ଅସାଧାରଣ ଥିଲା। ତାଙ୍କ ସମର କୌଶଳରେ ପ୍ରୀତ ହୋଇ ସୁଲତାନ ସୁଲେମାନ ତାଙ୍କୁ ସେନାପତି ପଦରେ ବରଣ କରିଥିଲେ। କଳା ପାହାଡ଼ଙ୍କ ସେନାପତିତ୍ୱରେ ସୁଲତାନ-ବାହିନୀ ଅନେକ ଯୁଦ୍ଧରେ ଜୟଲାଭ କରିଥିଲା। ଓଡ଼ିଶା ବିରୁଦ୍ଧରେ ସମରଯାତ୍ରା କରିବା ନିମନ୍ତେ ସୁଲତାନ ବାରମ୍ବାର ଅନୁରୋଧ କଲେ ସୁଦ୍ଧା କଳାପାହାଡ଼ ସେଥିରେ କର୍ଣ୍ଣପାତ କରି ନ ଥିଲେ। ତାଙ୍କ ସମୟରେ ବିଶାଳ ଭାରତ ବର୍ଷରେ ସ୍ୱାଧୀନ ହିନ୍ଦୁ ରାଜ୍ୟ ମଧ୍ୟରେ ଓଡ଼ିଶା ଅନ୍ୟତମ ଥିଲା। ସ୍ୱାଧୀନ ହିନ୍ଦୁରାଜ୍ୟ ବିରୁଦ୍ଧରେ ଯୁଦ୍ଧ କରିବାକୁ କେଉଁ ହିନ୍ଦୁର ମନ ବଳିବ ?

କଳାପାହାଡ଼ଙ୍କ ବୀର୍ଯ୍ୟ ଓ ସୌର୍ଯ୍ୟରେ ମୁଗ୍ଧ ହୋଇ ସୁଲତାନ ସୁଲେମାନଙ୍କ କନ୍ୟା ତାଙ୍କ ପାଣିଗ୍ରହଣାଭିଳାଷିଣୀ ହୋଇଥିଲେ। ଏ ବିଷୟରେ ସୁଲତାନ ନିଜେ ଯେତେ ଚେଷ୍ଟା କଲେ ସୁଦ୍ଧା କଳାପାହାଡ଼ ସେଥିରେ ସ୍ୱୀକୃତ ହେଲେ ନାହିଁ। ପରେ

ସୁଲତାନ-କନ୍ୟାଙ୍କ ଐକାନ୍ତିକତାର ପରିଚୟ ପାଇବାରୁ ତାଙ୍କ ପର୍ବତ-ସୁଲଭ ବଧୀରତା କେଉଁ ଆଡ଼େ ଉଭେଇ ଗଲା। ପରିଶେଷରେ ସେ ପାଣିଗ୍ରହଣରେ ସମ୍ମତି ପ୍ରଦାନ କଲେ।

କଳାପାହାଡ଼ ଏଥିପୂର୍ବେ ବିବାହିତ ହୋଇଥିଲେ। ନିଜ ଗୃହରେ ବିବାହିତା ହିନ୍ଦୁ-ପତ୍ନୀ ଅଛନ୍ତି; ପୁଣି ସୁଲତାନ ଗୃହରେ ନବୋଢ଼ା ଯବନୀ ପତ୍ନୀ ଅଛନ୍ତି। ଅଧୁନା ସେ କାହାକୁ ଛାଡ଼ି କାହାକୁ ରଖିବେ ? ଉଭୟ ପତ୍ନୀ ସମଧର୍ମାବଲମ୍ବିନୀ ଥିଲେ ଚିନ୍ତାର କୌଣସି କାରଣ ନଥିଲା। ଉପସ୍ଥିତ କ୍ଷେତ୍ରରେ ସ୍ତ୍ରୀଦ୍ୱୟଙ୍କ ଧର୍ମର ବିଭିନ୍ନତା ହେତୁରୁ ସେ ବିଷମ ସଙ୍କଟରେ ପଡ଼ିଥିଲେ।

ପରିଶେଷରେ କଳାପାହାଡ଼ ସ୍ଥିର କଲେ ଯେ, ସେ ପୁନର୍ବାର ହିନ୍ଦୁଧର୍ମ ଗ୍ରହଣ କରି ଯବନୀ ସ୍ତ୍ରୀକୁ ମଧ୍ୟ ହିନ୍ଦୁଧର୍ମରେ ଦୀକ୍ଷିତା କରାଇବେ। ତାହା ହେଲେ ଆଉ କିଛି ଗୋଳମାଳ ରହିବ ନାହିଁ। ଏଥିପାଇଁ ସେ ଯୁଗର ପ୍ରଥାନୁସାରେ ସେ ଉତ୍କଳ ସମ୍ରାଟ ମୁକୁନ୍ଦଦେବଙ୍କ ଶରଣାପନ୍ନ ହେଲେ। ମୁକୁନ୍ଦଦେବଙ୍କ ସହିତ ତ୍ରିବେଣୀ ଘାଟରେ କଳାପାହାଡ଼ଙ୍କର ଯେଉଁ କଥୋପକଥନ ହୋଇଥିଲା, ପାଠକମାନେ ତାହା ଜାଣନ୍ତି।

କଳାପାହାଡ଼ ଭାବିଥିଲେ, ଉଦାର ବୈଷ୍ଣବଧର୍ମ ତାଙ୍କୁ ପୁନର୍ବାର ଗ୍ରହଣ କରିବ। କିନ୍ତୁ ସେ ଯେଉଁ ସର୍ତ୍ତରେ ଆସିବାକୁ ଇଚ୍ଛା କରିଥିଲେ, ମୁକୁନ୍ଦ ଦେବ ତହିଁରେ ସ୍ୱୀକୃତ ହେଲେ ନାହିଁ। ଏଥିରେ ନିରାଶା ସଙ୍ଗେ ସଙ୍ଗେ କଳାପାହାଡ଼ଙ୍କ ମନରେ କ୍ରୋଧର ସଞ୍ଚାର ହେଲା। ସେ ସ୍ୱତଃପ୍ରବୃତ୍ତ ହୋଇ ହିନ୍ଦୁଧର୍ମ ପୁନର୍ବାର ଗ୍ରହଣ କରିବାକୁ ଇଚ୍ଛା ପ୍ରକାଶ କରିଥିଲେ; କିନ୍ତୁ ହିନ୍ଦୁଧର୍ମ ତାଙ୍କୁ ପ୍ରତ୍ୟାଖ୍ୟାନ କଲା। ଯେଉଁ ଧର୍ମ ଏପରି ଅନୁଦାର, ସେହି ଧର୍ମର ଉଚ୍ଛେଦ ସାଧନ କରିବାକୁ ହେବ। ପୁଣି ରାଜା ମୁକୁନ୍ଦଦେବଙ୍କ ସଙ୍ଗେ କଥୋପକଥନ କରିବା ସମୟରେ କଳାପାହାଡ଼ ଦେଖିଲେ ଯେ, ତାଙ୍କ ଅନିନ୍ଦ୍ୟସୁନ୍ଦରୀ ରାଣୀ ନିକଟରେ ବସି ଅଛନ୍ତି। ଏପରି ତ୍ରିଭୁବନ ମୋହିନୀ ମୂର୍ତ୍ତି ସେ ପୂର୍ବେ କେବେ ଦେଖି ନ ଥିଲେ। ଯେ ରମଣୀ- ପ୍ରଲୋଭନର ବହିର୍ଭୂତ ଥିବାରୁ "ବଧିର ପର୍ବତ" ଆଖ୍ୟା ପାଇଥିଲେ, ଅଧୁନା ସେହି କଳାପାହାଡ଼ ମୁକୁନ୍ଦଦେବଙ୍କ ରାଣୀଙ୍କୁ ଦେଖି କାମଶରରେ ପ୍ରପୀଡ଼ିତ ହେଲେ। ଦୁର୍ଦ୍ଦିନ ଉପସ୍ଥିତ ହେଲେ ମୁନିମାନଙ୍କର ମଧ୍ୟ ମତିଭ୍ରମ ଘଟିଥାଏ, କଳାପାହାଡ଼ ଛାର କେତେ ମାତ୍ର।

ମୁକୁନ୍ଦଦେବଙ୍କଠାରୁ ବିଦାୟ ନେଇ କଳାପାହାଡ଼ ସ୍ଥିର କଲେ ଯେ, ଯେ କୌଣସି ପ୍ରକାରେ ହେଉ ମୁକୁନ୍ଦଦେବଙ୍କ ରାଣୀଙ୍କୁ କରଗତ କରିବାକୁ ହେବ। ଛାର ହିନ୍ଦୁଧର୍ମ ତାଙ୍କ ପ୍ରତାପକୁ ନ ଡ଼ରି ତାଙ୍କୁ ପ୍ରତ୍ୟାଖ୍ୟାନ କଲା – ଏଥର ମଧ୍ୟ ପ୍ରତିଶୋଧ ନେବାକୁ ହେବ। ଏହା ଭାବି ସେ ସୁଲତାନ ନିକଟକୁ ଯାଇ ଓଡ଼ିଶା ବିରୁଦ୍ଧରେ

ଯୁଦ୍ଧ-ଯାତ୍ରା କରିବାକୁ ଆଦେଶ ଭିକ୍ଷା କଲେ। କଳାପାହାଡ଼ଙ୍କ କଥା ଶୁଣି ସୁଲ୍‌ତାନ୍ ସୁଲେମାନ ବିସ୍ମୟାବିଭୂତ ହେଲେ। ଏହି ଓଡ଼ିଶା ଜୟ କରିବା ନିମନ୍ତେ ସେ କଳାପାହାଡ଼ଙ୍କୁ କେତେ ପ୍ରାର୍ଥନା କରିଛନ୍ତି। କିନ୍ତୁ କଳାପାହାଡ଼ ତାଙ୍କ ପ୍ରାର୍ଥନା ରକ୍ଷା କରି ନାହାନ୍ତି। ଆଜି ସେ ଅପ୍ରତ୍ୟାଶିତଭାବରେ ଏହି ପ୍ରସ୍ତାବ ଉପସ୍ଥାପିତ କଲାରୁ ସୁଲ୍‌ତାନ୍ ପ୍ରଥମେ ନିଜ କର୍ଣ୍ଣକୁ ବିଶ୍ୱାସ କରି ପାରିଲେ ନାହିଁ। ପରେ କଳାପାହାଡ଼ଙ୍କ ଅଟଳ ପ୍ରତିଜ୍ଞା ଦେଖି ସେ ଉକ୍ତ ବିଷୟରେ ସମ୍ମତି ପ୍ରଦାନ କଲେ। ଓଡ଼ିଶା ବିରୁଦ୍ଧରେ ଯୁଦ୍ଧ-ଯାତ୍ରା କରିବା ନିମନ୍ତେ ବିପୁଳ ଆୟୋଜନ ଆରମ୍ଭ ହେବ।

(୪)

ରାଜା ପ୍ରତାପରୁଦ୍ରଦେବ ଓଡ଼ିଶାର ଗଙ୍ଗବଂଶୀୟ ପ୍ରକୃତ ଶେଷ ନୃପତି। ତାଙ୍କ ସମୟରେ ମହାତ୍ମା ଚୈତନ୍ୟଦେବ ଓଡ଼ିଶାରେ ବୈଷ୍ଣବ ଧର୍ମ ପ୍ରଚାର କରିଥିଲେ। ସ୍ୱୟଂ ପ୍ରତାପରୁଦ୍ର ମଧ୍ୟ ଚୈତନ୍ୟଙ୍କ ଧର୍ମରେ ଦୀକ୍ଷିତ ହୋଇଥିଲେ। ଲୋକ-ମୁଖରେ ପ୍ରକାଶ ଯେ, ଦୀକ୍ଷାଗ୍ରହଣ ସମୟରେ ପ୍ରତାପରୁଦ୍ର ତାଙ୍କ ଅନ୍ତେ ଗଙ୍ଗବଂଶ ଶେଷ ହେବାକୁ ଚୈତନ୍ୟଦେବଙ୍କ ଠାରେ କାମନା କରିଥିଲେ।

ପ୍ରତାପରୁଦ୍ରଙ୍କ ପରେ ଗଙ୍ଗବଂଶାବତଂସ କୌଣସି ନରପତି ଓଡ଼ିଶାର ସିଂହାସନ ଆରୋହଣ କରି ନାହାନ୍ତି। ତାଙ୍କ ମନ୍ତ୍ରିମାନେ ଏହି ସିଂହାସନ ଆରୋହଣ କରିଥିଲେ। ରାଜା ମୁକୁନ୍ଦଦେବ ଓଡ଼ିଶାର ଶେଷ ମନ୍ତ୍ରି-ନୃପତି।

ଯେପରି ମୂଳ ଦୁର୍ବଳ ହେଲେ ସମଗ୍ର ବୃକ୍ଷ ଦୁର୍ବଳ ହୋଇଯାଏ, ସେହିପରି ସମ୍ରାଟଙ୍କ ସିଂହାସନ ଦୁର୍ବଳ ହେବାରୁ ବିଶାଳ ଉତ୍କଳ ସାମ୍ରାଜ୍ୟ ହୀନବଳ ହୋଇ ପଡ଼ିଲା। ସାମନ୍ତ ନରପତିମାନେ ନିଜ ନିଜ ସ୍ୱାଧୀନତା ଘୋଷଣା କରିବାକୁ ଲାଗିଲେ। ଏତଦ୍ୱାରା ସମଗ୍ର ସାମ୍ରାଜ୍ୟ ଅସଂଖ୍ୟ କ୍ଷୁଦ୍ର କ୍ଷୁଦ୍ର ରାଜ୍ୟରେ ବିଭକ୍ତ ହେଲା। ପୂର୍ବୋକ୍ତ ମନ୍ତ୍ରିମାନେ କେବଳ ନାମମାତ୍ର ଉତ୍କଳର ଅଧୀଶ୍ୱର ହୋଇ ରହିଲେ।

ମୁକୁନ୍ଦଦେବ ଅନେକ ଯୁଦ୍ଧରେ ଜୟଲାଭ କରିଥିବା ଇତିହାସରେ ପ୍ରକାଶ। ସେ ଗଙ୍ଗା ପର୍ଯ୍ୟନ୍ତ ବିସ୍ତୃତ ସମଗ୍ର ଦେଶ ଜୟ କରି ଗଙ୍ଗାନଦୀରେ ପ୍ରସିଦ୍ଧ ତ୍ରିବେଣୀଘାଟ ନିର୍ମାଣ କରିଥିଲେ। ଲୋକେ କହନ୍ତି ତାଙ୍କ ମାତାଙ୍କ ଅନୁରୋଧ ରକ୍ଷା କରିବା ନିମନ୍ତେ ସେ ଗଙ୍ଗାରୁ ଗୋଟିଏ ଧାର ଆଣି ପୁରୀ ବାଟେ ସମୁଦ୍ରରେ ପକାଇବାକୁ ସ୍ଥିର କରିଥିଲେ। ଈଶ୍ୱର ତାଙ୍କୁ ଦୀର୍ଘାୟୁ କରିଥିଲେ ସେ ଏହି କାର୍ଯ୍ୟ ସମ୍ପନ୍ନ କରିପାରିଥାନ୍ତେ। ତାହା ହେଲେ ପୁରୀର ମାହାତ୍ମ୍ୟ ବହୁଗୁଣରେ ବୃଦ୍ଧିପ୍ରାପ୍ତ ହୋଇଥାନ୍ତା। କିନ୍ତୁ ଯେଉଁ କାର୍ଯ୍ୟ କରିବାକୁ ଈଶ୍ୱର ଅନିଚ୍ଛୁକ, ମନୁଷ୍ୟଦ୍ୱାରା ସେ କାର୍ଯ୍ୟ ହୋଇ ପାରେ କି ?

କୌଣସି କୌଣସି ଐତିହାସିକଙ୍କ ମତରେ ବୈଷ୍ଣବ ଧର୍ମ ଓଡ଼ିଶାର ପତନର ମୂଳ କାରଣ। ସେମାନେ କହନ୍ତି, ବୈଷ୍ଣବ ଧର୍ମ ଗ୍ରହଣ କରିବା ହେତୁରୁ ଲୋକେ ଯୁଦ୍ଧ-ବିଦ୍ୟାରେ ବୀତଶ୍ରଦ୍ଧ ହୋଇ ପଡ଼ିଲେ। ସର୍ବଦା ହରି-ନାମ-ସଂକୀର୍ତ୍ତନରେ ସେମାନଙ୍କ ସମୟ ଅତିବାହିତ ହେଲା। ଐତିହାସିକମାନଙ୍କର ଏ ବ୍ୟାଖ୍ୟା ସଂପୂର୍ଣ୍ଣ ହାସ୍ୟାସ୍ପଦ। ଧର୍ମ କୌଣସି ଯୁଗରେ କୌଣସି ଦେଶର ପତନର କାରଣ ହୋଇନାହିଁ। ପ୍ରକୃତ କଥା ଏହି ଯେ, ଉତ୍କଳଦେଶ ବହୁସଂଖ୍ୟକ କ୍ଷୁଦ୍ରରାଜ୍ୟରେ ବିଭକ୍ତ ହେବା ଯୋଗୁଁ ଦୁର୍ବଳ ହୋଇ ପଡ଼ିଲା। ପୁଣି ଜଣେ ମନ୍ତ୍ରୀ ସିଂହାସନର ଅଧିକାରୀ ଥିବା କଥା ଅନେକ ସାମନ୍ତ ରାଜାଙ୍କୁ ଅସହ୍ୟ ହେଲା। ଏଣୁକରି ସେମାନେ ବିଦ୍ରୋହାଚରଣ କଲେ। ଦେଶରେ ଏକତାର ଅଭାବ ହେବାରୁ ପ୍ରକୃତ ଦୁର୍ବଳତା ଜାତ ହେଲା।

ମୁକୁନ୍ଦଦେବଙ୍କ ରାଜତ୍ୱ ସମୟରେ ଉତ୍କଳରେ ଶୌର୍ଯ୍ୟର ଅଭାବ ନ ଥିଲା। ମୁକୁନ୍ଦଦେବ ନିଜେ ଦିଗ୍‌ବିଜୟୀ ବୀରପୁରୁଷ ଥିଲେ। ତାଙ୍କ ସମୟରେ ଧର୍ମ-କ୍ଷେତ୍ରରେ ଓ ଯୁଦ୍ଧ-କ୍ଷେତ୍ରରେ ଉତ୍କଳ ଅନନ୍ୟସାଧାରଣ ଖ୍ୟାତି ଲାଭ କରିଥିଲା। ଆମ୍ଭେମାନେ ଏଥିପୂର୍ବେ ଏଥିର ପରିଚୟ ପ୍ରଦାନ କରିଅଛୁଁ।

ଯେତେବେଳେ ରାଜା ମୁକୁନ୍ଦଦେବ କଳାପାହାଡ଼ ମୁଖରୁ ଶୁଣିଲେ ଯେ, ସେ ତାଙ୍କ ପ୍ରଶ୍ନର ଉତ୍ତର ଯୁଦ୍ଧ-କ୍ଷେତ୍ରରେ ଦେବେ, ସେତେବେଳେ ତାଙ୍କର ବୁଝିବାକୁ ଆଉ ବାକୀ ରହିଲା ନାହିଁ ଯେ ସୁଲତାନ୍ ସୁଲେମାନଙ୍କ ସଙ୍ଗେ ଯୁଦ୍ଧ କରିବାକୁ ବିପୁଳ ଆୟୋଜନ ଆବଶ୍ୟକ ହେବ। କିନ୍ତୁ ସେ ଏକାକୀ ବିଜୟୀ ପବନ-ବାହିନୀ ବିରୁଦ୍ଧରେ ଛିଡ଼ା ହୋଇ ପାରିବେ କି ? ସମଗ୍ର ଦେଶର ସମ୍ମିଳିତ ଚେଷ୍ଟା ହୋଇଥିଲେ କଳାପାହାଡ଼ଙ୍କର ସାଧ୍ୟ ନଥିଲା ଯେ, ସେ ଉତ୍କଳରେ ପ୍ରବେଶ ଲାଭ କରି ପାରିଥାନ୍ତେ। କିନ୍ତୁ ଉତ୍କଳ ପ୍ରତି ବିଧାତା ବାମ ହୋଇ ସାରିଥିଲେ। ଏଣୁକରି ରାଜା ମୁକୁନ୍ଦଦେବଙ୍କୁ ଏକାକୀ ଯୁଦ୍ଧ କରିବାକୁ ପଡ଼ିଥିଲା। କଳାପାହାଡ଼ ମାର୍ଗରେ ଯତସାମାନ୍ୟ ବିଘ୍ନ ଅତିକ୍ରମ କରି ଯାଜପୁରରେ ପ୍ରବିଷ୍ଟ ହେଲେ।

କଳାପାହାଡ଼ ଓ ମୁକୁନ୍ଦଦେବଙ୍କ ମଧ୍ୟରେ ଭୀଷଣ ସଂଗ୍ରାମ ଆରମ୍ଭ ହେଲା। ଯୁଦ୍ଧର ବିସ୍ତୃତ ବିବରଣ ଇତିହାସରେ ପ୍ରାପ୍ତବ୍ୟ। ଏଠାରେ କେବଳ ଏତିକି କହିଲେ ଯଥେଷ୍ଟ ହେବ ଯେ, ଯୁଦ୍ଧରେ ମୁକୁନ୍ଦଦେବଙ୍କର ମୃତ୍ୟୁ ହେଲା ଏବଂ ତାଙ୍କ ମୃତ୍ୟୁ ସଙ୍ଗେ ସଙ୍ଗେ ଓଡ଼ିଶାର ଗୌରବ-ରବି ଚିରକାଳ ନିମନ୍ତେ ଅସ୍ତମିତ ହେଲା।

କଳାପାହାଡ଼ଙ୍କ ଓଡ଼ିଶା ଆକ୍ରମଣ ବିଷୟରେ ଭାବିଲେ ହୃଦୟ ଅବସାଦରେ ପୂର୍ଣ୍ଣ ହୁଏ। ସେ ଓଡ଼ିଶାରେ ଯେତେ ହିନ୍ଦୁ ମନ୍ଦିର ଓ ଦେବଦେବୀ-ମୂର୍ତ୍ତି ଧ୍ୱଂସ କରିଅଛନ୍ତି, ତାହା ବହୁ ଶତାବ୍ଦୀରେ ସୁଦ୍ଧା ପୂର୍ଣ୍ଣ ହୋଇ ପାରିବ ନାହିଁ। ବିଶେଷତଃ ସେ ପୁରୀ-

ମନ୍ଦିରର ବିଗ୍ରହତ୍ରୟର ଯେଉଁ ଦୁରବସ୍ଥା ଘଟାଇ ଅଛନ୍ତି, ତାହା କଦାପି ଭୂଲି ହେବ ନାହିଁ।

(୫)

ଆଜି ମୁକୁନ୍ଦଦେବଙ୍କ ରାଣୀ ଅନ୍ତପୁରରେ ଅତିଥି-ଅଭ୍ୟର୍ଥନାର ବିପୁଳ ଆୟୋଜନ ହୋଇଅଛି। ବିଜୟୀ କଳାପାହାଡ଼ ଯାଜପୁର ଦୁର୍ଗ ଅଧିକାର କରି ରାଣୀଙ୍କ ଦ୍ୱାରା ଅଭ୍ୟର୍ଥିତ ହେବାକୁ ଇଛା ପ୍ରକାଶ କରିବାରୁ, ରାଣୀ ରଜୋଚିତ ସମ୍ମାନରେ ତାଙ୍କୁ ସତ୍କାର କରିବା ନିମନ୍ତେ ସକଳ ପ୍ରକାର ବନ୍ଦୋବସ୍ତ କରିଅଛନ୍ତି। କଳାପାହାଡ଼ଙ୍କ ଆଶା ଫଳବତୀ ହୋଇଅଛି। ସବୁବେଳେ ପ୍ରଥମ ଦର୍ଶନ-କଥା ତାଙ୍କ ସ୍ମୃତି-ପଟ୍ଟରେ ନାଚୁଅଛି। ଆହା କି ସୁନ୍ଦର ମୁଖଟି। ସଂସାର-ମରୁଭୂମିରେ ଏହି ମୁଖ ଏକମାତ୍ର ଆଶା-ମରୀଚିକା। ଏହି ସୌନ୍ଦର୍ଯ୍ୟ ଲୋଭରେ ତ କଳାପାହାଡ଼ଙ୍କ ସମସ୍ତ କଷ୍ଟ ସ୍ୱୀକାର। ଲୋକେ ଜାଣନ୍ତି, କଳାପାହାଡ଼ ହିନ୍ଦୁଧର୍ମ ବିରୁଦ୍ଧରେ ଅଭିଯାନ କରିଥିଲେ। କିନ୍ତୁ ଅସଲ କଥା ଅଧିକାଂଶ ଲୋକ ଜାଣନ୍ତି ନାହିଁ। ହିନ୍ଦୁ ଧର୍ମର ଉଚ୍ଛେଦ ସାଧନ ଗୋଟିଏ ବ୍ୟପଦେଶ ମାତ୍ର। ଯାହା ହିନ୍ଦୁର ପ୍ରାଣରୁ ଅଧିକ, ଯହିଁ ନିମେନ୍ତ ଅସଂଖ୍ୟ ହିନ୍ଦୁ ନରନାରୀ ଅକାତରରେ ପ୍ରାଣ ବିସର୍ଜନ କରିଅଛନ୍ତି, ସେହି ସତୀତ୍ୱ-ରତ୍ନ ଲୁଣ୍ଠନ କରିବା ନିମନ୍ତେ କଳାପାହାଡ଼ ଯେ ଓଡ଼ିଶା ବିରୁଦ୍ଧରେ ଖଡ୍ଗ ଉତ୍ତୋଳନ କରିଥିଲେ, ଏ କଥା କିମ୍ବଦନ୍ତୀର କ୍ଷୁଦ୍ର ସୀମାମଧ୍ୟରେ ଆବଦ୍ଧ ରହିଅଛି। ଇତିହାସ ଏକଥା ଜାଣେ ନାହିଁ କିମ୍ବା ଜାଣିବାକୁ ଚେଷ୍ଟା କରିନାହିଁ।

ଆଜି କଳାପାହାଡ଼ଙ୍କ ହୃଦୟ ଆନନ୍ଦରେ ଉଚ୍ଛୁଳି ଉଠୁଅଛି। ସମ୍ମୁଖରେ ଉତ୍କୃଷ୍ଟ ଖାଦ୍ୟଦ୍ରବ୍ୟ ରଖା ଯାଇଅଛି। ଆଉ ପରିବେଶିକା ସ୍ୱୟଂ ମୁକୁନ୍ଦଦେବଙ୍କ ରାଣୀ। ଯେଉଁ ମୁଖ ଦର୍ଶନ ନିମନ୍ତେ କଳାପାହାଡ଼ ଏତେଦୂର ଆସି ଅଛନ୍ତି, ସେହି ସୁନ୍ଦର ମୁଖଟି ଆଜି ତାଙ୍କ ସମ୍ମୁଖରେ। ସେହି ମୁଖ ଦେଖି ସେ ମନେ ମନେ କେତେ ଆକାଶ-କୁସୁମ ତୋଳୁ ଅଛନ୍ତି। ଏହି ଭୁବନ ମୋହିନୀ ତାଙ୍କ ଅଙ୍କ-ଶାୟିନୀ ହେବେ, ଏଥିରୁ ବଳି ସୁଖକର କଥା କଳାପାହାଡ଼ଙ୍କ ପକ୍ଷରେ ଆଉ କ'ଣ ହୋଇପାରେ ?

କିନ୍ତୁ ଏ କ'ଣ ? ରାଣୀ ସହସା ଅନ୍ତର୍ହିତା ହେଲେ କାହିଁକି ? କଳାପାହାଡ଼ ତ ଏହା ସ୍ୱପ୍ନରେ ସୁଦ୍ଧା ଭାବିନଥିଲେ। ତେବେ କ'ଣ ତାଙ୍କର ସମସ୍ତ କଷ୍ଟ ବିଫଳ ହେବ ?

ରାଣୀଙ୍କ ତିରୋଧାନର ଅବ୍ୟବହିତ ପରେ ଗୋଟିଏ ଦାସୀ ଆସି କଳାପହାଡ଼ଙ୍କ

ସମ୍ମୁଖରେ ଉପସ୍ଥିତ ହେଲା । ତାକୁ ପଚାରି କଳାପାହାଡ଼ ଅବଗତ ହେଲେ ଯେ, ରାଣୀ ପରିଚ୍ଛଦ ପରିବର୍ତ୍ତନ କରିବାକୁ କକ୍ଷାନ୍ତରକୁ ଯାଇଅଛନ୍ତି । ଉତ୍କଳ-ବିଜୟୀ ବୀରପୁରୁଷଙ୍କୁ ଅଭ୍ୟର୍ଥନା କରିବା ନିମନ୍ତେ ରାଣୀ ତାଙ୍କର ଶ୍ରେଷ୍ଠ ବସନ-ଭୂଷଣ ବ୍ୟବହାର କରିବେ । ଦାସୀଠାରୁ ଏ ସମ୍ବାଦ ପାଇ କଳାପାହାଡ଼ ଆନନ୍ଦ-ସାଗରରେ ମଗ୍ନ ହେଲେ । ପାପୀ ବାରମ୍ବାର ନୈରାଶ୍ୟର ଚିତ୍ର ଦେଖିଲେ ସୁଦ୍ଧା କଦାପି ହତାଶ ହୁଏ ନାହିଁ । ସାମାନ୍ୟ ଆଶାର କଥାରେ ଆଶ୍ୱସ୍ତ ହୋଇ ମନକୁ ପ୍ରବୋଧ ଦିଏ । କବି ଗଙ୍ଗାଧର ଏ ସମ୍ବନ୍ଧରେ ଯଥାର୍ଥ କହିଅଛନ୍ତି –

"ତା' ହୃଦକୁ ଆସେ ଯେବେ ନୈରାଶ୍ୟ ଦଉଡ଼ି,
ମାୟାବିନୀ ଆଶା ଦିଏ ତ୍ୱରିତ ଘଉଡ଼ି ।"

ରାଣୀଙ୍କୁ ଯଥାଯୋଗ୍ୟ ସମ୍ମାନ କରିବା ନିମନ୍ତେ କଳାପାହାଡ଼ ନିଜକୁ ପ୍ରସ୍ତୁତ କରିବାକୁ ଲାଗିଲେ । କିନ୍ତୁ ରାଣୀ ଆସୁନାହାନ୍ତି କାହିଁକି ? ସମଗ୍ର ରାଜପ୍ରସାଦ ନିଃଶବ୍ଦ ହୋଇଅଛି କାହିଁକି ? କଳାପାହାଡ଼ଙ୍କୁ ପ୍ରତୀୟମାନ ହେଲା, ଯେପରି ରାଜପ୍ରସାଦ ଜନ-ମାନବ-ଶୂନ୍ୟ ହୋଇଅଛି – ରାଜପ୍ରାସାଦର କାର୍ଯ୍ୟାବଳୀ ଯେପରି କଳଦ୍ୱାରା ପରିଚାଳିତ ହେଉଅଛି । ସେ ବାରମ୍ବାର ଦାସୀକୁ ପଚାରୁଅଛନ୍ତି, "ରାଣୀ କୁଆଡ଼େ ଗଲେ ?" ଦାସୀର ସବୁବେଳେ ଏକମାତ୍ର ଉତ୍ତର, "ରାଣୀ ବେଶ ବଦଳାଇବାକୁ ଯାଇଅଛନ୍ତି ।"

ବେଶ ବଦଳାଇବା ନିମେନ୍ତ ତ ଏତେ ସମୟ ଆବଶ୍ୟକ ହୁଏ ନାହିଁ । ତେବେ ରାଣୀ ଏତେ ବିଳମ୍ବ କଲେ କାହିଁକି ? କ୍ରମଶଃ ବିଳମ୍ବ ଅସହ୍ୟ ହୋଇ ପଡ଼ିଲା । ନାଗରବର ଅଭିସାର ମନ୍ଦିରରେ ଆଉ କେତେ କାଳ ଅପେକ୍ଷା କରି ରହିବେ ? ଦେଖୁଁ ଦେଖୁଁ ତାଙ୍କର ଧୈର୍ଯ୍ୟଚ୍ୟୁତି ସଂଘଟିତ ହେଲା । ସେ ଆଉ ସ୍ଥିର ହୋଇ ରହିପାରିଲେ ନାହିଁ - ଦାସୀର ନିଷେଧ ସତ୍ତ୍ୱେ ବହିର୍ମନ୍ଦିରକୁ ପ୍ରସ୍ଥାନ କଲେ ।

(୬)

ବୈତରଣୀ-ଘାଟରେ ଏ କି କୋଳାହଳ ? ରାଜଅନ୍ତଃପୁରର ରମଣୀଗୁଡ଼ିକ ବହୁମୂଲ୍ୟ ବସନଭୂଷଣ ପରିଧାନ କରି ସପ୍ତମାତୃକା ଘାଟରେ ଦଣ୍ଡାୟମାନ ହୋଇଅଛନ୍ତି । ସମସ୍ତେ ଆଲୁଳାୟିତକୁନ୍ତଳା, ସମସ୍ତଙ୍କ ମୁଖରେ ହର୍ଷ ଓ ବିଷାଦର ଚିହ୍ନ ଯୁଗପତ୍ ଦେଖା ଯାଉଅଛି । ରମଣୀମାନଙ୍କ ନେତୃତ୍ୱ ଗ୍ରହଣ କରି ରାଣୀ ସ୍ୱୟଂ ତ୍ରିଶୂଳ ହସ୍ତରେ ଛିଡ଼ା ହୋଇ ଅଛନ୍ତି ।

ହଠାତ୍ ଘାଟର ନିସ୍ତବ୍ଧତା ଭଙ୍ଗ କରି ରାଣୀ ସଙ୍ଗୀତ ଆରମ୍ଭ କଲେ । କି

ହୃଦୟସ୍ପର୍ଶୀ ସେ ସଙ୍ଗୀତ । ସଙ୍ଗୀତର ପ୍ରତ୍ୟେକ ମୂର୍ଚ୍ଛନାରୁ ସୁଧା ନିଃସୃତ ହୋଇ ଆକାଶକୁ ଅପୂର୍ବ ରସରେ ପ୍ଲାବିତ କରୁଥିଲା । ରାଣୀଙ୍କ ସଙ୍ଗେ ଅପର ରମଣୀମାନେ ମଧ୍ୟ ସଙ୍ଗୀତରେ ଯୋଗଦାନ କଲେ । ସେମାନେ ଗୀତ ଗାଇ ଗାଇ ବୃତ୍ତାକାରରେ ସାତଥର ପ୍ରଦକ୍ଷିଣ କଲେ ଓ ନଦୀ କୂଳରେ ସରଳରେଖାକ୍ରମେ ଛିଡ଼ା ହେଲେ । ରମଣୀମାନଙ୍କୁ ଲକ୍ଷ୍ୟ କରି ରାଣୀ କହିଲେ –

"ଭଉଣୀମାନେ, ଆଜି ଆମ୍ଭମାନଙ୍କର ସୁଦିନ ଉପସ୍ଥିତ । ରମଣୀର କର୍ତ୍ତବ୍ୟ ସାଧନ କରିବାକୁ ଭଗବାନ୍ ଆମ୍ଭମାନଙ୍କୁ ସୁଯୋଗ ଦେଇ ଅଛନ୍ତି । ପୁରୁଷମାନେ ଯୁଦ୍ଧକ୍ଷେତ୍ରରେ ପ୍ରାଣବଳି ଦେଇ ପୂର୍ବପୁରୁଷମାନଙ୍କ ଗୌରବ ରକ୍ଷା କରିଅଛନ୍ତି । ବର୍ତ୍ତମାନ ଆମ୍ଭମାନଙ୍କ ଗୌରବ-ରକ୍ଷାର ସମୟ ଉପସ୍ଥିତ ହୋଇଅଛି । ତୁମ୍ଭେମାନେ ଯଦି ବୀରରମଣୀ ପ୍ରାୟ ବୈତରଣୀର ପୂତ ସଲିଳରେ ଝାସ ଦେବାକୁ ଇଚ୍ଛାକର, ତାହାହେଲେ ଆସ ମାତୃକ୍ରୋଡ଼କୁ ଗଲାପରି ବୈତରଣୀର ଅଗାଧ ଜଳରେ ଲୀନ ହେବା । ନତୁବା ଯଦି ଯବନର ଅଙ୍କବିହାରିଣୀ ହେବାକୁ ଇଚ୍ଛାକର ତାହାହେଲେ ଏଠାରୁ ପ୍ରତ୍ୟାବୃତ୍ତ ହୁଅ । ଗୌରବ-ମୃତ୍ୟୁ ଓ ଯବନର କୁସୁମ-ତଳ୍ପ, ଏ ଦୁଇଥିରୁ ଗୋଟିଏ ବାଛି ନେବାକୁ ହେବ । ପୂର୍ବ ପୁରୁଷଗଣଙ୍କ ପବିତ୍ର ନାମରେ ଶପଥ କରି କହ, ତୁମ୍ଭେମାନେ କଣ କାମନା କରୁଅଛ ?"

ରମଣୀମାନେ ଏକସ୍ୱରରେ ଉତ୍ତର ଦେଲେ, "ଆମ୍ଭେମାନେ ଗୌରବ ମୃତ୍ୟୁ କାମନା କରୁଅଛୁଁ ।"

ରାଣୀ ପୂର୍ବବତ୍ ମଧୁର ଗମ୍ଭୀର ସ୍ୱରରେ କହିଲେ, "ଉତ୍ତମ । ଯଦି ଗୌରବ ମୃତ୍ୟୁ ଇଚ୍ଛା କର, ତାହାହେଲେ ବୋଲ, ଦିଗବିଦଗ ପ୍ରକମ୍ପିତ କରି ବୋଲ, ଯବନର କର୍ଣ୍ଣ ବଧୀର କରି ବୋଲ, "ଜୟ ଉତ୍କଳର ଜୟ ।" ରାଣୀଙ୍କ ମୁଖରୁ ବାକ୍ୟ ନ ସରୁଣୁ ଉତ୍କଳର ଜୟ-ନାଦରେ ଆକଶ ବିଦୀର୍ଣ୍ଣ କଲେ । ପ୍ରଥମେ ରାଣୀ ଉତ୍କଳର ଜୟଗାନ କରି ନଦୀରେ ଝାସ ଦେଲେ । ତାଙ୍କ ପଛେ ପଛେ ଅନ୍ୟାନ୍ୟ ରମଣୀମାନେ ମଧ୍ୟ ନଦୀରେ ଝାସ ଦେଲେ ।

ସାବଧାନ କଳାପାହାଡ଼ । ଏ ମହିମାମୟ ଦୃଶ୍ୟରେ ବିଘ୍ନ ଉପସ୍ଥିତ କରନାହିଁ । ଦେଖ, ମାନସ-ଚକ୍ଷୁ ଉନ୍ମୀଳନ କରି ଦେଖ, ତୁମ୍ଭ ହିନ୍ଦୁ ରମଣୀମାନେ କିପରି ମରି ଜାଣନ୍ତି । ତୁମ୍ଭେ ଯେଉଁ ଧର୍ମ ବିରୁଦ୍ଧରେ, ଯେଉଁ ଧର୍ମର ସତୀତ୍ୱ ବିରୁଦ୍ଧରେ ଖଡ୍ଗ ଧାରଣ କରିଅଛ, ସେହି ଧର୍ମର ମହତ୍ତ୍ୱ ହୃଦୟଙ୍ଗମ କରି ବର୍ତ୍ତମାନ ହେଲେ ଅନୁତପ୍ତ ହୁଅ । କିନ୍ତୁ ସେ ସ୍ୱର୍ଗୀୟଦୃଶ୍ୟ ଆଉ ନାହିଁ । ଦେଖୁଁ ଦେଖୁଁ ରମଣୀମାନେ ବୈତରଣୀର ଅତଳସ୍ପର୍ଶୀ ଜଳରେ ବିଲୀନ ହୋଇଗଲେ । ଓଡ଼ିଶାର ଗୌରବ-ପ୍ରଦୀପ ନିର୍ବାପିତ

ହେଲା । ଓଡ଼ିଶାର ଉତ୍‌ଥାନ ଯେପରି ଗୌରବମୟ, ତାହାର ପତନ ମଧ୍ୟ ସେହିପରି ଗୌରବମୟ ।

(୭)

ଆମ୍ଭମାନଙ୍କ ବକ୍ତବ୍ୟ ଶେଷ ହୋଇଅଛି । କିନ୍ତୁ ପାଠକମାନଙ୍କ ନିକଟରୁ ବିଦାୟ ନେବା ପୂର୍ବରୁ ଆମ୍ଭେମାନେ ଉପସଂହାରରେ ଆଉ ଦୁଇ ଚାରି କଥା କହିବାକୁ ଇଚ୍ଛା କରୁଁ ।

କଳାପାହାଡ଼ଙ୍କ ସମ୍ବନ୍ଧରେ ଗୋଟିଏ ବିଚିତ୍ର ପ୍ରବାଦ ପ୍ରଚଳିତ ଅଛି । ସେ ଥରେ ତାଙ୍କ 'ମା'ଙ୍କୁ ପଚାରିଲେ, "ମା, ସଂସାରରେ କେଉଁ କାର୍ଯ୍ୟ କଲେ ଯଶ ମିଳେ ?" ଜନନୀ କହିଲେ, "ଦେଉଳ ତୋଳାଇଲେ କିମ୍ବା ବାଟ ଅପରିଷ୍କାର କଲେ ।" କଥାର ଶେଷ ଭାଗଟି କଳାପାହାଡ଼ଙ୍କ ମନକୁ ପାଇଲା, ଓ ଗୁଣମଣି ପୁତ୍ର କୀର୍ତ୍ତି ରକ୍ଷାର୍ଥ ପ୍ରଥମେ ଜନନୀଙ୍କୁ ହତ୍ୟା କରି ତାଙ୍କ ଚର୍ମରେ ସମର-ନିଶାଣ ନିର୍ମାଣ କଲେ । ପ୍ରବାଦଟି କେତେଦୂର ସତ୍ୟ, ଆମ୍ଭେମାନେ କହି ନ ପାରୁଁ । ବୋଧହୁଏ, ଏହା ବିଶ୍ୱାସଯୋଗ୍ୟ ନୁହେଁ । ସେ ଯାହା ହେଉ, ଯେତେବେଳେ କଳାପାହାଡ଼ ଦେଖିଲେ ଯେ, ତାଙ୍କ ଇଚ୍ଛା ବିଫଳ ହେଲା, ସେ ଆଉ ନୀରବରେ ସ୍ୱଦେଶକୁ ପ୍ରତ୍ୟାବୃତ୍ତ ହେବାକୁ ଇଚ୍ଛୁକ ହେଲେ ନାହିଁ । ଉତ୍କଳରେ ଧ୍ୱଂସ-କାର୍ଯ୍ୟ ସଂସାଧନ କରି ଇତିହାସ ପୃଷ୍ଠାରେ ଅମର ହେବାକୁ ସଂକଳ୍ପ କଲେ ।

ଯାଜପୁର ଦୁର୍ଗ ଅଧିକାର କରି ସାରିଲା ଉତ୍ତାରୁ କଳାପାହାଡ଼ ଭୁବନେଶ୍ୱର ଅଭିମୁଖରେ ଅଗ୍ରସର ହେଲେ ଏବଂ ସେଠାରେ ସ୍ୱୀୟ ଧ୍ୱଂସକାର୍ଯ୍ୟ ସମାପ୍ତ କରି ପୁରୀ ଅଭିମୁଖରେ ଯାତ୍ରାକଲେ । ସେ ପୁରୀ ମନ୍ଦିର ଭିତରେ ପ୍ରବେଶ ଲାଭ କରି ପାରି ନାହାନ୍ତି । ପଣ୍ଡାମାନେ ତାଙ୍କ ଆସିବା ପୂର୍ବରୁ ମନ୍ଦିରର ମୂର୍ତ୍ତିତ୍ରୟଙ୍କୁ ନେଇ ଲୁଚାଇ ରଖିଥିଲେ । କିନ୍ତୁ କଳାପାହାଡ଼ ତହିଁର ସନ୍ଧାନ ପାଇ ପଣ୍ଡାମାନଙ୍କ ଠାରୁ ମୂର୍ତ୍ତିତ୍ରୟ ଛଡ଼ାଇ ଆଣି ଅଗ୍ନିରେ ଦଗ୍ଧ କଲେ । ପଣ୍ଡାମାନେ ମୂର୍ତ୍ତିଗୁଡ଼ିକର ଦଗ୍ଧାବଶେଷ ଉଦ୍ଧାର କରି ଲୁଚାଇ ରଖିବା ଉଦ୍ଦେଶ୍ୟରେ ସ୍ଥାନେ ସ୍ଥାନେ ଲୁଚି ରହିଲେ । କଳାପାହାଡ଼ ଯେତେ ଚେଷ୍ଟା କଲେ ସୁଦ୍ଧା, ମୂର୍ତ୍ତିତ୍ରୟର ଲୋପ ସାଧନ କରିପାରିଲେ ନାହିଁ ।

ଏହି ମୂର୍ତ୍ତି ଲୁଚାଇ ରଖିବା କାର୍ଯ୍ୟ ଗୋଟିଏ ବିଷମ କାଣ୍ଡ । କିମ୍ବଦନ୍ତୀ ମୂର୍ତ୍ତିଗୁଡ଼ିକୁ କେତେ ସ୍ଥାନକୁ ଯେ ନେଇଛି, ତହିଁର ଇୟତ୍ତା ନାହିଁ । ପ୍ରତ୍ୟେକ ରାଜ୍ୟ ଏଥିରେ ନିଜର ପାରିବାପଣ ଦେଖାଇବାକୁ ଚେଷ୍ଟା କରିଅଛି । ମୂର୍ତ୍ତିଗୁଡ଼ିକ ବୁଲି ବୁଲି ଶେଷରେ ସମ୍ବଲପୁରରେ ଉପସ୍ଥିତ ହୋଇଥିବାର ପ୍ରକାଶ । ସେଠାରେ ଶଙ୍କରବନ୍ଧ ନିକଟରେ ଯୁଦ୍ଧ ହୋଇଥିଲା ଓ ଯୁଦ୍ଧରେ କଳାପାହାଡ଼ ସମ୍ପୂର୍ଣ୍ଣରୂପେ ପରାସ୍ତ ଓ ନିହତ ହୋଇଥିଲେ ।

ସମ୍ବଲପୁର District Gazetteerର ଲେଖକ ଏହି କିମ୍ବଦନ୍ତୀକୁ ବିଶ୍ୱାସ କରନ୍ତି ନାହିଁ। କଳାପାହାଡ଼ଙ୍କ ମୃତ୍ୟୁ ମଧ୍ୟ ଅନ୍ୟତ୍ର ହୋଇଥିବା କଥା ଇତିହାସରେ ମିଳେ। କିନ୍ତୁ ଆଶ୍ଚର୍ଯ୍ୟର ବିଷୟ ଯେ, ଶଙ୍କରବନ୍ଧରେ ଅଦ୍ୟାବଧି ବହୁ ସଂଖ୍ୟକ ଯାବନିକ କବର ଅଛି। ପୁଣି ସମ୍ବଲପୁରରେ ଯେପରି ସମାରୋହ ସହକାରେ ଗୁଣ୍ଡିଚା-ଯାତ୍ରା ସମ୍ପନ୍ନ ହୁଏ, ପୁରୀ ଛଡ଼ା ଓଡ଼ିଶାର ଆଉ କୌଣସିଠାରେ ସେପରି ହୁଏ ନାହିଁ। ଆହୁରି ମଧ୍ୟ ସମଲେଶ୍ୱରୀଙ୍କ ମନ୍ଦିରରେ ରକ୍ଷିତ ଢୋଲ କଳାପାହାଡ଼ଙ୍କ ଚର୍ମରୁ ନିର୍ମିତ ବୋଲି କଥିତ । ଏ କିମ୍ବଦନ୍ତୀର ଐତିହାସିକତା ସପ୍ରମାଣ କରିବାକୁ ଆମ୍ଭେମାନେ ପ୍ରସ୍ତୁତ ନୋହୁଁ। ତେବେ ଏଠାରେ ଆମ୍ଭେମାନେ ଏତିକି କହିବୁଁ ଯେ, ଭାରତୀୟମାନେ ଯଦି ପ୍ରକୃତ ଗବେଷଣା ସହକାରେ ଭାରତର ଇତିହାସ ପବିତ୍ର ଚିତ୍ତରେ ଲେଖନ୍ତି, ତାହା ହେଲେ ଆମ୍ଭମାନଙ୍କର ସମ୍ପୂର୍ଣ୍ଣ ବିଶ୍ୱାସ, ଭାରତର ଇତିହାସ ଭିନ୍ନ ଆକାର ଧାରଣ କରିବ। ଆମ୍ଭେମାନେ ଚାତକ-ନୟନରେ ସେ ଶୁଭଦିନକୁ ଅନାଇ ରହିଲୁ।

■

ଉତ୍କଳ ସାହିତ୍ୟ ୨୪/୩, ଆଷାଢ଼ ୧୩୨୭ (ମଇ ୧୯୨୪)

ଦୋଷ କାହାର ?

ଗଭୀର ତାମସୀ ରଜନୀ। ଅନ୍ଧକାରରେ ଚତୁର୍ଦ୍ଦିଗ ଛାଇଁ ହୋଇଯାଇଛି – ଛୁଞ୍ଚି ଗଳିବାକୁ ସୁଦ୍ଧା ବାଟ ନାହିଁ। ନିଶୀଥର ଏ ଭୀଷଣତାକୁ ଡରି ମନୁଷ୍ୟ, ପଶୁ, ପକ୍ଷୀ – ସମସ୍ତେ ନିଜ ନିଜ ଆବାସ ସ୍ଥାନରେ ଲୁଚି ରହିଛନ୍ତି - ପଦାକୁ ବାହାରିବାକୁ କିମ୍ବା ନିଜ ଅସ୍ତିତ୍ୱର ସୂଚନା ସୁଦ୍ଧା ଦେବାକୁ କାହାରି ସାହସ ହେଉନାହିଁ। କେବଳ ନିଶାଚର ପ୍ରାଣୀ ଗୁଡ଼ିକର ବିକଟ ଚିତ୍କାର ସମୟେ ସମୟେ ଶ୍ରୁତିଗୋଚର ହେଉଛି ମାତ୍ର।

ହରିହରପୁର ଗୋଟିଏ କ୍ଷୁଦ୍ର ଗ୍ରାମ। ନୈଶ ଅନ୍ଧକାରରେ ଦୂରରୁ ଗ୍ରାମର ଅସ୍ତିତ୍ୱ ପର୍ଯ୍ୟନ୍ତ କଳନା କରିବା ସହଜ ନୁହେଁ। କିଛି କ୍ଷଣ ପୂର୍ବେ ଯେଉଁ ଆଲୋକ-ରେଖାଟି ଦୃଶ୍ୟ ହେଉଥିଲା, ବର୍ତ୍ତମାନ ତାହା ସୁଦ୍ଧା ଲୁପ୍ତ ହୋଇଗଲାଣି।

ଏ ନୀରବ ନିଶୀଥରେ ରଜନୀର ଭୀଷଣତାକୁ ନ ଡ଼ରି, ପ୍ରକୃତିର ନୀରବ ଅଟ୍ଟହାସ୍ୟ ପ୍ରତି ଭ୍ରୂକ୍ଷେପ ସୁଦ୍ଧା ନ କରି ଗୋଟିଏ ଶୁକ୍ଳବସନା ଯୁବତୀ ଧୀରେ - ଅତି ସନ୍ତର୍ପଣରେ ନିଜ ଗୃହରୁ ବହିର୍ଗତ ହେଲା। ଯୁବତୀ ହସ୍ତରେ ସଦ୍ୟଜାତ ଶିଶୁ-ସନ୍ତାନଟିଏ। କ୍ଷୀଣ କ୍ରନ୍ଦନ-ଧ୍ୱନି ପର୍ଯ୍ୟନ୍ତ ଶିଶୁ-ମୁଖରୁ ନିର୍ଗତ ହେଉନାହିଁ। ଯୁବତୀ ନିରାଭରଣା-ବୈଧବ୍ୟର ତୀବ୍ର କଷାଘାତରେ ଅଙ୍ଗ-ଯଷ୍ଟି ଏକାବେଳକେ ମଳିନ ଓ ଭଗ୍ନ ପ୍ରାୟ। ଏ ଦୁର୍ବଳ ଶରୀରରେ ଏତାଦୃଶ ସାହସ ଦେଖି ପାଠକ ବିସ୍ମିତ ହୋଇପାରନ୍ତି; କିନ୍ତୁ ଘଟଣା -ଦୃଷ୍ଟିରେ ଏଥିରେ ବିସ୍ମୟର ଅବକାଶ ସୁଦ୍ଧା ନାହିଁ।

ଯୁବତୀ ନିଜେ ଶିଶୁଟିର ପ୍ରସୂତି; କିନ୍ତୁ ଆଶ୍ଚର୍ଯ୍ୟର ବିଷୟ, ଏପରି ଭୀଷଣ ଅନ୍ଧକାରରେ ସେ ଘରଭିତରେ ଲୁଚି ନ ରହି ଏକାକୀ ପଦ-ବ୍ରଜରେ ଯାଉଛି କାହିଁକି ? ଏ ପ୍ରଶ୍ନର ଉତ୍ତର ଦେବା ସହଜ ନୁହେଁ; ବିଚକ୍ଷଣ ସମାଜପତିମାନେ କେବଳ ଏଥିର ସମୁଚିତ ଉତ୍ତର ଦେଇପାରନ୍ତି।

ଗ୍ରାମର ଉପକଣ୍ଠରେ ଗୋଟିଏ କ୍ଷୁଦ୍ର ପୁଷ୍କରିଣୀ । ପୁରୁଷ ଏବଂ ସ୍ତ୍ରୀମାନଙ୍କ

ସ୍ନାନ ନିମନ୍ତେ ପୁଷ୍କରିଣୀରେ ଦୁଇଗୋଟି ସ୍ୱତନ୍ତ୍ର ଘାଟ। ପୁରୁଷମାନଙ୍କ ଗାଧୋଇବା ତୁଠ ନିକଟରେ ହିଡ଼ ଉପରେ ଗୋଟିଏ ପ୍ରକାଣ୍ଡ ଅଶ୍ୱତ୍ଥ ବୃକ୍ଷ। ଅନଭ୍ୟସ୍ତ ଲୋକ ପକ୍ଷରେ ଅନ୍ଧକାରରେ ରାସ୍ତା ଠଉରାଇ ପୁଷ୍କରିଣୀର ହିଡ଼ଉପରେ ଚାଲିବା ସହଜ ନୁହେଁ।

ଯୁବତୀ ଶିଶୁ-ସନ୍ତାନଟିକୁ ଧରି ଏହି ଅଶ୍ୱତ୍ଥ ବୃକ୍ଷର ପାଦଦେଶରେ ଯାଇ ଛିଡ଼ାହେଲା - ଆଉ ଅଗ୍ରସର ଦେବାକୁ ସାହସ କିମ୍ବା ପ୍ରବୃତ୍ତି ହେଲାନାହିଁ। ଏହି ସମୟରେ ବୃକ୍ଷ ଉପରେ ହଠାତ୍ ପେଚକର ଭୀଷଣ ରବ ଶ୍ରୁତିଗୋଚର ହେଲା। ଯୁବତୀ ହତବୁଦ୍ଧି ହୋଇ ସେହିଠାରେ ବସିପଡ଼ିଲା। କର୍ତ୍ତବ୍ୟାକର୍ତ୍ତବ୍ୟ ବିଷୟରେ ସେ ଆଉ କିଛି ସ୍ଥିର କରିପାରିଲା ନାହିଁ।

ସେଦିନ କୃଷ୍ଣପକ୍ଷର ସପ୍ତମୀ ରଜନୀ। ବାହାରେ – ଚତୁର୍ଦ୍ଦିଗରେ ସୂଚିଭେଦ୍ୟ ଅନ୍ଧକାର। ଏଆଡ଼େ ଯୁବତୀର ହୃଦଦେଶରେ ସୁଦ୍ଧା ଅନ୍ଧକାର ଓ ଝଟିକାର ତାଣ୍ଡବ ଲୀଳା ! ଏପରି ଅବସ୍ଥାରେ ଯୁବତୀର ବୁଦ୍ଧି ବୃତ୍ତି ସବୁ ହଜିଗଲା। ସେ କିଂକର୍ତ୍ତବ୍ୟ ବିମୂଢ଼ା ହୋଇ ନୀରବରେ ଅଶ୍ରୁତ୍ୟାଗ କରିବାକୁ ଲାଗିଲା।

କିଛି କ୍ଷଣରେ ପୂର୍ବାକାଶରେ ଚନ୍ଦ୍ରୋଦୟର ସୂଚନା ଦୃଷ୍ଟି ଗୋଚର ହେଲା। ସଙ୍ଗେ ସଙ୍ଗେ ଆଲୋକ ଏବଂ ଅନ୍ଧକାର ମଧ୍ୟରେ ଲୁଚକାଳି ଖେଳ ଆରମ୍ଭ ହୋଇଗଲା। କ୍ରମେ ଚତୁର୍ଦ୍ଦିଗ ଜ୍ୟୋତ୍ସ୍ନାରେ ପ୍ଲାବିତ ହୋଇଗଲା – ଲୁଚି ରହିବାକୁ ଅନ୍ଧକାରକୁ ନିକଟରେ ଆଉ ସ୍ଥାନ ମିଳିଲା ନାହିଁ। ନୈଶ-ପ୍ରକୃତି କମନୀୟ ବେଶରେ ଭୂଷିତ ହୋଇ ଆନନ୍ଦରେ ହସିବାକୁ ଲାଗିଲା।

ଚନ୍ଦ୍ର-କିରଣରେ ଉଦ୍ଭାସିତ ଶିଶୁର କମନୀୟ ମୁଖ ସହସା ଯୁବତୀର ଦୃଷ୍ଟି ପଥାରୂଢ଼ ହେଲା। ସେ ଦୃଶ୍ୟ ଦେଖି ସେ ଆଉ ଥୟହୋଇ ରହିପାରିଲା ନାହିଁ। ମାତୃସ୍ନେହ ବିଗଳିତ ହୋଇ ଯୁବତୀର ନୟନପ୍ରାନ୍ତରେ ଅଶ୍ରୁରୂପେ ଆବିର୍ଭୂତ ହେଲା। ତା'ର ଅଜ୍ଞାତସାରରେ ଓଷ୍ଠଦ୍ୱୟ ତାର ଶିଶୁ ଗଣ୍ଡ ଦେଶରେ ନ୍ୟସ୍ତ ହୋଇଗଲା।

ଏହି ଶିଶୁକୁ ପୁଷ୍କରିଣୀରେ ନିକ୍ଷେପ କରିବା ନିମନ୍ତେ ଯୁବତୀ ସଙ୍କଳ୍ପ କରି ଆସିଥିଲା। ସମାଜ ଭୟରେ, ଗୁରୁଜନ ଭୟରେ ଜନନୀ ହୋଇ ସେ ନିଜ ଗର୍ଭଜାତ ସନ୍ତାନର ପ୍ରାଣବିନାଶ କରିବାକୁ ଅଗ୍ରସର ହୋଇଥିଲା। ବିଧବା ପକ୍ଷରେ ସନ୍ତାନୋତ୍ପାଦନ ସମାଜ ଚକ୍ଷୁରେ ଅତି ନିନ୍ଦନୀୟ ବ୍ୟାପାର – ସେ ନିନ୍ଦାକୁ ଡରି ଯୁବତୀ ଏପରି ପାପ ସଂକଳ୍ପରେ ପ୍ରବୃତ୍ତ ହୋଇଥିଲା, କିନ୍ତୁ ଯେଉଁ ପୁରୁଷ ଯୋଗୁଁ ବିଧବାର ଆଜି ଏ ଦଶା, ସେ ପୁରୁଷର ମସ୍ତକ ସୁଦ୍ଧା ଏ ବିଷୟରେ ଆଲୋଡ଼ିତ ହେଉନାହିଁ। ସେ ମହା ନିଶ୍ଚିନ୍ତରେ ଦୁଗ୍ଧଫେନନିଭ ଶଯ୍ୟାଉପରେ ଶୋଇଛି। ପୁରୁଷ

ନାନା କ୍ଷେତ୍ରରେ ସନ୍ତାନୋତ୍ପାଦନ କରିପାରେ; କିନ୍ତୁ ନାରୀ ପକ୍ଷରେ ଏପରି ଆଚରଣ ଅତି ଗର୍ହିତ ! ଧନ୍ୟ ସମାଜ !!

ସମାଜର ଏ ଅବିଚାର ବିଷୟ ଭାବି ଯୁବତୀ କ୍ରୋଧରେ ଅଧୀର ହୋଇଗଲା। ଏ ଘଟଣା ନିମନ୍ତେ ମୁଖ୍ୟତଃ ପୁରୁଷ ହିଁ ଦାୟୀ। ପୁରୁଷର ପ୍ରଲୋଭନରେ ପଡ଼ିନଥିଲେ ଯୁବତୀର ଏ ଦଶା ହୋଇଥାନ୍ତା କାହିଁକି ? ଏଥିପାଇଁ ଦଣ୍ଡନୀୟ ପୁରୁଷ ଛଡ଼ା ଆଉ କେହି ନୁହେଁ। ପୁରୁଷର ପାପକୁ ଘୋଡ଼ାଇବା ନିମନ୍ତେ ନାରୀ ନିଜ ରକ୍ତଜାତ ସନ୍ତାନକୁ ହତ୍ୟାକରିବ କାହିଁକି ? ଏଥିପାଇଁ ସମାଜ ଗୁରୁଦଣ୍ଡର ବ୍ୟବସ୍ଥା କଲେ ସୁଦ୍ଧା ଚିନ୍ତାନାହିଁ। ଏପରି ଅବିଚାର-ସ୍ଥଳରେ ସମାଜର ଶାସନ ନ ମାନିବା ହିଁ ବିବେକାନୁମୋଦିତ।

ଶାରୀରିକ-ସୁଖ-ସମ୍ଭୋଗେଚ୍ଛା ସଦାରପୁରୁଷ ଅପେକ୍ଷା ବିଧବା ନାରୀର ବେଶି ହେବା ସ୍ୱାଭାବିକ। ପୁରୁଷର ମହତ୍ତ୍ୱ ଜଗିବା ନିମନ୍ତେ ବିଧବା ଆଜୀବନ ବ୍ରହ୍ମଚର୍ଯ୍ୟ ଅବଲମ୍ବନ କରିବ – ଅଥଚ ପୁରୁଷ ନିଜ ପତ୍ନୀର ବିଦ୍ୟମାନତା ସତ୍ତ୍ୱେ ପରଦାରାଭିଳାଷୀ ହୋଇପାରିବ ! ଏ ଅବିଚାର ବିରୁଦ୍ଧରେ ବିଦ୍ରୋହୀ ହେବା ପ୍ରତ୍ୟେକ ଚିନ୍ତାଶୀଳ ବ୍ୟକ୍ତିର କର୍ତ୍ତବ୍ୟ।

ବିଧବାର ପତ୍ୟନ୍ତରଗ୍ରହଣ ବିରୁଦ୍ଧରେ ଯେଉଁମାନେ ମତ ଦିଅନ୍ତି, ଅବଜ୍ଞାଭରେ ସେମାନଙ୍କ ମତକୁ ପଦଦଳିତ କରି ବିବେକାନୁମୋଦିତ ପଥରେ ଚାଲିବା ହିଁ ପ୍ରକୃତ ବୁଦ୍ଧିମତ୍ତାର ପରିଚାୟକ। ବିଧବା ଯଦି କୌଣସି କାରଣରୁ ପୁନର୍ବିବାହ ନ କରି ସୁଦ୍ଧା ସନ୍ତାନପ୍ରସବ କରେ, ତାହା ହେଲେ ସେଥି ନିମନ୍ତେ ପୁରୁଷକୁ ଦାୟୀ କରିବା ଉଚିତ। ନିରୀହ ଅବଳା ଉପରେ ଏପରି ଅତ୍ୟାଚାର କରି ସମାଜରେ ଭ୍ରୂଣହତ୍ୟା ଓ ଶିଶୁହତ୍ୟାର ସଂଖ୍ୟା ବଢ଼ାଇବା କଦାପି ଉଚିତ୍ ନୁହେଁ। ନାରୀର ଜନନୀତ୍ୱ ଯୋଗୁଁ ପାପ-ପ୍ରକାଶରେ ସୁବିଧା ଅଛି ବୋଲି କଣ ଏପରି ଅବିଚାର କରିବ ? ପୁରୁଷର ଯଦି ସନ୍ତାନୋତ୍ପାଦିକା ଶକ୍ତି ଥାନ୍ତା, ତାହା ହେଲେ କଣ ପୁରୁଷ ପ୍ରତି ମଧ୍ୟ ଏହିପରି ବ୍ୟବସ୍ଥା ହୁଅନ୍ତା ? ଏସବୁ ସମସ୍ୟାର ସମାଧାନ ନକରି କେବଳ ନାରୀକୁ ଦୋଷୀ କରିବା ଘୋର ଅନ୍ୟାୟ।

ଜାରଜ-ଶବ୍ଦ ସହିତ ପୁରୁଷକୁ କେବଳ ସଂପୃକ୍ତ କଲେ ଭ୍ରୂଣହତ୍ୟା ସମ୍ବନ୍ଧୀୟ ସମସ୍ତ ଅଶାନ୍ତି ଦୂର ହୋଇଯିବ। ବର୍ଣ୍ଣସଙ୍କର ଶବ୍ଦ ଅଭିଧାନରୁ ଉଠିଯିବା ହିଁ ଶ୍ରେୟସ୍କର। ପିତୃତ୍ୱର ନିର୍ଣ୍ଣୟ ସମ୍ଭବ ନ ହେଲେ ମାତୃ-ନାମରେ ସନ୍ତାନକୁ ଅଭିହିତ କରିବାରେ ଦୋଷ କ'ଣ ? ମନୁଷ୍ୟ ନିଜ କର୍ମ ପାଇଁ ଦାୟୀ – ଜନ୍ମ ପାଇଁ ନୁହେଁ। ଯେତେଦିନ ପର୍ଯ୍ୟନ୍ତ ସମାଜ ନିଜର ଦୁର୍ବଳତା ସ୍ୱୀକାର କରିବାକୁ ଶିଖିନାହିଁ, ସେତେଦିନ ପର୍ଯ୍ୟନ୍ତ ଗୁପ୍ତପ୍ରଣୟ ଓ ଗୁପ୍ତହତ୍ୟା ଚାଲିଥିବ। ବିଧି-ବ୍ୟବସ୍ଥା ଦ୍ୱାରା ଅସ୍ୱାଭାବିକ ଅବସ୍ଥାର ସୃଷ୍ଟି କରିବାକୁ ଯିବା ଚାରୁଲତା ଛଡ଼ା କିଛି ନୁହେଁ।

ଏସବୁ ଭାବନାର ଫଳସ୍ୱରୂପ ଯୁବତୀର କର୍ତ୍ତବ୍ୟ ଅଧୂନା ସୁସ୍ପଷ୍ଟ ହୋଇଗଲା। ମାତୃତ୍ୱର ଅସ୍ୱୀକାର ବର୍ତ୍ତମାନ୍ ତା'ପକ୍ଷରେ ସଂପୂର୍ଣ୍ଣ ଅସମ୍ଭବ ହୋଇପଡ଼ିଲା। ସମାଜର ନିନ୍ଦାକୁ ନ ଡରି ଶିଶୁପୁତ୍ର ହସ୍ତରେ ସେ ପୁନର୍ବାର ସ୍ୱୀୟ ଗୃହାଭିମୁଖରେ ଅଗ୍ରସର ହେଲା। ଏ କାର୍ଯ୍ୟର ଅନୁମୋଦନ ସ୍ୱରୂପ ସପ୍ତମୀଚନ୍ଦ୍ର ଆନନ୍ଦରେ ହସିବାକୁ ଲାଗିଲେ। ଧରଣୀ-ବକ୍ଷରେ ଜ୍ୟୋତ୍ସ୍ନାସ୍ନାତ ଶାନ୍ତି ବିରାଜିତ ହେଲା।

■

ମୁକୁର, ୨୨ଶ ଭାଗ, ୭ମ-୮ମ ସଂଖ୍ୟା, କାର୍ତ୍ତିକ ୧୩୩୫ (୧୯୨୭/୨୮)

ଅମର ବୀଣା

ଆଜି ବହୁଦିନ ପରେ କବିର ଇଚ୍ଛା ହେଲା ଆଉ ଥରେ ବୀଣା ବଜାଇ ଗୀତ ଗାଇବାକୁ। ଅନେକ ଦିନରୁ ବୀଣାଟି ସଙ୍ଗା ଉପରେ ଅକର୍ମଣ୍ୟ ଅବସ୍ଥାରେ ପଡ଼ି ରହିଥିଲା। କବିର ଭୟ ହେଲା, ବୀଣା ବୋଲ ମାନିବ ନାହିଁ ପରା। ଏହି ଭାବନାର ସ୍ରୋତ ମନ ମଧ୍ୟରେ ଖେଳିଲାକ୍ଷଣି କବିର ହୃଦୟ ନୈରାଶ୍ୟରେ ଜର୍ଜରିତ ହୋଇଗଲା, ମୁଖରେ ବିଷାଦର ରେଖା ଫୁଟି ଉଠିଲା। କ୍ଷୁର୍ଣ୍ଣ ମନରେ କବି ଉର୍ଦ୍ଧ୍ୱକୁ ଅନାଇ ରହିଲା। ବୀଣା ବଜାଇବାକୁ ଆଉ ତା'ର ସାହସ ହେଲା ନାହିଁ।

ଏହିପରି ସଂଶୟ ଦୋଳାରେ କବିର କିଛି ସମୟ କଟିଯିବା ପରେ ହଠାତ୍ ସଙ୍ଗା ଉପରେ ତା'ର ଦୃଷ୍ଟି ପଡ଼ିଲା। ବୀଣାଟି ଯେଉଁ ସ୍ଥାନରେ ଥିଲା ଠିକ୍ ସେହି ସ୍ଥାନରେ ଅଛି – ଟିକିଏ ଏଆଡ଼ ନାହିଁ, ସେଇଆଡ଼ ନାହିଁ। ବୀଣା ଉପରେ ଦୃଷ୍ଟି ପଡ଼ିଲାକ୍ଷଣି ବିଦ୍ରୋହୀ ହୃଦୟ ନିକଟକୁ କବିକୁ ଟାଣିବାକୁ ବସିଲା। କାଠର ପିତୁଳା ପରି କବି ତ୍ରସ୍ତ ପଦରେ ବୀଣା ନିକଟକୁ ଅଗ୍ରସର ହେଲା।

ଏହି ବୀଣା ବଜାଇ, ସଙ୍ଗୀତର ମଧୁର ମୂର୍ଚ୍ଛନାରେ ପ୍ରାଣ ପୁଲକିତ କରି କବି ଦିବାନିଶି ବିଭୋର ଥିଲା। ଜୀବନର ମଧୁର ପ୍ରଭାତରେ କବିତା-ରାଣୀଙ୍କ ଶୋକପାଶୋରା ନିକୁଞ୍ଜରେ ବସି କବି ଏହି ବୀଣା ମୃଦୁ ମନ୍ଦ ତାନକୁ ବସନ୍ତ ସମୀରହିଲ୍ଲୋଳରେ ତାଳେ ତାଳେ ନଚାଇ ଅପୂର୍ବ ସୁଖ ଉପଭୋଗ କରୁଥିଲା। ସେ ମଧୁମୟ ସଙ୍ଗୀତର ଶ୍ରୋତା କବି ନିଜେ ଏବଂ ଚତୁର୍ଦ୍ଦିଗସ୍ଥ ପଶୁପକ୍ଷୀ ଓ ବୃକ୍ଷଲତା। ମାନବସମାଜର କର୍ଣ୍ଣ କୁହରରେ ଏ ସଙ୍ଗୀତ ପଶି ପାରୁଥିଲା କି ନା, କବି ତହିଁର ଖବର ସୁଦ୍ଧା ରଖୁ ନଥିଲେ।

କବିର ଏ ସୁଖ ଉପରେ ବିଧାତା ଶେଷକୁ ଶତ୍ରୁତା ଆଚରଣ କଲା। ଦିନେ କବିତା କୁଞ୍ଜରେ ବୀଣା ବଜାଇସାରି କବି ପଦାକୁ ଆସି ଦେଖିଲା, ମାନବ-ସମାଜ

ଦଳ ବାନ୍ଧି ତାକୁ ଟାଣି ନେବାକୁ ଆସୁଛନ୍ତି। କବି ସେମାନଙ୍କୁ କେତେ ଅନୁନୟ ଅନୁରୋଧ କଲା, କୁଞ୍ଜ ମଧ୍ୟରେ ଏକାକୀ ଛାଡ଼ି ଯିବାକୁ ସେମାନଙ୍କ ପାଦଧରି କହିଲା; କିନ୍ତୁ କେହି ତା'କଥା ଶୁଣିଲେ ନାହିଁ। କବିର କାକୁତି-ମିନତି, ନୟନର ବିଷାଦଅଶ୍ରୁ ସେମାନଙ୍କ ପାଷାଣ ହୃଦୟକୁ ତରଳାଇ ପାରିଲା ନାହିଁ। ସେମାନେ ବଳ ପୂର୍ବକ ତା'ର ଦୁଇ ହାତକୁ ଧରି, ବୀଣାଟିକୁ ତା'ର କାନ୍ଧ ଉପରେ ଲଦିଦେଇ ତାକୁ ଓଟାରି ନେଇଗଲେ। ଯୂପ କାଷ୍ଠ ନିକଟକୁ ଗଲାପରି କବି ଲୋତକ ଜଳରେ ପଥ ସିକ୍ତ କରି ସେମାନଙ୍କ ପଛେ ପଛେ ଅଗ୍ରସର ହେଲା।

ବିଧାତା କବିର ଜୀବନକୁ ଯେଉଁ ଉପାଦାନରେ ଗଢ଼ିଥିଲା, ମାନବସମାଜ ପ୍ରଦତ୍ତ ସଂସାର ସହିତ ତାହା ଖାପ ନ ଖାଇଲେ ସୁଦ୍ଧା କବି ଅଗତ୍ୟା ନୂତନ ସଂସାର ସ୍ରୋତରେ ଜୀବନକୁ ଭସାଇ ଦେଲା। ବୀଣାଟିକୁ ସଙ୍ଗା ଉପରେ ଥୋଇ ଦେଇ ଅଶ୍ରୁପୂର୍ଣ୍ଣ ନୟନରେ ତା ନିକଟରୁ ବିଦାୟ ନେଇ ନୂତନ ଜୀବନର ନୂତନ ଅନୁଭୂତିରେ ଅନ୍ୟମନସ୍କ ଭାବରେ ନିଜକୁ ବୁଡ଼ାଇ ରଖିବାକୁ ଚେଷ୍ଟା କଲା। ନୂତନ ଜୀବନର ଉପଯୋଗୀ ହେବାକୁ ସେ ଅନେକ ଚେଷ୍ଟା କରି ସୁଦ୍ଧା ସୁଖୀ ହୋଇ ପାରିଲା ନାହିଁ।

ସ୍ୱପ୍ନର ଅପସରା-ଭୁବନରୁ ଓହ୍ଲାଇ ଆସି କବି ଯେଉଁ କାର୍ଯ୍ୟକ୍ଷେତ୍ର ବାଛିନେଲା, ସେହି କାର୍ଯ୍ୟ-କ୍ଷେତ୍ର କବିକୁ ମାରିଦେଇ ତାହା ସ୍ଥାନରେ ଗୋଟିଏ କିମ୍ଭୁତ କିମାକାର ମୂର୍ତ୍ତି ଛିଡ଼ା କରାଇଲା। ତାହାର କଳ୍ପନାର ସ୍ରୋତ ଶୁଖିଯାଇ ତାହାର ସରସ ପ୍ରାଣକୁ ନୀରସ କରି ପକାଇଲା। ପ୍ରକୃତି ରାଣୀ ତାକୁ ଦେଖିଲେ, ମୁହଁ ଫେରାଇ ଚାଲିଗଲେ। ବୃକ୍ଷଲତା ତା' ସଙ୍ଗେ କଥାବାର୍ତ୍ତା ହେବାକୁ ପଶ୍ଚାତ୍‌ପଦ ହେଲେ। କୋକିଳର କୂଜନରେ ତା'ର ପ୍ରାଣ ଆଉ ପୁଲକିତ ହେଲାନାହିଁ। ନୀରସ ପ୍ରାଣରେ କବି ଉଦ୍ଦେଶ୍ୟହୀନ ଜୀବନ ଯାପନ କରିବାକୁ ଲାଗିଲା।

କବିର ଏ ଆକସ୍ମିକ ପରିବର୍ତ୍ତନ ଦେଖି ଲୋକେ ନିଜର ଆଖିକି ବିଶ୍ୱାସ କରି ପାରିଲେ ନାହିଁ। ଯେଉଁ ସମାଜ ତାକୁ ଏଇ ଅବସ୍ଥା ଦେଲା, ସେହି ସମାଜ ତା' ଉପରେ ବିଦ୍ରୂପ ବାଣ ବୃଷ୍ଟି କରିବାକୁ ଲାଗିଲା। ଅବଜ୍ଞାର ପାତ୍ର ହୋଇ, ଲୋକ ସମାଜରେ ମାନ ମର୍ଯ୍ୟାଦା ହରାଇ କବି ଆଉ ଘରୁ ବାହାରି ପାରିଲା ନାହିଁ। କ'ଣ ଥିଲା, କ'ଣ ହେଲା, ଏହି ଭାବନା ତା'ର ପ୍ରାଣକୁ ଘାଣ୍ଟି ପକାଇଲା।

ଆଜି ପୁଣି ଏ କି ପରିବର୍ତ୍ତନ। ଆଉ ଥରେ ଗୀତ ଗାଇବା ପାଇଁ କବିର ଏ ଆକସ୍ମିକ ଇଚ୍ଛା କାହିଁକି ? ସେହି ନୀରସ କାର୍ଯ୍ୟକ୍ଷେତ୍ର, କୁଟୁମ୍ବ ସେହି ଜଞ୍ଜାଳ, କାହାରି କୌଣସି ପରିବର୍ତ୍ତନ ନାହିଁ। ତେବେ ଏ କବିର ଏ ପରିବର୍ତ୍ତନ କାହିଁକି ? ଚତୁର୍ଦ୍ଦିଗରେ ଆଦର୍ଶ ସହିତ ଆଦର୍ଶର ସଂଘର୍ଷ ଦେଖି ନୂତନ ବାତାବରଣରୁ ନୂତନ

ସ୍ପନ୍ଦନର ଆସ୍ୱାଦ ପାଇ କବି ଆଉ ସ୍ଥିର ହୋଇ ରହିପାରିଲା ନାହିଁ। ମନ୍ତ୍ରଚାଳିତ ପରି ବୀଣା ନିକଟକୁ ଅଗ୍ରସର ହେଲା। କିନ୍ତୁ ଦେଖିଲା କ'ଣ ? ବୀଣାଟି ଯେଉଁ ଜାଗାରେ ଥିଲା, ଠିକ୍ ସେହି ଯାଗାରେ ଅଛି। ଅବସ୍ଥିତିରେ କୌଣସି ପରିବର୍ତ୍ତନ ଘଟିନାହିଁ; କିନ୍ତୁ ବୀଣାର ଖୋଳଟି ଲୂତା ତନ୍ତୁ ଓ ଧୂଳିରେ ବୋଳି ହୋଇ ରହିଛି। ଖୋଳର ଏ ଅବସ୍ଥା ଦେଖି କବିର ମନରେ କ୍ଷୋଭ ହେଲା। ଏଯାବତ୍ କାଳ ଏହାର କୌଣସି ଯତ୍ନ ନେଇ ନଥିବାରୁ ନିଜେ ନିଜେ ଧିକ୍‌କୃତ ହେଲା।

ଅତି ସନ୍ତର୍ପଣରେ କବି ଖୋଳ ସହିତ ବୀଣାକୁ ଆଣି ଟେବୁଲ ଉପରେ ଥୋଇଲା। ପରିଷ୍କାର କନାରେ ଖୋଳକୁ ପୋଛୁ ପୋଛୁ ଦେଖିଲା, ମନୁଷ୍ୟ ହସ୍ତ ସହିତ ଦୀର୍ଘକାଳ ସଂସ୍ପର୍ଶ ଅଭାବରୁ ଖୋଳଟିକୁ ପୋକ ଖାଇଯାଇଛି। ଅତି ଯତ୍ନରେ ଖୋଳ ଭିତରୁ ବୀଣାକୁ କାଢ଼ି ଦେଖିଲା, ତାହାର ସେହି ଚିରପରିଚିତ ବୀଣା ପୂର୍ବପରି ଉଜ୍ଜ୍ୱଳ, ପୂର୍ବପରି ପ୍ରୀତି ଦାୟକ। ଆଭ୍ୟନ୍ତରୀଣ ଅବସ୍ଥା ପରୀକ୍ଷା କରି ଦେଖିଲା, ବ୍ୟବହାରର ଅଭାବ ଏହାର କୌଣସି ପରିବର୍ତ୍ତନ ଘଟାଇ ନାହିଁ।

ବୀଣାର ଏ ଅବସ୍ଥା ଦେଖି କବିର ପ୍ରାଣ ପୁଲକରେ ପୂରିଗଲା। ସେ ମୃଦୁ-କର ସ୍ପର୍ଶରେ ତାକୁ ଲୟଯୁକ୍ତ କରିବାକୁ ଯାଉଥିବା ସମୟରେ ଘର ଭିତରୁ ଜରୁରୀ ଖବର ଆସିଲା – ସବୁକାମ ଛାଡ଼ିଦେଇ ଆସ। ଏ ଆଦେଶ ଲଙ୍ଘିବାକୁ କବିର ଶକ୍ତି ନାହିଁ ? ଶକ୍ତି ଥିଲା ଅବଶ୍ୟ ଯେତେବେଳେ ମହାସରସ୍ୱତୀଙ୍କ ଆରାଧନାରେ ତନ୍ମୟ ହୋଇ ରୋମାଞ୍ଚ କଳେବରରେ ସଙ୍ଗୀତର ମଧୁର ଆସ୍ୱାଦ ଉପଭୋଗ କରୁଥିଲା। ସେତେବେଳେ ଭୋକ ନଥିଲା, ଶୋଷ ନ ଥିଲା ଗାଧୋଇବାକୁ ମଧ୍ୟ ପାସୋରି ପକାଇଥିଲା। ଆଜି ଖୋଜିଲେ ତାହା ମିଳିବ କାହିଁ ? ଅଗତ୍ୟା ବୀଣାକୁ ଟେବୁଲ ଉପରେ ଥୋଇ ଦେଇ ଘର ଭିତରକୁ ଗଲା।

ଗୃହିଣୀ ଫରମାସ ଦେଲେ, ଆଜି କୃତାର୍ଥ ବାବୁଙ୍କ ଦୋକାନରୁ ଭଲ ଶାଢ଼ୀଟିଏ ଆଣି ଦେବାକୁ ହେବ। ଝିଅମାନେ କାନର ଦୁଲ୍ ପାଇଁ ଅଳିକଲେ। ବଡ଼ ପୁଅ ଆସି କହିଲା – "ବାପା. ଏ ବହି ଖଣ୍ଡିକ ଆମର ପାଠ୍ୟପୁସ୍ତକ ହୋଇଛି।" ପୁତ୍ର ହସ୍ତରୁ ପୁସ୍ତକ ଆଣି କବି ଦେଖିଲା, ଏହା ତାହାରି ଲେଖା। ପୁତ୍ର କହିଲା – "ବାପା, ବହିଟି ମୂଳରୁ ଶେଷଯାଏ ଥରେ ପଢ଼ିସାରିଲିଣି। ଚମତ୍କାର ଲେଖା ସତେ, ବାପା, ଏ ବହି କ'ଣ ଆପଣ ଲେଖିଛନ୍ତି ?" ପୁତ୍ରର ଏ ସରଳ ପ୍ରଶ୍ନର ଉତ୍ତର ଦେଇ ନ ପାରି କବି ଅନ୍ୟମନସ୍କ ଭାବରେ ଛିଡ଼ା ହୋଇ ରହିଲା। ଚତୁରା ଗୃହିଣୀ ପତିର ଅବସ୍ଥାରୁ ସବୁ ବୁଝିପାରି ପୁତ୍ର କନ୍ୟାଙ୍କୁ ନେଇ କକ୍ଷାନ୍ତରକୁ ଚାଲିଗଲେ। କବି ଭାବିବାକୁ ଲାଗିଲା ସତେ କ'ଣ ଏ ବହି ତାହାରି ଲେଖା ? ଏଡ଼େ ସରସ ଏଡ଼େ ମଧୁର ଲେଖାତ ଦୀର୍ଘ

କୋଡ଼ିଏ ବର୍ଷ ମଧ୍ୟରେ ସେ କେବେ ଲେଖି ନାହିଁ। ତାହାର ଏ ଅଧଃପତନ ହେଲା କାହିଁକି ?

ଅଫିସକୁ ଆସି କବି ଭୃତ୍ୟହସ୍ତରୁ କାର୍ଡ଼ ପାଇ ଦେଖିଲା, ଆଗନ୍ତୁକ ଜଣେ ତାହାରି ଅପେକ୍ଷାରେ ବସିଛନ୍ତି। ଭୃତ୍ୟର ଇଙ୍ଗିତ କ୍ରମେ ଆଗନ୍ତୁକ ଭିତରକୁ ଆସିଲେ। କବି ତାଙ୍କୁ ଆଦରରେ ପାଛୋଟି ଆଣି ଚଉକି ଉପରେ ବସାଇଲା। ଭୂମିକାର ଆବଶ୍ୟକତା ନ ରଖି ଆଗନ୍ତୁକ ପଚାରିଲେ – "ମହାଶୟ, ଏ କ'ଣ ଅମୁକ କବିଙ୍କ ଘର ?" ଆଗନ୍ତୁକଙ୍କ ପ୍ରଶ୍ନର କି ଉତ୍ତର ଦେବ, କବି ପ୍ରଥମେ ସ୍ଥିର କରି ନ ପାରି ପରେ ସଂକ୍ଷେପରେ କହିଲା – "କବିର ଘର ନୁହେଁ ମହାଶୟ - ଆପଣ ଯେଉଁ କବି କଥା ଶୁଣିଛନ୍ତି–"

କବିକୁ ବାକ୍ୟ ପୂର୍ଣ୍ଣ କରିବାକୁ ଅବସର ନ ଦେଇ ଆଗନ୍ତୁକ କହିଲେ – "ହଁ, ମୁଁ ସେଇ କବିଙ୍କୁ ଦେଖିବାକୁ ଚାହେଁ।" କବି କହିଲା – "କବିର ସେ କବିତ୍ୱ ଯେ ଲୁପ୍ତ ହୋଇ ସାରିଛି।" ଆଗନ୍ତୁକ କହିଲେ – "ଅସମ୍ଭବ କବିର କବିତ୍ୱ ଲୁପ୍ତ ହେବା ପଦାର୍ଥ ନୁହେଁ। ଆପଣ ସରଳଭାବରେ କହନ୍ତୁ' ଆପଣ ସେ କବି କି ନା ?" କବିଙ୍କୁ ନିରୁତ୍ତର ଦେଖି ଆଗନ୍ତୁକ କହିଲେ – "ମୁଁ ଖୋଜି ଖୋଜି ଆପଣଙ୍କ ପାଖକୁ ଆସିଛି, ମତେ ନିରାଶ କରନ୍ତୁ ନାହିଁ।" କବି କହିଲା- "ଟେବୁଲ ଉପରେ ଯେଉଁ ବୀଣାଟି ଦେଖୁଛନ୍ତି, ତାକୁ ପଚାରନ୍ତୁ, ଆପଣଙ୍କ ପ୍ରଶ୍ନର ଉତ୍ତର ସେ ଦେବ।" ଆଗନ୍ତୁକ କହିଲେ – "ବୀଣାକୁ ପଚାରିବି କ'ଣ ? ଆପଣ ଅଛନ୍ତି, ବୀଣା ଅଛି - ଆଉ ବୋଶୀ ପରିଚୟ କି ଦରକାର ?" କବି କହିଲା – "ନା ମହାଶୟ, ଆପଣ ଭୁଲ ବୁଝିଛନ୍ତି। ବୀଣା ଯେ ବ୍ୟବହାର ଅଭାବରୁ ଜୀର୍ଣ୍ଣ ଅବସ୍ଥାରେ ପଡ଼ି ରହିଛି। ଆଗନ୍ତୁକ କହିଲେ – "କବିର ବୀଣା ଅକ୍ଷୟ ଅମର-ଜୀର୍ଣ୍ଣ ହେବା ଜିନିଷ ନୁହେଁ।"

ଠିକ୍ ଏହି ସମୟରେ ଭୃତ୍ୟ ଆସି ଖବର ଦେଲା, ଅମୁକ ହାକିମ ସଲାମ ପଠାଇଛନ୍ତି। କବି କହିଲା – "ଦେଖିଲେତ ମହାଶୟ, ଏ ଅବସ୍ଥାରେ ମନୁଷ୍ୟର ମନ କ'ଣ ସ୍ଥିର ରହିପାରେ ? ଯେଉଁଠାରେ ବାସ୍ତବ ସହିତ ସାମଞ୍ଜସ୍ୟ ନ ରଖିବାହିଁ ବାହାଦୁରୀ, ସେଠାରେ ଉଚ୍ଚ ଭାବ, ଉଚ୍ଚ ଆଦର୍ଶ ନିମନ୍ତେ ଅବକାଶ କାହିଁ।"

କବିର କଥାଶୁଣି ଆଗନ୍ତୁକଙ୍କ ନେତ୍ର ଯୁଗଳ ଆଦ୍ର ହୋଇଗଲା। କବି ତାଙ୍କୁ ଉଚିତ ସତ୍କାର ପୂର୍ବକ ବିଦାୟ ଦେଇ ହାକିମ ଦର୍ଶନ ନିମନ୍ତେ ବାହାରି ପଡ଼ିଲା।

ପାଶ୍ଚାତ୍ୟ କିମ୍ବଦନ୍ତୀ ବର୍ଣ୍ଣିତ ରିପଭାନ ଉଇଙ୍କଲ ପରି ଦୀର୍ଘ କୋଡ଼ିଏ ବର୍ଷକାଳ ଅଜ୍ଞାସ ବାସ କରି ସାରିବା ପରେ କବି ଜଗତରେ ଯେଉଁ ସବୁ ପରିବର୍ତ୍ତନ ଦେଖିଲା ତହିଁରେ ସେ ଅବାକ୍ ହୋଇଗଲା। ଏହି ପରିବର୍ତ୍ତିତ ବାତାବରଣ ଭିତରକୁ ଯିବାକୁ

ତା'ର ସାହସ ହେଲା ନାହିଁ। ତା'ର ଭାବ ଓ ଭାଷା ଦେଖି ଲୋକେ ତାକୁ ହସରେ ଉଡ଼ାଇ ଦେବେ ପରା ତାକୁ ଆଦର କରିବା ଦୂରେ ଥାଉ, ତାକୁ ସମାଜ ଭିତରକୁ ପୁରାଇ ଦେବେ ନାହିଁ ପରା – ଏପରି ନାନା ଭାବନା ମଧ୍ୟରେ କବି ସଙ୍କୋଚରେ ସଢ଼ିଗଲା।

ଦ୍ୱିତୀୟ ମହାସମର ପରେ ପୃଥିବୀରେ ଘୋର ପରିବର୍ତ୍ତନ ଘଟିଛି। ନବଯୁଗର ନବ ଆହ୍ୱାନରେ ବିଶ୍ୱବାସୀ ଆଜି ଅସ୍ଥିର। ଓଡ଼ିଶା ଖଣ୍ଡରେ ମଧ ନବ ଯୁଗର ନବ ଆରାଧନା ମହାସମାରୋହରେ ଚାଲିଛି। ଓଡ଼ିଶାରେ ମଧ ପୂର୍ବର ଭାବ, ପୂର୍ବର ଭାଷା ଆଉ ନାହିଁ। ରାଧାନାଥ ଓ ମଧୁସୂଦନ, ଗଙ୍ଗାଧର ଓ ଫକୀର ମୋହନ ଓଡ଼ିଆ ଭାଷା ଓ ସାହିତ୍ୟକୁ ଯେଉଁ ଆକାର ଦେଇଥିଲେ, ତା' ସ୍ଥାନରେ ଗୋଟିଏ ନୂତନ ଭାଷା ଓ ଚିନ୍ତାର ସ୍ରୋତ ପ୍ରବାହିତ ହେଉଛି। ଉଦ୍‌ବୁଦ୍ଧ ଓଡ଼ିଆ ଯୁବକ ସାହିତ୍ୟ ରାଜ୍ୟରେ ଗୋଟିଏ ସପନପୁରୀ ରଚିବାରେ ବ୍ୟସ୍ତ। ଏ ପରିବର୍ତ୍ତନରେ ଓଡ଼ିଆ ଭାଷା ଓ ସାହିତ୍ୟର ବିଶେଷତ୍ୱ ଅକ୍ଷୁର୍ଣ୍ଣ ରହି ପାରିଛି କି ନା, ତହିଁର ସମାଲୋଚନା ଇତିହାସ କରିବ।

ଏ ପରିବର୍ତ୍ତନର ମୂଳ କାରଣ ଖୋଜିବାକୁ ଯାଇ କବି ଦେଖିଲା ବିଶ୍ୱକବି ରବୀନ୍ଦ୍ର ନାଥଙ୍କ ପ୍ରଭାବ ଆଧୁନିକ ଓଡ଼ିଆ ସାହିତ୍ୟରେ ଗୋଟିଏ ନୂତନ ଚିନ୍ତାର ସ୍ରୋତ ଖୋଲି ଦେଇଚି। ବିଂଶ ଶତାବ୍ଦୀର ଓଡିଆ ଆତ୍ମସ୍ଥ ହେବାକୁ, ଜନସମାଜରେ ସମ୍ମାନିତ ଆସନ ପାଇବାକୁ ଅସ୍ଥିର।

ରବୀନ୍ଦ୍ର ନାଥ କେବଳ ବଙ୍ଗ ଦେଶର କିମ୍ବା ଭାରତବର୍ଷର କି ନୁହଁନ୍ତି, ସେ ସମଗ୍ର ବିଶ୍ୱ ଜଗତର କବି। ତାଙ୍କର ଅମର ପ୍ରତିଭା ବୋଲପୁରରେ ଶାନ୍ତି ନିକେତନ ରଚନା କରି ବିଶ୍ୱ ଭାରତୀର ସମ୍ମୋହନ ତାନରେ ବିଶ୍ୱ ଜଗତକୁ ଅନୁପ୍ରାଣିତ କରୁଛି। ଏ ବିଶ୍ୱ-ଭାରତୀର ପୂଜକ ଜାପାନରୁ ଆରମ୍ଭ କରି ଆମେରିକା ପର୍ଯ୍ୟନ୍ତ ସର୍ବତ୍ର ବିଦ୍ୟମାନ।

କବିର ଆସନ ଅତି ଉଚ୍ଚରେ। ଯେଉଁମାନେ ଦୁଇଚାରି ପଦ ରଚନା କରି କବି ଯଶଃ ପ୍ରାର୍ଥୀ, ସେମାନଙ୍କ କଥା ଅବଶ୍ୟ ସ୍ୱତନ୍ତ୍ର। ପୃଥବୀରେ ସବୁ ଯୁଗରେ ଧ୍ରୁବତାରା ରୂପେ ଯେଉଁ କେତେ ଜଣ କବି ଜନ୍ମ ଗ୍ରହଣ କରି ମାନବର ଚିନ୍ତାଧାରାକୁ ପ୍ରଭାବିତ କରିପାରିଛନ୍ତି, ସେମାନେ ହିଁ ପ୍ରକୃତ କବି। ପୃଥିବୀରେ ଆଜି ଯେ ଆଦର୍ଶ ସହିତ ଆଦର୍ଶର ସଂଘର୍ଷ ଚାଲିଛି, ଏଥିର ମୂଳରେ ଟଲଷ୍ଟୟ, ଲେନିନ୍, ମେଟର୍ଲିଙ୍କ, ଇବସେନ ଓ ବର୍ଣ୍ଣାର୍ଡ଼ଶ ପ୍ରଭୃତି ମନୀଷିଗଣ ବିଦ୍ୟମାନ। ଏମାନଙ୍କ ଆଦର୍ଶ ମାନବ ଚିନ୍ତାକୁ ବିଭିନ୍ନ ଛାଞ୍ଚରେ ଢ଼ାଳି ବିଭିନ୍ନ ପଥରେ ଅଗ୍ରସର କରାଇଛି। ହିଟଲର ଓ ମୁସୋଲିନ, ଷ୍ଟାଲିନ୍ ଓ ଚିଆଙ୍ଗ କାଇସେକ ଏହି ଆଦର୍ଶମାନଙ୍କର ଚଳନ୍ତି ପ୍ରତିମା। କବି ଯାହା କଳ୍ପନା

କରିଛନ୍ତି, ଏମାନେ ତାକୁ କାର୍ଯ୍ୟରେ ପରିଣତ କରିଛନ୍ତି ଓ କରୁଛନ୍ତି। ଆଦର୍ଶର ପ୍ରତିଷ୍ଠା ସକାଶେ ପୃଥିବୀରେ ମହାପ୍ରଳୟର ତାଣ୍ଡବ-ଲୀଳା ଆଜ ସୁଦ୍ଧା ସରିନାହିଁ । ଶାଶ୍ୱତ ସତ୍ୟକୁ ଏମାନେ କେତେଦୂର ଚିହ୍ନି ପାରିଛନ୍ତି ତାହା ଅବଶ୍ୟ ଭାବିବାର ବିଷୟ।

ବିଶ୍ୱକବି ରବୀନ୍ଦ୍ରନାଥ ସତ୍ୟର ଯେଉଁ ମୋହନ-ମୂର୍ତ୍ତି ଅଙ୍କନ କରିଛନ୍ତି, ବିଶ୍ୱବାସୀର ପ୍ରାଣକୁ ତାହା କେତେଦୂର ସ୍ପର୍ଶ କରି ପାରିଛି ତହିଁର ଆଲୋଚନା ଇତିହାସ କରିବ। ବିଶ୍ୱ-ଭାରତୀଙ୍କ କମନୀୟ ବୀଣାର ମଧୁର ତାନରେ ଆକୃଷ୍ଟ ହୋଇ ଦେଶ-ଦେଶାନ୍ତରରୁ ମନିଷିଗଣ ଆସି ଶାନ୍ତି ନିକେତନରେ ରୁଣ୍ଡ ହେଉଛନ୍ତି। ବିଶ୍ୱକବିଙ୍କ ଶିଷତ୍ୱ ପ୍ରାପ୍ତି ନିମନ୍ତେ ମାନବ ପ୍ରାଣ ବ୍ୟାକୁଳତା ଉପଭୋଗର ବିଷୟ। ସାମ୍ରାଜ୍ୟବାଦୀ ରୁସ୍‌ଭେଲ୍‌ଟ ମଧ୍ୟ ଅତର୍କିତ ଭାବରେ ଏହି ସତ୍ୟ ପ୍ରତି ଆକୃଷ୍ଟ ହୋଇ ପ୍ରତିବେଶୀତାର ଜୟଗାନ କରିଥିଲେ।

ମହାତ୍ମାଗାନ୍ଧୀ ରବିନ୍ଦ୍ରନାଥଙ୍କ ପଟ୍ଟଶିଷ୍ୟ। ବିଶ୍ୱ କବିଙ୍କ ପ୍ରଚାରିତ ସତ୍ୟ ଓ ଅହିଂସା ମହାତ୍ମାଗାନ୍ଧୀଙ୍କୁ ପାଗଳ କରି ଅର୍ଦ୍ଧ ନଗ୍ନ ଫକୀରରେ ପରିଣତ କରିଛି। ଦାରୁଣ ସାମ୍ରାଜ୍ୟବାଦର ତୀବ୍ର କଷାଘାତ ମଧ୍ୟ ସତ୍ୟ ଅହିଂସାକୁ ମଳିନ କରି ପାରିନାହିଁ।

ଆଜି ଯେ ପୃଥବୀରେ ତୃତୀୟ ମହାପ୍ରଳୟର ସୂତ୍ରପାତ ହେଉଛି, ଏଥିରେ ରବୀନ୍ଦ୍ରନାଥଙ୍କ ଭାଗ ନାହିଁ ବୋଲି କେହି କହି ପାରିବେ ନାହିଁ। ଏକ ଦିଗରେ ପାଶ୍ଚାତ୍ୟ ଆଦର୍ଶର ସର୍ବଗ୍ରାସୀ ସାମ୍ରାଜ୍ୟ-ବିସ୍ତାର ଲିପ୍‌ସା, ଅନ୍ୟ ଦିଗରେ ପୃଥିବୀରେ ସ୍ୱାଧୀନତାର ପ୍ରତିଷ୍ଠାପାଇଁ ପ୍ରବଳ ଆକାଂକ୍ଷା। ପ୍ରବଳ ଅତ୍ୟାଚାରରୁ ଦୁର୍ବଳଙ୍କୁ ରକ୍ଷା କରିବା ପାଇଁ ଆଜି ଷ୍ଟାଲିନ୍ ଓ ଗାନ୍ଧୀ ଯେ ଲାଗି ପଡ଼ିଛନ୍ତି, ଏଥର ମୂଳରେ ବିଶ୍ୱକବିଙ୍କ ନିପୁଣ ହସ୍ତ ବିଦ୍ୟମାନ।

କବିର ମନରେ ଆନନ୍ଦ ହେଲା ଯେ, ହତଭାଗ୍ୟ ଓଡ଼ିଶାରେ ମଧ୍ୟ ଏହି ପ୍ରଭାବର ଛାୟାପାତ ହୋଇଛି; କିନ୍ତୁ ପର ମୁହୂର୍ତ୍ତରେ ଉପଯୁକ୍ତ ନେତୃତ୍ୱର ଅଭାବକୁ ପ୍ରଦେଶରେ ସ୍ୱେଚ୍ଛାଚାରିତାର କାୟା ବିସ୍ତାର ଦେଖି ତା'ର ମୁଣ୍ଡ ତଳକୁ ପୋତି ହୋଇଗଲା। ବୀଣା ବଜାଇ ଗୀତ ଗାଇବାକୁ ଅଉ ତା'ର ପ୍ରବୃତ ହେଲାନାହିଁ। ବିଶାଦ ଅଶ୍ରୁର ଉଷ୍ମ ପ୍ରବାହରେ ବୀଣାର ତାରଗୁଡ଼ିକ ସିକ୍ତ ହୋଇଗଲା। ବିକଳ ପ୍ରାଣରେ କବି ଉର୍ଦ୍ଧ୍ୱକୁ ଅନାଇ ରହିଲା। ବିଷୟ ନିର୍ବାଚନ ଓ ଭାଷାର ଗୋଲକଧନ୍ଦା ମଧ୍ୟରେ ସେ ଛଟପଟ ହେବାକୁ ଲାଗିଲା।

ପୃଥିବୀରେ ଆଜି ପରସ୍ପର ବିରୋଧୀ ଦୁଇଗୋଟି ଆଦର୍ଶ ମଧ୍ୟରେ ସଂଘର୍ଷ ଲାଗିଅଛି। ପ୍ରଥମ ମହାସମରରେ ଏହି ଦୁଇ ଆଦର୍ଶ ମଧ୍ୟରୁ କେବଳ ଗୋଟିଏ ଆଦର୍ଶର ରୂପାନ୍ତର ଘଟିଥିଲା ମାତ୍ର। ସେ ଆଦର୍ଶ ହେଉଛି ସାମ୍ରାଜ୍ୟବାଦ। ଏହି ଆଦର୍ଶର ଭକ୍ତ ହୋଇ କାଇଜର ଓ ଲୟର୍ଡ଼ ଜଜ୍ ପୃଥିବୀକୁ ରକ୍ତର ନଦୀରେ ଭସାଇ ଦେଲେ। ସାମ୍ରାଜ୍ୟବାଦୀ ଇଂଲଣ୍ଡ, ଫ୍ରାନ୍‌ସ, ଇଟାଲୀ, ଜାପାନ, ରୁଷ ଓ ଆମେରିକା ଦଳବାନ୍ଧି

ଜର୍ମାନକୁ ଖର୍ବ କରିଦେଲେ। କାଇଜର ବିତାଡ଼ିତ ହେଲେ। ଜର୍ମାନରେ ଗଣତନ୍ତ୍ରର ପ୍ରହସନ ଆରମ୍ଭ ହେଲା।

ସାମ୍ରାଜ୍ୟବାଦୀ ଶକ୍ତିମାନଙ୍କ ମନ୍ଥନ ଫଳରେ ରୁଷିଆରେ ସାମ୍ୟବାଦର ସୃଷ୍ଟି ହେଲା। ଏ ନୂତନ ଆଦର୍ଶର ଆଲୋକ କ୍ରମେ ଜର୍ମାନୀ ଓ ଇଟାଲୀ ପ୍ରଭୃତି ଦେଶରେ ପ୍ରବେଶ କରିବାକୁ ଲାଗିଲା। ଏହା ଦେଖି ବିଚକ୍ଷଣ ଲୟର୍ଡ଼୍ ଜଜ୍ ଆଉ ସ୍ଥିର ହୋଇ ରହି ପାରିଲେ ନାହିଁ। ତାଙ୍କ ଇଙ୍ଗିତରେ ସାମ୍ୟବାଦର ଗତିରୋଧ କରିବାକୁ ଜର୍ମାନୀରେ ନାଜିବାଦର ସୃଷ୍ଟି ହେଲା। ଇଟାଲୀରେ ମୁସୋଲିନି ବାହାରି ପଡ଼ି ସାମ୍ୟବାଦର ବିରୁଦ୍ଧରେ ଛିଡ଼ା ହେଲେ। ଜର୍ମାନୀ, ଜାପାନ ଓ ଇଟାଲୀ ମଧ୍ୟରେ ସନ୍ଧି ସ୍ଥାପିତ ହେଲା। ଇଂଲଣ୍ଡ, ଆମେରିକା, ଫ୍ରାନ୍ସ ସେମାନଙ୍କ ଜୟ ଗାନରେ ଆକାଶକୁ କମ୍ପାଇ ଦେଲେ।

କିନ୍ତୁ ଲୟର୍ଡ ଜଜ୍ ଜର୍ମାନୀରେ ଯେଉଁ ବିଷବୃକ୍ଷ ରୋପଣ କଲେ ତା'ର ବିଷମୟ ପରିଣାମ କ୍ରମେ ଭୋଗିବାକୁ ପଡ଼ିଲା। ହୃତ ସାମ୍ରାଜ୍ୟର ପୁର୍ନରୁଦ୍ଧାର ସକାଶେ ହିଟ୍‌ଲର ଚିତ୍କାର ଆରମ୍ଭ କଲେ। ଫ୍ରାନ୍‌ସର ଇଙ୍ଗିତରେ ମୁସୋଲିନି ଆବିସିନିଆ ଗ୍ରାସ କଲେ। ଫ୍ରାନ୍‌ସର ଆପତ୍ତି ସତ୍ତ୍ୱେ ଜର୍ମାନୀରେ ନାଜିବାଦର କାୟା ସୃଷ୍ଟି ହେଲା। ପ୍ରତିବାଦ କରିବା ଦୂରେ ଥାଉ ଇଂଲଣ୍ଡ ଏହି କାୟା ସୃଷ୍ଟିକୁ ପ୍ରଶ୍ରୟ ଦେଲା। ସାମ୍ୟବାଦୀ ରୁଷିଆକୁ ସମସ୍ତେ ଏକ ଘରକିଆ କରିଦେଲେ।

ନାଜିବାଦ ସାମ୍ରାଜ୍ୟବାଦର ରୂପାନ୍ତର ମାତ୍ର। ସ୍ପେନରୁ ସାମ୍ୟବାଦକୁ ତଡ଼ି ଦେବା ପାଇଁ ଇଂଲଣ୍ଡ ଓ ଫ୍ରାନ୍ସ ହିଟଲର ଓ ମୁସୋଲିନିଙ୍କୁ ପ୍ରଶ୍ରୟ ଦେଲେ। ନାଜିବାଦର ଶକ୍ତି ବଢ଼ି ଉଠିଲା। ହିଟ୍‌ଲରଙ୍କ ଗର୍ଜ୍ଜନରେ ଚେମ୍ବେଲେନଙ୍କ ଆସନ ପ୍ରକମ୍ପିତ ହେଲା। ଚେକୋସ୍ଲୋଭାକିୟାର ସର୍ବନାଶ କରି ଇଂଲଣ୍ଡର ପ୍ରଧାନମନ୍ତ୍ରୀ ମ୍ୟୁନିକ ସନ୍ଧିପତ୍ର ସ୍ୱାକ୍ଷର କଲେ। ଉଦ୍ଧତ ଜର୍ମାନକୁ ଆୟତରେ ରଖିବାକୁ ଲୟର୍ଡ଼୍ ଜଜ୍ ଯେଉଁ ବ୍ୟବସ୍ଥା କରିଥିଲେ ଅଚିରେ ତାହା ଧୂଳିସାତ୍ ହେଲା।

ଚେମ୍ବର୍ଲେନ୍ ଭାବିଥିଲେ, ଏତିକିରେ ହିଟଲରଙ୍କ ଲାଳସା ତୃପ୍ତ ହେବ; କିନ୍ତୁ ଫଳରେ ତାହା ହେଲା ନାହିଁ। ଆହୂତିପ୍ରାପ୍ତ ହୁତାଶନ ପରି ସେ ଲାଳସା ଲହଲହ ଜିହ୍ୱା ବିସ୍ତାର କଲା। ଚେମ୍ବର୍ଲେନ୍ ଆଉ ଧୈର୍ଯ୍ୟ ଧରି ରହି ପାରିଲେ ନାହିଁ। ଷ୍ଟାଲିନ୍ ଏହି ସୁଯୋଗକୁ ଟାକି ବସିଥିଲେ। ଯୁଦ୍ଧ-ବ୍ୟାପାରରେ ନିଷ୍କ୍ରିୟ ରହିବାକୁ ହିଟ୍‌ଲରଙ୍କ ସହିତ ଚୁକ୍ତିବଦ୍ଧ ହୋଇ ସାମ୍ରାଜ୍ୟବାଦର ଭକ୍ତମାନଙ୍କୁ ଯୁଦ୍ଧ କ୍ଷେତ୍ରକୁ ଛାଡ଼ିଦେଲେ। ଅଚିରେ ସମର ବହ୍ନି ଜଳି ଉଠିଲା। ପୁରାଣ ବର୍ଣ୍ଣିତ ରଘୁଙ୍କ ଦିଗ୍‌ବିଜୟ ପରି ୟୁରୋପୀୟ ଦେଶମାନ ହିଟ୍‌ଲରଙ୍କ ପଦାନତ ହେଲା।

ଜର୍ମାନୀର ଏ କାୟାବୃଦ୍ଧି ଦେଖି ଆମେରିକା ଆଉ ନିଷ୍କ୍ରିୟ ରହି ପାରିଲା

ନାହିଁ। ଗୋପନରେ ଷ୍ଟାଲିନ୍ ହିଟ୍‌ଲରଙ୍କ ଅଗ୍ରଗତିର ପ୍ରତିରୋଧ ସକାଶେ ତତ୍ପର ହେଲେ। ଏହା ଦେଖି ବିଜୟ ଦୃପ୍ତ ହିଟ୍‌ଲର ଆଉ ପ୍ରକୃତିସ୍ଥ ରହିପାରିଲେ ନାହିଁ। ରୁଷିଆ ପ୍ରାନ୍ତରେ ଜର୍ମାନୀର ରଣ ଭେରୀ ବାଜି ଉଠିଲା। ଆଦର୍ଶର ବିଭିନ୍ନତା ସତ୍ତ୍ୱେ ରୁଷିଆ, ଇଂଲଣ୍ଡ, ଆମେରିକା ଓ ଚାଇନା ମଧ୍ୟରେ ସନ୍ଧିପତ୍ର ସ୍ୱାକ୍ଷରିତ ହେଲା। ଏ ଯୁଦ୍ଧରେ ରୁଷିଆ ବିକ୍ରମ ଦେଖି ପୃଥିବୀବାସୀ ବିସ୍ମୟରେ ସ୍ତବ୍ଧ ହୋଇଗଲେ। ହିଟ୍‌ଲରଙ୍କ ଆକାଶ ସୌଧ ଅଚିରେ ଧୂଳିସାତ ହୋଇଗଲା।

ଏ ଆଡ଼େ ପ୍ରାଚ୍ୟ ଭୂଖଣ୍ଡରେ ଜାପାନ ଦେଶ ପରେ ଦେଶ ଜୟ କରି ମିତ୍ର ଶକ୍ତିମାନଙ୍କୁ ବ୍ୟତିବ୍ୟସ୍ତ କରିବାକୁ ଲାଗିଲା। ସୁଭାଷବୋଷଙ୍କ ନେତୃତ୍ୱରେ ବର୍ମାରେ ବିରାଟ ଜାତୀୟ ବାହିନୀ ଗଠିତ ହେଲା। ଅକ୍ଷ ଶକ୍ତିମାନଙ୍କ ବିଭୀଷଣ ରୂପେ ସୁଭାଷଙ୍କୁ ମିତ୍ରଶକ୍ତିମାନେ ଚିତ୍ରିତ କରିବାକୁ ଲାଗିଲେ।

ସାମ୍ରାଜ୍ୟବାଦ ଓ ସାମ୍ୟବାଦ ଏ ସଂଘର୍ଷ ସମୟରେ ମହାତ୍ମାଗାନ୍ଧୀଙ୍କ ସତ୍ୟ ଓ ଅହିଂସା ନୀରବ ନ ଥିଲା। ଚାଇନା ଓ ରୁଷିଆର ଦୁଃଖରେ ଭାରତବାସୀଙ୍କ ହୃଦୟ ବିଚଳିତ ହୋଇଗଲା। ଅହିଂସା ମନ୍ତ୍ର ଜପିବା ପାଇଁ ଗାନ୍ଧୀ ଇଂଲଣ୍ଡକୁ ଅନେକ ଅନୁରୋଧ କଲେ; କିନ୍ତୁ ସାମ୍ରାଜ୍ୟବାଦୀ ଇଂଲଣ୍ଡ ଗାନ୍ଧୀଙ୍କ ନିଷ୍କ୍ରିୟ ପ୍ରତିରୋଧ ନୀତିର ମହତ୍ତ୍ୱ ବୁଝି ପାରିଲା ନାହିଁ। ବ୍ରିଟିଶ୍ ସାମ୍ରାଜ୍ୟର ରକ୍ଷା ନିମନ୍ତେ ଚର୍ଚ୍ଚିଲ ଅଣ୍ଟା ଭିଡ଼ି ଛିଡ଼ା ହେଲେ। ଭାରତର ସ୍ୱାଧୀନତା ଦାବି ନାନା ବାହାନାରେ ପଛକୁ ଘୁଞ୍ଚାଇ ଦିଆଗଲା। 'ଭାରତ ଛାଡ଼' ଦାବିର ପରିଣାମରେ ସତ୍ୟ ଓ ଅହିଂସା କାରାରୁଦ୍ଧ ହେଲା, ଭାରତ ବକ୍ଷରେ ବିପ୍ଳବ ବହ୍ନି ଜଳି ଉଠିଲା।

ଦୁର୍ବଳ ଇଟାଲୀକୁ ଅଚିରେ ପରାସ୍ତ କରି ମିତ୍ର ଶକ୍ତିଗୁଡ଼ିକ ଚାରିଆଡ଼ୁ ଜର୍ମାନୀକୁ ଘେରି ପକାଇଲେ। ଜର୍ମାନୀକୁ ପରାସ୍ତ କରି ସମସ୍ତେ ଜାପାନ ବିରୁଦ୍ଧରେ ଅଭିଯାନ କଲେ। ଭାରତର ସିଂହଦ୍ୱାରରେ ସୁଭାଷବୋଷଙ୍କ ରଣ ଦୁନ୍ଦୁଭି ବାଜି ଉଠିଲା। ଭାରତବାସୀ ଯଦି ଘୁଣାକ୍ଷରରେ ଜାଣିଥାନ୍ତେ, ଏ ଦୁନ୍ଦୁଭି ନିନାଦ ସୁଭାଷବୋଷଙ୍କର ତାହାହେଲେ ପୃଥବୀ ଆଜି ଭିନ୍ନ ରୂପ ଧରିଥାନ୍ତା। ଶାନ୍ତି ଛଳରେ ତୃତୀୟ ମହାସମରର ବୀଜ ବୁଣିବାକୁ ଇଂଲଣ୍ଡ ଓ ଆମେରିକା ଅବସର ପାଇ ନ ଥାନ୍ତେ। ଇଂଲଣ୍ଡର ଯୋଜନା ଅନୁସାରେ ଭାରତବାସୀ ଆଜି ମରିଚିକାର ପଶ୍ଚାତରେ ଦଉଡ଼ୁ ନ ଥାନ୍ତେ।

କବି ଆଉ ଭାବି ପାରିଲା ନାହିଁ। ହୃଦୟ ଭିତରୁ ଶୋକର ଉଚ୍ଛ୍ୱାସ ନିର୍ଗତ ହେଲା। ସମବେଦନାର ଉଷ୍ଣ ଜଳ ତା'ର ନୟନକୁ ସିକ୍ତ କରି ଦେଲା। ସେ ବିକଳ ପ୍ରାଣରେ ବୀଣାଧରି ବିଷାଦ-ସଙ୍ଗୀତ ଗାଇବାକୁ ଲାଗିଲା। ■

ସହକାର, ଷଡ଼ବିଂଶ ଭାଗ, ପ୍ରଥମ ସଂଖ୍ୟା (ଅପ୍ରେଲ ୧୯୪୮)

BLACK EAGLE BOOKS

www.blackeaglebooks.org
info@blackeaglebooks.org

Black Eagle Books, an independent publisher, was founded as
a nonprofit organization in April, 2019. It is our mission to
connect and engage the Indian diaspora and the world at large
with the best of works of world literature published on a
collaborative platform, with special emphasis on
foregrounding Contemporary Classics and New Writing.